U0506016

張草紉 選注

中國古典文學名家選集

黃仲則選集

圖書在版編目(CIP)數據

黄仲則選集 / 張草紉選注. 一上海：上海古籍出版社,2017. 11（2021.8重印）
（中國古典文學名家選集）
ISBN 978－7－5325－8646－2

Ⅰ. ①黄… Ⅱ. ①張… Ⅲ. ①古典詩歌—詩集—中國—清代 Ⅳ. ①I222. 749

中國版本圖書館 CIP 數據核字(2017)第 264257 號

國家普及類古籍整理圖書專項資助項目

中國古典文學名家選集
黄仲則選集
張草紉　選注
上海古籍出版社出版發行
（上海瑞金二路 272 號　郵政編碼 200020）
（1）網址：www. guji. com. cn
（2）E-mail：gujil@guji. com. cn
（3）易文網網址：www. ewen. co
南京展望文化發展有限公司排版
江陰市機關印刷服務有限公司印刷
開本 890×1240　1/32　印張 14. 875　插頁 5　字數 414,000
2017 年 11 月第 1 版　2021年 8 月第 4 次印刷
印數：4, 251—5, 300
ISBN 978－7－5325－8646－2

I・3225　定價：52. 00 元

出版説明

上海古籍出版社及其前身中華書局上海編輯所一向重視中國古典文學的普及工作，早在二十世紀六十年代，在出版《中國古典文學作品選讀》等基礎性普及讀物的同時，又出版了兼顧普及與研究的中級選本。該系列選本首批出版的是周汝昌先生選注的《楊萬里選集》和朱東潤先生選注的《陸游選集》。

一九七九年，時值百廢俱舉，書業重興，我社爲滿足研究者及愛好者的迫切需要，修訂重印了上述兩書，并進而約請王汝弼、聶石樵、周振甫、陳新、杜維沫、王水照等先生選輯白居易、杜甫、李商隱、歐陽修、蘇軾等唐宋文學名家的作品，略依前書體例，加以注釋。該套選本規模在此期間得以壯大，叢書漸成氣候，初名"古典文學名家選集"。此後，王達津、郁賢皓、孫昌武等先生先後參與到選注工作中來，叢書陸續收入王維、孟浩然、李白、韓愈、柳宗元、杜牧、黄庭堅、辛棄疾等唐宋文學名家的選本近十種，且新增了清代如陳維崧、朱彝尊、查慎行等重要作家的作品選集，品種因而更加豐富，并最終定名爲"中國古典文學名家選集"。

本叢書的初創與興起得到學界和讀者的支持。叢書作品的選注者多是長期從事古典文學研究的名家，功力扎實，勤勉嚴謹，選輯精當，注釋、箋評深淺適宜，選本既有對古典文學名家生平、作品特色的總論，又或附有關名家生平簡譜或相關研究成果，所以推出伊始即深受讀者喜愛，很快成爲一些研究者的重要參考用書，在海内外頗獲好評。至上世紀九十年代，本叢書品種蔚然成林，在業界同類型選集作品中以其特色鮮明而著稱：既可供研究者案頭參閲，也可作爲古典文學愛好者品評賞鑒的優秀版本。由於初版早已售罄，部分品種雖有重印，但印數有限，不成規模，應讀者呼籲，今特予改版，重新排印，并稍加修訂。此叢書將以全新的面貌展現在讀者面前。

上海古籍出版社

二〇一二年十二月

前　言

黄仲則(1749—1783)是清朝中期最特出的詩人,曾名噪一時,"乾隆六十年間,論詩者推爲第一"(包世臣語)。即使按近代的評論,他在整個清代詩壇的排名中,也是位居前列的。他名景仁,仲則是他的字,又字漢鏞,自號鹿菲子,室名兩當軒。當時朋友之間詩詞唱酬,書信往來,文章論述,多稱他黄仲則,後世的書刊評論亦然,景仁的名反而很生疏。所以我們尊重習慣,在書名和行文中都用黄仲則,或直書仲則。

黄仲則的祖籍是武進,今江蘇常州市。他於乾隆十四年(1749)正月初四午時生於江蘇高淳縣學署,因爲他的祖父大樂在高淳縣當縣學訓導,他的父親之掞爲縣學生。他四歲喪父,七歲隨祖父自高淳歸武進,居白雲溪上。他由祖父扶養長大。八九歲已能作制舉文,但他對這種制舉文並不喜歡,而好作幽苦語,有"江頭一夜雨,樓上五更寒"之句。十二歲時祖父去世。十五歲與一表姊妹相戀。他後來所寫的名作《綺懷》詩十六首,記述的就是那時的情事。

十六歲參加縣裏的童子試,三千人中獲冠軍,得到常州知府潘恂及武進知縣王祖肅的賞識。補博士弟子員。十七歲至宜興氿里讀書,與一雛妓相好。嗣後寫下《感舊》詩四首及《感舊雜詩》四首。

郁達夫的短篇小説《采石磯》,就是以這八首詩爲背景寫成的。十八歲在江陰的旅舍中遇見洪亮吉。洪亮吉帶着他母親所授的漢魏樂府刻本,上面還有朱墨點評及幾首擬作。仲則看了很喜歡,就與亮吉一起研習,並仿傚擬作。他們兩人是同鄉,“君家雲溪南,我家雲溪北”(黄仲則《題洪稚存機聲燈影圖》),又都喜愛詩,因此結爲好友。十九歲時,邵齊燾編修罷官歸,主講武進龍城書院,仲則從之游。邵師“矜其苦吟無師,且未學,循循誘之。景仁亦感知遇”(《黄仲則年譜》)。邵師的悉心教導,爲仲則以後在詩歌上的發展,奠定了堅實基礎。

本年秋,仲則赴江寧鄉試,落選。正值潘恂升任浙江觀察,邀仲則往。仲則遂客杭州觀察署中。次年又去新安訪問升任徽州同知的王祖肅。在去新安途中,仲則獲悉邵齊燾師病故。這對他是一個重大的打擊,使他感到人生之奄忽,乃開始浪游。由武林而四明,溯錢塘,登黄山,復經豫章,泛湘水,登衡山,浮洞庭,再由長江歸家。時出時游,前後約三年。其間還在杭州拜訪鄭誠齋太史,鄭對他也很友愛。

在封建時代,知識分子的出路只有一條大道,學而優則仕。從隋唐開始,主要通過考試選拔人才。明清考的是八股文,亦稱制藝。考試要經過三個層次:鄉試、會試、殿試,鄉試每三年一次,在各省省城舉行,中式者稱舉人。會試、殿試都在京都舉行。殿試中選成爲進士,就能分配到官職。如果鄉試落選,就只能當塾師,教授蒙童,或者在官員手下當幕僚。家境富裕的當然可以待在家中不工作。仲則家貧,父親和祖父去世後,他的哥哥又在他十六歲時離世。家中只有他一個男人,他不得不扛起養家的重擔。

他在鄭誠齋家中住了一個多月,只能含淚告别,對鄭説:“景仁無兄弟,母老家貧,居無所賴,將游四方覓升斗爲養耳。”鄭有一個同年好友王太岳，在湖南任按察使，於是就介紹仲則去湖南。仲則在王太岳按察使署中待了半年，又去安徽，客太平知府沈業富幕。時大興朱筠督安徽學政，延名宿校文，夙聞仲則之名，以禮相邀。於是仲則就去朱筠幕中，並受業於門下。

乾隆三十七年(1772)，仲則二十四歲，朱筠學使率諸幕友於三月上巳日爲會於采石磯太白樓，賦詩者十數人。李白是仲則最仰慕的大詩人，因此感興獨多。他洋洋灑灑寫了一首長詩《笥河先生偕宴太白樓醉中作歌》，遍示座客，座客皆輟筆。時八府士子咸集於樓下，競相傳抄。仲則的詩名大震。會後，朱筠又與仲則等幕友歷游黄山、齊雲、九華諸勝。冬，仲則又隨朱筠學使校文六郡，歷經徽州、寧國、池州、安慶、鳳陽等地。仲則在朱筠幕中待了三年，後因與同事者議不合而離去，乾隆四十年(1775)夏，應壽州知州張蓀圃之約，主正陽書院講席。這幾年來，仲則的行迹遍及安徽、湖南、江西、浙江、江蘇五省，不僅增加了許多閱歷，而且得江山之助，他所作的詩，愈益奇肆高妙。然而猶恨無幽并豪士氣，於是他蓄意欲游京師。初冬，他從安徽鳳臺起程，由淮水東下，入渦水，北行至亳州；然後陸行入河南，在歸德府渡黄河，經山東東阿、德州北上，於歲暮到達北京。時朱筠亦調職在京，仲則就賃居於朱筠寓所附近的日南坊西。

乾隆四十一年(1776)，仲則二十八歲，由於乾隆帝平定兩金川之亂，蹕經津門，各省士子獻詩賦慶賀。仲則寫了兩首詩，《平定兩金川大功告成恭紀》和《平定金川鐃歌》，獲二等，賞緞二匹，得校録四庫館。於是仲則便在王昶手下工作，並在其門下受業。經朱筠介紹又與都中名士翁方綱、紀昀、温汝适等定交，参加翁方綱、蔣士銓、吴錫麒等組織的“都門詩社”，經常詩酒唱和，相得甚歡。仲則除詩詞外，兼善書畫，又通篆刻，因此更爲都中名士所重視。冬，洪亮吉母去世，仲則感而賦詩：“故人新廢《蓼莪》篇，我亦臨風尺涕懸。同作浪游因母養，今知難得是親年。……”《聞稚存丁母憂》頓時産生迎母來京就養，以便菽水承歡的想法。於是他寫信給洪亮吉，請亮吉營劃。亮吉替他把他家的半頃土地和三間老屋典於人，托他的一個親戚護送他的老母和妻兒進京。

仲則本以爲他在四庫館的俸銀可以維持家用，而實際上，他估計不足。“長安居不易”，“支持八口難”，館穀不足以資給養。當時的境況，讀《都門秋思》詩“一梳霜冷慈親髮，半甑塵凝病婦餐”，“全家都在風聲裏，九月衣裳未剪裁”，便可知其大概。幸得朱筠及同鄉陳秋士輩不時資助，勉强苦度了三年，於乾隆四十五年秋不得不移家南歸。仲則自己應山東學使程世淳邀請去濟南，客於學使署中。入冬，得吴竹橋書，催促他重返北京。

次年（乾隆四十六年）初春，因病於京都法源寺休養。陝西巡撫畢沅讀《都門秋思》詩，生忻慕之意，謂值千金，姑先寄五百金速其西游。仲則遂於初夏赴西安。途經安肅、保定、真定、井陘、壽陽等地，所至俱有詩。在西安，頗受畢沅巡撫禮遇，加上洪亮吉及另一同鄉好友孫星衍在他之前已在幕中，幕府中名士甚衆，極詩文宴會之樂。但他歲暮即返回北京。乾隆四十七年，仲則三十四歲，由於他津門獻詩曾獲二等，在武英殿充書簽官，例得主簿，入資爲縣丞，也就是成了候補縣丞。按照當時的規則，候補者需要到吏部去候選，吏部根據候選者的職位、資歷等各方面條件排列次序，待有職位空缺，逐個補入，等待的時間可能很長。另外也可以出錢捐納，即所謂的“入資”，這樣就比較簡便。仲則無資，只得請人資助及向人借貸。此時朱筠已去世，王昶扈從南巡。他在京都告貸無着，又爲債家所逼，實在没有辦法，最後他想到只能到西安去求助。

乾隆四十八年（1783）三月，他抱病力疾出都。旅途艱辛，使他終於支撑不住，勉强挨到山西運城，病倒在河東鹽運使沈業富署。四月二十五日，仲則去世，得年三十五歲。他是一個薄命詩人，一生遭受着貧與病的磨折。他從十九歲到三十二歲先後參加了八次鄉試（包括因朝廷慶典而增設的恩科），均未中選。“一貧能驅人”，爲謀升斗糊口，奔走四方，勞瘁難支。況且體弱多病，他自言身患肺病：“肺病秋翻劇，心忡夜未寧。”（《濟南病中雜詩》）在其餘各個時期的詩中也多次提到自己患病。後人分析病因，可能有遺傳因素或家庭内的傳染，因爲他的父親和哥哥也是年紀不大就離世的。

仲則病危時，飛書致洪亮吉，以後事相託。亮吉得報，策馬疾馳，雖日行四驛，仍未能親視其彌留。於是着手經辦喪事，收集他遺留的書稿，並在沈業富、畢沅、王昶的厚賻下把他的棺柩運回故鄉，葬於陽湖永豐西鄉先壟之側。

仲則一生貧苦，所以他的詩作中有一大部分是在訴説自己的感受，抒發自己的不平之鳴，往往帶有悽苦哀怨之音。友人評其詩，或曰：“如咽露秋蟲，舞風病鶴。”或曰：“如霽曉孤吹，如霜夜聞鐘。”或曰：“不啻哀猿之叫月，孤雁之啼霜。”這確實是兩當軒詩所特有的風格。仲則自己也承認，所以他説：“莫因詩卷愁成讖，春鳥秋蟲自作聲。”但這只是其中的一個方面。仲則畢竟是讀過萬卷書、行過萬里路的詩人；他不會由於貧窮而只考慮個人的利益，也不會因此而喪失詩人孤傲的骨氣，“禰生漫駡奚生傲，此輩於今未可無”。他對是非好壞，善惡正邪，分得很清楚。他同情弱小、貧窮、困苦、受難的民衆，而厭惡流俗齷齪、猥瑣之輩。在他眼中，“十有九人堪白眼”，在《何事不可爲二章》中無情地揭露社會上結黨營私（或結爲父子，或結爲師徒）的醜惡行爲。他在四處奔波，接觸下層平民的機會多，因此能瞭解民間的疾苦，“沙頭愁煞捕魚人，捕得魚多賣錢少”，“如今花價如奴價，可惜種花人辛苦”。小民們的這一類煩惱和痛苦,豈是富貴者所能知悉的。"富人一歲獨苦暑,窶人四時惟畏涼。漸愁空牆日色暮,豫恐北牖寒宵長。"不親身挨受過寒凍之苦,能有這樣的感受嗎?尤其是每遇水旱災害,貧苦農民被迫離鄉逃亡,成爲流民。"何意號寒蟲,轉作流離鳥","去歲此方旱,地有千里赤。又聞故鄉田,多蝗土將石","東南民易疲,豈任荒歉積","頻年苦蝗旱,此患非所云。但見途路傍,野哭多流民","何乃涂路間,雁户紛成群。扶携雜老稚,負擔兼缻盆。奔號乞一錢,遮攀礙雙輪。"這是被稱作"乾隆盛世"的另一面真實情況。在那些歌功頌德的大詩人的作品中是看不到的。

仲則的詩,後人都説深受李白的影響。他自己也承認,在《太白墓》詩中明確地説:"我所師者非公誰。"他的七言長篇古詩,如《游九華山放歌》、《元夜登天橋酒樓醉歌》、《屠清渠丈過飲醉後作山水幅見遺》、《尹六丈爲作雲峯閣圖歌以爲贈》等縱筆揮寫,疏朗清峭,神奇變化,一氣呵成,確實有青蓮氣勢。又如《長風沙行》、《横江春詞》、《湖上阻風雜詩》亦是仿李白的擬作。但《笥河先生偕宴太白樓醉中作歌》一詩:"若論七尺歸蓬蒿,此樓作客山是主。若論醉月來江濱,此樓作主山作賓。"以對立雙方作比較,反復論證,這分明仿照蘇軾《前赤壁賦》中的手法:"客亦知夫水與月乎!逝者如斯,而未嘗往也。盈虚者如彼,而卒莫消長也。蓋將自其變者而觀之,則天地曾不能以一瞬。自其不變者而觀之,則物與我皆無盡也。"《圈虎行》詩:"依人虎任人頤使,伴虎人皆虎唾餘。"亦是如此。另外,如《歸燕曲》、《陌上行》等詩,綺麗綿渺,清朗秀逸,頗似白居易歌行。其《感舊》、《感舊雜詩》及《綺懷》詩纏綿悱惻,可與玉谿生《無題》詩比美。《送遠曲》、《短歌行》、《莫打鴨》、《牆上蒿》等詩則近似長吉。他的七言律詩對仗工整,又靈活多變,能博採廣納,不宗於一家,而達前人所未造之地。絶句亦多風神摇曳,輕巧而不疲軟。惟五言古詩尚欠古厚。

乾隆之世崇尚考據之學,影響所及,多爲學人之詩,才人之詩。而仲則獨能爲詩人之詩,寄興深微,發自肺腑。所以能卓然獨造,超越流輩。(仲則亦曾動摇,欲棄詩而轉學考據,幸得袁枚去信開導勸阻。見《小倉山房尺牘·答黄生》)

仲則去世後,經洪亮吉收集其遺文,嗣後王昶、畢沅、翁方綱、鄭炳文把部分詩詞編入各種選集,還刻印過單獨的選集。他的孫子志述及志述之妻吴氏於光緒二年(1876)刻印的《兩當軒全集》收詩一千一百七十首,詞二百一十六首,文六篇,比較完整,成爲坊間的流行本。1979 年,上海古籍出版社以光緒本作底本,補充遺漏,加工整理,出版了《兩當軒集》,又於 1982 年出版《黄仲則研究資料》,内容包括黄仲則的傳記、年譜、詩詞集的多種序跋、朋友間的唱酬題贈、當時及後人的評論,以及故居、遺迹等等,十分詳盡,成爲研究黄仲則詩詞的大集成。

不過,由於黄仲則的詩使用典故甚多,看懂他的詩有一定的難度。目前尚未看到全集的注釋本。我這本小册子選擇了他的詩四百三十四首,只占全部詩的三分之一,作了比較詳細的注釋。至於他的詞,詞句稍淺近,而且不如他的詩有名,因此没有選入。有關傳記、年譜、各種序跋等,在《黄仲則研究資料》中可以查到,不再重複。此書蒙章行先生和祝伊湄女士審閲校正,深表感謝,並衷心希望讀者和專家批評指正。

張草紉

2017 年 11 月

目　録

補遺

詩選

乾隆二十八年(1763),仲則十五歲,開始學習作詩。二十九年(1764)應縣童子試,得到常州知府潘恂和武進知縣王祖肅的賞識。三十年(1765)在江蘇省宜興氿里讀書。三十一年(1766)在江陰旅舍與洪亮吉相遇並訂交。亮吉携其母所授漢魏樂府刻本,間有擬作。仲則見而愛好,約共傚其體,每日數篇。乾隆三十二年(1767),仲則十九歲,娶趙夫人。時翰林邵齊燾罷官歸,主講常州龍城書院,仲則與亮吉皆從之受業。秋,應江寧鄉試,落第。時潘恂已升任浙江觀察,邀仲則前往。仲則遂客杭州觀察署中,其名作前後《觀潮行》即作於此時。乾隆三十三年(1768),仲則又多次去杭州游歷,還曾去訪問升任徽州同知的王祖肅。秋天又去應江寧鄉試,落第。以下爲乾隆二十八年至三十三年仲則十五歲至二十歲期間的部分詩作。

初　春

未覺氈爐暖〔一〕，旋懷柑酒新〔二〕。池臺平入夜，原野渺含春。物外欣然意〔三〕，風前現在身〔四〕。中宵感幽夢，冰雪尚嶙峋〔五〕。

〔一〕氈爐：北方用以取暖的一種火爐。唐劉蕃《憶長安·十一月》詞："獸炭氈爐正好，貂裘狐白相宜。"

〔二〕柑酒：以柑子爲原料釀的酒。

〔三〕物外：世外，謂超脱於塵世之外。

〔四〕現在：謂現世，今生。

〔五〕嶙峋：形容寒氣凛冽。

清明步城東有懷邵二仲游〔一〕

水明樓下漲紋平〔二〕，柳外遥山抹黛輕〔三〕。二月江南好風景，故人此日共清明〔四〕。征鴻歸盡書難寄，燕子來時雨易成。尋遍艤舟亭畔路〔五〕，送君行處草初生。

〔一〕清明：清明節。　城東：常州城東部。　邵仲游：邵聖藝，字仲游，昭文（今江蘇省常熟市）人。監生。

〔二〕水明樓：在常州白雲溪渡口。　漲紋平：指潮水漲平。

〔三〕黛：青緑色。

〔四〕此日：這一天，指清明日。句謂當初也是在這一天與你共度清明節。

〔五〕艤舟亭：在常州的西蠡河畔，相傳因蘇軾曾繫舟於此而得名。

别　　意

别無相贈言，沈吟背燈立。半晌不抬頭〔一〕，羅衣淚沾濕。

〔一〕半晌：許久，好久。明湯顯祖《牡丹亭·游園·步步嬌》："停半晌，整花鈿，没揣菱花，偷人半面，迤逗的彩雲偏。"按：此詩可能於乾隆三十二年(1767)秋，仲則十九歲赴江寧鄉試，與新婚未久的趙夫人分别時作。

少　年　行〔一〕

男兒作健向沙場〔二〕，自愛登臺不望鄉〔三〕。太白高高天尺五〔四〕，寶刀明月共輝光。

〔一〕少年行(xíng)：樂府雜曲歌辭名，本爲《結客少年行》。南朝宋鮑照有《代結客少年場行》，北周庾信有《結客少年場行》，唐李白有多首《少年行》。後多作《少年行》。

〔二〕作健：謂有所作爲，成爲强者。《樂府詩集·横吹曲辭五·企吟歌辭一》："男兒欲作健，結伴不須多。"

〔三〕望鄉臺：古人久戍或久客不歸，常登高臺(或高地)遥望故鄉，以解思鄉的愁悶。唐李羣玉《聞笛》詩:“望鄉臺上望鄉時,不獨落梅兼落淚。”

〔四〕太白:太白山,在陜西省眉縣東南。李白《蜀道難》詩:“西當太白有鳥道,可以横絶峨眉顛。” 天尺五:極言地勢之高。古諺語:“武功太白,去天三百。”黄庭堅《醉蓬萊》詞:“盡道黔南,去天尺五,望極神州,萬里煙水。”

【輯評】

洪亮吉《北江詩話》:“黄二尹景仁詩:‘太白高高天尺五,寶刀明月共輝光。’……豪語也。”

伍合《黄景仁評傳》:“這是如何的激昂慷慨!很有宗慤長風、終軍弱冠的風味。”

秋 夜 曲

蟋蟀啼階葉飄井,秋月還來照人影。錦衾羅帷愁夜長,翠帶瘦斷雙鴛鴦〔一〕。幽蘭裛露露珠白,零落花香葬花骨〔二〕。秋深夜冷誰相憐,知君此時眠未眠?

〔一〕翠帶:猶玉帶,用翠玉裝飾的腰帶。陳後主《烏栖曲》:“翠帶羅裙人爲解。” 瘦斷:瘦極。《梁書·沈約傳》,沈約在給徐勉的信中訴説自己老病:“百日數旬,革帶常應移孔。”用衣帶的收小表示人的消瘦。 雙鴛鴦:指玉帶上鑲嵌的鴛鴦圖案。

〔二〕裛(yì)露:爲露水所沾濕。劉禹錫《憶江南》詞:“弱柳從風疑舉袂,叢蘭裛露似沾巾。” 花骨:指失去香氣的,已枯萎的花;落花。

【輯評】

清張維屏《聽松廬詩話》：黄仲則詩，有冷艷之句，“如‘幽蘭裛露露珠白，零落花香葬花骨’”。

清吴文溥《南野堂筆記》：“武進黄少尹仲則詩，超超元箸，俊句欲仙。……《秋夜曲》云：……（詩略）”

題　畫

淙淙獨鳴澗，矯矯孤生松〔一〕。半夜未歸鶴，一聲何寺鐘。此時彈緑綺〔二〕，明月正中峯。仿佛逢僧處，春山第幾重。

〔一〕矯矯：高峙貌。

〔二〕緑綺：古琴名。晉傅玄《琴賦》序：“中世司馬相如有緑綺，蔡邕有焦尾，皆名器也。”泛指琴。李白《聽蜀僧濬彈琴》詩：“蜀僧抱緑綺，西下峨嵋峯。”

十　三　夜

初更疾風雨〔一〕，孤館生芒寒〔二〕。夢醒忽見月，仍在疏櫺間〔三〕。推窗面軒豁〔四〕，巡檐步蹣跚〔五〕。林色黯逾潔，驚烏棲未安〔六〕。晴雨忽異境，頓作新霽看〔七〕。始知造物幻〔八〕，倏霍無其端〔九〕。清光澔同色〔一〇〕，中夜發長嘆。

〔一〕初更：舊時一夜分爲五個更次，初更爲晚七時至九時。

〔二〕孤館：孤寂的客舍。秦觀《踏莎行》詞："可堪孤館閉春寒，杜鵑聲裏斜陽暮。" 芒寒：微寒。（一本作"薄寒"。）

〔三〕櫺(líng)：窗户或欄杆上雕有花紋的木格子。 疏櫺：即疏窗。

〔四〕面：面對。 軒豁：開闊空曠的空間。

〔五〕巡檐：來往於檐前。杜甫《舍弟觀赴藍田取妻子到江陵，喜寄》詩之二："巡檐索共梅花笑，冷蕊疏枝半不禁。"

〔六〕周邦彦《蝶戀花》詞："月皎驚烏栖未定。"

〔七〕新霽：雨止後天晴。

〔八〕造物：指創造萬物的神。蘇軾《泗州僧伽塔》詩："耕田欲雨刈欲晴，去得順風來者怨。若使人人禱輒遂，造物得須日千變。"

〔九〕倏霍：急速貌。 端：先兆，迹象。晉陸機《君子行》："福鍾恒有兆，禍集非無端。"

〔一〇〕澔：同"浩"。遼闊曠遠。句謂月光浩瀚彌漫，與日色相同。

秋　夕

桂堂寂寂漏聲遲〔一〕，一種秋懷兩地知。羡爾女牛逢隔歲〔二〕，爲誰風露立多時〔三〕。心如蓮子常含苦，愁似春蠶未斷絲〔四〕。判逐幽蘭共頹化〔五〕，此生無分了相思〔六〕。

〔一〕桂堂：桂木造的廳堂。泛指華美的堂屋。李商隱《無題二首》詩之一："昨夜星辰昨夜風，畫樓西畔桂堂東。"

〔二〕女牛：牛郎與織女。神話傳説：織女爲天帝之孫女，長年織造雲錦。天帝憐其辛苦，將她許配給河西牛郎。織女嫁與牛郎後，閑怠不織。天帝令其分居，只准每年七月七日夜織女可渡河與牛郎相會一次。

〔三〕仲則另有《綺懷》詩十六首,其十五"似此星辰非昨夜,爲誰風露立中宵",可作參比。

〔四〕李商隱《無題》詩:"春蠶到死絲方盡,蠟炬成灰淚始乾。"

〔五〕判:甘願。　逐:跟隨。《楚辭·九歌·河伯》:"靈何爲兮水中,乘白黿兮逐文魚。"　頹化:凋謝。

〔六〕了:結束,了結。

登千佛巖遇雨〔一〕

木落千山秋,天空一江碧。賈勇登巉巖〔二〕,决眥瞰危壁〔三〕。玃玃虎嘯林〔四〕,陰陰龍起澤〔五〕。膚寸足下雲,倏已際天白〔六〕。急雨翻盆來,疾雷起肘腋〔七〕。同游三兩人,相望失咫尺〔八〕。飄然冷風過,煙霾漸消迹。雨脚移而東〔九〕,長虹亙林隙。山翠濕淋漓〔一〇〕,苔空見白石。快哉今日觀,横寫百憂積〔一一〕。山川美登眺,嗟余在行役。陟高曖親廬,犯險乖子職〔一二〕。歸當置濁醪,孤酹奠驚魄〔一三〕。

〔一〕千佛巖:在南京東北的棲霞山(又名攝山)棲霞寺附近,南朝齊時在石壁上鑿大小佛像千餘尊,號稱千佛巖。

〔二〕賈勇:謂自己有多餘勇氣可以出售。《左傳·成公二年》:"齊高固入晉師,桀石以投人,禽之而乘其車,係桑木焉,以徇齊壘,曰:'欲勇者,賈余餘勇。'"後以賈勇爲鼓足勇氣。

〔三〕决眥:裂開眼眶,表示睁大眼睛看。杜甫《望岳》詩:"蕩胸生層雲,决眥入歸鳥。"　危壁:極高的、壁立的山崖。

〔四〕獵獵：象聲詞，一般表示風聲，這裏形容林中的虎嘯聲。

〔五〕陰陰：形容天色陰沉。　龍起澤：謂天將下雨。

〔六〕膚寸：古長度單位，一指寬爲寸，四指寬爲膚。比喻極小或極少。黄庭堅《放言》詩之五："微雲起膚寸，大蔭彌九州。"　際天：邊及於天，猶言滿天。

〔七〕肘腋：胳膊與胳肢窩。比喻切近身邊。

〔八〕相望失咫尺：相隔咫尺已看不清。

〔九〕雨脚：密集落地的雨點。杜甫《茅屋爲秋風所破歌》："牀頭屋漏無乾處，雨脚如麻未斷絶。"

〔一〇〕山翠：翠緑的山色。王維《華子岡》詩："雲光侵履迹，山翠拂人衣。"　淋漓：沾濕或流滴貌。韓愈《醉後》詩："淋漓身上衣，顛倒筆下字。"

〔一一〕横：下决心不顧一切地（作某事）。　寫：傾吐，抒發。《詩·邶風·泉水》："駕言出游，以寫我憂。"

〔一二〕陟（zhì）高：攀登高山。《詩·周南·卷耳》："陟彼高岡，我馬玄黄。"　曖：遮蔽。南朝宋謝靈運《會吟行》詩："滮池溉粳稻，輕雲曖松杞。"　親廬：父母所居之房舍。　犯險：不顧危險。　乖：違背。　子職：爲人子的職責。二句謂按照儒家的教導："父母在，不遠游。游必有方。"（見《論語》）現在我遠出游山玩水，與父母相隔，而且身歷險境，違背了爲人子的孝道。

〔一三〕孤：獨自一人。　酹：以酒灑地，表示祭奠。蘇軾《念奴嬌》詞："人間如夢，一尊還酹江月。"

感　舊

其　一

大道青樓望不遮〔一〕，年時繫馬醉流霞〔二〕。風前帶是同心結〔三〕，杯底人如解語花〔四〕。下杜城邊南北路〔五〕，上闌門外去來車〔六〕。匆匆覺得揚州夢〔七〕，檢點閑愁在鬢華。

〔一〕青樓：青漆塗飾的華麗樓房。曹植《美女篇》："青樓臨大路，高門結重關。"後亦指妓院。杜牧《遣懷》詩："十年一覺揚州夢，贏得青樓薄幸名。" 不遮：無遮蔽。

〔二〕年時：當年。 流霞：傳説中神仙飲料。漢王充《論衡・道虚》："(項曼都)曰：'有仙人數人，將我上天，離月數里而止。……口飢欲食，仙人輒飲我以流霞一杯，數月不飢。'"泛指美酒。

〔三〕同心結：舊時用錦帶編成連環回文樣式的結子，用以象徵堅貞的愛情。南朝梁武帝《有所思》詩："腰中雙綺帶，夢爲同心結。"

〔四〕解語花：五代王仁裕《開元天寶遺事・解語花》："明皇秋八月，太液池有千葉白蓮數枝盛開，帝與貴戚宴賞焉。左右皆嘆羡。久之，帝指貴妃示於左右曰：'争如我解語花。'"後用以比喻美女。

〔五〕下杜：即杜城，在陝西長安縣南故杜縣西。《漢書・宣帝記》："高材好學，然亦喜游俠，鬥鷄走馬……尤樂杜、鄠之間，率常在下杜。"

〔六〕上闌：商務印書館版《黄仲則詩》朱建新注："疑應作'上蘭'。按'上蘭'，觀名，在上林苑中，今陝西長安縣之西。"南朝梁沈約《登高望春》詩："淹留宿下蔡，置酒過上蘭。"

〔七〕揚州夢：見上注〔一〕。按仲則在宜興氿里讀書時與一雛妓相好，他另有《虞美人・閨中初春》詞云："問春何處最多些？只在淺斟低唱那人家。""淺斟低唱那人家"即指妓院。《五百家香艷詩》卷五載清王紹舒《和黄仲則贈小桃校書原韻》三首云："殘霞低襯緑楊枝，粉蝶隨香百媚時。試按紅牙十八拍，挑燈重譜雪兒詞。""短籬曲徑一枝安，幾度臨風著意看。最愛疏窗明月上，珊瑚小枕玉釵寒。""涼雨初晴暑漸消，香添銀葉可憐宵。樽前欲訴相思苦，聯袂還教聽紫簫。"仲則原詩已佚，《感舊》詩中憶念的，可能就是此女。

其　二

唤起窗前尚宿醒〔一〕，啼鵑催去又聲聲。丹青舊誓相如札〔二〕，禪榻經時杜牧情〔三〕。别後相思空一水〔四〕，重來回首已三生〔五〕。雲階月地依然在〔六〕，細逐空香百遍行〔七〕。

〔一〕唤起：鳥名。韓愈《贈同游》詩："唤起窗全曙，催歸日未西。"李時珍《本草綱目·禽三·伯勞》："古有催明之鳥，名唤起，蓋即此也。"　宿醒：謂昨夜酒醉後神志仍未清。仲則《風馬兒·幽憶》詞："子規窗外一聲聲，把醉也醒醒，夢也醒醒。細憶别時、情狀忒分明。"

〔二〕相如札：《西京雜記》卷三："司馬相如將聘茂陵人女爲妾，卓文君作《白頭吟》以自絶。相如乃止。"司馬相如《報卓文君書》："誦子嘉吟而回予故步，當不令負丹青，感白頭也。"　丹青：丹砂和青雘（一種孔雀石），可作顔料。丹青色艷而不易泯滅，故用以比喻始終不渝。

〔三〕禪榻：禪牀。杜牧《題禪院》詩："觥船一棹百分空，十載青春不負公。今日鬢絲禪榻畔，茶煙輕颺落花風。"句意謂回憶舊情，還感到惆悵和留戀。

〔四〕意謂别後相思，已空無所有。

〔五〕三生：泛指前生。白居易《贈張處士山人》詩："世説三生如不謬，共疑巢許是前身。"句意謂回首前情，如同隔世。

〔六〕雲階月地：即月地雲階，原本形容仙境。唐牛僧孺《周秦行紀》："香風引到大羅天，月地雲階拜洞仙。"後泛用於表示地理環境之優美。此處指當時與情人相聚游賞的地方。

〔七〕空香：人去後留下的香氣。實際上這香氣早已消散，只是記憶中似乎還能聞到這種香氣，故曰"空香"。

其　三

遮莫臨行念我頻〔一〕，竹枝留涴淚痕新〔二〕。多緣刺史無堅約，豈視蕭郎作路人〔三〕。望裏彩雲疑冉冉，愁邊春水故粼粼〔四〕。珊瑚百尺珠千斛〔五〕，難换羅敷未嫁身〔六〕。

〔一〕遮莫：不要，不爲。晏殊《秋蕊香》詞："今朝有酒今朝醉，遮莫更長無睡。"

〔二〕竹枝留涴(wò)：涴，污染。晉張華《博物志》卷八："堯之二女，舜之二妃，曰湘夫人。帝崩。二妃啼，以涕揮竹，竹盡斑。"劉禹錫《瀟湘神》詞："斑竹枝，斑竹枝，淚痕點點寄相思。"

〔三〕刺史：古代官名。唐范攄《雲溪友議》卷三："(劍南節度使)韋皋少游江夏，館於姜氏。姜令小青衣玉簫祗候，因漸有情。韋歸，與玉簫約，少則五載，多則七年，來取玉簫。至第八年春，韋未來。玉簫嘆曰：'韋家郎君，一别七年，是不來矣。'遂絶食而殞。"蕭郎：古時對男子的美稱。《雲溪友議》卷一：唐崔郊之姑有侍婢，與郊相戀。姑貧，將婢賣與連帥。郊思慕無已。婢因寒食出，與郊相遇。郊贈之以詩曰："公子王孫逐後塵，緑珠垂淚滴羅巾。侯門一入深如海，從此蕭郎是路人。"二句謂當年分手，是由於仲則自己不够堅定，不能信守誓約，並非女子無情。

〔四〕冉冉：慢慢地移動。　粼粼：水清澈明浄。高適《答侯少府》詩："漆園多喬木，睢水清粼粼。"

〔五〕珊瑚：由珊瑚蟲分泌的石灰性物質和遺骸長期聚積凝成的樹狀物，是一種高貴的裝飾品。《晉書·石崇傳》："與貴戚王愷、羊琇之徒以奢靡相尚……武帝每助愷，嘗以珊瑚樹賜之，高二尺許，枝柯扶疏，世所罕比。愷以示崇，崇便以鐵如意擊之，應手而碎。愷既惋惜，又以爲疾己之寶，聲色方厲。崇曰：'不足多恨，今還卿。'乃命左右悉取珊瑚樹，有高三四尺者六七株，條幹絶俗，光彩耀目,如愷者甚衆。愷怳然自失矣。” 珠千斛:石崇妾緑珠,相傳爲梁氏女,美而艷,善吹笛。石崇爲交趾采訪使,以圓珠三斛買之。

〔六〕羅敷:古代美女名。古樂府《日出東南隅行》叙述秦氏女羅敷陌上采桑,一官員見而悦之,欲與相好。羅敷拒之,曰:“使君自有婦,羅敷自有夫。”

其　四

從此音塵各悄然〔一〕,春山如黛草如煙〔二〕。淚添吴苑三更雨,恨惹郵亭一夜眠〔三〕。詎有青烏緘别句〔四〕,聊將錦瑟記流年〔五〕。他時脱便微之過,百轉千回衹自憐〔六〕。

〔一〕音塵:音信,消息。《文選》謝莊《月賦》:“美人邁兮音塵闕。” 悄然:沉寂。

〔二〕黛:深青色或深緑色。 草如煙:草如同被煙霧籠照着的樣子。

〔三〕吴苑:即長洲苑。泛指吴地的園苑。 三更雨:泛指夜間的雨。温庭筠《更漏子》詞:“梧桐樹,三更雨,不道離情正苦。” 郵亭:旅舍。清葉申薌《本事詞》:“宋遣陶穀使江南。李憲以書抵韓熙載曰:‘五柳公驕甚,其善待之。’陶至,果如所言。韓因謂所親曰:‘陶非端介者,其守可隳,當使諸君一笑。’乃令歌姬秦弱蘭衣敝衣,僞爲驛卒女,供灑掃館舍中。陶見而悦之,遂忘慎獨之戒。贈以長短句云:‘好因緣,惡因緣,只得郵亭一夜眠,别神仙。 琵琶撥盡相思調,知音少。安得鸞膠續斷絃,是何年?’他日後主宴陶,陶凛然若不可犯。主持觥命弱蘭出,歌前所贈詞以侑觴。陶大慚而罷。”按此句只是借用了陶詞的字面,與典故無關。意謂一夜獨宿旅舍,適逢夜雨,凄清孤寂,憶念與彼女之前情,心中充滿愁怨,因而淚如雨下。

〔四〕詎：豈，表示反問。　詎有：豈有。　青烏：即青鳥，神話傳説中爲西王母傳信的神鳥。漢班固《漢武故事》："七月七日，上於承華殿齋。正中，忽有一青鳥從西方來，集殿前。上問東方朔。朔曰：'此西王母欲來也。'有頃，王母至。有兩青鳥如烏，俠侍王母旁。"後遂以"青鳥"或"青烏"爲使者代稱。　緘：爲書信封口。引伸爲傳寄書信。　緘别句：傳達别後思念的詩句。

〔五〕錦瑟：漆有織錦紋的瑟。李商隱《錦瑟》詩："錦瑟無端五十絃，一絃一柱思華年。"

〔六〕微之：唐詩人元稹字。元稹《鶯鶯傳》，叙述張生（元稹托名）與崔鶯鶯相好，後又把崔抛棄。"後歲餘，崔已委身於人，張亦有所娶。適經所居，乃因其夫言於崔，求以外兄見。夫語之，而崔終不爲出。張怨念之誠動於顔色。崔知之，潛賦一章，詞曰：'自從消瘦減容光，萬轉千迴懶下牀。不爲旁人羞不起，爲郎憔悴却羞郎。'竟不之見。後數日，張生將行。又賦一章以謝絶云：'棄置今何道，當時且自親。還將舊時意，憐取眼前人。'自是，絶不復知矣。"脱便：即便，即使。

【輯評】

李國章《論黄仲則在清代中期詩壇的地位》："李商隱的《無題》詩對黄仲則的影響很明顯。《感舊》、《綺懷》等吟詠愛情的詩篇，纏綿悱惻，意志隱晦，風格極相似。"

吴山寫望〔一〕

雲蒸海氣欲浮城〔二〕，雨過江天曠望清。踏浪人歸歌緩緩〔三〕，回帆風定鼓聲聲〔四〕。潮頭前後英靈在〔五〕，浙水東西王氣平〔六〕。回首西湖真一掬〔七〕，幾番花月送人行。

〔一〕吴山：又名胥山，俗稱城隍山。在杭州西湖東南。

〔二〕形容下雨時，江湖水面上煙霧騰騰，使城廓仿佛浮在煙霧上面。

〔三〕踏浪：踩踏波浪，在水面上戲耍或表演各種技巧。蘇軾《讀孟郊詩》之二："吴姬霜雪白，赤脚浣白紵。嫁與踏浪兒，不識離别苦。" 緩緩：指歌聲舒徐緩慢。

〔四〕鼓聲聲：指船上的擊鼓聲。舟船行駛時常擊鼓，以警告對面駛來的船隻相互避讓，以免碰撞。稱爲船鼓。蘇軾《滿庭芳》詞："歌舞斷，行人未起，船鼓已逢逢。"

〔五〕潮頭前後：見《觀潮行》注〔一四〕。

〔六〕浙水：指錢塘江。春秋時，江東屬越國，江西屬吴國。　王氣：見《雨花臺》注〔三〕。王氣平，謂吴國與越國相互爲敵，如今已不復存在。

〔七〕一掬：形容小。

觀潮行

客有不樂游廣陵，卧看八月秋濤興〔一〕。偉哉造物此巨觀〔二〕，海水直挾心飛騰。瀴溟萬萬夙未届，對此茫茫八埏隘〔三〕。纔見銀山動地來，已將赤岸浮天外〔四〕。砰巖硊岳萬穴號，雌呿雄吟六節摇〔五〕。豈其乾坤果吁吸，乃與晦朔爲盈消〔六〕。殷天怒爲排山入，轉眼西追日輪及〔七〕。一信將無渤澥空，再來或恐鴻濛濕〔八〕。唱歌踏浪輸吴儂〔九〕，曾賚何物邀海童〔一〇〕？答言三千水犀弩，至今猶敢攖其鋒〔一一〕。我思此語等兒戲，員也英靈實南避。只合回頭撼越山，那因抉目仇吴地〔一二〕。吴顛越蹶曾幾時〔一三〕，前胥後種誰見知〔一四〕。潮生潮落自終古，我欲停杯一問之〔一五〕。

〔一〕廣陵：今江蘇揚州。漢枚乘《七發》："將以八月之望，與諸侯遠方交游兄弟並往觀濤於廣陵之曲江。"相傳古時觀潮，以廣陵之曲江潮（簡稱廣陵潮）最有名。故此詩即以"廣陵潮"爲引言，接下去詳細描寫眼前所見的浙江錢塘潮（又稱浙江潮）的景象。

〔二〕造物：見《十三夜》注〔八〕。

〔三〕瀯（yíng）溟：水杳遠貌。　萬萬：表示巨大無比。　夙未届：平素未嘗到過；過去從未看到過。　八埏（yán）：埏，大地的邊際。八埏，四面八方極遠的邊際。　隘：狹小。二句謂過去從未到過海邊，現在見此浩瀚的無邊無際的大海，感到自己四周的土地太狹小了。

〔四〕銀山：比喻浪濤，潮水。　赤岸：指土石呈赤色的崖岸。按枚乘《七發》："凌赤岸，彗扶桑，横奔似雷行。""赤岸"與"扶桑"並舉，都作神話傳説中的地名解。而此處"赤岸"與"銀山"並舉，似作普通名詞較妥當。

〔五〕砰（pēng）巖：碰撞巖石。　磓（duī）岳：撞擊山壁。　呿（qū）吟：張口舒氣，呼吸。　雌呿雄吟：一呼一吸。　六節：謂喜、怒、哀、樂、好、惡六種感情。

〔六〕吁吸：謂嘘氣與吸氣，呼吸。　晦：農曆每月的最後一天。　朔：農曆每月初一。　盈：充滿。　消：消失。

〔七〕殷：震，震動。殷天怒：指震天的怒濤。　日輪：謂日，太陽。因日形如車輪而運行不息，故稱。　追日：古代神話，夸父逐日，道渴而死。　及：追上。上句喻漲潮，下句喻退潮。

〔八〕一信：潮水漲落有定時，故曰潮信。錢塘江一日漲二次潮（見下注〔一一〕），一信指第一次潮。　渤澥：古代稱東海的一部分，即渤海。　將無：莫非。宋潘閬《酒泉子》詞："長憶觀潮，滿郭人争江上望。來疑滄海盡成空，萬面鼓聲中。"　鴻濛：宇宙形成前的混沌狀態。謂整個世界。

〔九〕吴儂：吴地自稱或稱人多用“儂”字，故以“吴儂”指吴人。　踏浪：見《吴山寫望》注〔三〕。

〔一〇〕海童：傳説中的海中神童。《神異經》：“西海有神童，乘白馬，出則天下大水。”　賫（jī）：贈送。《文選·海賦》“海童邀路”注引吴歌：“仙人賫持何，等前謁海童。”

〔一一〕水犀弩：以水犀角製成的弩。借指强弩。蘇軾《八月十五日看潮》詩：“安得夫差水犀手，三千强弩射潮低。”《宋史·河渠志七》：“淛江通大海，日受兩潮。梁開平中，錢武肅王始築捍海塘，在候潮門外。潮水日夜衝激，版築不就。因命强弩數百以射潮頭，又致禱胥山祠。既而潮避錢塘，東擊西陵。”　攖（yīng）：觸碰，觸犯。　鋒：指潮水的鋭氣。

〔一二〕員：伍員，字子胥。《史記·伍子胥列傳》：子胥諫吴王夫差。吴王聞之大怒，賜子胥死，並抉其雙目，懸東門上，盛其屍於革囊，使浮於江中。四句意謂上面的答言潮水爲水犀弩射退之語實屬戲言，子胥有靈，不會因被夫差抉目而仇恨吴地，只會回過頭去衝激越國；潮水向南避開，是免得波及吴地。

〔一三〕吴顛越蹶：吴國打敗越國，回頭越國又消滅吴國。

〔一四〕前胥後種：胥，伍子胥。種，文種。《吴越春秋》：越王勾踐在大夫文種和范蠡扶助下報會稽之仇，消滅吴國後，范蠡隱退於五湖，文種仍留任於越王身邊，結果因屢諫越王，被越王賜死，葬於國之西山。“葬一年，伍子胥從海上穿山脅而持種去，與之俱浮於海。故前潮水潘侯者，伍子胥也，後重水者，大夫種也。”

〔一五〕李白《把酒問月》詩：“青天有月來幾時，我今停杯一問之。”

後觀潮行

海風卷盡江頭葉，沙岸千人萬人立。怪底山川忽變容〔一〕,又報天邊海潮入。鷗飛艇亂行雲停,江亦作勢如相迎〔二〕。鵝毛一白尚天際,傾耳已是風霆聲。江流不合幾回折,欲折潮頭如折鐵〔三〕。一折平添百丈飛,浩浩長空舞晴雪〔四〕。星馳電激望已遥〔五〕,江塘十里隨低高。此時萬户同屏息,想見窗槅齊動揺〔六〕。潮頭障天天亦暮,蒼茫却望潮來處。前陣纔平羅刹磯〔七〕,後來又没西興樹〔八〕。獨客弔影行自愁〔九〕,大地與身同一浮。乘槎未許到星闕〔一〇〕,采藥何年傍祖洲〔一一〕。賦罷《觀潮》長太息,我尚輸潮歸即得〔一二〕。回首重城鼓角哀〔一三〕,半空純作魚龍色〔一四〕。

〔一〕怪底:奇怪的是……。底,猶"的"。

〔二〕江:指錢塘江。句謂大潮涌來,江水後退,作出迎接的樣子。

〔三〕幾回折:指潮水幾次涌來,又向後折回。　折鐵:形容潮頭勢猛,難以折斷。

〔四〕平添:平空增加。　舞晴雪:形容水珠散落如下雪。

〔五〕星馳電激:形容速度極快,迅疾。

〔六〕窗槅:窗格(舊式的窗子上有許多小格子,上面糊棉紙),泛指窗。

〔七〕羅刹磯:即羅刹石,在錢塘江中。《輿地紀勝》:秦望山附近有大石崔嵬,横接江濤。船舶經此,多爲風浪所傾,因呼爲"羅刹石"。

〔八〕西興:渡口名,在浙江省西興市西北。隔岸與杭州相對。

〔九〕弔影:對影自憐。喻孤獨寂寞。白居易《自河南經亂兄弟離散》詩:"弔影分爲千里雁,辭根散作九秋蓬。"　行:副詞。正,方。

〔一〇〕乘槎:乘坐竹筏或木筏。晋張華《博物志·雜説》:"舊説云,天河與海通。近世有人居海渚者,年年八月有浮槎去來不失期。人有奇志,立飛閣於槎上,多齎糧乘槎而去……奄至一處,有城郭狀,屋舍甚嚴。遥望宫中多織婦。見一丈夫牽牛渚次飲之。牽牛人乃驚問曰:'何由至此?'此人具説來意,並問此是何處。答曰:'君還至蜀郡,訪嚴君平則知之。'……後至蜀,問君平。曰:'某年月日客星犯牽牛宿。'計年月,正是此人到天河時也。"

〔一一〕祖洲:古代傳説中的十洲之一。《海内十洲記·祖洲》:"祖洲近在東海之中……上有不死之草,草形如菰苗,長三四尺,人已死三日者,以草覆之,皆當時活也。服之令人長生。"

〔一二〕句謂潮水想退就退,我却不能想歸家就歸家,我還不如潮水。

〔一三〕重城:古代城市在外城中又建内城,故稱。亦泛指城市。　鼓角:鼓聲和號角聲。

〔一四〕魚龍色:指陰沉、陰冷的色調。

【輯評】

清袁枚《仿元遺山論詩》:"常州星象聚文昌,洪(稚存)顧(立方)孫(淵如)楊(蓉裳)各擅場。中有黄滔今李白,《觀潮》七古冠錢塘。"

清徐嘉《論詩絶句·黄仲則兩當軒詩》:"傾倒洪孫讓謫仙,清商高奏氣幽燕。《觀潮》一灑枚乘筆,冠絶三吴此少年。"

清朱庭珍《筱園詩話·評黄仲則詩》:"仲則七古佳篇……前後《觀潮行》等作,其才氣横絶一時,可謂詩壇飛將,有大神通矣。故當時推其似太白也。"

朱舒甲《黄仲則和兩當軒集》:"黄仲則以豐富的想像,豪邁的情懷,再現大自然的雄偉景象。金石之聲,風雲之氣,讀之令人驚心動魄。"

秋　風　怨

枯草摇天黄,白楊醉霜紫。驄馬嘶不歸,秋風葬羅綺。〔一〕

〔一〕驄馬:青白色相雜的馬。南朝宋鮑照《代結客少年場行》:"驄馬金絡頭,錦帶佩吴鈎。失意杯酒間,白刃起相讐。追兵一旦至,負劍遠行游。去鄉三十載,復得還舊丘。"驄馬: 喻騎驄馬的少年。　羅綺: 指絲綢衣裳。喻女子。二句謂丈夫久客不歸,妻子憂傷憔悴而死。

雨後湖泛〔一〕

風起水參差〔二〕,舟輕去轉遲〔三〕。一湖新雨後,萬樹欲煙時。有客倚蘭楫〔四〕,何人唱《竹枝》〔五〕。蓮娃歸去盡,極浦剩相思〔六〕。

〔一〕湖: 指杭州西湖。

〔二〕水參差: 由於被風吹而水波不平。

〔三〕輕舟應該行得較快,但由於逆風而行,反而行得較慢。

〔四〕蘭楫: 楫,划船的槳。蘭楫,蘭舟的槳。　倚: 依仗,引伸爲從事。倚楫: 指划槳。

〔五〕《竹枝》:《竹枝詞》,本爲巴渝一帶民歌,唐詩人劉禹錫據以改作新詞。後人多傚之,遂成爲一種詞調。

〔六〕極浦: 遥遠的水濱。《楚辭·九歌·湘君》:"望涔陽兮極浦,横大江兮揚靈。"

乾隆三十四年(1769),仲則二十一歲。開始浪游。春由杭州至會稽,登四明,溯錢塘,上黄山,復經豫章,泛湘水,登衡嶽,泛洞庭,由長江歸。其間時出時歸,曾在杭州得到鄭虎文教益。冬,應湖南按察使王太岳邀請,客於其幕中。乾隆三十五年(1770),仲則二十二歲。春,仍在湖南按察使署。以狂傲少諧,落落難與衆合,暇輒襆被獨游名勝。居半載,由大江以歸。七月,至江寧鄉試,落第。心灰意懶,與里人左輔、洪亮吉輩過從甚密。

雜　感

仙佛茫茫兩未成,祇知獨夜不平鳴〔一〕。風蓬飄盡悲歌氣〔二〕,泥絮沾來薄幸名〔三〕。十有九人堪白眼〔四〕,百無一用是書生。莫因詩卷愁成讖〔五〕,春鳥秋蟲自作聲〔六〕。

〔一〕不平鳴:由於遭受不公平待遇而發出不滿的呼聲。韓愈《送孟東野序》:“大凡物不得其平則鳴。”

〔二〕風蓬:蓬草秋枯根拔,遇風飛旋。曹操《却東西門行》:“田中有轉蓬,隨風遠飄揚。”

〔三〕泥絮:沾泥的柳絮。喻心情沉静。宋趙令畤《侯鯖録》卷三:“東坡在徐州,參寥自錢塘訪之。坡席上令一妓戲求詩,參寥口占一絶云:‘多謝尊前窈窕娘,好將幽夢惱襄王。禪心已作沾泥絮,不逐東風上下狂。’” 薄幸:薄情。杜牧《遣懷》詩:“十年一覺揚州夢,贏得青樓薄幸名。”

〔四〕白眼:露出眼白,表示鄙薄或厭惡。《晉書·阮籍傳》:“籍又能爲青白眼。見禮俗之士,以白眼對之。”

〔五〕詩卷成讖(chèn):讖,預言吉凶的文字。謂所作的詩中無意説及某種情況,後來果然成爲事實。

〔六〕謂春鳥秋蟲的鳴聲出於自然,作詩亦然,與讖語無關。原注:或戒以吟苦非福,謝之而已。

莫　打　鴨

莫打鴨〔一〕,打起鴛鴦睡。鴛鴦飛去尚成雙,落得芙蓉妾心碎〔二〕。

〔一〕宋趙令畤《侯鯖録》:"宣城守吕士龍好緣微罪杖營妓。後樂籍中得一客娼名麗華,善歌,有聲於江南,士龍眷之。一日復欲杖營妓。妓泣訴曰:'某不敢避杖,但恐新到某人者不安此耳。'士龍笑而從之。……故梅聖俞作《莫打鴨》詩以解之,曰:'莫打鴨,莫打鴨,打鴨驚鴛鴦。鴛鴦新自南池落,不比孤洲老秃鶬。秃鶬尚欲遠飛去,何況鴛鴦羽翼長。'"

〔二〕芙蓉:諧音"夫容",喻丈夫。晉《清商曲辭・子夜歌》:"霧露隱芙蓉,見蓮不分明。"晉、宋民歌中常用此法,如以"見蓮"爲"見憐","蓮子"爲"憐子","銜碑"爲"含悲"。此詩後二句謂鴛鴦雖被驚醒而飛去,仍成雙作對;而丈夫受到傷害,則令人心碎。仲則另有《長風沙行》云:"昨夢芙蓉花,飄零落江水。"亦以"芙蓉"喻丈夫。

春夜聞鐘

近郭無僧寺,鐘聲何處風?短長鄉夢外,斷續雨絲中。芳草遠愈遠〔一〕,小樓空更空。不堪沈聽寂,天半又歸鴻〔二〕。

〔一〕李後主《清平樂》詞:"離恨恰如春草,更行更遠還生。"

〔二〕謂鐘聲纔止,又聞雁聲。歸鴻:秋天北方寒冷,北雁南飛避寒。到次年春天天氣漸暖,又飛返北方。故曰歸鴻。鴻雁能回歸,而自己仍客居在外,故聞歸雁之鳴聲更觸動思鄉之情。

檢邵叔宀先生遺札〔一〕

死別生離各泫然,吞聲惻惻已經年〔二〕。帆開南浦春剛去〔三〕,舟到西泠月正圓〔四〕。當日祖筵如夢裏〔五〕,即今展翰又天邊。傷心一樹梅花發,更有誰移植墓田〔六〕。

〔一〕邵叔宀(mián):邵齊燾(1717—1768),字荀慈,號叔宀,昭文(今屬常熟)人。乾隆七年(1742)進士,官編修。乾隆三十一年(1766)罷官歸,即主講常州龍城書院,仲則與洪亮吉都受業於門下。邵氏卒於乾隆三十三年,此詩中有"吞聲惻惻已經年"之句,可知應作於乾隆三十四年(1769)。

〔二〕杜甫《夢李白二首》其一:"死别已吞聲,生離常惻惻。"惻惻:悲痛,悽涼。

〔三〕南浦:南面的水邊。泛指送别之處。南朝梁江淹《别賦》:"春草碧色,春水渌波。送君南浦,傷如之何。"乾隆三十三年仲則赴徽州訪徽州同知王祖肅,時在首夏,邵先生有詩序送行。

〔四〕西泠:亦稱西泠橋。在杭州孤山西北盡頭處。仲則應浙江觀察潘恂之邀,客杭州觀察署中。原注:二語昔年别先生之武林詩,未成而發,後得書示和章。

〔五〕祖筵:送别的筵席。孟郊《送黄構擢第後歸江南》詩:"却憶江南道,祖筵花裏開。"

〔六〕原注:庭梅一株,先生嘗酌其下,曰:"吾老去,移此植墓田足矣。"竟成語讖。

春　晝　曲

楊花飛,游絲颺。兩地相逢不相讓。畢竟楊花性更柔,因風復上楊枝上。游絲一縷當空垂,欲落不落花蕤蕤〔一〕。須臾駐向花陰去〔二〕,有意尋之不知處。楊花飄蕩絲纏綿，游子心傷望遠天。寄語高樓休極目，鳥啼花落自年年。

〔一〕蕤蕤（ruí）：草木花下垂貌。明陳子龍《雜詩》之三："蕤蕤桐花落，鬱鬱椒條衍。"
〔二〕駐：停留。

【輯評】

清延君壽《老生常談·評黄仲則詩》："其學太白處，如《春晝》云：'楊花飛，游絲颺，兩地相逢不相讓。畢竟楊花性更柔，因風復上楊枝上。'……此真能闖太白堂奥，東坡而後，罕有其匹。"

花前曲

巡檐花滿地〔一〕，倚檻香留枝〔二〕。看花易腸斷，攀樹最相思〔三〕。

〔一〕巡檐：見《十三夜》注〔五〕。
〔二〕檻：闌，欄杆。
〔三〕攀樹：攀折樹枝，特指柳枝。

遇伍三〔一〕

君問十年事，凄然欲斷魂。一無如我意，儘可對君言〔二〕。刖屨足猶在,鞭多舌幸存〔三〕。相期著書好,歸去掩蓬門。

〔一〕伍三:伍宇澄,字既庭,陽湖(今常州)人。

〔二〕盡可:完全可以。

〔三〕屨:屨次,多次。刖足:砍斷脚。古代肉刑之一。《韓非子·和氏》:"楚人和氏得玉璞楚山中,奉而獻之厲王。厲王使玉人相之。玉人曰:'石也。'王以和氏誑,而刖其左足。及厲王薨,武王即位。和又奉其璞而獻之武王。武王使玉人相之,又曰:'石也。'王又以和爲誑,而刖其右足。武王薨,文王即位。和乃抱其璞而哭於楚山之下,三日三夜,泣盡而繼之以血。王聞之,使人問其故,曰:'天下之刖者多矣,子奚哭之悲也?'和曰:'吾非悲刖也。悲夫寶玉而題之以石,貞士而名之以誑。此吾所以悲也。'王乃使玉人理其璞而得寶焉。" 舌猶存:《史記·張儀列傳》:"張儀已學而游説諸侯。嘗從楚相飲,已而楚相亡璧。門下意張儀,曰:'儀貧無行,必此盜相君之璧。'共執張儀,掠笞數百。不服。釋之。其妻曰:'嘻,子毋讀書游説,安得此辱乎?'張儀謂其妻曰:'視吾舌尚在不?'其妻笑曰:'舌在也。'儀曰:'足矣。'"二句意謂雖遭受挫折,但並不灰心,尚有希望。

僧舍夜月

寂寂諸天夜氣中〔一〕,闍黎粥後飯堂空〔二〕。低頭雲影時争月〔三〕,入耳松濤獨受風。遠迹已堪鄰虎豹,定心可許問魚龍〔四〕?一龕彌勒遥相對,歲久琉璃焰不紅〔五〕。

〔一〕諸天：指天界的一切護法天神。後泛指天界，天空。唐谷神子《博異志·陰隱客》："修行七十萬日，然後得至諸天。"

〔二〕闍黎：梵語"阿闍黎"的省稱，意謂高僧，亦泛指僧人。

〔三〕雲影争月：謂月光被雲影遮蓋。

〔四〕定心：心情安定，心無雜念。　魚龍：泛指鱗界水族。杜甫《秋興》詩之四："魚龍寂寞秋江冷，故國平居有所思。"

〔五〕琉璃：琉璃燈的省稱。用玻璃製作的油燈，多用於寺廟中。明葉憲祖《鸞鎞記·途逅》："歸來愁日暮，孤影對琉璃。"

醉　醒

夢裏微聞薝蔔香〔一〕，覺時一枕緑雲涼〔二〕。夜來忘却掩扉卧，落月二峯陰上牀。

〔一〕薝蔔（zhān bo）：梵語音譯，義譯爲鬱金花。盧綸《送静居法師》詩："薝蔔名花飄不斷，醍醐法味酒何濃。"按：讀此句，可想像此夜仲則宿於廟宇中，與上《僧舍夜月》作於同時。

〔二〕緑雲：喻烏黑亮麗的頭髮。陸游《清商怨·葭萌驛作》詞："夢破南樓，緑雲堆一枕。"

客中聞雁

山明落日水明沙，寂寞秋城感物華〔一〕。獨上高樓慘無語，忽聞孤雁竟思家。和霜欲起千村杵，帶月如聽絶漠笳〔二〕。我亦稻粱愁歲暮〔三〕,年年星鬢爲伊加。

〔一〕物華:指自然景物。柳永《八聲甘州》詞:"是處紅衰翠減,冉冉物華休。" 感物華:因時間與景物的改變而産生感慨。

〔二〕杵:洗衣用的棒槌。借指搗衣聲。唐盧汝弼《秋夕寓居精舍書事》詩:"葉滿苔階杵滿城,此中多恨恨難平。" 笳:胡笳,我國古代北方民族的管樂器。岑參《胡笳歌送顔真卿使赴胡隴》詩:"君不聞胡笳聲最悲,紫髯緑眼胡人吹。"

〔三〕稻粱:穀物的總稱。多用以指人的生活必需。杜甫《同諸公登慈恩寺塔》詩:"君看隨陽雁,各有稻粱謀。"

初　春

不分春風解勸餐〔一〕,只將幽恨上眉端。將歸燕子休垂幕,漸老梅花莫倚闌。最怕難醒惟獨醉,生憎易中是輕寒〔二〕。新傳多少紅箋字〔三〕,半爲昏盹未忍看。

〔一〕不分(fèn):不聽從,不服氣。杜甫《送路六侍御入朝》詩:"不分桃花紅似錦,生憎柳絮白於綿。"

〔二〕生憎:最恨,偏恨。

〔三〕紅箋:紅色箋紙。唐韓偓《偶見》詩:"小疊紅箋書恨字,與奴方便寄卿卿。"

衡山高和趙味辛送余之湖南即以留别〔一〕

衡山高,湘水深,我爲此别難爲心。君知我行不得意,爲我翻作衡山吟〔二〕。衡山吟,聲漸苦,凄斷湘弦冷湘浦〔三〕。女蘿山鬼風蕭蕭〔四〕,七澤欲凍黿鼉嗥〔五〕。下見蒼梧萬里之大野〔六〕,上有祝融礙日之高標〔七〕。魚龍廣樂不復作〔八〕,雁飛欲墮哀嗷嗷〔九〕。漁父拏舟入煙水,屈原行吟意未已〔一〇〕。千古騷人且如此,我輩升沈偶然耳。衡山之吟吟且停,此曲凄絶難爲聽〔一一〕。我亦不弔湘夫人〔一二〕,我亦不悲楚靈均〔一三〕。只將此曲操入水雲去〔一四〕,自寫牢落招羈魂〔一五〕。前途但恨少君共,誰與醉倒金庭春〔一六〕。春來沅芷倘堪折〔一七〕,手把一枝歸贈君。

〔一〕趙味辛:趙懷玉,字億孫,號味辛,又號映川,武進人。乾隆四十五年(1780)召試舉人。官青州府海防同知。

〔二〕借用趙味辛《衡山高送黄生》起句:"衡山高,湘水深,爲君翻作衡山吟。" 難爲心:心中受不了。 翻作:譜寫。白居易《琵琶行》:"莫辭更坐彈一曲,爲君翻作琵琶行。"

〔三〕凄斷:極其凄涼悲哀。 湘弦:即湘瑟。相傳瑟爲湘妃所彈之樂器,故名。韓愈《送靈師》詩:"四座咸寂默,杳如奏湘弦。" 湘浦:湘江之濱。

〔四〕女蘿山鬼:女蘿,植物名,即松蘿,多附生在松樹上,成絲狀下垂。《楚辭·九歌·山鬼》:"若有人兮山之阿,被薜荔兮帶女蘿。"此句借用趙詩:"洞庭木葉霜初凋,女蘿山鬼風蕭蕭。"

〔五〕七澤:相傳古時楚有七處沼澤。後以七澤泛稱楚地諸湖泊。杜甫《醉歌行贈公安顔少府請顧八題壁》詩:"是日霜風凍七澤,烏蠻落照銜赤壁。" 黿鼉:大鱉和猪婆龍(揚子鰐)。

〔六〕蒼梧:郡名。西漢元鼎六年(前111)置,治所在廣信(今廣西梧州市)。《史記·五帝本紀》:"(舜)南巡狩崩於蒼梧之野,葬於江南九疑,是爲零陵。"

〔七〕祝融：祝融峯，衡山最高峯。　高標：高枝，高樹。泛指高聳特立之物。

〔八〕魚龍：魚龍曼衍，古代百戲中的一種雜耍。　廣樂：盛大之樂曲，多指仙樂。《史記·趙世家》："我之帝所甚樂，與百神游於鈞天，廣樂九奏萬舞，不類三代之樂，其聲動人心。"

〔九〕雁飛欲墮：謂衡山之高，雁無力飛度。衡山有回雁峯，相傳雁南飛至此而止，及春北回。

〔一〇〕拏(ná)舟：撑船。《楚辭·漁父》："屈原既放，游於江潭，行吟澤畔，顔色憔悴，形容枯槁。漁父見而問之，曰：'子非三閭大夫與？何故至於斯？'屈原曰：'舉世皆濁我獨清，衆人皆醉我獨醒，是以見放。'漁父曰：'聖人不凝滯於物，而能與世推移。……何故深思高舉，自令放爲。'屈原曰：'吾……寧赴湘流，葬於江魚之腹中。安能以皓皓之白，而蒙世俗之塵埃乎。'漁父莞爾而笑，鼓枻而去。"

〔一一〕難爲聽：聽了心中感到難受。

〔一二〕湘夫人：傳説堯二女娥皇、女英爲舜妃。舜南巡，二妃隨舜不返，没於湘水之渚，爲湘水之神，稱湘夫人。

〔一三〕楚靈均：屈原字靈均，爲楚國大夫，因稱楚靈均。《離騷》："皇覽揆余初度兮，肇錫余以嘉名。名余曰正則兮，字余曰靈均。"

〔一四〕操：彈奏。南朝梁劉勰《文心雕龍·知音》："凡操千曲而後曉聲，觀千劍而後識器。"　水雲：水和雲，多指水雲相接之處。唐戎昱《湘南曲》："虞帝南游不復還，翠蛾幽怨水雲間。"

〔一五〕寫：傾吐，發抒。　牢落：孤寂，無聊。　羈魂：旅客的心情，愁思。文徵明《夜行因過廢寺》詩："歲事行將近，羈魂黯欲銷。"　招魂：本爲喪禮中的儀禮，招死者之魂，亦可用作招生者之魂。《楚辭》有《招魂》篇，漢王逸題解："宋玉憐哀屈原忠而斥棄，愁懣山澤，魂魄放佚，厥命將落。故作《招魂》，欲以復其精神，延其年壽。"

〔一六〕金庭春：酒名。

〔一七〕沅芷：沅，沅江，在湖南省西部。芷，白芷，香草名。《楚辭·九歌·湘夫人》："沅有芷兮澧有蘭，思公子兮未敢言。"

月下雜感

其一

明月幾時有〔一〕？人間何事無。傾城顧形影〔二〕，壯士撫頭顱〔三〕。方寸誰堪比〔四〕，深宵我共孤〔五〕。感君行樂處，分照及蓬廬。

〔一〕蘇軾《水調歌頭》詞："明月幾時有？把酒問青天。"

〔二〕傾城：指美女。《漢書·外戚傳上·李夫人》："延年侍上起舞，歌曰：'北方有佳人，絶世而獨立。一顧傾人城，再顧傾人國。'" 顧形影：自顧其影，有自矜、自負之意。晉陸機《赴洛道中作》詩："佇立望故鄉，顧影悽自憐。"

〔三〕宋范成大《除夜》詩："歧路東西變，羲娥日夜催。頭顱原自覺，懷抱故應開。"句意謂年歲增長，功業未成，因此而産生慨嘆。

〔四〕方寸：指心，心思。

〔五〕共：甚，深。共孤：深感孤獨。宋晁元禮《緑頭鴨》詞："共凝戀，如今别後，還是隔年期。"

其二

聞道姮娥嫁，於今是結璘〔一〕。河山收地魄，宫闕爛天銀〔二〕。前度曾愁我，今宵更照人。高寒我不畏〔三〕，去路恐難真〔四〕。

〔一〕姮娥：即嫦娥，神話中的月中女神，羿妻。　結璘：《黄庭内景經·高奔章》："鬱儀、結璘善相保。"梁丘子注："鬱儀，奔日之仙；結璘，奔月之仙。"

〔二〕地魄：指月亮。《雲笈七籤》卷五五："日者天之魂，月者地之魄。"唐李巖《五言》詩："天魂生白虎，地魄産青龍。"　宫闕：謂宫殿。天上宫闕，指月宫。蘇軾《水調歌頭》詞："不知天上宫闕，今夕是何年。"　天銀：《起世經》："月天宫殿純以天銀、天青、琉璃而相間錯。"

〔三〕高寒：蘇軾《水調歌頭》："我欲乘風歸去，又恐瓊樓玉宇，高處不勝寒。"

〔四〕去路：指前途。

和仇麗亭〔一〕

其一

前年爲訪天都去〔二〕，今歲因探禹穴來〔三〕。來往江潭各如夢，逢君仍在越王臺〔四〕。

〔一〕仇麗亭：仇養正，榜名永清，字麗亭，號一鷗，仁和（浙江杭州）人。乾隆四十二年（1777）舉人。官桐廬訓導。原注：八月，從新安歸經武林，與麗亭匆匆話别。十月，復從山陰來，麗亭出仲秋見贈詩五章，次韻答之。

〔二〕天都：指黄山天都峯。

〔三〕禹穴：相傳爲夏禹葬地，在浙江省紹興之會稽山。李白《越中秋懷》詩："何必探禹穴，逝將歸蓬丘。"

〔四〕越王臺：相傳爲春秋時越王勾踐登臨之處，在浙江省紹興鍾山。

其　二

鴻爪游蹤首重回〔一〕，經年襶䙝逐塵埃〔二〕。青山笑客不歸去，爲報飢寒驅又來。

〔一〕鴻爪：蘇軾《和子由澠池懷舊》詩："人生到處知何似，應似飛鴻踏雪泥。泥上偶然留指爪，鴻飛那復計東西。"後以雪泥鴻爪指過去的行迹。

〔二〕襶䙝(nài dài)：衣衫不合時宜。又吴下方言，意謂愚蠢無能，不懂事。

其　三

典衣曾共湖干宿〔一〕，次第看花不憶家〔二〕。幾度哦君好詩句，先生意獨在梅花〔三〕。

〔一〕湖干：湖邊。指杭州西湖邊。

〔二〕次第：依次。

〔三〕原注："與君同向梅花宿"，"亂山堆裏夢梅花"，君前後贈句也。

其　四

多君憐我坐詩窮〔一〕，襆被蕭條囊橐空〔二〕。手指孤雲向君説，卷舒久已任秋風〔三〕。

〔一〕多：表示贊賞。多君：猶蒙君。　唐獨孤及《送游員外赴淮西》詩："多君有奇略，投筆佐元戎。"　坐：由於。杜牧《山行》詩："停車坐愛楓林晚,霜葉紅於二月花。”坐詩窮:由於作詩而生活貧困。

〔二〕襆(fú)被:鋪蓋卷,行李。　囊橐:指行李財物。

〔三〕卷舒:卷縮與舒展。白雲任風卷舒,喻人窮通由命,自己並不計較。

其　五

惜别匆匆悔見遲,楚雲千里是相思。遥知此去湘潭柳〔一〕,一夕清霜似鬢絲。

〔一〕湘潭:在湖南省東部,湘江中游。　原注:時將楚游。

明州客夜懷味辛稚存却寄〔一〕

别來甫及旬,離思已如積〔二〕。海角多飄風,入夜更凛冽〔三〕。魚龍一以嘯〔四〕,濤聲震空壁。凍鼓慘欲沈〔五〕,寒檠短將没〔六〕。何來萬感交,擾此寸腸裂。念我同袍人,按鋏起歎息〔七〕。悲歡共情愫,來往溯晨夕〔八〕。各抱百年憂,念我更惻惻〔九〕。苦語猶在耳,形影倏已隔〔一○〕。豈曰輕遠游,欲已不可得。

〔一〕明州:今浙江省寧波市。　味辛:趙味辛,見《衡山高和趙味辛送余之湖南即以留别》注〔一〕。　稚存:洪亮吉,原名蓮,又名禮吉,字稚存,號萼殊,又號對巖,陽湖(今江蘇省常州)人。乾隆五十五年(1790)進士及第。官編修。　却:還,再。李商隱《夜雨寄北》詩:“何當共剪西窗燭,却話巴山夜雨時。”

〔二〕甫及旬:剛到第十天。　如積:如物堆積。

〔三〕海角:遥遠偏僻的地方。　飄風:旋風,暴風。杜甫《柟樹爲風雨所拔嘆》:“東南飄風動地至,江翻石走流雲氣。”

〔四〕一以嘯:一嘯,“以”無義。《詩·邶風·谷風》:“習習谷風,以陰以雨。”顧炎武《贈人》詩:“路旁多行人,一南一以北。南北遂分手,去去焉所極。”

〔五〕沈:同“沉”,低沉。盧綸《賦得館娃宫送王山人游江東》詩:“越水風浪起,吴王歌管沈。”

〔六〕檠:燈臺,燭臺。借指燈燭,燈燭光。北周庾信《對燭賦》:“蓮帳寒檠窗拂曙,筠籠熏火香盈絮。”　短將没:燈燭將點盡。

〔七〕同袍:泛指朋友,同學,同年,同僚。王昌齡《長歌行》:“所是同袍者,相逢盡衰老。”　按鋏:猶彈鋏。《戰國策·齊策四》:“齊人有馮諼者,貧乏不能自存。使人屬孟嘗君,願寄食門下。……居有頃,復彈其劍鋏,歌曰:‘長鋏歸來乎!無以爲家。’”

〔八〕情愫:真情。　溯:追溯。宋葉隆禮《契丹國志·本末》:“後之英主忠臣,志欲溯今泂古,可以鑒矣。”

〔九〕百年:人壽以百年爲期,故百年指一生,終生。蘇軾《渚宫》詩:“百年人事知幾變,直恐荒廢成空陂。”　惻惻:見《檢邵叔宀先生遺札》注〔二〕。

〔一〇〕儵(shū):同“倏”,很快,極快。

春日樓望

一碧招魂水漲津〔一〕,遠山濃抹霧如塵。忽風忽雨春愁客,乍暖乍寒天病人。芳草遠黏孤騎没〔二〕,緑楊低罩幾家貧。天涯飛絮歸何處,不到登樓也愴神〔三〕。

〔一〕招魂水：指湘江之水。杜甫《建都十二韻》詩："永負漢庭哭，遥憐湘水魂。"清仇兆鰲注："屈原見讒，沉於湘水。"此處泛指。　津：渡口。水漲津：水漲及渡口之岸。

〔二〕李後主《清平樂》詞："離恨恰如春草，更行更遠還生。"

〔三〕登樓：漢末王粲避亂客荆州，傷亂懷鄉，作《登樓賦》云："登兹樓以四望兮，聊假日以銷憂。"金元好問《鄧州城樓》詩："自古江山感游子，今人誰解賦登樓。"

【輯評】

清汪佑南《山涇草堂詩話·評黄仲則詩》："其近體亦刻意苦吟，足以耐人尋味者，不愧名家。《春日樓望》云：'忽風忽雨春愁客，乍暖乍寒天病人。'"

錢塘舟次

羅刹磯頭落照陰〔一〕，鐵幢浦口夕波沈〔二〕。卸帆只憶吴淞岸，擁楫驚聞越客吟〔三〕。風雪衣單知歲晚，江湖酒病與年深。浮雲欲别休回首，千里蒼梧是去心〔四〕。

〔一〕羅刹磯：見《後觀潮行》注〔七〕。

〔二〕鐵幢浦：在錢塘江。《西湖志》卷十六：吴越王錢鏐用强弩射潮。箭止處，立鐵幢以識。因名鐵幢浦。

〔三〕吴淞：在上海市北部，黄浦江口西岸。　擁楫：持槳。　越客吟：漢劉向《説苑·善説》："君獨不聞夫鄂君子晳之泛舟於新波之中也。越人擁楫而歌。"二句意謂從吴淞乘舟到了越地。

〔四〕浮雲：李白《送友人》詩："浮雲游子意，落日故人情。"　蒼梧：見《衡山高和趙味辛送余之湖南即以留别》注〔六〕。　原注：時將楚游。

夜泊聞雁

獨夜沙頭泊〔一〕，依人雁幾行。恖恖玉關至〔二〕，隨我度衡陽〔三〕。汝到衡陽落〔四〕，關山我更長。悽然對江水，霜月不勝涼。

〔一〕沙頭：沙灘邊，沙洲邊。南唐馮延巳《臨江仙》詞："隔江何處吹横笛，沙頭驚起雙禽。"

〔二〕玉關：玉門關，故址在今甘肅敦煌西北。李白《王昭君》詩之一："一上玉關道，天涯去不歸。"

〔三〕度：過。《樂府詩集・木蘭詩》："萬里赴戎機，關山度若飛。"　衡陽：在湖南省南部。

〔四〕落：止息，停留。衡陽有回雁峯，傳説雁飛到此峯而止，至春而北歸。

【輯評】

繆鉞《黄仲則逝世百五十年紀念》："其二十一歲時之《夜泊聞雁》詩……高古渾成，一氣旋扞，殊有盛唐風味。"

途中遘病頗劇愴然作詩

其　一

摇曳身隨百丈牽，短檠孤照病無眠〔一〕。去家已過三千里,墮地今將二十年。事有難言天似海〔二〕,魂應盡化月如煙〔三〕。調糜量水人誰在〔四〕,況值傾囊無一錢〔五〕!

〔一〕百丈:牽船的篾纜。　短檠:短燈架,借指小燈。納蘭性德《秋水·聽雨》詞:"依舊亂蛩聲裏,短檠明滅,怎教人睡。"

〔二〕謂事情像天和海一樣大,難以言表。

〔三〕謂心魂變得像煙和月一樣空虛,無所依憑。

〔四〕調糜量水:調粥端水,指侍奉病人。宋范成大《三月十九日極冷》詩:"調糜煮藥東風老,慚愧茶甌與酒杯。"

〔五〕謂自己如今一錢都無。杜甫《空囊》詩:"囊空恐羞澀,留得一錢看。"

其　二

今日方知慈母憂,天涯涕淚自交流〔一〕。忽然破涕還成笑〔二〕,豈有生才似此休〔三〕。悟到往來惟一氣〔四〕,不妨胡越與同舟〔五〕。撫膺何事堪長嘆,曾否名山十載游?

〔一〕天涯涕淚:杜甫《野望》詩:"海内風塵諸弟隔,天涯涕淚一身遥。"

〔二〕破涕成笑:猶言轉悲爲喜。晉劉琨《答盧諶書》:"時復相與舉觴對膝,破涕爲笑。"

〔三〕與李白《將進酒》詩"天生我材必有用"意思相同。

〔四〕一氣:指混沌之氣,古代認爲是構成天地萬物的本原。《莊子·知北游》:"是其所美者爲神奇,其所惡者爲臭腐。臭腐復化爲神奇,神奇復化爲臭腐。故曰:通天下一氣耳。"

〔五〕胡越同舟:胡,指北方少數民族之人;越,指南方各民族之人。謂關係疏遠者,同赴危難,則相互救助。語本蘇軾《大臣論下》:"故曰同舟而遇風,則胡越可使相救如左右手。"

湘江夜泊

三十六灣水〔一〕,行人喚奈何。楚天和夢遠〔二〕,湘月照愁多。霜意侵芳若〔三〕,風聲到女蘿〔四〕。煙中有漁父,隱隱扣舷歌〔五〕。

〔一〕三十六灣:唐許渾《三十六灣》詩:"夜深吹笛移船去,三十六灣秋月多。"自注:"在湘陰縣。"

〔二〕宋玉《高唐賦》:"昔者先王嘗游高唐,怠而晝寢。夢見一婦人,曰:'妾巫山之女也,爲高唐之客。聞君游高唐,願薦枕蓆。'王因幸之。去而辭曰:'妾在巫山之陽,高丘之阻。旦爲朝雲,暮爲行雨。朝朝暮暮,陽臺之下。'"納蘭性德《河瀆神》:"楚天魂夢與香銷,青山暮暮朝朝。"

〔三〕芳若:若,杜若,香草名。《楚辭·九歌·湘君》:"采芳洲兮杜若,將以遺兮下女。"

〔四〕女蘿:見《衡山高和趙味辛送余之湖南即以留别》注〔四〕。

〔五〕《楚辭·漁父》:"漁父莞爾而笑,鼓枻而去,乃歌曰:'滄浪之水清兮,可以濯吾纓,滄浪之水濁兮,可以濯吾足。'" 扣舷:用手擊船舷打節拍。蘇軾《前赤壁賦》:"於是飲酒樂甚,扣舷而歌之。"

僧舍上元〔一〕

獨夜僧樓强自憑〔二〕,傳柑時節沍寒凝〔三〕。怕聽歌板聽禪板〔四〕，厭看春燈看佛燈〔五〕。好景笑人常寂寂〔六〕，春愁泥我漸騰騰〔七〕。今年準擬捐花事〔八〕，坐斷蕭齋一榻繩〔九〕。

〔一〕上元：農曆正月十五日爲上元節，又稱元宵節。

〔二〕獨夜：一人獨處之夜。漢王粲《七哀》詩之二："獨夜不能寐，攝衣起撫琴。" 憑：謂憑靠着樓上的欄杆。

〔三〕傳柑：北宋上元夜宫中宴近臣，貴戚宫人以黄柑相贈，謂之"傳柑"。蘇軾《上元侍飲樓上》詩之三："歸來一點殘燈在，猶有傳柑遺細君。" 沍寒：寒氣凝結。謂極其寒冷。

〔四〕歌板：唱歌時用以打拍子的拍板。李賀《酬答》詩之二："試問酒旗歌板地，今朝誰是拗花人。" 禪板：指寺院的鐘磬木魚聲。

〔五〕春燈：元宵節的花燈。　佛燈：供於佛前的燈火。

〔六〕笑人：南朝陳伏知道《爲王寬與婦義安主書》："當令照影雙來，一鸞羞鏡；弗使窺窗獨坐，嫦娥笑人。" 寂寂：孤單，冷落。漢秦嘉《贈婦》詩："寂寂獨居，寥寥空室。"

〔七〕泥：軟纏。元稹《遣悲懷》詩之一："顧我無衣搜藎篋，泥他沽酒拔金釵。" 騰騰：朦朧、迷糊的狀態。歐陽修《蝶戀花》詞："半醉騰騰春睡重，綠鬢堆枕香雲擁。"句謂春愁不斷，使我漸漸陷入睡昏昏的狀態。

〔八〕捐：舍棄。　花事：指春游看花等事。元周權《晚春》詩："花事匆匆彈指頃，人家寒食雨晴天。"

〔九〕坐斷：占住。宋劉過《題潤州多景樓》詩："金山焦山相對起，挹盡東流大江水。一樓坐斷水中央，收拾淮南數千里。" 蕭齋：唐張懷瓘《書斷》："武帝造寺，令蕭子雲飛白大書'蕭'字，至今一字存焉。李約竭産自江南買歸東洛，建一小亭以翫，號曰：'蕭齋'。"後人稱寺廟、書齋爲"蕭齋"。

感舊雜詩

其　一

風亭月榭記綢繆〔一〕，夢裹聽歌醉裹愁。牽袂幾曾終絮語〔二〕，掩關從此入離憂〔三〕。明燈錦幄珊珊骨，細馬春山剪剪眸〔四〕。最憶瀕行尚回首，此心如水只東流〔五〕。

〔一〕風亭月榭：榭，建在高臺上的木屋。亭、榭指過去與女友經常相聚的地方。風、月只是用作藻飾的詞，無實際意思。宋柳永《安公子》詞："自別後，風亭月榭孤歡聚。"　綢繆：纏綿不解的戀情。元稹《鶯鶯傳》："綢繆繾綣，暫若尋常，幽會未終，驚魂已斷。"

〔二〕牽袂：拉住衣袖。　絮語：連綿不斷地低聲説話。明王錂《春蕪記・邂逅》："聽花前絮語情無已。"

〔三〕掩關：猶言閉門。明劉基《辛卯仲冬雨中作》詩之一："青燈無光掩關坐，飢鼠相銜啼過我。"

〔四〕珊珊骨：形容身材纖弱秀美。清吴偉業《點絳唇》詞："細骨珊珊，指尖拂處嬌弦語。"　春山：春日山色黛青，因喻指婦女嬌好的眉毛。李商隱《代贈二首》之二："總把春山掃眉黛，不知供得幾多愁。"元吴昌齡《端正好・美妓》套曲："秋波兩點真，春山八字分。"剪剪：形容風輕微而帶寒意。剪剪眸：借喻目光中帶有凄涼的色彩。　細馬：小馬。李白《對酒》詩："蒲萄酒，金叵羅，吴姬十五細馬馱。"　錦幄：車上的帷帳。明燈錦幄形容車上的裝飾。二句描寫女友乘車離去時的情景。

〔五〕謂思念的心情，如江水東流，綿綿不絶。李後主《虞美人》詞："問君能有幾多愁，恰似一江春水向東流。"

其　二

而今潘鬢漸成絲〔一〕,記否羊車並載時〔二〕。挾彈何心驚共命〔三〕,撫柯底苦破交枝〔四〕。如馨風柳傷思曼〔五〕,别樣煙花惱牧之〔六〕。莫把鵾弦彈《昔昔》〔七〕,經秋憔悴爲相思。

〔一〕潘鬢:晉潘岳《秋興賦》序:"余春秋三十有二,始見二毛。"後因以"潘鬢成絲"指鬢髮變成白色。

〔二〕羊車:指小車。《晉書·衛玠傳》:"總角乘羊車入市,見者皆以爲玉人。"

〔三〕挾彈:手執打鳥的彈弓。《晉書·潘岳傳》:"少時常挾彈出洛陽道,婦人遇之者,皆連手縈繞,投之以果。" 共命:共命鳥。佛經所稱的雪山神鳥。後世詩文常從"共命"二字取義,喻兩人命運相共。句指兩人的私情被人無意中發現。

〔四〕底苦:何苦。 交枝:相連接的枝條。猶連理枝,比喻恩愛的夫妻或情侣。句謂愛護樹木爲何一定要把相連的枝條砍去呢。喻女方的家長不同意婚事。

〔五〕如馨:猶如此。 思曼:南朝齊張緒,字思曼。《南史·列傳第二十一》:"劉悛之爲益州,獻蜀柳數株,枝條甚長,狀若絲縷……武帝以植於太昌靈和殿前。常賞玩咨嗟,曰:'此楊柳風流可愛,似張緒當年時。'"句謂自己舊時風度翩翩,似當年張緒,而如今已潘鬢成絲,所以傷感。

〔六〕牧之:杜牧字。詳見《綺懷》詩其十注〔六〕。

〔七〕鵾弦:用鵾鷄筋做的琵琶弦。南朝梁劉孝綽《夜聽妓賦得烏夜啼》詩:"鵾弦且輟弄,《鶴操》暫停徽。" 《昔昔》:樂府曲辭《昔昔鹽》的省稱。元楊維楨《元夕與婦飲》詩:"右鑾舞裊裊,左瓊歌《昔昔》。"

其　三

《柘舞》平康舊擅名〔一〕，獨將青眼到書生〔二〕。輕移錦被添晨卧，細酌金卮遣旅情。此日雙魚寄公子〔三〕，當時一曲怨東平〔四〕。越王祠外花初放，更共何人緩緩行〔五〕。

〔一〕《柘舞》：即《柘枝舞》，唐代西北民族舞蹈，自西域傳來。　平康：平康里，唐長安街坊名，爲妓女聚居之地。後亦爲妓院代稱。宋杜安世《山亭柳》詞："暗添春宵恨，平康恣迷歡樂。"

〔二〕青眼：與"白眼"相對。青眼表示對人喜愛或敬重。《晉書·阮籍傳》："籍又能爲青白眼。"杜甫《短歌行·贈王郎司直》："仲宣樓頭春色深，青眼高歌望吾子。"

〔三〕雙魚：《文選·古樂府》之一："客從遠方來，遺我雙鯉魚。呼兒烹鯉魚，中有尺素書。"後人因以"雙鯉"或"雙魚"指書信。杜甫《送梓州李使君之任》詩："五馬何時到，雙魚會早傳。"元稹《鶯鶯傳》載，張生别後，鶯鶯曾寄信給張。此句謂該女近日曾有信給仲則。

〔四〕東平：《晉清商曲辭·安東平五曲》其五："東平劉生，復感人情。與郎相知，當解千齡。"又其一："凄凄烈烈，北風爲雪。船道不通，步道斷絶。"此句指當時相好不長，而又輕别。

〔五〕緩緩行：蘇軾《陌上花三首并序》："游九仙山，聞里中兒歌《陌上花》，父老云：吴越王（錢俶）妃每歲春必歸臨安。王以書遺妃曰：'陌上花開，可緩緩歸矣。'吴人用其語爲歌。含思宛轉，聽之凄然。而其詞鄙野，爲易之云。"　越王祠：又名錢王祠，五代吴越王的家祠，在杭州涌金門外。原爲錢王故苑，因芝生其間，舍以爲寺，名靈芝寺，後又改建爲錢王祠。二句喻此女今已成爲他人之侍妾。

其　四

非關惜别爲憐才，幾度紅箋手自裁〔一〕。湖海有心隨穎士〔二〕，風情近日逼方回〔三〕。多時掩幔留香住，依舊窺人有燕來。自古同心終不解〔四〕，羅浮冢樹至今哀〔五〕。

〔一〕紅箋：紅色箋紙，多用於題寫詩詞或書信。　裁：把紙張分成大小相等的若干分。手自裁：親手所製或親手所寫。

〔二〕穎士：蕭穎士。《新唐書·文藝列傳中》："蕭穎士，字茂挺……有奴事穎士十年，笞楚嚴慘。或勸其去，答曰：'非不能，愛其才耳。'"句謂該女因愛仲則之才，甘願隨從仲則過貧苦生活，到處流浪。

〔三〕方回：宋詞人賀鑄，字方回。其名作《青玉案》詞："凌波不過横塘路。但目送、芳塵去。錦瑟年華誰與度。……試問閑愁都幾許。一川煙草，滿城風絮，梅子黄時雨。"又《鳳栖梧》詞："愛我竹窗新句鍊。小研綾箋，偷寄西飛燕。乍可問名賒識面，十年多病風情淺。"

〔四〕同心：指同心結。舊時用錦帶編成連環回文樣式的結子，用以象徵堅貞的愛情。宋鄭文妻孫氏《憶秦娥》詞："閑將柳帶，細結同心。"

〔五〕羅浮，羅浮山，在廣東省東江北岸。柳宗元《龍城録》："隋開皇中，趙師雄遷羅浮。一日，天寒日暮，在醉醒間，因憩僕車於松林間酒肆傍舍。見一女人，淡妝素服，出迓師雄，時已昏黑，殘雪對月，色微明。師雄喜之。但覺芳香襲人，語言極清麗。因與之叩酒家門。得數杯，相與飲。少頃，有一緑衣童來，笑歌喜舞，亦自可觀。頃醉寢。師雄亦懵然，但覺風寒相襲。久之，時東方已白，師雄起視，乃在大梅花樹下。上有翠羽，啾嘈相顧。月落參横，但惆悵而已。"文徵明《千葉梅與方山人同賦》："羅浮夢斷情稠疊，瑶圃風生珮陸離。” 冢樹：墳墓上的樹。傳説戰國宋康王舍人韓憑妻何氏貌美，康王奪之。憑怨，康王囚憑。憑自殺。王與何氏登高臺，何氏投臺下自殺，遺書請以屍歸憑。王怒勿聽，命里人將二人屍體分開埋葬。宿昔之間，二冢之上各生一大梓樹，旬日而大盈抱，屈體相就，根交於下，枝錯於上。又有鴛鴦，雌雄各一，棲於樹上，交頸悲鳴，音聲感人。宋人哀之，遂號其木曰“相思樹”。見晉干寶《搜神記》卷十一。

寄麗亭〔一〕

其一

書疏經年闊〔二〕，鄉關共遠天〔三〕。遥知一橋下，時泊五湖船〔四〕。湘草已堪折，塞鴻何處邊〔五〕。飄零吾分定，愁煞路三千〔六〕。

〔一〕麗亭：見《和仇麗亭》注〔一〕。

〔二〕書疏：信札。 經年：一年。仲則與麗亭於乾隆三十四年秋曾在杭州見面（“逢君仍在越王臺”），此時（三十五年秋）仲則在湖南，分别一年左右。 闊：指時間長久。

〔三〕鄉關：猶故鄉。崔顥《黄鶴樓》詩：“日暮鄉關何處是，煙波江上使人愁。”

〔四〕一橋：原注：君門前橋名一橋。余之武林，每艤舟焉。 五湖：指太湖或泛指太湖及附近的幾個湖。春秋末，越國大夫范蠡功成身退，乘輕舟以隱於五湖（見《國語・越語下》）。因以“五湖”指隱遁之所。

〔五〕草已枯黄，北雁已南來，説明時令已在晚秋。

〔六〕路三千：泛指相隔路程遥遠。

其 二

君問長沙地，荒涼爾未經。迎神猶故曲〔一〕，賦鵩尚空庭〔二〕。魑魅天南産〔三〕，文章地下靈〔四〕。憂生兼弔古，那不鬢星星。

〔一〕迎神：古時楚俗信鬼神，節日常作樂迎神。《楚辭·九歌》中的《東皇太乙》、《雲中君》等，皆爲迎神之樂曲。

〔二〕賦鵩：鵩，一種形狀似鴞的鳥。舊傳爲不祥之鳥。《史記·屈原賈生列傳》：漢賈誼謫爲長沙王傅，長沙卑濕，誼自傷悼。有鵩鳥飛入誼舍，止於座隅。誼以爲此壽不得長之兆，因作《鵩鳥賦》。戴叔倫《過賈誼舊居》詩："楚鄉卑濕嘆殊方，《鵩賦》人非宅已荒。"

〔三〕魑魅：古時稱能害人的山澤靈怪。泛指鬼怪。杜甫《天末懷李白》詩："文章憎命達，魑魅喜人過。" 天南：指遥遠的南方。

〔四〕地下靈：王勃《滕王閣序》："物華天寶，龍光射牛斗之墟；人杰地靈，徐孺下陳蕃之榻。"謂偉大的文人是大地的靈氣所鍾，如屈原、宋玉皆楚地之人。

其 三

每放登高慟〔一〕，浮雲爲慘凄。湖吞全楚盡〔二〕，天壓百蠻低〔三〕。才命古難一〔四〕，行藏我欲迷〔五〕。懷人原有淚，況聽暮猿啼。

〔一〕放慟：放聲痛哭。

〔二〕湖：指洞庭湖。形容洞庭湖的浩瀚廣大。近似孟浩然《臨洞庭上張丞相》詩:"氣吞雲夢澤,波撼岳陽城。"

〔三〕天:指楚天。形容楚天氣勢遼廓。　百蠻:古代南方少數民族的總稱。

〔四〕難一:難於一致,難以統一。意謂有才無命。

〔五〕行藏:指出仕與隱退。《論語·述而》:"用之則行,舍之則藏。"蘇軾《沁園春》詞:"用舍由時,行藏在我,袖手何妨閑處看。"

耒陽杜子美墓〔一〕

得飽死何憾,孤墳尚水濱〔二〕。埋才當亂世,併力作詩人。遺骨風塵外,空江杜若春〔三〕。由來騷怨地,只合伴靈均〔四〕。

〔一〕耒陽:縣名,在湖南省東南部。　杜子美:杜甫,字子美。

〔二〕得飽:《新唐書·文藝列傳上·杜甫》:"因客耒陽,游嶽祠,大水遽至,涉旬不得食。縣令具舟迎之,乃得還。令嘗饋牛炙白酒,大醉,一昔卒,年五十九。"　杜甫死後,初葬於耒水之濱,後其孫遷其棺柩歸葬於偃師縣西北首陽山之前。

〔三〕杜若:香草名。

〔四〕騷:屈原的名作《離騷》。騷怨地:指湖南省湘江流域。耒水和屈原投水而死的汨羅江都是湘江的支流。　靈均:屈原字。

洞庭行贈别王大歸包山〔一〕

洞庭一瀉八百里〔二〕,浮雲貼天天浸水。君山一點礙眼青〔三〕,却似今日酒酣别君之塊壘〔四〕。問君來何爲?欲浮湘沅窺九疑〔五〕。問君去,何以爲?怯蛟龍,畏山鬼〔六〕。送君洞庭水,言歸洞庭山〔七〕。洞庭之山具區裏,八九雲夢吞其間〔八〕。山名水名一而已,吴楚間關幾千里〔九〕。誰知地道巴陵中,金庭玉柱遥相通〔一〇〕。吾儕俗骨不能到,但看長風巨浪心忡忡。楚人肯道七澤小〔一一〕,吴儂但誇具區好〔一二〕。橙黄橘緑鱸膾鮮〔一三〕,我怪君行猶未早。與君同時客殊方〔一四〕,看君獨歸心自傷。蠻煙瘴雨土卑濕〔一五〕,留我寄命於兹鄉。但得相逢似人喜〔一六〕,此日天涯可知矣。安能鬱鬱久居此〔一七〕,明日扁舟亦東耳。前途待我煙波中,急棹來追子皮子〔一八〕。

〔一〕王大:王蔚如,吴縣人。原注:太湖亦名洞庭,而太湖之包山暨洞庭之君山,皆有洞庭之名。

〔二〕湖南省的洞庭湖爲我國第二大淡水湖,昔日號稱"八百里洞庭"。

〔三〕君山:又名湘山,在湖南省洞庭湖中。《水經注·湘水》:"湖中有君山……湘君之所游處,故曰君山矣。" 凝眼:妨礙觀看。

〔四〕塊壘:泛指鬱積之物。比喻胸中鬱結的愁悶。

〔五〕湘沅:湘江與沅江。 九疑:山名,又名蒼梧山,在湖南省寧遠縣南。《水經注·湘水》:"九疑山下蟠基蒼梧之野,峯秀數郡之間。羅巖九舉,各導一溪。岫壑負阻,異嶺同勢。游者疑焉,故曰九疑山。"

〔六〕蛟龍:即蛟,傳説中動物,居深水中,能發洪水。 山鬼:見《衡山高和趙味辛送余之湖南即以留别》注〔四〕。

〔七〕言歸:回歸。言,助詞,《詩·周南·葛覃》:"言告師氏,言告言歸。"二句謂從湖南的洞庭湖這裏送你回歸家鄉太湖的洞庭山。

〔八〕具區:一名震澤,即今江蘇省的太湖。 雲夢:雲夢澤,古藪澤,一般泛指春秋戰國時楚王的游獵區。句謂太湖之廣大,可以容納八九個雲夢澤。

〔九〕間關：指道路崎嶇展轉。 二句謂洞庭山、洞庭湖僅是名字相同而已，而一在江蘇，一在湖南，道路相隔數千里。

〔一〇〕巴陵地道：巴陵，舊縣名，治所在今湖南省岳陽。晉郭璞《山海經注》："洞庭地穴，在長沙巴陵。吴縣南太湖中有苞山，山下有洞庭穴道，云無所不通，號爲地脈。"晉周處《風土記》："太湖中有包山，山下有洞穴，潛行地中無所不通，謂之洞庭地脈者也。"金庭、玉柱：均爲傳説中神仙所居之處。

〔一一〕七澤：見《衡山高和趙味辛送余之湖南即以留别》注〔五〕。

〔一二〕吴儂：見《觀潮行》注〔九〕。

〔一三〕橙黄橘緑：蘇軾《贈劉景文》詩："一年好景君須記，最是橙黄橘緑時。" 鱸膾：南朝宋劉義慶《世説新語·識鑒》："張季鷹辟齊王東曹掾，在洛，見秋風起，因思吴中菰菜羹、鱸魚膾，曰：'人生貴得適意爾，何能羈宦數千里以要名爵？'遂命駕以歸。"

〔一四〕殊方：外地，他方。

〔一五〕蠻煙瘴雨：指我國南部地方的煙雨瘴氣。宋黄公度《眼兒媚·梅詞和傅參議韻》："如今憔悴，蠻煙瘴雨，誰肯尋搜。" 地卑濕：《史記·屈原賈生列傳》："賈生既往辭行，聞長沙地卑濕，自以壽不得長，又以適去，意不自得。"

〔一六〕相逢似人喜：《莊子·徐無鬼》："子不聞夫越之流人乎？去國數日，見其所知而喜；去國旬月，見其所嘗見於國中者喜；及期年也，見似人者而喜矣。不亦去人滋久，思人滋深乎？"

〔一七〕久居：《漢書·韓信傳》："我亦欲東耳，安能鬱鬱久居此乎。"

〔一八〕子皮子：范蠡。《史記·貨殖列傳》："范蠡既雪會稽之耻，乃乘扁舟浮於江湖，變名易姓。適齊，爲鴟夷子皮。"

把　酒

把酒意如何，深宵幽感多。春心憐徑草〔一〕，生意撫庭柯〔二〕。名豈身能待,愁將歲共過〔三〕。由來著書願,禁得幾蹉跎〔四〕。

〔一〕徑草:路邊小草。

〔二〕生意:生機,生命力。《晉書・殷仲文傳》:"仲文因月朔與衆至大司馬府。大司馬府中有老槐樹,顧之良久而嘆曰:'此樹婆娑,無復生意。'" 庭柯:庭院中的樹木。陶潛《歸去來兮辭》:"引壺觴以自酌,眄庭柯以怡顔。"

〔三〕將:共,與。北周庾信《春賦》:"眉將柳而争緑,面共桃而競紅。"

〔四〕禁得:猶言禁得住,禁得起。謂承受得住。宋柳永《臨江仙》詞:"問怎生禁得,如許無聊。" 幾:多少。 蹉跎:失時,時光消失。阮籍《詠懷》詩之五:"娱樂未終極,白日忽蹉跎。"北魏賈思勰《齊民要術・種胡荽》:"蹉跎失機,則不得矣。"

夜與方仲履飲〔一〕

細酌向明月,含情問柳條。春人俱欲去〔二〕,直是可憐宵。

〔一〕方仲履:《交游録》:"方仲履,又名仲介。"按仲則另有《懷方仲介閩中》詩及《桐城懷方仲履昆季》詩,詩中又有"曾於官廨識機雲"之句,説明仲履、仲介實爲兄弟。

〔二〕春人:春與人。

春夜雜詠并序(十四首選六)

寓齋幽闃,於月爲宜。深宵無寐,觸緒成詠。既感身客,復傷春暮。章句稍積,偶自編次之,不復點竄,聊破岑寂云爾。

其　一

開尊綠陰下〔一〕,晚景漸飄忽〔二〕。薄靄收斜暉,餘光讓初月。望望碧天遠,稍稍愁思發。停尊無一言,佇看新弦没〔三〕。

〔一〕尊:古代盛酒器,後常指酒杯。　開尊:舉杯。

〔二〕飄忽:指時光迅速消逝。晉陸機《嘆逝賦》:“時飄忽其不再,老晼晚其將及。”

〔三〕佇看:等着看。新弦:弦,月弦,半圓形的月。新弦指農曆每月初的彎形的月。　原注:初三夜獨飲。

其　二

輕陰積孤館,枕簟流微涼。浮雲静中過,露氣緣宵長。卷簾忽有得,草木同一香。愛之久延佇〔一〕,餘濕沾衣裳。

〔一〕延佇:久立等待。形容盼望之切。陶潛《停雲》詩:“良朋悠邈,搔首延佇。”　原注:初四夜微雨,尋霽。

其　三

苦霧翳空碧〔一〕,夜静慘不收。濛濛遠楊合,漠漠閑花愁。何處玉簫起,離人雙淚流。

〔一〕苦霧:濃霧。宋朱熹《梅》詩:"年年一笑相逢處,常在愁煙苦霧中。" 原注:初五夜霧甚重。

其　六

客居畏清夜,無月更孤悄〔一〕。微寒逗疏櫺〔二〕,濃陰起幽筱〔三〕。煙重野鐘歇〔四〕,窗深夜燈小〔五〕。燈光逐游魚〔六〕,時時響深沼。

〔一〕孤悄:孤單與憂傷。

〔二〕逗:穿過。疏櫺:疏窗,泛指窗。

〔三〕幽筱:陰闇的小竹林。

〔四〕野鐘:荒野的寺廟中的鐘聲。句謂煙霧濃重則鐘聲傳達不遠。

〔五〕夜深燈燭將盡,亮度减弱。

〔六〕魚兒争相往燈光處游。原注:初八花月不湛皎,已而無月。

其　七

雲中破秦鏡〔一〕,簫管爲吹開〔二〕。陰陰入我庭,灧灧漾我杯〔三〕。一飲無異照,東西分歡哀〔四〕。因憶倚樓者,離腸中夜摧〔五〕。

〔一〕秦鏡：漢秦嘉贈妻徐淑明鏡。《玉臺新詠》載秦嘉《贈婦詩三首》注引《北堂書鈔·秦嘉與婦徐淑書》曰："'頃得此鏡，既明且好，世所希有，意甚愛之，故以相與。'淑答書曰：'今君征未旋，鏡將何施行？明鏡鑒形，當待君至。'"故以秦鏡稱明鏡。周邦彦《風流子》詞："問甚時説與，佳音密耗，寄將秦鏡，偷换韓香。"仲則此句，以秦鏡喻月，即"雲破月來"之意。

〔二〕宋葉夢得《石林詩話上》："（王琪在晏元獻幕）日以賦詩飲酒爲樂。佳時勝日，未嘗輒廢也。嘗遇中秋陰晦，齋厨夙爲備，公適無命。既至夜，君玉（王琪字）密使人伺公，曰：'已寢矣。'君玉亟爲詩以入，曰：'只在浮雲最深處，試憑絃管一催開。'公枕上得詩，大喜，即索衣起，徑召客，治具，大合樂。至夜分，果月出，遂樂飲達旦。"

〔三〕陰陰：幽闇貌。宋蘇軾《李氏園》詩："陰陰日光淡，黯黯秋氣蓄。"灎灎：水浮動貌。　漾：飄動，晃動。

〔四〕二句謂月光同樣照着飲酒的人，而飲酒的人却哀樂不同。以鄰家的歡樂與自己的孤獨作對比。

〔五〕倚樓者：指家中的妻子。　摧：摧折。　原注：初九夜有月，聞鄰院歌宴。

其十一

餘濕猶在樹，虚寒逼空堂。衾薄不成寐，攬衣起徬徨。同此春宵中，今昔殊炎涼〔一〕。客居既多感，離憂胡可長〔二〕。願借晨風翼，翻然歸故鄉〔三〕。

〔一〕謂同樣的春夜，昔年在家中，如今作客在外，感受完全不同。

〔二〕胡可：怎麽能，豈能。

〔三〕晨風：一種猛禽，即鸇。　翻然：高飛貌。晉干寶《搜神記》卷一：

“須臾,化爲大烏。開而視之,翻然飛去。” 原注:十三夜雨霽,寒甚。

池上獨飲

偶把池邊釣〔一〕,因看檻外山。孤心遂一往,竟日未知還。含意待誰解,經春此破顔〔二〕。陶然已沈醉,夢繞緑蘿間〔三〕。

〔一〕把:握,執。《史記・周本紀》:“周公旦把大鉞,畢公把小鉞,以夾武王。” 釣:釣竿。

〔二〕破顔:露出笑容。唐宋之問《發端州初入西江》詩:“破顔看鵲喜,拭淚聽猿啼。”

〔三〕緑蘿:緑色的藤蘿。元趙孟頫《桃源春曉圖》詩:“桃花源裏得春多,洞口春煙摇緑蘿。”

聞子規

聲聲血淚訴沈冤〔一〕,啼起巴陵暮雨昏〔二〕。只解千山唤行客,誰知身是未歸魂〔三〕。

〔一〕沈冤:《太平寰宇記》:“蜀王杜宇號望帝,立鱉靈爲相而淫其妻,遂傳位於鱉靈。帝自亡去,升西山隱焉,化爲杜鵑。蜀人悲之,聞鵑鳴,則曰:是我望帝也。”

〔二〕巴陵：見《洞庭行贈别王大歸包山》注〔一〇〕。

〔三〕古人以杜鵑啼聲似言“不如歸去”，故用爲催人歸家之詞。　身：自身，自己。

辰陽道中〔一〕

武溪溪頭桃柳春〔二〕，龍標城畔雨如塵〔三〕。山通黔蜀多逢瘴〔四〕，地雜蠻獠喜遇人〔五〕。但聽鳥啼能墮淚，況看鳶跕更傷神〔六〕。功名自昔猶如此，莫爲漂零怨此身〔七〕。

〔一〕辰陽：舊縣名，治所在今湖南省辰溪縣西南。

〔二〕武溪：一名武水，又名瀘溪。源出湖南省乾城縣西武山，東南流入沅江。

〔三〕龍標：舊縣名，治所在今湖南省黔陽。

〔四〕黔：貴州省的代稱。

〔五〕蠻：古時泛稱未開化的南方少數民族。　獠：古時稱西南部分地區的少數民族。　喜遇人：見《洞庭行贈别王大歸包山》注〔一六〕。

〔六〕鳶(yuān)跕(dié)：鳶，猛禽名，俗稱鷂鷹，老鷹。跕：墜落貌。《後漢書·馬援傳》：“吾從弟少游，常哀吾慷慨多大志，曰：‘士生一世，但取衣食裁足，乘下澤車，御款段馬，爲郡掾史，守墳墓，鄉里稱善人，斯可矣。致求盈餘，但自苦耳。’當我在浪泊、西里間，虜未滅之時，下潦上霧，毒氣重蒸，仰視飛鳶跕跕墮水中，卧念少游平生時語，何可得也。”高適《餞宋八充彭中丞判官之嶺外》詩：“猿啼山不斷，鳶跕路難登。”

〔七〕漂零：漂泊，生活不安定。蘇軾《過湯陰市得豌豆大麥粥示三兒子》詩："漂零竟何適，浩蕩寄此身。"

江上夜望

推蓬失孤鶴，雙槳倚蘭皋〔一〕。雲净江空處，無人月自高。

〔一〕雙槳：指小船。姜夔《慶春宫》詞："雙槳蓴波，一蓑松雨，暮愁漸滿空闊。" 倚：靠。 蘭皋：長着蘭草的水岸。《離騷》："步余馬於蘭皋兮，馳椒丘且焉止息。"

湖上阻風雜詩〔一〕（五首選二）

其一

蕭蕭落木動微波〔二〕，自古湘中有怨歌〔三〕。一十二峰青曲曲〔四〕，緑雲多處見湘娥〔五〕。

〔一〕湖：指洞庭湖。

〔二〕蕭蕭：形容風聲。 落木，凋落的樹葉。杜甫《登高》詩："無邊落木蕭蕭下，不盡長江滚滚來。"

〔三〕古琴曲有《湘妃怨》。劉長卿《斑竹詩》："欲識《湘妃怨》，枝枝滿淚痕。"

〔四〕一十二峰：巫山有十二峰。此處只是形容洞庭湖君山峰巒之多。

〔五〕緑雲：緑色的雲彩。多形容繚繞仙人之祥雲。李白《遠别離》詩："帝子泣兮緑雲間，隨風波兮去無還。" 湘娥：指湘妃。

其　三

平湖八月浩無津〔一〕，明月蘆花思煞人。縱使洞庭齊化酒，只宜秋醉不宜春。

〔一〕浩無津：形容湖面浩大廣闊，無邊無際。唐陸龜蒙《木蘭堂》詩："洞庭波浪渺無津，日日征帆送遠人。"

黄鶴樓用崔韻〔一〕

昔讀司勛好題句〔二〕，十年清夢繞兹樓。到日仙塵俱寂寂〔三〕，坐來雲我共悠悠〔四〕。西風一雁水邊郭〔五〕，落日數帆煙外舟。欲把登臨倚長笛〔六〕，滔滔江漢不勝愁〔七〕。

〔一〕黄鶴樓：故址在湖北省武漢市蛇山的黄鵠磯頭。解放後樓前塔與岳陽樓、滕王閣合稱江南三大名樓。歷代屢建屢毁。一九八五年在蛇山西端高觀山西坡重建。　用崔韻：用崔顥《黄鶴樓》詩同樣的韻。

〔二〕司勛：禮部屬官。崔顥累官司勛員外郎。

〔三〕仙塵：仙，指已乘黄鶴去的昔人。塵指崔顥。

〔四〕坐來：當時，一時間。李白《單父東樓秋夜送族弟沈之秦》詩："沈弟欲行凝弟留，孤飛一雁秦雲秋。坐來黄葉落四五，北斗已挂西城樓。"宋周紫芝《浪淘沙》詞："落日在闌干，風滿晴川，坐來高浪擁銀山。白鷺欲栖飛不下,却入蒼煙。"

〔五〕郭:外城。《孟子·公孫丑下》:"三里之城,七里之郭。"

〔六〕倚:和着樂聲歌唱。《史記·張釋之馮唐列傳》:"使慎夫人鼓瑟,上自倚瑟而歌。"晏幾道《蝶戀花》詞:"欲倚緩絃歌别緒,斷腸移破秦箏柱。"長笛:見《月中泛小孤山下》注〔六〕。此句意謂欲和着笛聲高歌登臨之感。

〔七〕江漢:長江和漢水。

【輯評】

清梁章鉅《浪迹叢談》:"在京師時,嘗與吴蘭雪談詩。蘭雪謂:'黄仲則黄鶴樓詩必次崔顥韻爲膽大氣粗,且悠韻如何押得妥?雖以仲則之才,吾斷其必不能佳耳。'適架上有《兩當軒詩鈔》,余因檢示之。蘭雪讀至'坐來雲我共悠悠'乃拍案叫絶曰:'不料雲字下但添一我字,便壓倒此韻,信乎天才不可及矣。'"

月中泛小孤山下〔一〕

煙水月明處,中流一泝洄〔二〕。湖過彭蠡盡〔三〕,潮到小孤迴。獨鶴掠舟過〔四〕,神魚聽曲來〔五〕。不知疏柳岸,長笛爲誰哀〔六〕。

〔一〕小孤山:在安徽省宿松縣南部,屹立長江中,形勢險要。

〔二〕泝洄:逆流而上。《詩·秦風·蒹葭》:"泝洄從之,道阻且長。"

〔三〕彭蠡:江西省鄱陽湖。句謂没有比鄱陽湖更大的湖。

〔四〕蘇軾《後赤壁賦》:"適有孤鶴,横江東來。翅如車輪,玄裳縞衣。戛然長鳴,掠予舟而西也。"

〔五〕《大戴禮記·勸學》:“昔者,瓠巴鼓瑟而沈魚出聽。”

〔六〕長笛:古管樂器,比普通的笛稍長。東漢馬融有《長笛賦》。杜甫《追酬故高蜀州人日見寄》:“長笛鄰家亂愁思,昭州詞翰與招魂。”

夜登小孤山和壁間韻

閟寢神宫最上頭〔一〕,客來孤嘯海關秋〔二〕。誰標鐵柱成終古〔三〕,却笑金焦屬下流〔四〕。崖勢欲隨驚鶻颺〔五〕,鼓聲時逐怒濤浮〔六〕。彭郎相望情何許,指點蛾眉月上洲〔七〕。

〔一〕閟(bì)寢:猶閟宫,神廟。閟寢神宫,指小孤山山頂上的廟宇。

〔二〕孤嘯:獨自長嘯。表示抒發胸中的逸氣或不平之氣。　海關:本指海上的關口,此處借謂水上形勢險要之地。

〔三〕鐵柱:相傳晉許遜爲旌陽令時江西有蛟爲害,許與其徒仗劍殺之,並作大鐵柱以鎮壓。後世建立宫觀以祀許遜,名鐵柱宫。故址在江西南昌。

〔四〕金焦:江蘇省鎮江的金山與焦山。

〔五〕鶻:一種猛禽,隼。蘇軾《石鐘山記》:“而山上之栖鶻,聞人聲亦驚起。”

〔六〕鼓聲:見《吴山寫望》注〔四〕。

〔七〕彭郎:彭郎磯,本名澎浪磯,在江西彭澤縣西北,臨長江。歐陽修《歸田録》:“有大、小孤山,在江水中,嶷然獨立。而世俗轉‘孤’爲‘姑’。江側有一石磯,謂之澎浪磯,遂轉爲彭郎磯,云彭郎者,小姑婿也。”蘇軾《李思訓畫長江絶島圖》詩:“舟中賈客莫漫狂,小姑前年嫁彭郎。”

〔八〕蛾眉月：謂彎彎的月亮。

舟中望金陵〔一〕

片帆昨日下吴頭〔二〕，破浪來看建業秋〔三〕。九派江聲猶入夢〔四〕，六朝山色已迎舟〔五〕。樓臺未盡埋金氣〔六〕，風景難消擊楫愁〔七〕。回首燕磯隨柁尾，寄聲風利不能休〔八〕。

〔一〕金陵：南京市的舊稱。

〔二〕吴頭：吴頭楚尾。江西豫章一帶，其地位於春秋吴國的上游，楚國的下游，故稱。黄庭堅《謁金門》詞："山又水，行盡吴頭楚尾。"

〔三〕建業：南京市的舊稱。

〔四〕九派：長江在湖北、江西一帶有很多支流，因稱這一帶的長江爲九派。孟浩然《自潯陽泛舟經明海作》詩："大江分九派，淼漫成水鄉。"

〔五〕六朝：三國吴、東晉以及南朝的宋、齊、梁、陳相繼建都建康，史稱爲六朝。唐錢起《江行無題》詩之六九："只疑雲霧窟，猶有六朝僧。"

〔六〕埋金氣：氣，指金陵王氣。戰國時楚威王埋金以鎮金陵之王氣。句意謂望見金陵之樓臺高高聳立，想像其王氣猶未盡。劉禹錫《西塞山懷古》詩云"金陵王氣黯然收"，仲則反用其意。

〔七〕擊楫：拍擊船槳。《晉書・祖逖傳》載，祖逖帥師北伐，渡江於中流擊楫，誓欲收復中原。此句謂見此風景，回想當年祖逖中流擊楫壯志未酬之愁思。

〔八〕燕磯：燕子磯，在南京市東北郊，磯頭屹立長江邊，三面懸絶，宛如飛燕。　寄聲：猶寄語。託人傳話。　風利：謂風勢甚大，不能停舟。

新涼曲

聞道邊城苦，霏霏八月霜〔一〕。憐君鐵衣冷〔二〕，不敢愛新涼。

〔一〕霏霏：形容雨、雪等很大。《詩·小雅·采薇》："昔我往矣，楊柳依依。今我來思，雨雪霏霏。"

〔二〕鐵衣：古代戰士用鐵片製成的戰衣。古樂府《木蘭辭》："朔氣傳金柝，寒光照鐵衣。"

十八夜偕稚存看月次韻〔一〕

西風嫋嫋露漙漙〔二〕，一葉驚心墮曲欄〔三〕。久病倍添明月好，此時真共故人看。但工飲啖猶能活〔四〕，莫説飄零怕減歡。自分無才合蹉跌〔五〕，深秋料理釣魚竿。

〔一〕稚存：見《明州客夜懷味辛稚存却寄》注〔一〕。　次韻：依次用所和詩中的韻作詩。

〔二〕嫋嫋：風吹拂貌，《楚辭·九歌·湘夫人》："嫋嫋兮秋風，洞庭波兮木葉下。"　漙漙：形容露多。唐許渾《酬康州韋侍御同年》詩：

"桂楫美人歌木蘭,西風裊裊露溥溥。"

〔三〕一葉:一片葉子。宋唐庚《文録》引唐人詩:"山僧不解數甲子,一葉落知天下秋。"蘇軾《永遇樂》詞:"紞如三鼓,鏗然一葉,黯黯夢雲驚斷。"

〔四〕飲啖:猶吃喝。

〔五〕自分:自料,自己以爲。　合:應該。　蹉跌:失足跌倒。比喻受挫。

中秋夜游秦淮歸城南作〔一〕

城南好酒如春泉,醉榻酒家樓下眠。醒來露重葛衣冷〔二〕,正見皓月當中天。呼僮起步六街去〔三〕,香塵寶轂清溪邊〔四〕。玉簫《子夜》聲未歇〔五〕,雛姬十五歌可憐。此時據鞍我亦樂,顧影不覺猶少年。惜哉花月只空度,春江回首愁如煙。去年此夜人初别,今歲今宵已成憶。懷人中酒自年年〔六〕,此時愁煞天涯客。桃葉渡〔七〕,莫愁湖〔八〕,昔日佳麗今有無〔九〕?殘金剩粉弔不盡〔一〇〕,徘徊漏下啼城烏〔一一〕。啼烏啞啞天將曉〔一二〕,走馬却出長干道〔一三〕。到此惟餘萬古愁,荒荒月落高城小。

〔一〕秦淮:秦淮河,爲南京市名勝之一。杜牧《泊秦淮》詩:"煙籠寒水月籠沙,夜泊秦淮近酒家。"

〔二〕葛:多年生草本植物,莖皮可製成葛布。葛衣:用葛布裁製的夏衣。陸游《夜出偏門還三水》詩:"水風吹葛衣,草露濕芒履。"

〔三〕六街:泛指京都的大街和鬧市。前蜀韋莊《秋霽晚景》詩:"秋霽禁城晚,六街煙雨殘。"

〔四〕轂(gǔ)：車輪的中心部位，中有圓孔，用以插軸。代指車。　寶轂：車子的美稱。

〔五〕《子夜》：《子夜歌》，樂府吴聲歌曲名。《宋書・樂府志一》："《子夜歌》者，有女子名子夜，造此聲。"

〔六〕中酒：醉酒。杜牧《睦州四韻》詩："殘春杜陵客，中酒落花前。"

〔七〕桃葉渡：渡口名，在南京秦淮河畔。相傳晉王獻子在此送其愛妾桃葉，因而得名。辛棄疾《祝英臺近》詞："寶釵分，桃葉渡，煙柳暗南浦。"

〔八〕莫愁湖：在南京市水西門外。

〔九〕佳麗：指桃葉和莫愁。　莫愁：古樂府中傳説的女子。一説爲洛陽人，南朝梁武帝《河中之水》歌："河中之水向東流，洛陽女兒名莫愁。"另一説爲石城(今湖北省鍾祥縣)人，《石城樂》："莫愁在何處？莫愁石城西。艇子打兩槳，催送莫愁來。"或謂後人誤以石城爲石頭城(今南京)，故南京有莫愁湖。

〔一〇〕殘金剩粉：南京爲六朝國都，當時帝王和士大夫都過着繁華綺糜的生活，有六朝金粉之稱。後漸敗落，故曰殘金剩粉。

〔一一〕漏：漏壺，古代計時器。漏下：漏壺的水面已經下落，表示時間已晚。元袁桷《元日賀裴都事回朝》詩："金蓮漏下催初刻，玉笋班齊祝萬年。"

〔一二〕啞啞：烏啼聲。李白《烏夜啼》詩："黄雲城邊烏欲栖，歸飛啞啞枝上啼。"

〔一三〕長干：古建康里巷名。故址在今南京市東南。崔顥《長干曲》二首之二："同是長干人，生小不相識。"

重九夜偶成〔一〕

悲秋容易到重陽，節物相催黯自傷。有酒有花翻寂寞，不風不雨倍凄涼〔二〕。依依水郭人如雁，戀戀寒衣月似霜。差喜衰親話真切〔三〕，一燈滋味異他鄉。

〔一〕重九：農曆九月九日爲重九，又稱重陽。

〔二〕宋釋惠洪《冷齋夜話》卷四："黄州潘大臨工詩……臨川謝無逸以書問有新作否。潘答書曰：'秋來景物，件件是佳句，恨爲俗氛所蔽翳。昨日閑卧，聞攪林風雨聲，欣然起，題其壁曰：滿城風雨近重陽。忽催租人至，遂敗意，止此一句奉寄。'""重陽風雨"遂成爲典故。

〔三〕差：略微，尚可。　差喜：還可以令人心慰。

驟　寒　作

秦歲首後七日夜〔一〕，五更不周風發狂〔二〕。殷山萬竅拉枯木〔三〕，壓地徑寸堆酸霜〔四〕。千門蜎縮盡嗟息〔五〕，聲薄冷圭成白光〔六〕。去冬途中敝黑貂〔七〕，今秋江上典鷫鸘〔八〕。多年衣絮凍欲折〔九〕，氣候有爾自不防。富人一歲獨苦暑，窶人四時惟畏涼〔一〇〕。漸愁空牆日色暮，豫恐北牖寒宵長。誰將彤雲變狐白〔一一〕，無聲被遍茅檐客〔一二〕。

〔一〕秦歲首後：我們現在使用的農曆是夏曆，秦曆比夏曆提前三個月，因此秦歲首後相當於現在農曆的十月。

〔二〕不周風：謂西北風。《史記・律書》："不周風，居西北，主殺生。"《易緯通卦驗》："立冬，不周風至。"

〔三〕殷山萬竅：震動山中的千萬個洞穴。　拉枯木：把枯樹折斷。

〔四〕徑寸：每一塊小土地。　酸霜：猶嚴霜。

〔五〕蝟縮：像刺蝟那樣踡縮着身軀。

〔六〕薄：逼近。　圭：古代測日影的儀器叫圭表，石座上有一横尺，叫圭。聲薄冷圭，謂狂風吹在冰冷的圭木上。唐陸龜蒙《子夜四時歌·冬》："南光走冷圭，北籟號空木。年年任霜霰，不減篔簹緑。"

〔七〕黑貂：指用黑色貂皮製的裘衣。《戰國策·秦策一》："（蘇秦）説秦王，書十上而説不行，黑貂之裘敝，黄金百斤盡。"

〔八〕鷫鸘：謂鷫鸘裘，用鷫鸘鳥皮製的裘衣。《西京雜記》卷二："司馬相如初與卓文君還成都，居貧愁懣，以所著鷫鸘裘就市人陽昌貰酒與文君爲歡。"

〔九〕凍欲折：冷得使人受不了。

〔一〇〕窶(jù)人：窮苦的人。

〔一一〕彤雲：下雪前密佈的濃雲。唐宋之問《奉和春日玩雪應制》詩："北闕彤雲掩曙霞，東風吹雪舞山家。"　狐白：指狐白裘。用狐狸腋下的白毛皮製的裘衣。《史記·孟嘗君列傳》："此時孟嘗君有一狐白裘，直千金，天下無雙。"

〔一二〕被：覆蓋。

【輯評】

錢璱之《淺談兩當軒詩的社會意義》："他在《驟寒作》中也曾希望'誰將彤雲變狐白，無聲被遍茅檐客'，大有杜少陵的廣厦庇寒、白居易的大裘兼覆之概。"

屠清渠丈過飲醉後作山水幅見遺〔一〕

先生一笑如河清〔二〕，醉後往往一見之。即令不飲持大盞，已覺春氣盈鬚眉。平生胸中富丘壑〔三〕，意象獨到無專師。常時兀兀不動手〔四〕,醉來潑墨風雨馳。長虹俯吸海波立,乖龍上蹴天雲垂〔五〕。及當精心運毫末,雙目炯如漆點脂〔六〕。圖成掛我竹間屋,恍有光怪來窮追〔七〕。翻樽却避坐上客〔八〕,索栗怖走鄰家兒〔九〕。先生掀髯忽大笑,壓興還用傾千巵〔一〇〕。鄙人不飲喜觀飲,先生善畫兼愛詩。短縑尺幅許投贈〔一一〕,日來爛醉無不宜〔一二〕。我歌君飲萬事足,更看醉墨揮淋漓。

〔一〕屠清渠:可能是仲則母親屠氏的同族兄弟,故仲則稱之爲丈。

〔二〕河清:古稱黄河千年一清,故以河清比喻時機難遇。唐張説《季春下旬詔宴薛王山池序》:"河清難得,人代幾何。"《宋史·包拯傳》:"拯立朝剛毅……人以包拯笑比黄河清。"此謂先生之笑難得。

〔三〕胸中丘壑:丘壑謂山川勝景。黄庭堅《題子瞻枯木》詩:"胸中元是有丘壑,故作老木蟠風霜。"

〔四〕兀兀:昏沉貌。

〔五〕乖龍:傳説中的孽龍。　蹴(cù):踢。秦觀《滿庭芳》詞:"古臺芳榭,飛燕蹴紅英。"

〔六〕漆點:用漆點上。形容烏黑光亮。《晉書·杜乂傳》:"膚若凝脂,眼如點漆,此神仙人也。"

〔七〕光怪:神奇怪異的現象。光怪陸離。

〔八〕翻樽却避:傾翻酒杯而逃避。

〔九〕索栗:索要梨栗、糖果。杜甫《遭田父泥飲美嚴中丞》:"高聲索果栗,欲起時被肘。"

〔一〇〕壓興:猶盡興。

〔一一〕縑(jiān):細絹,可供作書畫用。尺幅:短小的紙或絹。短縑尺幅:泛指書畫或文章。　許:允諾。

〔一二〕日來:天天來。

冬夜左二招飲〔一〕

清霜壓東郊〔二〕，寒籟號北牖〔三〕。出門無所適，動詣素心友〔四〕。發瓮傾凍醅〔五〕，膾鮮斫巨口〔六〕。煇煇明燭光〔七〕，肝膽此可剖。脱身風塵中，所剩持螯手〔八〕。誰知歲寒夜，復次共杯酒。元龍氣未除〔九〕，竹馬期敢負〔一〇〕。百年盡今夕〔一一〕，那暇圖不朽。作達信有涯〔一二〕，生天獨甘後〔一三〕。及時且斟酌〔一四〕，不薄乃云厚〔一五〕。漸畏人影亂〔一六〕，即歡變回首〔一七〕。一身墮地來，恨事常八九。飲罷夜氣高，落落數星斗〔一八〕。

〔一〕左二：左輔(1751—1833)，字維衍，號杏莊，又號雲在，陽湖(今常州)人。乾隆五十八年(1793)進士。官至湖南巡撫。

〔二〕壓：籠罩，覆蓋。李賀《雁門太守行》詩："黑雲壓城城欲摧，甲光向日金鱗開。"

〔三〕寒籟：凄涼的聲音。宋宋祁《擬杜子美峽中意》詩："驚風借壑爲寒籟，落日容雲作暝陰。" 北牖：朝北的窗。唐王粲《涼風至賦》："北牖閑眠，西園夜宴。"

〔四〕動：往往，常常。韓愈《進學解》："跋前躓後，動輒得咎。" 詣：造訪。 素心友：心地純潔、性情淡泊的朋友。

〔五〕瓮：盛酒的罎。發瓮：打開酒罎。 醅(pēi)：未濾去糟的酒，亦泛指酒。凍醅：冷酒。陸游《初冬》詩："蝟刺坼蓬新栗熟，鵝雛弄色凍醅濃。"

〔六〕膾：細切(魚肉)。 鮮：泛指魚類。《老子》："治大國若烹小鮮。"河上公注："鮮，魚也。" 巨口：形容魚。蘇軾《前赤壁賦》："巨口細鱗，狀如松江之鱸。"

〔七〕煇煇："煇"同"輝"，明亮貌。唐韓濬《清明日賜百僚新火》詩："灼灼千門曉，輝輝萬井春。"

〔八〕持螯手：《晉書・畢卓傳》："卓嘗謂人曰：'得酒滿數百斛船，四時甘味置兩頭，右手持酒杯，左手持蟹螯，拍浮酒船中，便足了一生矣。'"

〔九〕元龍：三國時陳登，字元龍。《三國志・魏志・陳登傳》："陳元龍湖海之士，豪氣不除。"宋黄機《永遇樂・章史君席上》詞："史君自有，元龍豪氣，唤客且休辭醉。"

〔一〇〕竹馬：兒童游戲，以竹竿當馬騎。《晉書・殷浩傳》："（桓温）語人曰：'少時吾與浩共騎竹馬。我棄去，浩輒取之。'"句謂怎能負兒時之期約。

〔一一〕百年：指人的一生。句意謂平生之歡，盡在今夕。

〔一二〕作達：謂仿傚放達的行爲。《世説新語・任誕》："阮渾長成，風氣韻度似父，亦欲作達。步兵（阮籍）曰：'仲容（阮咸）已預之，卿不得復爾。'"　有涯：有限度。

〔一三〕生天：佛教謂修行能生於天界，享受天樂。轉義爲獲得榮華富貴。

〔一四〕斟酌：謂飲酒。舊題漢蘇武《詩》之一："我有一樽酒，欲以贈遠人。願子留斟酌，叙此平生親。"

〔一五〕句意謂非悲即是喜。

〔一六〕人影亂：形容醉眼昏花。

〔一七〕謂歡樂不久就變成了回憶。

〔一八〕落落：形容稀疏。漢杜篤《首陽山賦》："長松落落，卉木蒙蒙。"　星斗：泛指天上的星星。

問　渡

道逢漁父來，指點停舟處。只在小橋邊，風吹著溪樹。

寒夜檢邵叔宀師遺筆因憶別時距今真三載爲千秋矣不覺悲感俱集〔一〕

三年誰與共心喪〔二〕，舊物摩挲淚幾行〔三〕。夜冷有風開絳幄〔四〕，水深無夢到塵梁〔五〕。殘煤半落加餐字〔六〕，細楷曾傳養病方〔七〕。料得夜臺聞太息〔八〕，此時憶我定徬徨。

〔一〕邵叔宀：見《檢邵叔宀先生遺札》注〔一〕。

〔二〕心喪(sāng)：古時謂老師去世，弟子守喪，身無喪服而心存哀悼。晉摯虞《師服議》："自古弟子無師服之制，故仲尼之喪，門人疑於所服。子貢曰：'昔夫子喪顔回，若喪子而無服。請喪夫子若喪父而無服。'遂心喪三年。此則懷三年之哀，而無齊衰之制也。"

〔三〕摩挲：撫摸。

〔四〕絳幄：即絳帳。後漢馬融爲世通儒，教養生徒，常坐高堂，施絳紗帳，前坐生徒，後列女樂。後以絳帳爲師門、講席的敬稱。

〔五〕塵梁：落滿塵埃的屋梁。杜甫《夢李白》詩："落月滿屋梁，猶疑照顔色。"

〔六〕殘煤：猶墨。殘煤半落：指遺札上的字已有破損或殘缺。　加餐字：指朋友之間相慰問的書信。《古詩十九首》其一："棄捐勿復道，努力加餐飯。"

〔七〕仲則體弱多病，邵師在《和漢鏞對鏡行》詩中教以養生之道云："多病多愁乖宿心，長夜幽吟獨惆悵。……勸君自寬莫傷懷，勸君自强莫摧頽。功名富貴真外物，前言往行皆吾師。輕狂慎戒少年習，沉静更於養病宜。"

〔八〕夜臺：墳墓，亦借指陰間。劉禹錫《酬樂天見寄》："華屋坐來能幾日，夜臺歸去便千秋。”

【輯評】

嚴迪昌《論黄仲則》：“哀悼之情與身世之感相交糅。五、六兩句不止是如坐春風的回顧。當年師恩之體貼入微，一片關切之心躍動於紙上。恩逾深，情愈哀也。”

二十三夜偕稚存廣心杏莊飲大醉作歌〔一〕

安得長江變春酒〔二〕，使我生死相依之。不然亦遣青天作平地，醉踏不用長鯨騎〔三〕。夜夢仙人手提緑玉杖〔四〕，招我飲我流霞巵〔五〕。一揮墮醒在枕席，神清骨輕氣作絲〔六〕。日來不免走地上〔七〕，齷齪俯仰同羈雌〔八〕。寒陰噤户不能出〔九〕，幸有數子來招携〔一〇〕。迅猋朘我沙拍面〔一一〕，此際爛醉真相宜。旗亭哄飲西達子〔一二〕，萬斛瀉盡紅玻璃〔一三〕。孟公肯顧尚書約〔一四〕，李白笑殺襄陽兒〔一五〕。出門霜華被四野，步入黑樾隨高低〔一六〕。須臾荒荒上殘月〔一七〕，照見怪木啼飢鴟〔一八〕。徘徊坐卧北邙地〔一九〕，欲覓鬼唱秋墳詩〔二〇〕。東方漸白寺鐘響，遠林一髮高天垂〔二一〕。下窮重泉上碧落〔二二〕，人間此樂誰當知。此時獨立忽大笑，正似夢裏一吸瓊漿時〔二三〕。

〔一〕廣心：馬鴻運，字廣心，武進（常州）人，諸生。　杏莊：見《冬夜左二招飲》注〔一〕。

〔二〕春酒：冬釀春熟之酒，亦指春釀秋冬始熟之酒。《詩・豳風・七月》:“爲此春酒,以介眉壽。”

〔三〕騎長鯨:比喻隱遁或游仙。杜甫《送孔巢父謝病歸游江東兼呈李白》詩:“南尋禹穴見李白,道甫問訊今何如。”清仇兆鰲注:“南尋句,一作‘若逢李白騎鯨魚’,按……俗傳太白醉騎鯨魚,溺死潯陽,皆緣此句而附會之耳。”後用爲詠李白之典。陸游《長歌行》:“人生不作安期生,醉入東海騎長鯨。”

〔四〕緑玉杖:傳説中仙人所用的手杖。李白《廬山謡寄盧侍御虚舟》詩:“我本楚狂人,鳳歌笑孔丘。手持緑玉杖,朝别黄鶴樓。五嶽尋仙不辭遠,一生好入名山游。”

〔五〕流霞:見《感舊其一》注〔二〕。

〔六〕謂一飲後倒頭大醉,醒來神清氣爽。

〔七〕日來:近來。

〔八〕羈雌:失偶的雌鳥。南朝宋謝靈運《晚出西射堂》詩:“羈雌戀舊侣,迷鳥懷故林。”

〔九〕噤:關閉。噤户,猶噤門。《文選》潘岳《西征賦》:“有噤門而莫啓,不窺兵於山外。”

〔一〇〕子:古代對男子的敬稱,或泛言人。　數子:謂幾位友人。

〔一一〕迅猋:疾風,暴風。　媵(yìng):陪送。漢張衡《思玄賦》:“迅猋潚其媵我兮,鶩翩翩而不禁。”

〔一二〕旗亭哄飲:旗亭,酒樓。唐薛用弱《集異記》載:王之涣與王昌齡、高適於旗亭飲酒,有四歌妓上臺歌唱。“乃相私約曰:‘我輩各擅詩名,每不自定甲乙,今者可以密觀諸伶所謳,若詩入歌詞之多者爲優。’初謳昌齡詩,次謳適詩,又次復謳昌齡詩。之涣自以得名已久,因指諸妓中最佳者曰:‘待此子所唱,如非我詩,即終身不敢與子争衡。’次至雙鬟發聲,果謳黄河云云(指王之涣《涼州詞》)。因大諧笑。”　酉達子:從酉時(下午五時至七時)到子時(晚上十一時至次晨一時)。

〔一三〕斛:古時一斛爲十斗,南宋末改爲五斗。萬斛:泛言大量。　玻璃:指酒。宋梅堯臣《依韻酬永叔再示》詩:“鄰邦或有奇嘉釀,瓦罌土缶盛玻璃。” 紅玻璃：紅酒，泛指美酒。

〔一四〕孟公：漢陳遵，字孟公。 尚書：官名。《漢書·游俠傳》：“（陳遵）每大飲，賓客滿堂，輒關門，取客車轄投井中。雖有急，終不得去。嘗有部刺史奏事過遵，值其方飲，刺史大窮。候遵霑醉時，突入見遵母，叩頭自白，當對尚書有期會狀。母乃令從後閤出去。”三國魏應璩《與滿公琰書》：“當此之時，鍾孺不辭同産之服，孟公不顧尚書之期。徒恨宴樂始酣，白日傾夕，驪駒就駕，意不宣展。”

〔一五〕李白《襄陽歌》：“落日欲没峴山西，倒著接䍦花下迷。襄陽小兒齊拍手，攔街争唱白銅鞮。傍人借問笑何事，笑殺山公醉似泥。”山公指山簡。《晉書·山簡傳》：“（簡）假節鎮襄陽。……簡優游卒歲，唯酒是耽……諸習氏荆土豪族，有佳園池。簡每出嬉游，多之池上，置酒輒醉，名之曰高陽池。時有童兒歌曰：‘山公出何許，往至高陽池。日夕倒載歸，茗艼無所之。時時能騎馬，倒著白接䍦。’”

〔一六〕黑樾：昏黑的樹蔭。

〔一七〕荒荒：形容黯淡。杜甫《漫成》詩：“野日荒荒白，春流泯泯清。”

〔一八〕鵩：貓頭鷹的一種。

〔一九〕北邙：北邙山，在洛陽之北。東漢、魏、晉的王侯公卿多葬於此，因借指墓地。陶潛《擬古》詩之四：“一旦百歲後，相與還北邙。”

〔二〇〕鬼唱秋墳詩：李賀《秋來》詩：“秋墳鬼唱鮑家詩，恨血千年土中碧。”

〔二一〕一髮：形容遠處微茫的事物。蘇軾《澄邁驛通潮閣》詩：“杳杳天低鶻没處，青山一髮是中原。”

〔二二〕重泉：猶九泉。指死者所歸之處。 碧落：青天，天空。白居易《長恨歌》：“上窮碧落下黄泉，兩處茫茫皆不見。”

〔二三〕瓊漿：仙人的飲料，喻美酒。

夜坐書懷

一身萬事付闌珊〔一〕，不信真愁門户難〔二〕。此地更無雞肋棄〔三〕,前途憑仗馬蹄攢〔四〕。夢回細雪關城迥〔五〕,歲盡窮陰海國寒〔六〕。今夜燈前兒女意,依依猶似慰眠餐。

〔一〕闌珊:將盡。蘇軾《減字木蘭花》詞:"官況闌珊,慚愧青松守歲寒。"

〔二〕門户難:指家庭經濟困難,難以養家活口。仲則《自叙》:"家益貧,出爲負米游。"

〔三〕雞肋:雞的肋骨,比喻無多大意味,但又不忍舍棄的事物。《三國志·魏志·武帝紀》:"備因險拒守。"裴松之注:"時王欲還,出令曰'雞肋'。官屬不知所謂。主簿楊修便自嚴裝。人驚問修:'何以知之?'修曰:'夫雞肋,棄之如可惜,食之無所得,以比漢中,知王欲還也。'"

〔四〕攢:通"趲",趕,快走。句謂前途還要靠到各處奔走,謀取工作。

〔五〕夢回:夢醒。南唐李璟《攤破浣溪沙》詞:"細雨夢回雞塞遠,小樓吹徹玉笙寒。"

〔六〕海國:臨海地帶。蘇軾《新年》詩之三:"海國空自暖,春山無限清。"仲則指自己的家鄉常州。

乾隆三十六年(1771),仲則二十三歲。春至嘉興,回家後又從鎮江經當塗赴太平,客太守沈業富署中。秋應省試。冬復至太平,客安徽學政朱筠幕。朱復延洪亮吉入幕。二人俱以師禮事朱。冬十二月,朱筠與諸名士游采石磯,仲則作有《太白墓》詩。

飲洪稚存齋次韻

綠酒紅燈款語深〔一〕，等閑身世任浮沈。花前幸是相逢好，竹下還尋舊地吟。小草經時成遠志〔二〕，青楓異日損春心〔三〕。應知此去淮南客〔四〕，舊雨抛離怨不禁〔五〕。

〔一〕款語：親切交談。唐王建《題金家竹溪》詩："鄉使到來常款語，還聞世上有功臣。"

〔二〕小草：中藥遠志苗的别名。《世説新語·排調》："謝公始有東山之志。後嚴命屢臻，勢不獲已，始就桓公司馬。於時人有餉桓公藥草，中有遠志。公取以問謝：'此藥又名小草，何一物而二稱？'謝未即答。時郝隆在坐，應聲答曰：'此甚易解。處則爲遠志，出則爲小草。'謝甚有愧色。"仲則反用其意，對將來發展，抱有希望。

〔三〕異日：往日，昔時。　春心：春景所引發的情懷。《楚辭·招魂》："湛湛江水兮上有楓，目極千里兮傷春心。"

〔四〕淮南：指漢淮南王劉安。他博雅好古，喜招懷天下俊偉之士。此時仲則將往太平，客沈業富太守署。

〔五〕舊雨：杜甫《秋述》："常時車馬之客，舊，雨來；今，雨不來。"後以"舊雨"作爲老友的代稱。宋張炎《長亭怨》詞："故人何許？渾忘了江南舊雨。"

後一日復飲旗亭再用前韻

皓魄將殘夕露沈〔一〕，離堂燭盡悄愁生〔二〕。羣公試賭黄河唱〔三〕,有客曾爲楚澤吟〔四〕。去鳥悠悠隨落日,長川淼淼引孤心〔五〕。隴雲朔雁分飛急〔六〕,雙淚君前自不禁〔七〕。

〔一〕皓魄:明亮的月。宋朱淑貞《中秋玩月》詩:"清輝千里共,皓魄十分圓。"

〔二〕離堂:餞别之堂。南朝齊謝朓《離夜》詩:"離堂華燭盡,别幌清琴哀。"

〔三〕黄河唱:見《二十三夜偕稚存廣心杏莊飲大醉作歌》注〔一二〕。

〔四〕楚澤:古楚地有雲、夢等七澤,後以楚澤泛指楚地或楚地之湖澤。有客,仲則自指。仲則於乾隆三十五年二十二歲時客湖南按察使王太岳幕中,曾在湖南各地游歷,寫過不少描寫楚地山川名勝的詩。

〔五〕淼淼:形容水波浩瀚。南朝梁沈約《法王寺碑》:"炎炎烈火,淼淼洪波。" 孤心:孤單寂寞的心情。

〔六〕隴:指甘肅省一帶的地方。 朔:泛指北方。

〔七〕雙淚:唐張祜《何滿子》詩:"一聲《何滿子》,雙淚落君前。"

别老母

搴幃拜母河梁去〔一〕,白髮愁看淚眼枯。慘慘柴門風雪夜〔二〕,此時有子不如無。

〔一〕河梁:舊題李陵《與蘇武》詩:"携手上河梁,游子暮何之。……行人難久留,各言長相思。"後借指送别之地。

〔二〕慘慘:形容陰森蕭瑟。宋范成大《白狗峽》詩:"慘慘疑鬼寰,幽幽無人聲。"

【輯評】

朱舒甲《黄仲則和兩當軒集》:"出自肺腑的真情,寫得如此平實,明白如話。詩到真處不嫌其直。過分雕琢,反見其情虚。雖是家常話,却更顯得真摯深沉。"

别　　内

幾回契闊喜生還〔一〕,人老凄風苦雨間〔二〕。今夜别君無一語,但看堂上有衰顔〔三〕。

〔一〕契闊:久别,闊别。宋梅堯臣《淮南遇楚才上人》詩:"契闊十五年,尚謂卧巖庵。"

〔二〕凄風:寒風。　苦雨:久雨。　凄風苦雨:形容天氣惡劣,或比喻景況凄凉悲慘。清納蘭性德《大輔·寄梁汾》詞:"鱗鴻憑誰寄,想天涯隻影,凄風苦雨。"

〔三〕堂上:指父母。句謂希望妻子照顧好衰老的母親。

幼　　女

汝父年來實尠歡〔一〕,牽衣故作别離難〔二〕。此行不是長安客〔三〕,莫向浮雲直北看〔四〕。

〔一〕尠(xiǎn):少。

〔二〕意謂自己經常離家外出,已成常事,幼女已經習慣,牽衣難舍,無非是做做樣子而已,故曰故作。寫父女之情淡薄,實際上更加沉痛。

〔三〕長安客:長安是古代舊都,是高官顯爵所居之地。意謂自己這次離家,不是去當大官,而是迫不得已而去寄人籬下,謀取養家活口之資。

〔四〕直北:正北。杜甫《小寒食舟中作》詩:"雲白山青萬餘里,愁看直北是長安。"

老　僕

飄零應識主人心,仗爾鋤園守故林〔一〕。數載相隨今舍去,江湖從此斷鄉音。

〔一〕主人常年漂流在外,不能留在家中,實屬無奈,此意你應該知道。所以耕種田地,操持家務,就全靠你了。

【輯評】

伍合《黄景仁評傳》:"(《别老母》、《别内》、《幼女》、《老僕》四首詩)看他寫得如何可憐!是血,是淚,是詩,融成一片傷心之作。直是咽露秋蟲,能使人發出無限同情之感。"

送姜貽績北上〔一〕

檇李城邊路〔二〕,相逢對榻吟〔三〕。一身湖海氣〔四〕,

萬里風雲心〔五〕。賦槖長楊筆〔六〕,題留漢上襟〔七〕。無端又明發〔八〕,煙浦悄然深〔九〕。

〔一〕姜貽績:武進人。官江西縣丞。

〔二〕檇(zuì)李:古地名,在今浙江省嘉興西南。

〔三〕對榻:兩人對榻而卧,表示親近。蘇軾《立秋日禱雨宿靈隱寺同周徐二令》詩:"百重堆案掣身閑,一葉秋聲對榻眠。"

〔四〕湖海氣:指游歷過四方各地的人所帶的豪俠氣慨。《三國志·魏志·陳登傳》:"陳元龍湖海之士,豪氣不除。"金元好問《范寬秦川圖》:"元龍未除湖海氣,李白豈是蓬蒿人。"

〔五〕風雲心:宏大高遠的心志。

〔六〕槖(tuó):藏於囊中。長楊:漢揚雄作《長楊賦》。

〔七〕漢上襟:唐温庭筠、段成式、余知古常題詩唱和,有《漢上題襟集》十卷。

〔八〕明發:天明。王維《春夜竹亭戲贈錢少府歸藍田》詩:"羨君明發去,采蕨輕軒冕。"

〔九〕煙浦:雲霧瀰漫的水濱。　悄然:寂静貌。　悄然深,謂送别後水濱顯得十分寂静。

嘉禾留别鄭七藥圃〔一〕

十日春波短棹停〔二〕,三年重過草玄亭〔三〕。風塵我愧無雙譽〔四〕,家世君傳有一經〔五〕。陌路久看人眼白〔六〕,夜窗今共客燈青。酒醒莫問明朝事,門外驪歌不可聽〔七〕。

〔一〕嘉禾:浙江省嘉興的别稱。　鄭藥圃:鄭誠齋孫。鄭誠齋:鄭虎文,字炳也,號誠齋,秀水(嘉興)人。乾隆七年(1742)進士。官至左贊善。有《吞松閣集》。　留别:多指以詩文作紀念贈給分别的人。

〔二〕短棹:划船用的小槳,亦指小船。唐戴叔倫《泛舟》詩:"孤舟秋露滑,短棹晚煙迷。"

〔三〕草玄亭:漢揚雄淡於名利,潛心著述,草《太玄》經,後人名其亭曰草玄亭。此指鄭誠齋家。　三年重過:仲則於乾隆三十二年、三十三年間多次去杭州(《思舊篇序》"戊子、己丑間屢客武林"),其間可能去過鄭家。這一次(乾隆三十六年春)至嘉興,折還後由鎮江至當塗,客太平沈太守業富署中。與上次相隔約三年。

〔四〕無雙:《史記·李將軍列傳》:"李廣才氣,天下無雙。"

〔五〕一經:一部經書。李白《悲歌行》:"惠施不肯千萬乘,卜式未必窮一經。"杜甫《秋興》詩之三:"匡衡抗疏功名薄,劉向傳經心事違。"按:東漢鄭玄曾作《毛詩箋》,切合鄭氏家世。

〔六〕看人眼白:遭人冷待。

〔七〕驪歌:告别的歌。唐段成式《送穆郎中赴闕》詩:"應念愁中恨索居,驪歌聲裏且踟躕。"

十四夜京口舟次送張大歸揚州〔一〕

談經説劍氣縱横〔二〕,畫舫銀燈黯别情。春水將生君速去〔三〕,此江東下我西行〔四〕。蕪城鶴送三更唳〔五〕,京口潮添五夜聲〔六〕。後夜相思同皓月,君家偏占二分明〔七〕。

〔一〕京口:古城名,今江蘇鎮江市。　舟次:舟船停泊之所,即碼頭。張大:張昞,字春帆,揚州人。

〔二〕談經：談論儒家經義。　說劍：《莊子》有《説劍》篇，後以"説劍"指談論武事。　句謂張春帆能文能武，意氣風發。

〔三〕春水將生：《三國志·吴書·孫權傳》："十八年正月，曹公攻濡須，權與相拒月餘。"注："權爲箋與曹公説：'春水方生，公宜速去。'……曹公語諸將曰：'孫權不欺孤。'乃撤軍還。"

〔四〕我西行：仲則謂自己將從鎮江沿長江往西去安徽當塗。

〔五〕蕪城：南朝宋鮑照登廣陵（今揚州市）城，看到廣陵經戰亂後破敗荒涼的景象，有感而作《蕪城賦》。後世因稱揚州爲蕪城。李商隱《隋宫》詩："紫泉宫殿鎖煙霞，欲取蕪城作帝家。"鎮江離揚州甚近，故半夜裏能聽到揚州的鶴鳴。

〔六〕五夜：舊時自黄昏至拂曉一夜間分爲五段，甲夜、乙夜、丙夜、丁夜、戊夜。即五更。唐王建《和元郎中從八月十二至十五夜玩月》詩："仰頭五夜風中立，從未圓時直到圓。"　五夜聲：第五更的打更聲。　句謂除打更聲外還聽到早潮的潮聲。

〔七〕後夜：明夜。　君家：張春帆，揚州人，故云。　二分明：唐徐凝《憶揚州》詩："天下三分明月夜，二分無賴是揚州。"

二道口舟次夜起

覆浦輕雲薄似紗〔一〕，暗潮汩汩蕩舟斜〔二〕。舟雖暫繫仍爲客，夢爲無聊懶到家。五夜驚風眠岸荻〔三〕，一灘明月走江沙〔四〕。微軀總被無田累〔五〕，來往煙波閲歲華〔六〕。

〔一〕覆浦：覆蓋在水面上。

〔二〕暗潮：夜潮。　汩汩（gǔ）：象聲詞，形容流水聲。

〔三〕五夜：見《十四夜京口舟次送張大歸揚州》注〔六〕。　驚風：强烈的風。　眠岸荻：睡在岸邊的蘆荻叢中。

〔四〕走江沙：在江邊的沙灘上行走。

〔五〕無田累：由於家中貧窮，没有田地產業而受累。

〔六〕閲：經歷，度過。　歲華：猶年華。後蜀毛熙震《何滿子》詞："寂寞芳菲暗度，歲華如箭堪驚。"

舟夜寒甚排悶爲此

春江異風候〔一〕，今昔變炎涼。袍少故人脱〔二〕，綿餘慈母裝。寒醒五更酒〔三〕，濃壓一篷霜〔四〕。此際維珍重，誰憐在異鄉〔五〕。

〔一〕風候：風物氣候，亦偏指氣候。王勃《春思賦》："蜀川風候隔秦川，今年節物異常年。"

〔二〕戰國時魏人范雎先事魏中大夫須賈，遭其毁謗，笞辱幾死。後逃秦改名張禄，仕秦爲相，權勢顯赫。魏聞秦將東伐，命須賈使秦。范雎喬裝，敝衣往見。須賈不知，憐其寒而贈一綈袍。迨後知雎即秦相張禄，乃惶恐請罪。雎以賈尚有贈袍念舊之情，終寬釋之。見《史記・范雎蔡澤列傳》。高適《詠史》詩："尚有綈袍贈，應憐范叔寒。"

〔三〕謂五更（凌晨三點鐘左右）時酒醒，氣候很冷。

〔四〕謂整個船篷上覆蓋着濃霜。

〔五〕二句謂身在異鄉，無人憐惜，只有自己保重身體。

當塗旅夜遣懷〔一〕

去年霜落白蘋洲〔二〕，千山萬山木葉愁，布帆吹我游潭州〔三〕。今年春江鴨頭色〔四〕，吴波不動楚天碧〔五〕，辭家作客來采石〔六〕。采石磯邊雪浪飛，謝公池畔春雲歸〔七〕。江山如此葬李白〔八〕，我若不飲遭君嗤〔九〕。黄金欲盡花枝老，鏡裏二毛空裊裊〔一〇〕。旅歌歌短不能長〔一一〕，月出女牆啼怪鳥〔一二〕。

〔一〕當塗：在安徽省東部，鄰接江蘇省，西濱長江。

〔二〕白蘋：水中浮草。白蘋洲：泛指長滿白色蘋草的沙洲。李益《柳楊送客》詩："青楓江畔白蘋洲，楚客傷離不待秋。"温庭筠《夢江南》詞："過盡千帆皆不是，斜暉脈脈水悠悠，腸斷白蘋洲。"

〔三〕潭州：今長沙。乾隆三十五年春仲則在湖南布政使王太岳幕中，暇日常出游，曾到過湘潭。

〔四〕鴨頭色：鴨頭色緑，常用以形容水色。李白《襄陽歌》："遥看漢水鴨頭緑，恰似葡萄初醱醅。"蘇軾《送别》詩："鴨頭春水濃如染，水面桃花弄春臉。"

〔五〕吴波、楚天：春秋時代吴國與楚國交界處在今長江中下游一帶，故吴、楚常連貫使用。如杜甫《登岳陽樓》詩："吴楚東南坼，乾坤日夜浮。"又稱該地區爲"吴頭楚尾"。黄庭堅《謁金門》詞："山又水，行盡吴頭楚尾。"當塗正處在這一地段，故用吴波、楚天描寫這一帶的景色。

〔六〕采石：采石磯。在安徽省馬鞍山市長江東岸，爲牛渚山突出長江而成，江面較狹，形勢險要。傳説爲李白酒醉捉月溺死處。

〔七〕謝公池：謝公指南朝齊詩人謝朓。朓曾任宣城太守。當塗青山有謝公宅,宅旁有謝公池。李白《謝公宅》詩:"青山日將暝,寂寞謝公宅。竹裏無人聲,池中虛月白。"

〔八〕李白墓在當塗青山。

〔九〕遭君嗤:君指李白,因李白《將進酒》詩中云:"人生得意須盡歡,莫使金樽空對月。"

〔一〇〕二毛:花白的頭髮。蘇軾《八月七日初入贛過惶恐灘》詩:"八千里外二毛人,十八灘頭一葉身。" 裊裊:細柔飄動。

〔一一〕短歌篇幅較短,多爲宴會上唱的樂曲;長歌篇幅較長,多用以傾吐悲憤之情。

〔一二〕女牆:城牆上呈凹凸形的小牆。劉禹錫《金陵五題·石頭城》:"淮水東邊舊時月,夜深還過女牆來。" 怪鳥:指貓頭鷹類的鳥。

偕容甫登絳雪亭〔一〕

汪生汪生適何來〔二〕,頭蓬氣結顔如灰。囊無一錢買君醉,聊復與爾登高臺〔三〕。驚人鷹隼颺空去,俯見長雲闔且開。江流匹練界遥碧〔四〕,風勁煙萋莽寒色〔五〕。危亭倒瞰勢逾迥〔六〕,平墟指空望疑直〔七〕。憑高眺遠吾兩人,心孤興極牢憂并〔八〕。自來登臨感游目〔九〕,況有磊砢難爲平〔一〇〕。麟麐雉鳳世莫別,蕭蒿蕙茝誰能名〔一一〕。顛狂罵座日侘傺〔一二〕,疇識名山屬吾輩〔一三〕。著書充棟腹長飢〔一四〕,他年溝壑誰相貸〔一五〕。一時歌哭天夢夢〔一六〕,咫尺真愁鬼神會〔一七〕。汪生已矣不復言〔一八〕,眼前有景休懷煎〔一九〕。願從化作横江鶴〔二〇〕,來往天門采石間〔二一〕。

〔一〕容甫：汪中(1745—1794)，字容甫，又字思復，江都(揚州)人。拔貢生。　絳雪亭：在當塗。

〔二〕適：剛纔，方纔。

〔三〕聊復：姑且(作某事)。《世説新語·任誕》："阮仲容步兵居道南，諸阮居道北。北阮皆富，南阮貧。七月七日，北阮曬衣，皆紗羅錦綺。仲容以竿掛大布犢鼻褌於中庭。人或怪之。答曰：'未能免俗，聊復爾耳。'"

〔四〕匹練：白絹。　遥碧：遥遠的碧空。謂水面像一匹白絹界於碧空之下。南朝齊謝朓《晚登三山還望京邑》詩："餘霞散成綺，澄江静如練。"

〔五〕煙萋莽寒色：煙霧籠罩草莽，備極凄寒之色。蘇軾《西太一見王荆公舊詩偶次其韻》之二："聞道烏衣巷口，而今煙草萋迷。"

〔六〕危亭：高亭。指高山上的絳雪亭。　倒瞰：從上面看下去。　勢逾迥：更感覺到山的氣勢高迥。

〔七〕平墟：空曠的平地。句謂從平地仰看被危亭阻礙目光，極言危亭之高。

〔八〕心孤興極：心情孤單，意興蕭條。　牢憂并：憂愁鬱悶交加。

〔九〕自來：自古以來。　登臨：登山臨水。　感游目：因縱目而産生感慨。

〔一〇〕磊砢：衆多累積的石頭。喻心中鬱結的不平之氣。

〔一一〕麟麏：麒麟與獐子。　雉鳳：野鷄與鳳凰。　蕭蒿：泛指一般的野草。　蕙茝：香草。二句喻世人不辨賢愚，不知好壞。

〔一二〕顛狂：舉止狂放。唐姚合《寄王度》詩："憔悴王居士，顛狂不稱時。"　罵座：漫罵同座的人。《史記·魏其武安侯列傳》："劾灌夫罵座不敬，繫居室。"蘇軾《會客有美堂周邠長官以詩寄因和》之一："頗憶呼盧袁彦道，難邀罵座灌將軍。"　侘傺(chà chì)：因失意而神情恍惚。《離騷》："忳鬱邑余侘傺兮，吾獨窮困乎此時也。"

〔一三〕疇：誰。杜甫《九日寄岑參》詩："安得誅雲師，疇能補天漏。"　疇識：誰知。

〔一四〕充棟：形容藏書著述之富，可以堆滿屋子。陸游《冬夜讀書》詩：

"茆屋三四間,充棟貯經史。"

〔一五〕溝壑:山溝。隱指"填溝壑"。《戰國策·趙策四》:"(舒祺)十五歲矣,雖少,願未及填溝壑而托之。"謂填屍體於溝壑之中,指死。

〔一六〕夢夢:昏亂,不明。《詩·小雅·正月》:"民今方殆,視天夢夢。"

〔一七〕鬼神會:會見鬼神。

〔一八〕已矣:罷了,算了。

〔一九〕懷煎:心中煎熬。

〔二〇〕横江:《太平寰宇記》:"横江浦在和州歷陽縣東二十六里……對江南岸之采石,爲往來濟渡處。"明顧瑛《楊鐵崖新居書畫船亭》詩:"賦成猶夢横江鶴,書罷應籠泛渚鵝。"

〔二一〕天門:天門山。在當塗西南二十里。東曰博望山,又名東梁山,與和縣的西梁山隔江對峙如門,故合稱天門山。

三十夜懷夢殊〔一〕(二首選一)

其　一

削迹少歡思〔二〕,中宵影自娱〔三〕。勞生常鹿鹿〔四〕,即事每烏烏〔五〕。到枕江聲近,聞鐘夜氣孤〔六〕。因懷舊游伴,猶憶故人無?

〔一〕夢殊:洪亮吉號,見《明州客夜懷味辛稚存却寄》注〔一〕。

〔二〕削迹:消蹤匿迹,謂隱居。《莊子·山木》:"削迹捐勢,不爲功名。"　歡思:歡情。

〔三〕影自娱:以顧影自憐作爲樂趣。

〔四〕勞生:《莊子·大宗師》:"夫大塊載我以形,勞我以生,佚我以老,息我以死。"後以"勞生"指辛苦勞累的生活。宋王禹偁《惠山寺留題》詩:"勞生未了還東去,孤棹寒篷宿浪花。" 鹿鹿:忙碌。清冒襄《影梅庵憶語》:"鹿鹿永夜,無形無聲,皆存視聽,湯藥手口交進。"

〔五〕即事:作事。 烏烏:歌呼聲。《漢書·楊惲傳》:"酒後耳熱,仰天拊擊,而呼烏烏。"

〔六〕夜氣:夜間的清涼之氣。

太　白　墓〔一〕

束髮讀君詩〔二〕,今來展君墓〔三〕。清風江上灑然來〔四〕,我欲因之寄微慕〔五〕。嗚呼!有才如君不免死,我固知君死非死。長星落地三千年〔六〕,此是昆明劫灰耳〔七〕。高冠岌岌佩陸離〔八〕,縱横擊劍胸中奇〔九〕。陶鎔屈宋入大雅〔一〇〕,揮灑日月成瑰詞〔一一〕。當時有君無著處〔一二〕,即今遺躅猶相思〔一三〕。醒時兀兀醉千首〔一四〕,應是鴻濛借君手〔一五〕。乾坤無事入懷抱〔一六〕,只有求仙與飲酒〔一七〕。一生低首惟宣城,墓門正對青山青〔一八〕。風流輝映今猶昔,更有灞橋驢背客〔一九〕。此間地下真可觀,怪底江山總生色〔二〇〕。江山終古月明裏,醉魄沈沈呼不起〔二一〕。錦袍畫舫寂無人〔二二〕,隱隱歌聲繞江水。殘膏剩粉灑六合,猶作人間萬餘子〔二三〕。與君同時杜拾遺〔二四〕,窆石却在瀟湘湄〔二五〕。我昔南行曾訪之〔二六〕,衡雲慘慘通九疑〔二七〕。即論身後歸骨地,儼與詩境同分馳〔二八〕。終嫌此老太憤激,我所師者非公誰〔二九〕。人生百年要行樂,一日千杯苦不足〔三〇〕。笑看樵牧語斜陽,死當埋我兹山麓〔三一〕。

〔一〕太白墓：李白墓在安徽當塗縣東南青山。

〔二〕束髮：古代男孩成童時束髮爲髻，因以代指成童之年。唐鮑溶《苦哉遠行人》詩："去時始束髮，今來髮已霜。"

〔三〕展墓：省視墳墓。宋司馬光《辭墳》詩："十年一展墓，旬浹復東旋。"

〔四〕灑然：風吹雨灑的樣子。唐戴叔倫《春雨》詩："川上風雨來，灑然滌煩襟。"

〔五〕微慕：微，用作謙詞。慕：敬慕。猶言微末之人對你的敬慕。

〔六〕長星：古星名。類似彗星，有長形光芒。這裏指太白星。唐李陽冰《草堂集序》："驚姜之夕，長庚入夢。故生而名白，以太白字之。世稱太白之精，得之矣。"

〔七〕劫灰：劫後的餘灰。南朝梁慧皎《高僧傳·竺法蘭》："昔漢武穿昆明池底，得黑灰。問東方朔。朔云：'不知，可問西域胡人。'後竺法蘭至，衆人追以問之。蘭云：'世界終盡，劫火洞燒，此灰是也。'"

〔八〕岌岌：高貌。　陸離：光彩絢麗貌。《離騷》："高余冠之岌岌兮，長余佩之陸離。"

〔九〕縱横擊劍：李白《與韓荆州書》："白隴西布衣，流落楚漢。十五好劍術，遍干諸侯。三十成文章，歷抵卿相。雖長不滿七尺，而心雄萬夫。"

〔一〇〕陶鎔：陶冶鎔化。　屈宋：屈原與宋玉。亦指其作品。　大雅：《詩經》的組成部分之一，被認爲是詩歌之正聲。後因以指淳正高雅的詩篇。李白《古風》之一："大雅久不作，吾衰竟誰陳。"

〔一一〕瑰詞：瑰麗的文辭。

〔一二〕無著處：無著落之地；無安身之處。

〔一三〕遺躅：猶遺迹。明袁宏道《萊陽張廷尉贊》："汴水之上，有公遺躅。"

〔一四〕兀兀：昏沉貌。　醉千首：杜甫《飲中八仙歌》："李白斗酒詩百篇，長安市上酒家眠。"

〔一五〕鴻濛：宇宙形成前的混沌狀態；天地之元氣。

〔一六〕乾坤：指天地，世界。句謂世上没有什麽重大的事需要他關心。

〔一七〕求仙：李白年輕時曾與道士吴筠隱於剡中。

〔一八〕宣城：在安徽省東南部。南朝齊詩人謝朓曾爲宣城太守，後人稱他爲謝宣城。李白非常傾佩謝朓的詩。清王士禛《論詩絶句》："青蓮才筆九洲横，六代淫哇總廢聲。白紵青山魂魄在，一生低首謝宣城。"　青山，在安徽當塗縣東南。

〔一九〕灞橋：《三輔黄圖》："灞橋在長安東，跨水作橋。漢人送客至此橋，折柳贈别。"孫光憲《北窗瑣言》："或問鄭綮近日有詩否。綮曰：'詩思在灞橋風雪驢背上，此處何以得之。'"　驢背客：指賈島。後蜀何光遠《鑒誡録·賈忤旨》："（賈島）忽一日於驢上吟得：'鳥宿池中樹，僧敲月下門。'初欲著'推'字，或欲著'敲'字，煉之未定。遂於驢上作'推'字手勢，又作'敲'字手勢，不覺行半坊。觀者訝之，島似不見。時韓吏部愈權京尹，意氣清嚴，威振紫陌。經第三對呵唱，島但手勢未已。俄爲官者推下驢，擁至尹前，島方覺悟。顧問欲責之。島具對：'偶吟得一聯，安一字未定，神游詩府，致衝大官，非敢取尤，希垂至鑒。'韓立馬良久思之，謂島曰：'作敲字佳矣。'"　原注：賈島墓亦在側。

〔二〇〕怪底：底，疑問代詞，何，什麽。怪底，猶云何怪，有什麽奇怪。宋楊炎正《秦樓月》詞："斷腸芳草萋萋碧，新來怪底相思極。"　生色：增添光彩。

〔二一〕醉魄：酒醉者的魂魄。指李白。

〔二二〕錦袍畫舫：《舊唐書·文苑列傳下·李白》："時侍御史崔宗之謫官金陵，與白詩酒唱和。嘗月夜乘舟自采石達金陵，白衣宫錦袍於舟中，顧瞻笑傲，旁若無人。"句謂空留下錦袍畫舫，人已溺水身亡。

〔二三〕六合：指天地四方，猶人世間。　作：造就。二句謂李白的詩篇留傳於世，後之學人得其殘餘，亦有成就。

〔二四〕杜拾遺：杜甫曾官左拾遺，故世稱杜拾遺。

〔二五〕窆(biǎn)石：壙旁石碑，有孔，用以穿繩引棺下穴。　瀟湘湄：瀟湘之濱。杜甫墓在湘江支流耒水邊。後其孫遷其棺歸葬於偃師縣西北首陽山之前。

〔二六〕仲則於乾隆三十五年(1770)曾到過耒陽並作有《耒陽杜子美墓》詩。見前。

〔二七〕衡雲：南嶽衡山之雲。　九疑：見《洞庭行贈别王大歸包山》注〔五〕。

〔二八〕謂李杜二人之墓地不同，正如二人之詩境迥異。李之墓地青山山明水秀，杜之墓地瀟湘凄寂迷離；李詩清朗秀逸，杜詩傷感沉鬱。

〔二九〕此老：指杜甫。　公：指李白。

〔三〇〕一日千杯：李白《將進酒》詩："人生得意須盡歡，莫使金樽空對月。"又《襄陽歌》："百年三萬六千日，一日須飲三百杯。"

〔三一〕玆山：此山，即青山。　麓：山脚下。

【輯評】

清汪佑南《山涇草堂詩話》："《太白墓》一詩極力摹擬，有'我所師者非公誰'之句，此亦一時之傾倒語耳，非真有意學太白也。……仲則生不逢時，每多清迴之思，凄苦之語，激楚之音。"

錢小山《過兩當軒弔黄仲則》詩："追溯風流二百年，一生低首李青蓮。西江高詠相逢夜，自有才華繼謫仙。"

江上寄左二杏莊〔一〕(二首選一)

其　一

江流日歸海，客心常與東〔二〕。神游越枝外〔三〕，目斷吴雲中。激蕩水石響，凄晦草木風〔四〕。渺軀乏豐羽，輾轉逐驚蓬〔五〕。一别西蠡道〔六〕,五過館娃宫〔七〕。繁華不足悼,逝景何匆匆。幸有澗栖約〔八〕,還悲川嶺重〔九〕。蕙榮倘不歇,遲我春山空〔一〇〕。

〔一〕左二:見《冬夜左二招飲》注〔一〕。

〔二〕句謂自己客居在外,心思則與長江之水一起奔向東方。東方指自己的家鄉常州。

〔三〕神游:謂形體不動而心神向往。蘇軾《念奴嬌·赤壁懷古》詞:"故國神游,多情應笑我,早生華髮。" 越枝:《古詩十九首》其一:"胡馬嘶北風,越鳥巢南枝。"因以指故土,故國。

〔四〕淒晦:淒涼而陰沉。

〔五〕渺軀:渺小微弱的身軀。 豐羽:豐厚的羽毛。以小鳥喻自己的力薄無能。 驚蓬:疾飛的斷蓬。喻行蹤飄泊不定。李商隱《東下三旬苦於風土馬上戲作》詩:"路遶函關東復東,身騎征馬逐驚蓬。"

〔六〕西蠡:蠡河,相傳爲范蠡所鑿,在常州的一段稱西蠡河,在宜興的一段稱東蠡河。

〔七〕館娃宫:春秋吴王夫差爲西施所造的宫殿,故址在今江蘇省蘇州市西南靈巖山上。

〔八〕澗栖約:指一起隱居的約言。

〔九〕謂還因山河重隔而傷感。

〔一〇〕蕙:香草名。代表柔弱的小草。 榮:茂盛。 遲:等待。以蕙草作比喻,謂倘若我們兩人的身子能保持健康,請你在空曠的春山中等待我,我們一起隱居。

夜坐述懷呈思復〔一〕

密篠崇蘭露氣昏〔二〕,草堂促膝倒深樽〔三〕。燈前各掩思親淚，地下偏多知己恩。似水才名難療渴，投閑芳序易消魂〔四〕。滄洲散髮他年事〔五〕，遲爾清江白石村〔六〕。

〔一〕思復：見《偕容甫登絳雪亭》注〔一〕。
〔二〕密篠：密生的竹。南朝梁劉孝綽《陪徐僕射晚宴》詩："方塘交密篠，對霤接繁柯。"　崇蘭：叢生的蘭草。《楚辭・招魂》："光風轉蕙，氾崇蘭些。"
〔三〕促膝：相對坐而相接近。多形容親切交談。
〔四〕投閑：謂置身於清閑之地。陸游《入秋游山賦詩》之三："屢奏乞骸骨，寬恩許投閑。"　芳序：美好的時光。
〔五〕滄洲散髮：指歸隱。滄洲：濱水的地方，古時常用以指隱士的居處。杜甫《曲江對酒》詩："吏情更覺滄洲遠，老大悲傷未拂衣。"散髮：披散頭髮，喻棄官隱居。李白《宣州謝朓樓餞別校書叔雲》詩："人生在世不稱意，明朝散髮弄扁舟。"
〔六〕遲：等待。　清江白石村：泛指清涼幽静適宜隱居的地方。

雜　詩

其　一

衆喣欲漂山，聚蚊亦成雷〔一〕。寸心一猶豫，不復全瓌奇〔二〕。行樂居要津〔三〕，乃受前賢欺〔四〕。擾擾百年盡〔五〕，歌鐘生暮哀〔六〕。緬哉蘇李交，閔勖當生離〔七〕。斯人不可作〔八〕，俯仰使心悲。

〔一〕喣(xǔ)：吐出泡沫。《漢書・中山靖王劉勝傳》："夫衆喣漂山，聚蚊成雷。朋黨執虎，十夫橈椎。是以文王拘於羑里，孔子厄於陳蔡。"喻衆口詆毁,積小可以成大。

〔二〕瓌奇:美好特出。　全:保持完滿。

〔三〕行樂:享受樂趣。漢楊惲《報孫會宗書》:"人生行樂耳,須富貴何時?"《古詩十九首》其十五:"爲樂當及時,何能待來兹。"　要津:要路。比喻顯要的地位。《古詩十九首》其四:"人生寄一世,奄忽若飇塵。何不策高足,先據要路津。無爲守窮賤,轗軻長苦辛。"杜甫《麗人行》:"簫鼓哀吟感鬼神,賓從雜遝實要津。"

〔四〕前賢:此指前輩的文人。二句謂及時行樂,乃前賢欺人之言。

〔五〕擾擾:紛亂貌,煩亂貌。　百年:指人生一世。《列子·周穆王》:"今頓識既往,數十年來,存亡、得失、哀樂、好惡,擾擾萬緒起矣。"蘇軾《荆州》詩之四:"百年豪傑盡,擾擾見魚蝦。"

〔六〕歌鐘:歌樂聲。前蜀韋莊《病中聞相府夜宴》詩:"滿筵紅燭照香鈿,一夜歌鐘欲沸天。"仲則謂人生行樂,虚度一世,暮年聞歌樂之聲,亦會感到哀傷。

〔七〕緬哉:謂太遥遠。　蘇李交:蘇武與李陵的交情。　閔勖(xù):勉勵。　蘇武贈李陵詩:"願君崇全德,隨時愛景光。"李陵贈蘇武詩:"努力崇明德,皓首以爲期。"二句謂像蘇李二人在離别時還互相勉勵,現在很少見。

〔八〕可作:再生,復生。《國語·晉語八》:"趙文子與叔向游於九原,曰:'死者若可作也,吾誰與歸?'"

其　二

流俗徇耳食〔一〕,真賞難可遇〔二〕。聞聲或相思,日進反不御〔三〕。叩門況拙辭〔四〕,望氣已無豫〔五〕。遂使懷奇人〔六〕,進退失所據。駿馬嘶交衢〔七〕,三日無一顧。歸來服鹽車〔八〕,努力待遲暮。

〔一〕徇：依從。　耳食：耳食之言，没有確鑿證據的傳言。

〔二〕真賞：真正會賞識的人。

〔三〕《鬼谷子·内楗》："君臣上下之事，或遠而親，近而疏，就之不用，去之反求，日進前而不御，遥聞聲而相思。"謂近在身邊的不覺得可貴，反而去思念遥不可得的。　御：侍寢。漢劉向《新序·雜事二》："罷去後宫不御者，出以妻鰥夫。"

〔四〕拙辭：嘴笨，説不出話。陶潛《乞食》詩："飢來驅我去，不知竟何之。行行至斯里，叩門拙言辭。"

〔五〕望氣：古代占卜望雲氣附會人事，預言吉凶；此指看到臉色。　豫：喜悦，高興。謂看到主人的臉色已露出不高興。《孟子·公孫丑下》："孟子去齊，充虞路問曰：'夫子若有不豫色然。'"

〔六〕懷奇：身懷奇才。韓愈《試大理評事王君墓志銘》："君諱適，姓王氏，好讀書，懷奇負氣，不肯隨人。"

〔七〕交衢：四通八達的大道，交通要道。

〔八〕服：駕車。　鹽車：運載鹽的貨車。　《戰國策·楚策四》："夫驥之齒至矣，服鹽車而上太行……負轅不能上。伯樂遭之，下車攀而哭之，解紵衣以冪之。"後用以喻賢才屈沉於下。

舟中詠懷

桃花新漲碧無垠〔一〕，夢裏漁歌半隔津。自笑出門無遠志，五湖三畝是歸人〔二〕。

〔一〕桃花：桃花水。仲春桃花開放時，既有雨水，川谷冰融，衆流匯集，波瀾盛漲，故稱桃花水。蘇軾《次韻王定國南遷回見寄》詩："相逢爲我話留滯，桃花春漲孤舟起。"　無垠：無邊際。

〔二〕五湖：見《寄麗亭》注〔四〕。　三畝：三畝之宅，指栖身之地。王維《送丘爲落第歸江東》詩:"五湖三畝宅,萬里一歸人。"

夜坐有懷

移席緑陰下,修軒過雨餘〔一〕。風凄螢火定,月潔柳煙疏。對影三人共〔二〕,思君半枕虚〔三〕。幽憂長抱膝〔四〕,良夜待何如。

〔一〕修軒:高大的廊屋。　過雨:過度的雨,大雨。雨餘:雨後。韋應物《春日郊居寄萬年吉少府中孚三原元少府偉夏侯校書審》詩:"谷鳥時一囀,田園春雨餘。"

〔二〕李白《月下獨酌》詩:"花間一壺酒,獨酌無相親。舉杯邀明月,對影成三人。"

〔三〕半枕虚:謂共枕之人不在。説明所思之人爲妻子或情人。作者《綺懷》詩其三:"來從花底春寒峭,可惜梨雲半枕偎。"

〔四〕抱膝:以手抱膝而坐,表示有所思。白居易《邯鄲冬至夜思家》:"邯鄲驛裏逢冬至,抱膝燈前影伴身。"

夜坐懷維衍桐巢〔一〕

劍白燈青夕館幽〔二〕,深杯細倒月孤流〔三〕。看花如霧非關夜〔四〕,聽樹當風只欲秋。吴下酒徒猶駡座〔五〕,秦川公子尚登樓〔六〕。天涯幾輩同飄泊,起看晨星黯未收。

〔一〕維衍：見《冬夜左二招飲》注〔一〕。　桐巢：《先友爵里名字考》："集中有王邦譽、王桐巢，俱未詳。"

〔二〕夕館：偏向西的房間。

〔三〕深杯：滿杯。指飲酒。明高啓《清平樂・夜坐》詞："侍兒勸我深杯，好懷恰待舒開。"

〔四〕看花如霧：杜甫《小寒食舟中作》詩："春水船如天上坐，老年花似霧中看。"仲則有眼疾，其《十一夜》云："病眼愛芳菲。"

〔五〕吴下：泛指吴地。《宋書・隱逸傳・戴顒》："桐廬僻遠，難以養疾，乃出居吴下。"　罵座：見《偕容甫登絳雪亭》注〔一二〕。指左維衍，左常州人，屬吴下。

〔六〕秦川：泛指今陝西、甘肅的秦嶺以北平原地帶。秦川公子不詳。　登樓：漢王粲避亂客荆州，思歸，作《登樓賦》。此以王粲喻王桐巢。陸游《秋望》詩："一尊莫恨盤餐薄，終勝登樓憶故鄉。"

十一夜

依舊高齋月〔一〕，沉吟久不歸。幽居惜光景〔二〕，病眼愛芳菲。穿樹流星疾，當風去鳥稀〔三〕。遥知故山樹，手植漸成圍〔四〕。

〔一〕高齋：高大的書齋。此時仲則客居沈業富太守署中。

〔二〕光景：時光。李白《相逢行》："光景不待人，須臾髮成絲。"

〔三〕去鳥：飛去的鳥，遠飛的鳥。唐張九齡《歲初巡屬縣登高安樓言懷》詩："歸雲納前嶺，去鳥投遠村。"

〔四〕樹成圍：《世説新語・言語》："桓公北征，經金城，見前爲琅玡時種柳已皆十圍，慨然曰：'木猶如此，人何以堪！'攀枝執條，泫然流淚。"

十六夜宴沈太平座即呈同座諸子〔一〕

清江月出管絃愁，刺史華筵最上頭〔二〕。一串歌珠圓可拾，幾堆香霧漫難收〔三〕。天涯我輩同歡笑，明日浮雲有去留〔四〕。誰向此時彈别曲，一聲《河滿》淚先流〔五〕。

〔一〕沈太平：沈業富，字方谷，號既堂，江蘇高郵人。乾隆十九年(1754)進士。官至河東鹽運使。 太平：太平府，轄境相當今安徽當塗、繁昌、蕪湖等縣地，治所在當塗。當時沈任太平知府，故稱沈太平。

〔二〕刺史：古代官名，其職權歷朝屢有變更，在清代用作知府、知州的别稱。 管絃愁：此宴爲送别而設，故所奏多爲别離之曲。

〔三〕一串歌珠：形容歌聲圓轉，如一串明珠。白居易《寄明州于駙馬使君三絶句》之三："何郎小妓歌喉好，嚴老呼爲一串珠。" 香霧：香氣。指歌女身上透發的香氣。

〔四〕浮雲：李白《送友人》詩："浮雲游子意，落日故人情。"

〔五〕《河滿》：《河滿子》的省稱。舞曲名。唐張祜詩："故國三千里，深宫二十年。一聲《河滿子》，雙淚落君前。"清余懷《板橋雜記軼事》"一聲《河滿》，人何以堪。"二句意謂何必要在此時彈奏别離之曲呢？在聽曲之前，早已淚流滿面了。

十八夜復宴

濕翠千嵐拍座浮〔一〕，座中楚舞雜吴謳〔二〕。非無山鳥驚歌板〔三〕,不用花枝當酒籌。曉色遠沉牛渚月〔四〕,江聲冷送秣陵秋〔五〕。休悲飲罷無歸處,身世猶餘一葉舟〔六〕。

〔一〕形容山上青翠的樹木爲濕濛濛的霧氣所籠罩。　拍座:以手拍座椅,表示興奮。　浮:本指罰酒,亦可指滿飲。明高攀龍《三時記》:"呼酒大浮,酒酣耳熱。"

〔二〕楚舞:楚地之舞。《史記·留侯世家》:"戚夫人泣。上曰:'爲我楚舞,我爲若楚歌。'"　吴謳:吴地的謳歌。楚舞吴謳均泛指,意謂座中有各種歌舞表演。

〔三〕歌板:唱歌時用以打拍子的拍板。李賀《酬答二首》詩之二:"試問酒旗歌板地,今朝誰是拗花人?"　酒籌:飲酒時用以記數或行令的籌子。白居易《同李十一醉憶元九》詩:"花時同醉破春愁,醉折花枝當酒籌。"

〔四〕牛渚:牛渚山,在安徽當塗西北的長江邊,北部突入江中,名采石磯。

〔五〕秣陵:南京的古稱。

〔六〕身世:一生,終身。唐韓偓《小隱》詩:"借得茅齋岳麓西,擬將身世老鋤犁。"

立秋後二日

倦客思秋秋苦悲,薄羅幾日卷涼颸〔一〕。魚龍故國西風夜,瓜果深閨落月時〔二〕。老馬識途添病骨〔三〕,窮猿投樹擇深枝〔四〕。傷心略似萋萋草,霜霰將來爾未知〔五〕。

〔一〕薄羅：輕薄的羅衣。　涼颸(sī)：涼風。謂羅衣被涼風卷起。

〔二〕魚龍夜：指秋日。杜甫《秦州雜詩二十首》其一："水落魚龍夜，山空鳥鼠秋。"杜修可注引《水經注》："魚龍以秋日爲夜。"又《秋興八首》其四："魚龍寂寞秋江冷，故國平居有所思。"　瓜果：民間習俗，農曆七月七日夜爲七夕，是夕人家婦女結綵縷，穿七孔針，陳几筵酒脯瓜果於庭中以乞巧。二句意謂秋夜寒冷寂寞而引起思家之情。

〔三〕老馬識途：《韓非子·説林上》："管仲、隰朋從於桓公而伐孤竹。春往冬返，迷惑失道。管仲曰：'老馬之智可用也。'乃放老馬而隨之。遂得道。"喻對某事有經驗，可爲先導。　添病骨：仲則《秋興》序："昔潘黄門以三十二見二毛，爲賦《秋興》。余則二十有三耳，臨風攬鑒，已復種種。早凋如此，其何以堪！"句意謂自己雖能幹事，無奈體弱多病。

〔四〕窮猿投樹：比喻人處於困境，急於尋覓栖身之地。《世説新語·言語》："李弘度常嘆不被遇。殷揚州知其貧，問：'君能屈志百里不？'李答曰：'《北門》之嘆，久已上聞。窮猿奔林，豈暇擇木。'"　擇深枝：喻選擇較好的地方。句謂自己處境貧困，還希望能得到一個較好的職位。

〔五〕以嬌弱的小草將爲霜霰所摧殘爲例，喻自己衰弱的身子禁受不住旅途或工作的折磨。　爾：此，此事。　未知：謂未能逆料。

七夕懷容甫游采石〔一〕

疏梧槭槭漏遲遲〔二〕，人去庭空獨立時〔三〕。羨爾萬峰高處望，半輪涼月下蛾眉〔四〕。

〔一〕容甫：見《偕容甫登絳雪亭》注〔一〕。

〔二〕槭槭(sè):象聲詞,風吹葉動聲。

〔三〕人去:指容甫去游采石磯。

〔四〕半輪涼月:形容七夕的月。　蛾眉:蛾眉山。天門山在當塗西南,又名蛾眉山。

其　二

翹首千秋作賦才〔一〕,青山迢遞水瀠洄〔二〕。夜深倘有横江鶴,好訊山東李白來〔三〕。

〔一〕翹首:抬頭仰望,多形容盼望或思念之殷切。　千秋作賦才:贊美容甫之才學。

〔二〕青山:見《李白墓》注〔一八〕。　迢遞:遥遠。

〔三〕横江:見《偕容甫登絳雪亭》注〔二〇〕。　好訊:可以訊問。　山東李白:仲則自指。二句謂你在夜裏如果看到横江的鶴,可以去向它訊問有關我的情況。

月下登太白樓和思復壁間見懷韻〔一〕

白也高樓上切雲〔二〕,巉磯業業水粼粼〔三〕。先生去後爲長句,海内於今有故人〔四〕。我亦能來醉江月,君從何處倚秋旻〔五〕?臨流無限瑶華憶〔六〕,咫尺風波未可陳〔七〕。

〔一〕太白樓:在安徽馬鞍山市長江東岸的采石磯上。　思復:見《偕容甫登絳雪亭》注〔一〕。

〔二〕白也：杜甫《春日憶李白》詩："白也詩無敵，飄然思不群。"白也指李白，也爲語氣詞，無義。　白也高樓：謂李白樓。　切雲：切近天上的雲，形容高。

〔三〕巉：險峻陡削。巉磯，指采石磯。　嶪嶪：高大貌。

〔四〕先生：指思復。　長句：謂詩。思復離去時在太白樓壁上留下一首懷念仲則的詩，仲則看到後纔知道遠方的老朋友還在思念他。

〔五〕秋旻：秋季的天空。明李東陽《見南軒賦》："倚秋旻而長嘯，驚落葉之方短。"二句意謂在此清秋之日，我亦來到此地，不知你又到了何處。

〔六〕瑤華：喻詩文之珍美，用作對人詩文之贊美。岑參《敬酬杜華淇上見贈兼呈熊曜》詩："賴蒙瑤華贈，諷詠慰懷抱。"

〔七〕陳，陳説。　意謂路途相隔，即使未必遥遠，我也無法把我的心思向你陳説。

金陵雜感

平淮初漲水如油〔一〕，鍾阜嵯峨倚上游〔二〕。花月即今猶似夢〔三〕，江山從古不宜秋。烏啼舊内頭全白〔四〕，客到新亭淚已流〔五〕。那更平生感華屋〔六〕，一時長慟過西州〔七〕。

〔一〕平淮：淮，指南京的秦淮河。平，謂河中的潮水已漲滿。宋林逋《相思令》："江邊潮已平。"隋煬帝《早渡淮》詩："平淮既淼淼，曉霧復霏霏。"　水如油：形容河水色澤光潤。

〔二〕鍾阜：鍾山，又名紫金山、蔣山，在南京東北。

〔三〕花月句謂：金陵爲六朝首都，綺麗繁華，向來有南朝金粉之稱，如今已冷落蕭條,故曰"猶似夢"。

〔四〕舊内:指前朝遺留的皇宫。　烏頭白:《燕丹子》卷上:"燕太子丹質於秦,秦王遇之無禮。不得意,欲求歸。秦王不聽,謬言令烏頭白,馬生角,乃可許耳。丹仰天嘆,烏即白頭,馬生角。秦王不得已而遣之。"

〔五〕新亭:故址在今江蘇省江寧縣南。《世説新語·言語》:"過江諸人,每至美日,輒相邀新亭,藉卉飲宴。周侯中坐而嘆曰:'風景不殊,正自有山河之異!'皆相視而流淚。唯王丞相愀然變色曰:'當共戮力王室,克復神州,何至作楚囚相對!'"二句因時代之變遷而産生感慨。

〔六〕感華屋:曹植《箜篌引》:"生存華屋處,零落歸山丘。"

〔七〕西州:西州門,故址在今南京臺城之西。晉謝安年輕時有隱居東山之志,後出仕。年老病重,乘輿入西州門,以本志不遂,深自慨失,不久病死。羊曇爲謝安之甥,爲安所愛重。安死後,曇輟樂彌年,行不由西州路。嘗因大醉,扶路唱樂,不覺至州門。左右白曰:"此西州門。"曇悲不已,慟哭而去。

金陵待稚存不至適容甫招飲

去年人來白下時,清秋襆被相追隨〔一〕。青溪溪頭一輪月,照爾日日添新詩〔二〕。偶然持論有岨峿〔三〕,事後回首皆相思。今年秋比去年早,今年月比去年好。我來待君君不來,問水尋山都草草。幸有汪子相過從,慰我離索傾深鍾〔四〕。尊前話舊半悲樂,痛飲不覺酣西風。聊將生别新知意〔五〕,吟入六朝煙寺中〔六〕。

〔一〕人：指洪稚存。白下：南京的别稱。《北齊書·顔之推傳》："經長干以掩抑，展白下以流連。"　襆被：見《和仇麗亭其四》注〔二〕。

〔二〕青溪：水名，發源於南京鍾山西南，經南京市流入秦淮河。清王士禛《秦淮雜詩》之六："青溪水木最清華，王謝烏衣六代誇。"　爾：指稚存。

〔三〕岨峿(jǔ yǔ)：本指山交錯不平，引申爲意見不同。仲則與稚存對詩的看法，常有不同的意見。洪亮吉(稚存)《與畢侍郎牋》："此君平生與亮吉雅故，惟持論不同。嘗戲謂亮吉曰：'予不幸早死，集經君訂定，爲乖余之指趣矣。'省其遺言，爲之墮淚。"

〔四〕汪子：指容甫。　離索：離羣索居。陸游《釵頭鳳》詞："東風惡，歡情薄。一懷愁緒，幾年離索。"　深鍾：滿杯酒。傾深鍾：飲酒。

〔五〕生别：杜甫《夢李白二首》其一："死别已吞聲，生别常惻惻。"　新知意：近來感覺到的惻惻之情。

〔六〕六朝：見《舟中望金陵》注〔五〕。　六朝煙寺：杜牧《江南春絶句》："南朝四百八十寺，多少樓臺煙雨中。"

雨　花　臺〔一〕

行盡長干道，崇臺得壯觀〔二〕。秋天多雨勢，江上更風寒。王氣全消歇，山形尚鬱盤〔三〕。松楸彌望處，寂寞葬千官〔四〕。

〔一〕雨花臺：在南京市中華門外。相傳梁武帝時雲光法師在此講經，感動諸天雨花，花墜爲石，故名。

〔二〕長干：古建康里巷名。故址在今南京市南。　崇臺：高臺，指雨花臺。

〔三〕王氣：舊指象徵帝王運數的祥瑞之氣。相傳秦始皇南巡至藏龍浦，發現有王氣，於是鑿方山、斷長壟爲瀆入於江，以洩王氣。方山在南京市南，鑿成的水渠即秦淮河。劉禹錫《西塞山懷古》詩："王濬樓船下益州，金陵王氣黯然收。……人世幾回傷往事，山形依舊枕寒流。" 鬱盤：曲折幽深貌。李白《歷陽壯士勤將軍名思齊歌》："江山猶鬱盤，龍虎秘光彩。"

〔四〕松楸：松樹和楸樹，多植於墓地。故借指墓地。唐許渾《金陵懷古》詩："玉樹歌殘王氣終，景陽兵合戍樓空。松楸遠近千官冢，禾黍高低六代宫。"

秋興并序（二首選一）

昔潘黄門以三十二見二毛，爲賦《秋興》〔一〕。余則二十有三耳，臨風攬鑒，已復種種〔二〕。早凋如此，其何以堪！且念人之以白頭蓋棺者，十不得一，而余已先見此也。有慨於懷，率爾成詠。藻詞莫託，感均期一〔三〕，和之云爾。

其二

嚴飇一何疾，勁草心不憂〔四〕。白髮本至公，不上松期頭〔五〕。蓬壺一水隔，大藥知難求〔六〕。奈何處一世，俯仰同累囚〔七〕。未識生人樂，行將成土丘〔八〕。迴風蕩四壁，日影何儵儵〔九〕。恨隨孤蓬發，思逐纖塵流〔一〇〕。嗟余未聞道，何能齊短修〔一一〕。徵衰非一端〔一二〕，淚下不可收。

〔一〕潘黄門：晉文學家潘岳，字安仁，曾任節事黄門侍郎，故稱潘黄門。潘著有《秋興賦》。　二毛：見《不寐》注〔五〕。

〔二〕攬鑒：看鏡子。　種種：頭髮短而少，形容衰老。《左傳・昭公三年》："余髮如此種種，余奚能爲。"

〔三〕謂文辭不足以表達，只是對秋天和人世的感慨是一致的。

〔四〕嚴飈：强風。　勁草：堅韌的草。多喻堅貞不屈的人。《東觀漢記・王霸傳》："上謂霸曰：'潁川從我者皆逝，而子獨留，始驗疾風知勁草。'"《舊唐書・蕭瑀傳》："因賜瑀詩曰：'疾風知勁草，板蕩識誠臣。'"

〔五〕松期：赤松子與安期生，相傳爲古之養生得道者。

〔六〕蓬壺：即蓬萊。古代傳説海中的仙山。《拾遺記・高辛》："三壺則海中三山也。一曰方壺，則方丈也；二曰蓬壺，則蓬萊也；三曰瀛壺，則瀛洲也。形如壺器。"　大藥：謂不死之藥。白居易《浩歌行》："既無長繩繫白日，又無大藥駐朱顔。"

〔七〕俯仰：一舉一動。　累囚：囚犯。意謂自己的行動俯仰由人，如同囚犯。

〔八〕土丘：指墳墓。

〔九〕迴風：旋風。《楚辭・九章・悲迴風》："悲迴風之摇蕙兮，心冤結而内傷。"　翛翛(xiāo)：錯雜貌。柳宗元《謫龍説》："及期，進取杯水飲之，嘘成雲氣，五色翛翛也。"

〔一〇〕孤蓬、纖塵：指細小的事物，微不足道的事情。意謂因小事而引起煩惱。

〔一一〕聞道：懂得道家的學説。　齊短修：對夭折和長壽同様看待。《莊子・齊物論》："天下莫大於秋毫之末而泰山爲小，莫壽於殤子而彭祖爲夭。"　王羲之《蘭亭集序》："況修短隨化，終期於盡。"

〔一二〕徵衰：徵驗身體衰弱。　一端：一個迹象。意謂自己的衰病有多方面的表現。

旅　夜

天高野曠肅孤清〔一〕，落木蕭蕭旅夢驚〔二〕。病馬依人同失路〔三〕，冷蟬似我只吞聲〔四〕。荒城月出夜逾悄，小閣燈殘水忽明〔五〕。一卧滄江時節改〔六〕，深杯柏葉爲誰傾〔七〕？

〔一〕肅孤清：形容秋天孤寒冷落的氣象。

〔二〕杜甫《登高》詩："無邊落木蕭蕭下，不盡長江滚滚來。"

〔三〕失路：迷失道路，喻不得志。漢揚雄《解嘲》："當塗者升青雲，失路者委溝渠。"唐錢起《送鄔三落第還鄉》詩："十年失路誰知己，千里思親獨遠歸。"

〔四〕吞聲：無聲地悲泣。杜甫《哀江頭》："少陵野老吞聲哭，春日潛行曲江曲。"

〔五〕燈殘水明：杜甫《月》詩："四更山吐月，殘夜水明樓。"

〔六〕滄江：泛指江流。杜甫《秋興八首》其五："一卧滄江驚歲晚，幾回青瑣點朝班。"

〔七〕深杯：滿杯。　柏葉：柏葉酒。杜甫《人日二首》其二："樽前柏葉休隨酒，勝裏金花巧耐寒。"

稚存歸索家書

只有平安字，因君一語傳〔一〕。馬頭無曆日，好記雁來天〔二〕。

〔一〕岑參《逢入京使》詩:“馬上相逢無紙筆,憑君傳語報平安。”謂請傳語的,只有“平安”兩字。

〔二〕雁來天:鴻雁南來之時,即秋天。

【輯評】

伍合《黄景仁評傳》:“這詩當是本着‘雙袖龍鍾淚不乾’作的,但比原作的意思更深了一層。”

子　夜　歌〔一〕

其　一

思君月正圓,望望月仍缺。多恐再圓時,不是今宵月。

〔一〕子夜歌:見《中秋夜游秦淮歸城南作》注〔五〕。

其　二

萬里流沙遠〔一〕,真愁見面難。閨中無挾彈,那得雁書看〔二〕。

〔一〕流沙:沙漠,指西域地區。杜甫《東樓》詩:“萬里流沙道,西行過此門。”

〔二〕挾彈:手執射禽鳥的彈弓。　雁書:漢蘇武使匈奴,被匈奴拘留。後匈奴與漢和親,漢要求放蘇武回國,匈奴詭言蘇武已死。後漢使復至匈奴。蘇武使手下夜見使者,説明情況,並教使者對單于説,天子在上林苑射得一雁,雁足繫帛書,説明蘇武在某澤中。單于謝罪,放蘇武回國。見《漢書・蘇武傳》。後以雁書泛指書信。二句謂妻子無法得到丈夫的雁足傳書。

金陵别邵大仲游〔一〕

三千餘里五年遥,兩地同爲斷梗飄〔二〕。縱有逢迎皆氣盡〔三〕,不當離别亦魂消〔四〕。經過燕市仍吴市〔五〕,相送皋橋又板橋〔六〕,愁絶馱鈴催去急,白門煙柳晚蕭蕭〔七〕。

〔一〕邵仲游:邵聖藝,字仲游,昭文(今常熟)人。監生。按:仲則在本書第二頁中有詩,標題曰《清明步城東有懷邵二仲游》,而此處稱"邵大仲游"。或因仲游之兄已死,故有時稱邵二,有時又稱邵大。黄仲則亦然。洪亮吉詩,有"與黄大景仁夜話",又有"登郡齋南樓懷黄二景仁作"。

〔二〕斷梗:折斷的葦梗,比喻漂泊不定。元曹伯啓《再和陳愛山》詩:"乾坤雙斷梗,身世一芳樽。"

〔三〕逢迎:迎合。　氣盡:生氣消失。《南史・曹景宗傳》:"閉置車中,如三日新婦,此邑邑使人氣盡。"

〔四〕魂消:南朝梁江淹《别賦》:"黯然消魂者,唯别而已矣。"

〔五〕燕市:戰國時燕國的國都。《史記・刺客列傳・荆軻》:"荆軻嗜酒,日與狗屠及高漸離飲於燕市。"唐李涉《送魏簡能東游》詩之二:"燕市悲歌又送君,目隨征雁過寒雲。"　吴市:春秋時吴國國都,今蘇州市。《史記・范雎蔡澤列傳》:"伍子胥橐載而出昭關……鼓腹吹篪,乞食於吴市。"　仍:又。宋楊萬里《和謝張功父》詩:"老夫最愛嚼香雪,不但解酲仍滌熱。"燕市、吴市泛指都市。

〔六〕皋橋:在蘇州閶門内。漢皋伯通居此,因高士梁鴻爲避禍至吴,在皋伯通家廡下爲人賃舂而有名。唐皮日休《皋橋》詩:"皋橋依舊緑楊中,閭里猶生隱士風。" 板橋:秦淮河青溪有長板橋,清余懷著有《板橋雜記》。

〔七〕馱鈴:駝鈴。 白門:南京市的別名。清趙翼《金陵》詩:"不到金陵廿六年,白門煙柳故依然。"

九月白門遇伍三病甚恐其不可復治後聞其强病相送而余已發矣因綜計吾二人聚散蹤迹作爲是詩伍三見之當霍然也〔一〕

伍郎束髮去鄉土〔二〕,挾彈翩翩十三五〔三〕。呼盧縱酒百不憂〔四〕,只思射殺南山虎〔五〕。西泠橋畔與君逢,投鞭一醉春風中〔六〕。吴姬壓酒香滿店,門外垂楊嘶玉驄〔七〕。是時方兩小,意氣絶傾倒〔八〕。一爲吴門別,君訪安期島〔九〕。十年滄海頭,朱顔不自保。嗟嗟翔風翰,墮作窮林鳥〔一〇〕。葛衣索索行市中,雙鬢憂來似蓬葆〔一一〕。道逢南陽劉孝標,慨然爲著《廣絶交》〔一二〕。炎涼世態有如此,我輩豈肯長蓬蒿〔一三〕。倏忽流光疾如電,耿耿思君撫長劍。扁舟三度訪君門,落花滿地無人見。今秋意外得重逢,誰知君病餘危喘。得志無身古所傷〔一四〕,況今七尺猶貧賤〔一五〕。我爲因人更遠離〔一六〕,望風遥別不勝悲。聞君力疾猶相送〔一七〕,想見重來惆悵時。

〔一〕白門：見《金陵别邵大仲游》注〔七〕。　伍三：見《遇伍三》注〔一〕。　余已發矣：仲則離開南京去太平，客安徽學政朱筠幕中。　霍然：指疾病迅速消失。

〔二〕束髮：見《太白墓》注〔二〕。

〔三〕挾彈：手持彈弓。見《感舊雜詩其二》注〔三〕。謂伍三少年時可與潘岳相比。　翩翩：形容風度或文采優美。

〔四〕呼盧：謂賭博。宋晏幾道《浣溪沙》詞："户外緑楊春繫馬，牀前紅燭夜呼盧。"

〔五〕射南山虎：《史記·李將軍列傳》："(廣)居藍田南山中，射獵……廣所居郡，聞有虎，嘗自射之。"辛棄疾《水調歌頭》詞："插架牙籤萬軸，射虎南山一騎，容我攬鬚不？"

〔六〕西泠橋：亦稱西陵橋，在杭州孤山西北盡頭處。　投鞭：扔掉馬鞭，謂下馬。

〔七〕壓酒：米酒釀到將熟時，壓榨取酒。李白《金陵酒肆留别》詩："風吹柳花滿店香，吴姬壓酒勸客嘗。"　玉驄：玉花驄，泛指名馬。

〔八〕傾倒：佩服，心折。

〔九〕吴門：指蘇州或蘇州一帶。宋張先《漁家傲·和程公闢贈别》詞："天外吴門清霅路，君家正在吴門住。"　安期島：神仙安期生所居的島嶼，在東海蓬萊山。

〔一〇〕嗟嗟：表示慨嘆。《楚辭·九章·悲迴風》："曾歔欷之嗟嗟兮，獨隱伏而思慮。"　翔風翰：在和風中飛翔的錦鷄。

〔一一〕葛衣：用葛的纖維織成的布所製的夏衣。　索索：猶瑟瑟。陸游《夜出偏門還三山》詩："水風吹葛衣，草露濕芒履。"　蓬葆：蓬，蓬草；葆，羽葆，儀仗中以鳥羽裝飾的華蓋。比喻頭髮散亂。宋陳亮《上光宗皇帝鑒成箴》："十餘年間，憂慮危慄。頭若蓬葆，雨沐風櫛。"

〔一二〕南陽：古地區名，相當於今山東省泰山以南汶河以北一帶。以其在泰山之南，故名。　劉孝標：南朝梁劉峻，字孝標，平原(今屬山東省)人，曾講學東陽紫巖山，從學者甚衆。注《世説新語》，爲世所重。著有《廣絶交論》。《廣絶交論》：任昉死後，其子流離寒窘,而其生平舊交無有顧恤者。作者有感於此,乃推闡東漢朱穆《絶交論》之意而爲此文。

〔一三〕蓬蒿:蓬草和蒿草,泛指草叢。比喻貧苦之處境。

〔一四〕無身:没有健康的身體,無壽。

〔一五〕七尺:一般成年男子身高七尺,故借指男子漢。

〔一六〕因人:指因人成事,依靠他人幫助。

〔一七〕力疾:勉强支撑着病體。

不　寐

不寐憂心折,支頤達夜闌〔一〕。神虚警微響,屋古動蕭寒〔二〕。氣候三秋盡〔三〕,羈孤一夢難〔四〕。明朝清鏡裏,應有二毛看〔五〕。

〔一〕折:折磨。　支頤:以手托下巴。白居易《除夜》詩:"薄晚支頤坐,中宵枕臂寒。"

〔二〕神虚:精神虚弱。　蕭寒:凄冷的感覺。　動:引動,招致。杜甫《遣悶戲呈路十九曹長》詩:"江浦潮聲喧昨夜,春城雨色動微寒。"

〔三〕三秋:秋季的三個月,七月稱孟秋,八月稱仲秋,九月稱季秋。

〔四〕羈孤:單身作客他鄉的人。

〔五〕二毛:頭髮有黑白二色。

新　月

乍見是將落〔一〕,愁心不可論。陰陰當鏡閣〔二〕,慘慘挂關門。光弱如新病，天長有斷魂〔三〕。相看兩幽絶，一角遠山痕〔四〕。

〔一〕乍見：忽然看見，猛一見。明萬壽祺《毘陵劉大過訪草堂信宿遂别》詩："乍見忽驚毛髮老，相看獨有雪霜懸。"

〔二〕陰陰：陰暗貌。蘇軾《李氏園》詩："陰陰日光淡，黯黯秋氣蓄。" 當：對着，向着。樂府詩集《木蘭辭》："當窗理雲鬢，對鏡貼花黄。" 鏡閣：指女子住室。

〔三〕天長：長，指距離遠。在遥遠的天空。 斷魂：離開軀體的靈魂。清洪昇《長生殿・冥追》："蕩悠悠一縷斷魂，痛察察一條白練香喉鎖。"二句形容光綫柔弱。

〔四〕相看：互相注視，對視。李白《獨坐敬亭山》詩："相看兩不厭，只有敬亭山。"

别顧文子之繁昌〔一〕

楓林如醉雁成羣，小疊行裝向夕曛〔二〕。詎有西江能潤我〔三〕，不堪南浦又辭君〔四〕。分馳晏歲多殘客〔五〕，回首重城只斷雲〔六〕。遲爾春來官閣裏，梅花消息早相聞〔七〕。

〔一〕顧文子：顧九苞，字文子，興化人。乾隆四十六年(1781)進士。繁昌：縣名，在安徽省東南部，長江南岸。清屬安徽太平府。

〔二〕楓林如醉：《西厢記・長亭》曲："曉來誰染霜林醉，總是離人淚。" 夕曛：夕陽的餘暉。南朝宋謝靈運《晚出西射堂》詩："曉霜楓葉丹，夕曛嵐氣陰。"

〔三〕《莊子・外物》："周昨來，有中道而呼者。周顧視車轍中有鮒魚焉。周問之曰:'鮒魚來! 子何爲者邪?'對曰:'我東海之波臣也。君豈有斗升之水而活我哉?'周曰:'諾。我且南游吴、越之王,激西江之水而迎子,可乎?'鮒魚忿然作色曰:'吾失我常與,我無所處。吾得斗升之水然活耳。君乃言此,曾不如早索我於枯魚之肆。'"　詎有:豈有。

〔四〕南浦:泛指送别之處。南朝梁江淹《别賦》:"春草碧色,春水緑波。送君南浦,傷如之何。"

〔五〕殘客:别人多餘而剩下來的客人。《梁書·張纘傳》:"纘與參掌何敬容意趣不協。敬容居權軸,賓客輻湊。有過詣纘者,輒距不前,曰:'吾不能對何敬容殘客。'"陸游《貧中自戲》詩:"門冷並無殘客迹,家貧常讀絶編書。"

〔六〕重城:古代城市在外城中又建内城,故稱。宋柳永《采蓮令》詞:"更回首,重城不見,寒江天外,隱隱兩三煙樹。"

〔七〕遲:等待。　官閣:猶官署。　梅花消息:杜甫《和裴迪登蜀州東亭送客逢早梅相憶見寄》詩:"東閣官梅動詩興,還如何遜在揚州。"二句謂明年春天我將在朱筠的學政署中等待你及早把詠梅的詩句寄來。

陌　頭　行

其　一

妾心化游絲,牽歡古道邊。明知牽不住,無奈思纏綿〔一〕。

〔一〕纏綿:情意深厚。唐張籍《節婦吟》:"感君纏綿意,繫在紅羅襦。"

其　二

妾心化春草，遮歡山水程。明知遮不住，到處得逢迎〔一〕。

〔一〕得：能，可以。“天涯何處無芳草”，化作春草，則不管你到什麼地方，我都可以接待你。

客夜憶城東舊游寄懷左二〔一〕

人生百年如過客〔二〕，那得歡游不回憶。眼看胡粵皆殊鄉，那得知己常對牀〔三〕。我念城東好風月，同游左子復清發〔四〕。被酒每逐殘星歸，哦詩動及晨鐘歇〔五〕。君家屋後林麓美〔六〕，佛院陰森隔煙水。時携鐵杖來叩門，驚起山僧及童子。醉騎長松叱欲飛〔七〕，片片秋雲墮如紙。雲階月地杳莫攀〔八〕，即今惟有夢中還。樓頭書劍飄零日〔九〕，曲裏家山悵望間〔一〇〕。始知聚散枝頭鳥，有限歡娱不常保。羨君色笑承親幃〔一一〕，樂事天倫無一少。我行日夜江之濱，素衣緇盡心生塵〔一二〕。山川風景總堪賦〔一三〕，偏覺故園丘壑真。遥知文酒足清燕〔一四〕，可念同游漂泊人？

〔一〕左二：見《冬夜左二招飲》注〔一〕。

〔二〕李白《春夜宴從弟桃花園序》：“夫天地者，萬物之逆旅也。光陰者，百代之過客也。而浮生若夢，爲歡幾何。”《古十九首》之三：

“人生天地間,忽如遠行客。”

〔三〕胡粤:泛指北方與南方。 殊鄉:異鄉。仲則江蘇常州人,非胡非粤,故云。 對牀:兩人對牀而卧,喻相聚之歡樂。白居易《雨中招張司業宿》詩:“能來同宿否,聽雨對牀眠。”

〔四〕左子:謂左二。子,用於對男子,表示敬重。 清發:神志清明焕發。

〔五〕被酒:猶中酒,帶醉。《史記·高祖本紀》:“高祖被酒,夜徑澤中,令一人行前。” 逐:隨。 動:往往,常常。 及:到。

〔六〕林麓:猶山林。

〔七〕叱:大聲命令。

〔八〕雲階月地:見《感舊其二》注〔六〕。此指當年與左二同游的常州城東。 杳莫攀:指不能重到該地。

〔九〕書劍:書和劍。古代文人亦常佩劍。唐許渾《别劉秀才》詩:“三獻無功玉有瑕,更携書劍客天涯。”

〔一〇〕曲:坊曲,里巷。曲裏家山:指家鄉。

〔一一〕色笑:和顔悦色的態度。 親幃:父母的幃帳,代言父母。

〔一二〕素衣緇盡:緇,黑色。晉陸機《爲顧彦先贈婦詩二首》其一:“京洛多風塵,素衣化爲緇。” 心生塵:謂心中痛苦,苦悶。

〔一三〕總:通“縱”,縱使,即使。李商隱《代贈》詩:“總把千山掃眉黛,不知供得幾多愁。”

〔一四〕燕:同“宴”,聚飲。唐李肱《省試〈霓裳羽衣曲〉》詩:“燕罷水殿空,輦餘春草細。”

山寺偶題

得得千山引去程〔一〕,精藍小住一牽情〔二〕。十年懷刺侯門下〔三〕,不及山僧有送迎〔四〕。

〔一〕得得：特地。唐貫休《陳情獻蜀皇帝》詩："一瓶一鉢垂垂老，千水千山得得來。"

〔二〕精藍：佛寺，僧舍。宋高翥《常熟縣破山寺》詩："古縣滄浪外，精藍縹緲間。"

〔三〕懷刺：懷藏名片。謂準備投謁。　侯門：公侯之門，亦作顯貴人家。《後漢書·文苑傳下·禰衡》："建安初，來游許下。始達潁川，乃陰懷一刺，既爾無所之適，至於刺字漫滅。"

〔四〕有送迎：有送有迎。來時迎接，去時送别。

太白樓和稚存〔一〕

騎鯨客去今有樓〔二〕，酒魂詩魄樓上頭。欄杆平落一江水〔三〕，盡可與君消古憂。君將掉頭入東海〔四〕，我亦散髮凌滄洲〔五〕。問何以故居不適，才人自來多失職〔六〕。凡今誰是青蓮才〔七〕，當時詰屈幾窮哉〔八〕。暮投宗族得死所，孤墳三尺埋蒿萊〔九〕。吁嗟我輩今何爲，亦知千古同一坏〔一〇〕。酒酣月出風起壑，浩浩吹得長襟開〔一一〕。

〔一〕太白樓：見《月下登太白樓和思復壁間見懷韻》注〔一〕。

〔二〕騎鯨客：指李白，見《二十三夜偕稚存廣心杏莊飲大醉作歌》注〔三〕。

〔三〕謂欄杆平直地坐落在江水之上。

〔四〕掉頭：轉身不顧而去。杜甫《送孔巢父謝病歸游江東兼呈李白》詩："巢父掉頭不肯住，東將入海隨煙霧。"

〔五〕散髮：見《夜坐述懷呈思復》注〔五〕。

〔六〕失職：不得其所。

〔七〕青蓮：李白自號青蓮居士。李白《答湖州迦葉司馬問白是何人》詩："青蓮居士謫仙人，酒肆藏名三十春。湖州司馬何須問，金粟如來是後身。"

〔八〕詰屈：指仕途沉浮，受到很多挫折。 窮：特指不得志，與"達"相對。清黄宗羲《雪蓑閔君墓志銘》："夫所謂窮者，失禄不仕，憔悴江湖之上耳。"

〔九〕暮投宗族：李白晚年投靠其族叔當塗縣令李陽冰。 蒿萊：野草，雜草。

〔一〇〕一抔：土堆，土丘。此指墳墓。范成大《長安閘》："千車擁孤隧，萬馬盤一抔。"

〔一一〕浩浩：形容風勢强勁。辛棄疾《木蘭花慢》詞："是天外空汗漫，但長風浩浩送中秋。"

以所携劍贈容甫

匣中魚鱗淬秋水〔一〕，十年仗之走江海。塵封鏽澀未摩挲〔二〕，一道練光飛不起。相逢市上同悲吟，今將拂衣歸故林〔三〕。知君憐我重肝膽，贈此一片荆軻心〔四〕。

〔一〕匣中秋水：謂劍。李賀《春坊正字劍子歌》："先輩匣中三尺水，曾入吴潭斬龍子。" 魚鱗：喻劍發出閃閃銀光。 淬：一種鍛造方法，使鐵器增加硬度。

〔二〕鏽澀：生銹。李白《獨漉篇》："雄劍挂壁，時時龍鳴。不斷犀象，鏽澀苔生。" 摩挲：撫摸，揩拭。

〔三〕拂衣：振衣而去，謂歸隱。南朝宋謝靈運《述祖德詩》："高揖七州外,拂衣五湖裹。”

〔四〕荆軻心:謂俠義之心。李賀《春坊正字劍子歌》:“直是荆軻一片心,莫教照見春坊字。”

乾隆三十七年(1772),仲則二十四歲,仍在安徽學使署爲校文。三月上巳,朱筠學使率諸幕友爲會於采石之太白樓,仲則作《笥河先生偕宴太白樓醉中作歌》,又隨朱筠及諸名士游青山。四、五月,歷游黄山、齊雲、九華諸名勝。六月,仲則重至當塗,卧病宣城。入秋,至皖城、六安。冬,隨學使校文六郡,歷經徽州、寧國、池州、安慶等地。至臘底歸家。

笥河先生偕宴太白樓醉中作歌〔一〕

紅霞一片海上來,照我樓上華筵開。傾觴緑酒忽復盡,樓中謫仙安在哉〔二〕!謫仙之樓樓百尺〔三〕,笥河夫子文章伯〔四〕。風流仿佛樓中人,千一百年來此客〔五〕。是日江上同雲開〔六〕,天門淡掃雙蛾眉〔七〕。江從慈母磯邊轉,潮到然犀亭下回〔八〕。青山對面客起舞,彼此青蓮一抔土〔九〕。若論七尺歸蓬蒿,此樓作客山是主〔一〇〕。若論醉月來江濱,此樓作主山作賓〔一一〕。長星動摇若無色,未必常作人間魂〔一二〕。身後蒼涼盡如此,俯仰悲歌亦徒爾〔一三〕。杯底空餘今古愁,眼前忽盡東南美〔一四〕。高會題詩最上頭,姓名未死重山丘〔一五〕。請將詩卷擲江水,定不與江東向流〔一六〕。

〔一〕笥(sì)河:朱筠,字竹君,號笥河。大興(今屬北京)人。乾隆十九年(1754)進士,累官侍講。當時任安徽學政。著有《笥河集》。

〔二〕謫仙:指李白。唐孟棨《本事詩·高逸》:"李太白初自蜀至京師,舍於逆旅。賀監知章聞其名,首訪之。既奇其姿,復請所爲文。出《蜀道難》以示之。讀未竟,稱嘆者數四,號爲'謫仙',解金龜换酒,與傾盡醉。"

〔三〕樓百尺:形容樓之高。王昌齡《從軍行》之一:"烽火城西百尺樓,黄昏獨上海風秋。"

〔四〕文章伯:對文章大家的尊稱。宋曾鞏《寄致仕歐陽少師》詩:"四海文章伯,三朝社稷臣。"

〔五〕樓中人:指李白。　千一百年:形容時間久遠。　客:作客。

〔六〕同雲：下雪前陰沉的雲。《詩・小雅・信南山》："上天同雲，雨雪雰雰。" 周邦彦《女冠子・雪景》："同雲密布，撒梨花，柳絮飛舞。" 同雲開：謂雲開見日，天氣轉晴。

〔七〕天門：天門山，見《偕容甫登絳雪亭》注〔二一〕。 雙蛾眉：形容兩山對峙。

〔八〕慈母磯：在安徽馬鞍山西北長江邊上。 然犀亭：南朝宋劉敬叔《異苑》卷七："晉温嶠至牛渚磯，聞水底有音樂之聲，水深不可測。傳言下多怪物。乃然犀角而照之。須臾，水族覆火，奇形異狀。"後人在此建然犀亭。

〔九〕一抔土：一捧土。《史記・張釋之馮唐列傳》："假令愚民取長陵一抔土，陛下何以加其法乎？"長陵爲漢高祖陵墓，後人因稱墳墓爲一抔土。駱賓王《代李敬業傳檄天下文》："一抔之土未乾，六尺之孤安在！"此謂來客與李白死後同樣都歸於一抔黄土。

〔一〇〕七尺：指一個人的七尺之軀。 蓬蒿：野草，雜草。借喻墳墓。二句意謂人會死，樓會坍毁，而山長存。以此而論，則人與樓只是一時之客，而山爲主。

〔一一〕意謂若從大詩人李白在此醉月而死，後人爲紀念李白而在此建樓這一點論，則詩人與樓之名萬古長存，而山則何足道哉。

〔一二〕長星：唐李陽冰《草堂集序》："驚姜之夕，長庚入夢。故生而名白，以太白字之。世稱太白之精，得之矣。"二句謂星星在天上，看似也没有什麽特異之處，但也未必常會降謫到人世。

〔一三〕俯仰：形容時間短促。王羲之《蘭亭集序》："夫人之相與，俯仰一世。"二句謂人死後都是這樣冷落凄涼的，在短促的一生中只是留下一些令人傷感的詩歌。

〔一四〕杯底：飲罷。 今古愁：懷古傷今的愁思。 東南美：王勃《滕王閣序》："臺隍枕夷夏之交，賓主盡東南之美。"

〔一五〕意謂眼前名主佳賓飲酒吟詩，是難得的盛會。

〔一六〕贊美朱筠的詩卷，將與世長存，不會湮没。

【紀事】

洪亮吉《國子監生武英殿書簽官候選縣丞黄君行狀》:"三月上巳,爲會於采石之太白樓。賦詩者十數人,君年最少,著白袷立日影中,頃刻數百言。遍示坐客,坐客咸輟筆。時八府士子,以詞賦就試當塗。聞學使者高會,畢集樓下。至是咸從奚童乞白袷少年詩競寫,一日紙貴焉。"

【輯評】

清王詒壽《讀黄仲則先生兩當軒集題後》:"黄河倒瀉蒼龍卷,比似歌行格調奇。太白樓頭高會日,憐君白袷醉題詩。"

朱舒甲《黄仲則和兩當軒集》:"'此樓作客山是主','此樓作主山作賓',此不僅景爲情所遣,更含有'長在'與'暫住'辯證哲理的意味。情語、景語、理語渾爲一體,發人深思。"

伍合《黄景仁評傳》:"這詩詞藻雖没什麽了不起,但一氣貫串,上句下句連鎖而來,没有一句是牽强的,没有一句是矯揉造作的。很有'大珠小珠落玉盤'之慨。江山人樓,互作主賓,立意也非常奇特。"

贈萬黍維即送歸陽羨〔一〕

其　一

誰遣依人得得來〔二〕,庾郎家世本崔嵬〔三〕。半生蹭蹬因能達〔四〕,百樣飄零只助才〔五〕。歌到横汾聲盡羽〔六〕,飲從河朔氣如雷〔七〕。柳陰浄洗連錢馬〔八〕,曾踏窮邊雪窖回。

〔一〕萬黍維:萬應馨,字黍維,江蘇宜興人。乾隆五十四年(1789)進士。官廣東知縣。　陽羨:古縣名。即今宜興。

〔二〕得得：見《山寺偶題》注〔一〕。句意指萬黍維入朱筠幕。

〔三〕庾郎：庾信。泛指有才學的人。姜夔《齊天樂》詞："庾郎先自吟愁賦，凄凄更聞私語。" 崔嵬：顯赫。宋梅堯臣《答仲雅上人遺草書并詩》詩："智永與懷素，其名久崔嵬。"

〔四〕蹭蹬：困頓，失意，不得志。陸游《秋晚》詩："一生常蹭蹬，萬事略更嘗。" 達：謂通達事理，樂天順命，隨遇而安。

〔五〕助才：有助於增加才華。《新唐書·張説傳》："(説)爲文屬思精壯，長於碑志，世所不逮。既謫岳州，而詩益悽惋，人謂得江山之助。"

〔六〕歌到横汾：汾，指山西省汾水。漢武帝在汾水樓船上與羣臣宴飲，作《秋風辭》曰："秋風起兮白雲飛，草木黄落兮雁南歸。蘭有秀兮菊有芳，懷佳人兮不能忘。泛樓船兮濟汾河，横中流兮揚素波。簫鼓鳴兮發棹歌，歡樂極兮哀情多，少壯幾時兮奈老何！" 羽：五音宫、商、角、徵、羽中的最末音，其音悽楚。

〔七〕河朔飲：河朔，古代泛指黄河以北地區。曹丕《典論》："大駕都許，使光禄大夫劉松鎮袁紹軍，與紹子弟日共宴飲。常以三伏之際，晝夜酣飲，極醉，至於無知。云以避一時之暑。故河朔有避暑飲。"王勃《夏日宴張二林亭序》："秀杯濁醴，是河朔之平生；雄筆清詞，得高陽之意氣。"

〔八〕連錢馬：有連錢花紋的馬。陸游《芳華樓夜飲》詩："香生赭汗連錢馬，光溢金船潑雪醅。"

其　二

語我家山味可誇，燕來新筍雨前茶〔一〕。瓣香歲展方回墓〔二〕，畫舫春尋小杜家〔三〕。北郭買田賒志願〔四〕，南山射虎舊生涯〔五〕。他時風雪如相訪，陽羨溪光似若耶〔六〕。

〔一〕家山：家鄉。仲則常州人，萬黍維陽羨（宜興）人。宜興在清代屬常州府，故兩人是同鄉。“我家山”，猶言我們的家鄉。　燕來笋：清陳鼎《竹譜》：“吴下極多此種笋，最早燕子來時即生。”　雨前茶：緑茶的一種，用穀雨前采摘的細嫩芽尖製成，故名。蘇軾《留題顯聖寺》詩：“浮石已乾霜後水，焦坑閑試雨前茶。”

〔二〕瓣香：一瓣香，猶一炷香。佛教禪宗長老開堂講道，燒至第三炷香時，長老即云這一瓣香敬獻傳授道法的某某法師。後遂以‘一瓣香’或‘瓣香’表示師承或仰慕某人。宋陳師道《觀兖文忠公家六一堂圖書》詩：“向來一瓣香，敬爲曾南豐。”　歲展，每年展拜。方回：宋詞人賀鑄，字方回。元陸友《研北雜志》卷上：“方回葬義興（宜興）之筱嶺，其子孫尚有存者。”

〔三〕小杜：杜牧。杜牧有水榭在荆溪上。

〔四〕北郭買田：蘇軾晚年欲在陽羨買田養老。蘇軾《菩薩蠻》詞：“買田陽羨吾將老，從來只爲溪山好。”　賒志願：謂願望遥遠，難以實現。

〔五〕南山射虎：見《九月白門遇伍三病甚恐其不可復治……》注〔五〕。意謂壯志未遂，只是閑來無事，聊以消遣。

〔六〕風雪相訪：《世説新語·任誕》：“王子猷居山陰，夜大雪……忽憶戴安道。時戴在剡，即便夜乘小船就之。”　若耶：若耶溪，在浙江紹興。二句意謂將來我們二人在風雪之夜如想相互訪問，那末宜興荆溪的景色也像若耶溪一樣美麗。（荆溪爲常州與宜興之間的水路通道。）

送容甫歸里

其　一

經年梗泛判游蹤〔一〕，一笑驚從意外逢。甫見投詩辭柳惲〔二〕，反因墮甑識林宗〔三〕。栖依共作梁間燕〔四〕，碟砢孤生澗底松〔五〕。畢竟因人非了事〔六〕,誰將雲海蕩君胸?

〔一〕梗泛:典出《戰國策·齊策三》,有土偶人與桃梗刻的人對話。土偶人説,我是泥土,即使被雨水沖下去,仍舊是泥土。你是桃梗,被雨水沖帶下去,不知將被漂泛至何處。後因以"梗泛"指飄泊無定。駱賓王《晚泊河曲》詩:"恓惶勞梗泛,悽斷倦蓬飄。"

〔二〕柳惲:《南史·柳惲傳》:"惲字文暢……少工篇什。爲詩云:'亭皋木葉下,隴首秋雲飛。'琅邪王融見而嗟賞,因書齋壁及所執白團扇。"此句以柳惲喻容甫。仲則與容甫於乾隆三十五年(1770)在沈業富署中始訂文字交,後又在當塗、南京等地相遇。這一次又將分手,故云"辭柳惲"。

〔三〕墮甑:《後漢書·郭泰傳》:"(孟敏)客居太原。荷甑墮地,不顧而去。林宗見而問其意。對曰:'甑已破矣,視之何益。'" 林宗:郭泰字,太原介休(今屬山西)人,東漢末爲太學生首領。喻容甫。

〔四〕指二人同在朱筠學使署中作幕友。

〔五〕礧砢:礧,同"磊",形容植物多節,喻人有奇特才能。《世説新語·賞譽》:"庾子嵩目和嶠,森森如千丈松,雖磊砢有節目,施之大厦,有棟梁之用。" 澗底松:多喻德才高而官位卑的人。蘇轍《徐孺亭》詩:"徐君鬱鬱澗底松,陳君落落堂上棟。"喻容甫。

〔六〕了事:了結事情。 因人非了事:謂依靠他人不能成事。《史記·平原君虞卿列傳》:"公等録録,所謂因人成事者也。"

其　二

羡君樂事故園新,問字談經大有人〔一〕。此日衆中推折角〔二〕,他年殿上待重茵〔三〕。療飢字少憐予陋〔四〕,勸學言温鑒爾真〔五〕。自忖不材終放棄〔六〕,江潭瓠落寄吟身〔七〕。

〔一〕問字:《後漢書·揚雄傳》載,揚雄多識古文奇字,劉芬曾向他學奇字。後來稱向人請教學問爲"問字"。陸游《小園》詩:"客因問字來携酒,僧趁分題就賦詩。" 談經:指談論儒家經義。王安石《金陵郡齋》詩:"談經投老捹悠悠,爲吏文書了即休。"

〔二〕折角:《漢書·朱雲傳》載,漢元帝時,少府五鹿充宗治梁丘《易》,以貴幸善辯,諸儒莫敢與抗論。人有薦朱雲者,雲入,昂首論難,駁得充宗無言以對。諸儒爲之語曰:"五鹿岳岳,朱雲折其角。"

〔三〕重茵:指雙層的坐卧墊褥。《東觀漢記·祭遵傳》:"時遵有疾,詔賜重茵,覆以御蓋。"句謂容甫的才能將來一定能得到朝廷的重待。

〔四〕療飢字少:舊時讀書人對生計難保的自嘲或揶揄。元黄庚《月屋漫稿自序》:"耽書自笑已成癖,煮字元來不療飢。"

〔五〕勸學:鼓勵人學習。

〔六〕不材:不成材,無用。喻才能平庸。

〔七〕江潭:江邊。 瓠落:猶落拓。明歸有光《祭方御史文》:"公孫蠖屈於南宫之試,予亦瓠落於東海之濱。"

其　三

聚本無端别可驚,寄書寄劍是生平〔一〕。脱囊生贈吴三尺〔二〕,完璧全歸趙百城〔三〕。酒盡雲山俱黯黯,夜深心燭共明明。前途鷗鳥如相訊,爲道忘機是舊盟〔四〕。

〔一〕原注:以所携劍贈容甫;容甫亦以書寄余,今歸之。

〔二〕三尺:指劍。《漢書·高帝紀下》:"吾以布衣提三尺取天下,此非天命乎?" 吴:春秋時吴地以鑄劍聞名。 生贈:偏贈。

〔三〕完璧歸趙:戰國時,趙惠文王得楚和氏璧。秦昭王遺趙王書,願以十五城换璧。藺相如自願奉璧出使秦國,並表示:"城入趙而璧留秦;城不入,臣請完璧歸趙。"相如入秦獻璧後,見秦王無意償趙城,乃設法復取璧,派從者送回趙國。見《史記・廉頗藺相如列傳》。後用以比喻把物件完好地歸還原主。

〔四〕鷗盟:謂與鷗鳥訂盟同住在水雲鄉裏,比喻退隱。辛棄疾《水調歌頭・壬子三山被召》詞:"富貴非吾事,歸與白鷗盟。" 忘機:即鷗鷺忘機。見《列子・黄帝》。謂消除機巧之心者則異類亦與之相親。宋陳與義《蒙示涉汝詩次韻》:"知公已忘機,鷗鷺宛停峙。"

春暮

江南三月雨,零此千花色〔一〕。啼鵑勸人歸〔二〕,啼鶯復留客〔三〕。歸既不得歸,留亦安可留。閑雲及江水,浩蕩相與愁。春風吹百草,草深没行路。草青客南州〔四〕,草枯在何處?人生盡如寄,不如沙上禽〔五〕。更聽隔溪管〔六〕,能傷日暮心〔七〕。

〔一〕零:凋零。 千花:形容花的品種之多。南唐馮延巳《鵲踏枝》詞:"百草千花寒食路,香車繫在誰家樹。"

〔二〕杜鵑的鳴聲如云:"不如歸去。"

〔三〕元耶律楚材《再過西域山城驛》詩:"幽禽有意如留客,野卉多情解笑人。"

〔四〕南州:指南方地區。

〔五〕沙上禽:沙洲或沙灘上的禽鳥。

〔六〕管:管樂器,如簫、笛等。范仲淹《漁家傲》詞:"羌管悠悠霜滿地,人不寐,將軍白髮征夫淚。"

〔七〕日暮心：遲暮的心情。

武陵吴翠丞降乩題詩仿其意爲此〔一〕

憶爲君家婦，生年十三五。牽裾送君行，行爲洛陽賈〔二〕。妾顔如槿花，妾心似荼苦〔三〕。妾夢猶隨南浦雲〔四〕，妾身已化西陵土〔五〕。西陵松柏同心存，同心不移土尚温。昨夜西風動地起，摇動松根驚妾魂。君歸不須奠杯酒，有酒持歸與歡壽〔六〕。君歸不須灑清淚，灑淚愁澆土花碎〔七〕。自分天長地久心，未應抛擲有如今〔八〕。身前不識門前路〔九〕，待要尋君何處尋？

〔一〕武陵：舊縣名，即今湖南省常德市。　乩：扶乩，又稱扶鸞，一種迷信求神問卜方法。用一丁字形的小木架，二人各伸出一手指，横木的兩端擱在二人的手指上，竪木的下端置一沙盤。祈求神靈或鬼魂下降後，木架會自動在沙盤上寫字，解答祈求者提出的問題。

〔二〕洛陽賈：洛陽的商賈。北周庾信《對酒歌》："何處覓錢刀，求爲洛陽賈。"

〔三〕槿花：木槿花，朝開夕凋。喻容易衰謝的美色。　荼：苦菜。《詩·邶風·谷風》："誰謂荼苦，其甘如薺。"荼苦：喻内心的苦楚。《北齊書·顔之推》："予一生而三化，備荼苦而蓼辛。"

〔四〕南浦：泛指送别之地。王勃《滕王閣序》："畫棟朝飛南浦雲，珠簾暮卷西山雨。"此句意謂夢中還跟隨着丈夫的行蹤。

〔五〕西陵：杭州孤山西北盡頭處。南朝齊錢塘名妓蘇小小葬於此。《齊雜歌謡辭·蘇小小歌》："妾乘油壁車，郎騎青驄馬。何處結同心,西陵松柏下。"化西陵土:喻死。

〔六〕與歡壽:祝丈夫長壽。

〔七〕土花:器物被泥土侵蝕後留下的斑點。清納蘭性德《采桑子》詞:"土花曾染湘娥黛,鉛淚難消。"

〔八〕天長地久:白居易《長恨歌》:"天長地久有時盡,此恨綿綿無絶期。" 有如:如同。有如今:如同現在那樣。

〔九〕身前:生前。

發蕪湖

其一

才煮鳩兹市上魚〔一〕,微哦依舊上肩輿〔二〕。偶看芳草思名馬,每見青山想異書。古戍按圖三户後〔三〕,荒祠披版六朝餘〔四〕。野情更畏勞蹤迫,安得前峰便結廬〔五〕。

〔一〕鳩兹:古邑名。當在今安徽省蕪湖市東南。

〔二〕肩輿:轎子。

〔三〕圖:地圖。 三户:三户人家。《史記·項羽本紀》:"自懷王入秦不反,楚人憐之至今。故楚南公曰:'楚雖三户,亡秦必楚。'"三户後,謂楚人之後裔。

〔四〕版:版圖或名册。 披:披閲。

〔五〕野情:山野之情趣,指觀看山野的風景。 勞蹤:旅途的勞累。結廬:構築房舍。陶潛《飲酒》詩之五:"結廬在人境,而無車馬喧。"此處借指找到借宿的地方。二句意謂旅途之勞累迫使我無暇欣賞野外的景色,希望前面就能找到旅舍。

【輯評】

清汪佑南《山涇草堂詩話·評黄仲則詩》:"其近體亦刻意苦吟,足以耐人尋味者……《發蕪湖》云:'偶看芳草思名馬,每見青山想異書。'"

其　二

平岡複疊樹蕭森,轉眼長雲度嶺陰。詩思折於盤磵路〔一〕,勞人多似集田禽。地曾經戰常難墾,山不知名反耐尋。舊説蕪蔞多産處〔二〕,斜陽蔓草自然深。

〔一〕折:折斷,打斷。　盤磵路:山石水溝間盤曲的道路。

〔二〕蕪蔞:雜草和蔞蒿。

春　城

春城久陰雨,欣見白日輪〔一〕。照我嘆羈寂〔二〕,更照東西鄰。東家娶新婦,開筵羅衆賓〔三〕。烹臛香徹舍〔四〕,喧笑夜達晨。西家屋頽破,中有新死人。牀頭老嫗哭,哭子聲酸辛。共此日光裏,哀樂胡不均?無情感過客,側耳繼嘅呻〔五〕。觸歡嘆無懌〔六〕,聞戚幸有身〔七〕。俄頃衆慮集,首念依閭親〔八〕。有子常若無,不得相對貧。孤燈耿白髮〔九〕,茹苦何能伸。亦有蓬頭妻,抱病卧積薪。自爲我家婦,甑釜常生塵〔一〇〕。門户持女手,何以能支振〔一一〕。一身尚乞食,所遇猶邅迍〔一二〕。言念忽及此,滂沱涕盈巾〔一三〕。若語東西家,哀樂稍可勻。更欲起相告，事運多相因〔一四〕。啼笑互乘伏〔一五〕，迎送如輪巡〔一六〕。所見盡逆旅〔一七〕，何者堪爲真〔一八〕？

〔一〕日輪：日形如車輪而運行不怠，故云。北周庾信《鐘賦》："天河漸没，日輪將起。"

〔二〕羈寂：孤單寂寞。

〔三〕羅：羅致，延請。

〔四〕臛(huò)：肉羹。

〔五〕嘅(kài)呻：感慨嘆息。

〔六〕懌：喜悦，快樂。句謂看到别人歡樂而嘆息自己無此喜悦。

〔七〕有身：指身尚在。句謂聽到别人悲泣之聲而慶幸自己没有慘遭不幸。

〔八〕閭：里巷的大門。　依閭親：謂母親。《戰國策·齊策六》："王孫賈年十五……其母曰：'女(汝)早出而晚來，則吾倚門而望；女(汝)暮出而不還，則吾依閭而望。'"二句謂頃刻之間萬感交集，而最先想到的是母親。

〔九〕耿：明，亮，照亮。

〔一〇〕甑：蒸食的炊器。　釜：古炊器。《後漢書·獨行傳·范冉》："所止卑陋，有時絶粒。窮居自若，言貌無改。閭里歌之曰：'甑中生塵范史雲，釜中生魚范萊蕪。'"按范冉字史雲，桓帝以爲萊蕪長。

〔一一〕支振：支撑。二句謂由婦女維持家計，如何能支撑。

〔一二〕邅迍(zhān zhūn)：困頓，不順利。

〔一三〕滂沱：形容淚如雨下。《詩·陳風·澤陂》："寤寐無爲，涕泗滂沱。"

〔一四〕事運：事業與運氣。

〔一五〕乘伏：升起與沉伏。《老子》："禍兮福所倚，福兮禍所伏。"

〔一六〕輪巡：車輪旋轉。

〔一七〕逆旅：客舍。句意謂所見之人或事，都如在旅舍之中，并不永久存在。

〔一八〕意謂一切都是虚假的，没有真實的。

【輯評】

嚴昌迪《論黄仲則》："黄仲則的'哀樂胡不均'的感受，遠不是通常詩文中習見的裝門楣的套語。他的哀民生之思有着自己的切膚之痛。"

啼 烏 行

白頭老烏何所求，咿嗚呀呷啼檐頭。須臾乃有千百至，黑雲一片風颼颼。啼聲潮沸雜悲怒，問之旁人得其故。朝來設肉網其一，此間即是張羅處。此時啼烏啼更悲，更有挾彈鄰家兒。弦聲一響烏四起，一烏傷重拍地飛。我觀此狀淚不止，彼爲呼群身更死。明知無益痛繫心，物類相憐有如此〔一〕。誰歟羅者伊來前〔二〕，我今售放拌百錢〔三〕。毛蓬脰縮曳之出〔四〕，甫一脱手翔飄然〔五〕。誰知老烏伺牆角，突起追飛羽聲肅〔六〕。邀之使轉啼匝檐，爾縱知恩去宜速〔七〕。人不如烏能種情〔八〕，所恨缺陷難爲平〔九〕。悲歡離合幸無恙，何日能令死者生？

〔一〕物類相憐：《莊子·漁父》："同類相從，同聲相應，固天之理也。"

〔二〕歟：語氣詞，表示疑問。

〔三〕拌(pān)：舍棄；豁出。《方言》第十："拌，棄也。楚凡揮棄物謂之拌。"此處表示甘願付出。

〔四〕毛蓬：羽毛蓬亂。 脰(dòu)縮：縮着脖子。

〔五〕翔飄然：飄然飛去。

〔六〕肅：肅肅，象聲詞，表示鳥羽、蟲翅的振動聲。《詩·小雅·鴻雁》："鴻雁於飛，肅肅其羽。"

〔七〕匝檐：繞檐。謂牆角的老烏追上從網中飛去的烏使它飛回來繞檐而啼。仲則認爲此舉是表示向他謝恩。

〔八〕種情：培植感情，埋下感情的種子。意謂烏尚能知恩答謝，人反而不能。

〔九〕難爲平：難以彌補。

牆上蒿

牆上蒿〔一〕，託身何高高。託身雖高託根孤，主人家有屋上烏。烏飢牆頭啄寒蟲，啄蒿飄飄墮隨風〔二〕。主人雖愛惜，不能使烏不得食。烏得食，烏高飛，同作寄人活〔三〕，彼此何用相仇爲！

〔一〕蒿：青蒿，二年生草本植物。《詩·小雅·鹿鳴》："呦呦鹿鳴，食野之蒿。"

〔二〕謂烏啄蟲，同時也啄及蒿，使蒿隨風飄墮。

〔三〕寄人活：寄人籬下過活。二句謂同在人籬下過活，何必成爲仇人。此詩可能指幕友之間互相妒忌排擠。

山鏗

自離小溪來〔一〕，趨途又廿里。未覺我行疾，因悦山水美。山非極高水非深，無一直處方耐尋〔二〕。人家半透白雲塢〔三〕，嵐翠間染桃花林〔四〕。是時春殘夏將續〔五〕，百舌聲枯雨鳩逐〔六〕。不知身入濃陰間，但覺逢人鬢鬚緑〔七〕。畫圖此景見亦無〔八〕，那得便徙全家居。桑麻底用思杜曲〔九〕，鷄犬或恐猶秦餘〔一〇〕。傳聞此鄉人，十有九作賈。溪山如此不思歸，覓得錢刀亦何補〔一一〕。沙邊少婦來浣衣，稚子自守林間扉。小橋道我入村去〔一二〕，飽飯再逐溪雲飛。

〔一〕小溪：在安徽歙縣南部，距縣城二十餘公里。

〔二〕耐尋：謂值得游賞。

〔三〕半透：半透明，可以看到朦朧的形象。　白雲塢：被白雲遮蓋的山塢中的人家。

〔四〕嵐翠：被山中的霧氣籠罩着的青翠樹木。　間染：爲幾種顔色所夾染着的。

〔五〕是時：此時。

〔六〕百舌：一種善鳴的鳥，能易其舌做百鳥之聲，故曰百舌。又名烏鶇。《禮記·月令》"(仲夏之月)反舌無聲"，漢鄭玄注："反舌，百舌鳥。"　雨鳩：三國吴陸璣《毛詩草木鳥獸蟲魚疏·宛彼鳴鳩》："鵓鳩，灰色，無綉項，陰則屏逐其匹，晴則呼之。語曰'天將雨，鳩逐婦'是也。"因其將雨時鳴聲急，即用以卜晴雨，故呼爲雨鳩。陸游《倚樓》詩："東陂未插青秧遍，且與鄰翁卜雨鳩。"

〔七〕鬢鬚：鬢髮和鬚髯。　緑：變得烏黑發亮。晏幾道《生查子》詞："君貌不長紅，我鬢無重緑。"

〔八〕謂畫圖中亦無此景。

〔九〕底用：何用。　杜曲：在今陝西省西安市東南。杜甫《曲江五章章五句》其三："自斷此生休問天，杜曲幸有桑麻田，故將移住南山邊。"

〔一〇〕陶潛《桃花源記》:“土地平曠,屋舍儼然,有良田美池桑竹之屬。阡陌交通,鷄犬相聞。……自云先世避秦時亂,率妻子邑人來此絶境,不復出焉。遂與外人間隔。” 秦餘:秦朝流傳下來的。

〔一一〕錢刀:錢幣。刀是古代的一種刀形錢幣。《樂府相和歌辭·白頭吟》:“男兒重意氣,何用錢刀爲。”

〔一二〕道:引道。

【輯評】

清延君壽《老生常談·評黄仲則詩》:“仲則學東坡,亦有神肖處。……《山鏗》云:‘山非極高水非深,無一直處方耐尋。’又句云:‘不知身入濃陰間,但覺逢人鬢鬚緑。’”

慈光寺前明鄭貴妃賜袈裟歌〔一〕

山僧篝火登佛樓,發篋示我前朝物。水田一襲鏤彩成〔二〕,光焰至今猶未歇。嶺猿睥睨山禽驚〔三〕,想見一騎中官擎〔四〕。當時佞佛成閫教〔五〕,九蓮衍得椒房名〔六〕。昭華寵占六宮冠〔七〕,十方建寺誰能争〔八〕。是日君心眷如意〔九〕,宛轉星前誓神器〔一〇〕。久看幻海漫陰氛〔一一〕,可奈廷臣與家事〔一二〕。神廟移歸玉合空〔一三〕,百劫難添蠹餘字〔一四〕。從可添絲綉佛龕〔一五〕,誰教結習猶眈眈〔一六〕。漸報蛾群起河北〔一七〕,尚聞蘆稅賜淮南〔一八〕。轉眼身肥不能走,賊前請命嗟何有〔一九〕。可憐佛遠呼不聞,有福祈來付杯酒〔二〇〕。洛陽宫殿安在哉!珠襦玉匣飛成灰。猶餘此物鎮初地〔二一〕,空山閲得滄桑來。君不見南朝三百六十寺〔二二〕,至今一一荒煙裏。又不見蕭梁同泰何崔巍,朝聞舍身夕被圍〔二三〕。銅駝荆棘尋常見〔二四〕,何論區區一衲衣。

〔一〕慈光寺:在黄山朱砂峰下,舊稱朱砂庵。始建於明嘉靖間,萬曆三十八年(1610)賜名"護國慈光寺"。　鄭貴妃:《明史·后妃傳二》:"鄭貴妃,明神宗妃,大興(今北京)人。萬曆初入宫,封貴妃。生皇三子常洵。帝寵之。外庭疑妃有立己子爲太子之謀,屢次上書争議,指斥宫闈。由是興起門户之争。"

〔二〕水田:水田衣的省稱,另名百衲衣。因用多塊長方形布片連綴而成,宛如水稻田,故名。王維《過盧員外宅看飯僧共題七韻》詩:"乞飯從香積,裁衣學水田。"　鏤彩:用彩色的綢緞裁剪縫紉而成。

〔三〕睥睨:窺視。

〔四〕中官:宦官,太監。

〔五〕佞佛:迷信佛教。　閫(kǔn)教:即閨訓,舊時指婦女應守的行爲準則。當時明神宗母李太后及鄭貴妃皆信佛。

〔六〕九蓮:九蓮菩薩,指明神宗母李太后。李太后因傳布佛教而在宫中被稱作九蓮菩薩。《明史·諸王列傳五·悼靈王慈煥》:"悼靈王慈煥,莊烈帝(崇禎)第五子。生五歲而病,帝視之,忽云:'九蓮菩薩言:帝待外戚薄,將盡殤諸子。'遂薨。九蓮菩薩者,神宗母孝定李太后也。太后好佛,宫中像作九蓮座,故云。"　衍:傳布。椒房:指后妃所居之宫室。

〔七〕昭華:古代皇宫中的女官名。　六宫:古代天子的后妃,有六宫、三夫人、九嬪、二十七世婦,八十一御妻。白居易《長恨歌》:"回眸一笑百媚生,六宫粉黛無顔色。"句謂因得到皇帝的寵愛而爲六宫之冠。指鄭貴妃。

〔八〕十方:佛教謂東、南、西、北、東南、西南、東北、西北、上、下爲十方。　誰能争:誰能反對。

〔九〕如意：漢高祖戚夫人之子趙王如意爲高祖所寵愛。《漢書·張良列傳》："上欲廢太子，立戚夫人子趙王如意。"喻神宗所寵愛的鄭貴妃所生皇三子常洵。　是日：當時。

〔一〇〕宛轉：迴旋曲折。明袁凱《楊白花》詩："楊白花，飛入深宫裏。宛轉房櫳間，誰能復禁爾。"　神器：代表國家政權的器物，指帝位。指鄭貴妃在宫中邀寵，一心謀求立自己的兒子爲太子。

〔一一〕幻海漫陰氛：大海中迷漫着陰沉的霧氣。喻宫中的后妃之争。

〔一二〕可奈：無奈。　家事：指帝王内宫之事，句謂雖廷臣争議，但事涉内宫，亦無可奈何。

〔一三〕廟：廟號。皇帝死後，在太廟立室奉祀時特起的名號。神廟：指神宗。　玉合：玉匣，又稱玉衣，皇帝諸侯死後的葬服。句謂神宗死後。

〔一四〕劫：佛教指極久遠的時間。古印度傳説，世界經歷若干萬年毁滅一次，重新再開始。　蠹餘字：被蠹魚蛀蝕的剩簡殘篇，指古舊的書籍。意謂千百年流傳的史籍是無法添改的，歷史上記載的劫難應引以爲戒。

〔一五〕從可：任可。　添絲綉佛龕：表示信仰佛教。意謂信佛還可以。

〔一六〕眈眈：貪戀地注視，迷戀。　結習：積久難除的習慣。《維摩經》："(天女)即以天花散諸菩薩大弟子上，花至諸菩薩，即皆墮落。至大弟子，便着不墮。……結習未盡，花即着身。"句意謂爲何還要迷戀那種積久未除的惡習(如歷史上多次發生的皇位之争)。

〔一七〕蛾(yǐ)：古同"蟻"字。蛾羣：古代對農民起義軍的蔑稱。　河北：指黄河以北地區。

〔一八〕蘆税：蘆田的賦税。　淮南：漢淮南王劉安，漢武帝之叔。喻明福王常洵，常洵爲鄭貴妃之子，崇禎帝之叔。崇禎賜福王常洵蘆田賦税，未見史籍記載，恐是傳説。故仲則曰"尚聞"。

〔一九〕賊：指義軍首領李自成。洛陽城破，常洵縋城逃走。不久被執，乞命不准，遂被殺。

〔二〇〕付杯酒：義軍把福王雜以鹿肉煮熟佐酒，號稱福禄酒。

〔二一〕此物：指鄭貴妃所賜袈裟。　初地：佛教寺院。指慈光寺。王維《登辨覺寺》詩："竹徑從初地，蓬峰出化城。"

〔二二〕南朝：六朝中的宋、齊、梁、陳四朝合稱南朝。　三百六十寺：形容佛寺之多。杜牧《江南春》詩："南朝四百八十寺，多少樓臺煙雨中。"

〔二三〕蕭梁：南朝梁的皇帝姓蕭，故稱蕭梁。　同泰：同泰寺，故址在今南京市内鷄鳴寺及延西北極閣一帶。梁武帝蕭衍曾三次舍身同泰寺。　舍身：佛教徒爲宣揚佛法，自作苦行，謂之"舍身"。《梁書·武帝紀下》："大通元年……三月辛未，輿駕幸同泰寺舍身。"　被圍：梁武帝末年，降將侯景叛亂，圍攻南京。梁武帝含憤而死。

〔二四〕銅駝荆棘：《晉書·索靖傳》："靖有先識遠量，知天下將亂，指洛陽宫門銅駝嘆曰：'會見汝在荆棘中耳！'"後因以"銅駝荆棘"指山河殘破，人事衰敗。元宋旡《公子家》詩："不信銅駝荆棘裏，百年前是五侯家。"

白　猿

黄山白猿千年物，出没無時不知穴。裹身只借千巖雲，療飢惟餐太古雪。老僧誦號至夜分〔一〕，下階看天猿在門。呼之不來近不避，玄玄默默西來意〔二〕。曉來乃在蓮峰頭〔三〕，忽復吟聲隔遥翠〔四〕。游人千百少一逢，應知只在此山中。山空日暮無可託，我欲拾橡來相從〔五〕。

〔一〕誦號（hào）：高聲誦經。

〔二〕玄玄默默：深微奥妙；玄妙不可言傳。　西來意：指佛教從西方天竺傳入中國之意。《傳燈録》："水源和尚問馬祖大師如何是西來意。馬祖大師攔胸一踏,水源從地起來,忽然大省,云:'萬象森羅,百千妙義,只向一毫端,便識根源。'"

〔三〕蓮峰:蓮花峰,爲黄山第一高峰。

〔四〕遥翠:指遠處青翠的山巒樹木。

〔五〕拾橡:拾取橡樹的果實。唐杜荀鶴《贈休糧僧》詩:"雨中林鳥歸巢晚,霜後巖猿拾橡忙。"

黄山松歌〔一〕

黟山三十有六峰〔二〕,峰峰石骨峰峰松〔三〕。有時松石不可辨,一理交化千年中〔四〕。丹砂琥珀共胎孕〔五〕,亭亭上結朱霞封〔六〕。人言松相遜石相,即以松論何能窮〔七〕。沐日浴月暈蒼翠〔八〕,苔色散點周秦銅〔九〕。蕤綏上偃雨君蓋,糾結下固虬靈宫〔一〇〕。鱗張鬣縮爪入肉〔一一〕,萬劫避過雷火攻。昔觀圖畫訝未見,到眼更覺描無功〔一二〕。懸崖嵌峒不知數,莘莘縰縰皆鬼工〔一三〕。及至觸手膏溢節〔一四〕,極瘦駁處春華同〔一五〕。清泉洗根瀉泱漭〔一六〕。瑶草分潤生蒙茸〔一七〕。翻嫌石相奇太過,相助爲理論始公。青牛伏龜不可得〔一八〕,幾輩對此顔如童。明當遍覓茯苓去,短鋤碎斸千芙蓉〔一九〕。

〔一〕洪亮吉有和詩《黄山松歌和黄二韻》,詩長不録。

〔二〕黟(yī)山:安徽黄山的别名。黄山有著名的三十六峰。宋范成大《浮丘亭》詩:"黟山鬱律神仙宅,三十六峰雷雨隔。"

〔三〕石骨:堅硬的巖石。宋王炎《游硯山》詩:"澗水抱石根,石骨多紺碧。”

〔 四 〕一理交化：指松樹的紋理與巖石的紋理化合在一起。

〔 五 〕謂丹砂與琥珀的成分也一起孕育在松樹與巖石之中。

〔 六 〕亭亭：高聳貌。蘇軾《虎跑泉》詩：“亭亭石塔東峰上，此老初來百神仰。” 封：覆蓋。謂高聳的松樹上面覆蓋着紅色雲霞。

〔 七 〕窮：窮盡。 句謂松樹的形態極多，不能窮盡。

〔 八 〕沐日浴月：沐浴於日月的光輝之中。 暈：光影。

〔 九 〕苔色：指松樹上面的苔蘚的顔色。 散點：一點點分散的斑駁痕。 周秦銅：周朝和秦朝留傳下來的古銅器，如鐘、鼎等。

〔一〇〕蕤綏：盤曲繁茂。 雨君：即雨師，古代傳説中的司雨之神。蓋：雨師的雨車車蓋。二句謂松樹的上部盤曲繁茂如遮在雨車上的車蓋，下面的根交錯深入似虬龍盤踞於龍宫。

〔一一〕鬣：長而硬的鬚。 爪入肉：像爪子抓住皮肉那樣。

〔一二〕二句謂以前在畫圖中從未看到過這樣的松樹，現在親眼看到了，更覺得畫圖無法描畫得這樣真切生動。

〔一三〕峒：山洞。 莘莘縱縱：衆多貌。宋玉《高唐賦》：“縱縱莘莘，若生於鬼，若出於神。” 鬼工：謂事物精妙高超，非人功所能爲。李賀《羅浮山人與葛篇》：“博羅老仙時出洞，千歲石牀啼鬼工。”

〔一四〕膏溢節：指樹脂從枝節中溢出來。

〔一五〕極瘦駁處：瘦勁而受到駁蝕的一面。

〔一六〕泱漭：水勢浩瀚貌。杜甫《送率府程録事還鄉》詩：“東風吹春冰，泱漭后土濕。”

〔一七〕瑶草：泛指珍美的草。金元好問《春風來》詩：“春風來時瑶草芳，緑池珠樹宿鴛鴦。” 蒙茸：葱蘢。唐羅鄴《芳草》詩：“廢苑牆南殘雨中，似袍顔色正蒙茸。”

〔一八〕青牛伏龜：青牛與伏龜皆爲松樹之精所化。李商隱《高松》詩：“上藥終相待，他年訪伏龜。”朱鶴齡注引《嵩山記》：“嵩高山上有大松樹，或百歲，或千歲，其精變爲青牛，爲伏龜，采食其實得長生。”

〔一九〕劚(zhú):鋤頭;用鋤頭挖掘。　芙蓉:喻山峰。李白《望九華山贈青陽韋仲堪》詩:"昔在九江上,遥望九華峰。天河挂緑水,秀出九芙蓉。"

【輯評】

清朱庭珍《筱園詩話·評黄仲則詩》:"仲則佳篇……如《黄山松歌》……其才氣横絶一時,可謂詩壇飛將,有大神通矣。故當時推其似太白也。"

鋪　　海〔一〕

海因雲得名〔二〕,雲在海亦在。雲空海更空,轉瞬已遷改。甫看膚寸倏滿天〔三〕,幻景萬萬還千千。須臾千萬合爲一,呼仙即仙佛即佛。迷婁寶界三神山〔四〕,縹緲虚無現旋没〔五〕。返照一縷衝波開〔六〕,彩翠細鏤金銀臺〔七〕。初疑百萬玉鯨鬥〔八〕,闌入一道長虹來〔九〕。玄玄默默坐相對〔一〇〕,真宰茫茫竟何在〔一一〕?輕風吹合復吹開,白衣蒼狗須臾態〔一二〕。我欲雲門峰,化爲并州刀〔一三〕。持登天都最高頂〔一四〕,亂剪白雲鋪絮袍。無聲無響空中抛,被遍寒士無寒號。英英蒼蒼出山骨,何用漫空作奇譎〔一五〕。

〔一〕鋪海:鋪展的雲海;指黄山雲海。作者《尹六丈爲作雲峰閣圖歌以爲贈》詩:"又曾黄山看鋪海,石壁雲蹤至今在。"

〔二〕黄山的雲最著名,其景點北海、西海等,皆因雲而得名。

〔三〕甫：方纔，剛剛。　膚寸：見《登千佛巖遇雨》注〔六〕。

〔四〕迷婁：即迷樓，隋煬帝所造。故址在今江蘇省揚州市西北郊。唐馮贄《南部煙花記·迷樓》："迷樓凡役夫數萬，經歲而成。樓閣高下，軒窗掩映，幽房曲室，玉欄朱楯，互相連屬。帝大喜，顧左右曰：'使真仙游其中，亦當自迷也。'故云。"賀鑄《思越人》詞："紅塵十里揚州過，更上迷樓一借山。"　寶界：佛教語，即浄土。即無劫濁、見濁、煩惱濁、衆生濁、命濁等五種濁垢染的清浄世界。三神山：傳説東海中仙人所居的三座神山，即蓬萊、方丈、瀛洲。

〔五〕現旋没：一下子出現後立即消失。

〔六〕衝波開：謂傍晚的陽光衝破雲浪而出現。

〔七〕形容雲浪中光綫的變幻。

〔八〕玉鯨：白鯨，喻雲浪。

〔九〕長虹：喻傍晚的陽光。李白《擬恨賦》："長虹貫日，寒風颯起。"

〔一〇〕玄玄默默：見《白猿》注〔二〕。

〔一一〕真宰：大自然的主宰。杜甫《遣興》其一："性命苟不存，英雄徒自强。吞聲勿復道，真宰意茫茫。"

〔一二〕白衣蒼狗：杜甫《可嘆》詩："天上浮雲如白衣，斯須改變爲蒼狗。"後以"白衣蒼狗"喻變化無常。

〔一三〕雲門峰：《黄山志》："雲門峰在石柱峰南，雙峰巉削，相距不遠。雲氣常從中過，故名。"　并州刀：亦稱并州剪，并刀，并剪。古時并州（今山西太原一帶）所産剪刀以鋒利著稱。杜甫《戲題畫山川圖歌》："焉得并州快剪刀，剪取吴松半江水。"

〔一四〕天都：天都峰，爲黄山第二高峰。

〔一五〕英英：輕盈明亮貌。　唐皎然《答道素上人别》詩："碧水何渺渺，白雲亦英英。"　蒼蒼：茫無邊際。五代齊己《送人潤州尋兄弟》詩："閒游登北固，東望海蒼蒼。"謂茫無邊際的輕盈明亮的白雲從山巖中飄浮出來，能剪下作爲寒士的棉袍多麼好，何必在空中變幻成各種千奇百怪的景物。

【輯評】

清延君壽《老生長談·評黄仲則詩》:"仲則學東坡,亦有神肖處。……《鋪海》云:'返照一縷衝波開,彩翠細縷金銀臺。初疑百萬玉鯨鬥,闌入一道長虹來。'"

别松上人

千峰趺坐處〔一〕,而我一相尋〔二〕。了了解人意,空空入道心。觸扉知虎脊,震榻是龍吟〔三〕。相失名山去〔四〕,塵緣愧我深〔五〕。

〔一〕趺坐:盤腿端坐,指僧人打坐。王維《登辨覺寺》詩:"軟草承趺坐,長松響梵聲。"

〔二〕相尋:尋訪。朱熹《麗澤堂》詩:"感君懷我意,千里夢相尋。"

〔三〕虎脊難以觸摸。二句或喻松上人之言論深奥玄妙,難以理解。

〔四〕相失:指離别松上人,失去在名山修道的機會。

〔五〕塵緣:佛教、道教指與塵世的因緣。明陳汝元《金蓮記·賦鶴》:"都只爲愛河慾海起波濤,名韁利鎖不能逃,這塵緣怎消。"

秋浦懷李白〔一〕

爲愛池魚美〔二〕,停車又幾時。如何我行處,每見爾題詩〔三〕?花發清溪館〔四〕,苔荒苦竹祠〔五〕。青天明月在,何處不相思。

〔一〕秋浦：唐池州有秋浦縣，其地有秋浦河，又稱貴池水，在安徽省南部。源出祁門縣北馬鞍山，東北流到貴池縣城附近入長江。

〔二〕池魚：池州的魚。

〔三〕李白有《秋浦歌十七首》及有關"秋浦"的詩多首。

〔四〕清溪館：泛指清溪上的亭館。《江南通志》："清溪在池州府城北五里，源出考溪，與上路嶺水合流，經郡城至大江。"

〔五〕苦竹祠：泛指苦竹嶺上的祠堂。李白《山鷓鴣詞》："苦竹嶺頭秋月輝，苦竹南枝鷓鴣飛。"《江南通志》："苦竹嶺在池州原三保，李白嘗讀書於此。"

寄懷顧文子〔一〕

縱酒酣嬉日，分明擬向禽〔二〕。半因行路苦，一阻愛山心〔三〕。以我營巢拙〔四〕，憐君入世深。惟將小山桂，珍護待重尋〔五〕。

〔一〕顧文子：顧九苞，字文子，興化(福建莆田)人。乾隆四十六年(1781)進士。

〔二〕向禽：向長與禽慶。《後漢書·逸民列傳·向長》："向長，字子平，河内朝歌人也。隱居不仕。……建武中，男女娶嫁既畢，敕斷家事勿相關，當如我死也。於是遂肆意與同好北海禽慶俱游五岳名山，竟不知所終。"

〔三〕謂由於怕行旅辛苦，所以忍住了去游山玩水的心思。

〔四〕營巢：築巢，喻成家立業。元稹《華岳寺》詩："雙燕營巢始西别，百花成子又東還。"

〔五〕小山：文體名。漢王逸《楚辭·招隱士》解題："昔淮南王博雅好古,招懷天下俊偉之士……著作篇章,分造辭賦,以類相從,故或稱小山,或稱大山。"《楚辭·小山·招隱士》:"桂樹叢生兮山之幽……攀援桂枝兮聊淹留。"二句謂待將來再作歸隱之計。

寫　懷

望古心長入世疏〔一〕,魯戈難返歲云徂〔二〕。好名尚有無窮世〔三〕,力學真愁不盡書〔四〕。華思半經消月露〔五〕,綺懷微懶注蟲魚〔六〕。如何辛苦爲詩後,轉盼前人總不如〔七〕。

〔一〕謂心慕古代而不擅長時務。

〔二〕魯戈:魯陽戈。《淮南子·覽冥訓》:"魯陽公與韓搆難,戰酣日暮,投戈而撝之,日爲之反三舍。"魯戈難返,謂時光不會倒流。歲云徂:一歲將盡。杜甫《今夕行》:"今夕何夕歲云徂,更長燭明不可孤。"

〔三〕謂好的名聲還可以流芳百世。

〔四〕力學:努力讀書學習。　不盡書:謂有看不完的書,或不能完全理解書中的意義。

〔五〕華思:明慧的思維能力。句謂經歷歲月的消磨才力已減退了不少。

〔六〕綺懷:綺麗的情懷。　微懶:已稍覺厭倦。　注蟲魚:箋注、解釋古籍經典作品。謂近來自己綺麗的情懷漸漸懶於從事注釋古籍的工作。

〔七〕謂無奈自己辛辛苦苦寫成的詩篇總不及前人。

發一宿庵〔一〕

曾聞絶頂接天梯〔二〕，幾疊煙嵐望已迷。得意總忘山遠近〔三〕，但行休問路東西。飄蕭洞氣成飛雨〔四〕，冥漠丹根護紫泥〔五〕。常自笑人巖畔月，有山如此不幽栖〔六〕。

〔一〕一宿庵：在安徽九華山，相傳唐初新羅王子金地藏初到九華山北麓時，曾在此地留宿一晚，後人立庵以資紀念。

〔二〕天梯：古人想象中可以登天的階梯。漢王逸《九思·傷時》："緣天梯兮北上，登太乙兮玉臺。"

〔三〕得意：領會旨趣。《莊子·外物》："言者所以在意，得意而忘言。"《晉書·阮籍傳》："嗜酒能嘯，善彈琴。當其得意，忽忘形骸。"

〔四〕飄蕭：飛揚貌。白居易《小童薛陶陽吹觱篥歌》："下聲乍墜石沈重，高聲忽舉雲飄蕭。" 洞氣：從山洞中飄出的霧氣。

〔五〕冥漠：玄妙，隱約莫測。 丹根：丹木之根。《山海經·山經》："峚山，其上多丹木，員葉而赤莖，黄華而赤實，其味如飴，食之不飢。" 紫泥：紫色的泥土。

〔六〕幽栖：隱居。二句謂在如此幽美之山巒而不隱居，當爲巖畔的明月所笑。

游九華山放歌〔一〕

昔行江上望岩嶨〔二〕，船頭撫髀復雀躍〔三〕。向山手指十幅篷，可憐風利不得泊。當時迎送百里餘，了了望見高真居〔四〕。如何今日及山麓,雲塞反使山有無。平岡衍阜經略盡〔五〕,路險心知入佳境。千尋未上氣已吞〔六〕,一步猶餘力加猛。琅玕芝肉夾道生〔七〕,奇峰削壁森成城。疑神疑鬼呼欲出,至景但可以石名。半山尚有雲漫白〔八〕,絶頂空青砉開闢〔九〕。雲來摐壑如有聲〔一〇〕,雲去翻空已無迹。此時望江江渺然,鵝毛一白粘遥天。時移境换迭相望〔一一〕,心空股栗神魂遷。新羅老衲浮海至〔一二〕,一千年來占山氣。騎鯨主簿迹亦留〔一三〕,仙佛争靈有興替〔一四〕。朝鐘暮鼓聲殷雷〔一五〕,翠微光薄金碧堆〔一六〕。只有青蓮讀書屋,至今基址荒蒼苔〔一七〕。才人身後偏蕭索,有句通神不驚俗〔一八〕。誰知舉筆點竄間,已使名山擅名目〔一九〕。天臺一號誰分更〔二〇〕,我欲削之言苦輕〔二一〕。世無其人山亦晦〔二二〕,山意待我如含情〔二三〕。峰雖呼九析有百〔二四〕,菡萏將開手生擘〔二五〕。銀河倒掛渌水來〔二六〕,碎滲翁翁碧虚色〔二七〕。混茫陸海無津涯〔二八〕,無何有鄉真我家〔二九〕。風吹離地倘尺五〔三〇〕,著手便可捫匏瓜〔三一〕。更令海水添一綫,此山便與蓬萊見〔三二〕。誰教根植塵寰中,時復尋常出真面〔三三〕。有幸不幸何足云〔三四〕,下界蠻觸尤紛紛〔三五〕。我雖置身得高處,俛視尚有雲中君〔三六〕。自有此山游幾輩〔三七〕,幸及登臨百年内。且可聽吹子晉笙〔三八〕,不須更灑羊公淚〔三九〕。

〔一〕《太平寰宇記》:"九華山在池州青陽縣南二十里。舊名九子山。李白以九峰有如蓮花削成,改爲九華山,因有詩曰:'天河挂緑水,秀出九芙蓉。'今山中有李白書堂,基址存焉。"

〔二〕岝㟧(zuò è)：山勢高峻貌。唐盧照鄰《五悲·悲今日》："攀重嶺之岝㟧，歷飛澗之崎嶇。"

〔三〕撫髀：以手拍股，表示振奮或感嘆。

〔四〕高真：得道成仙的人。前蜀杜光庭《賈璋醮青城上人真君詞》："瑶宫瑋闕，深秘於洞臺；翠壁丹崖，仰呀於雲霧。高真之所栖息，上聖之所宴游。"

〔五〕衍阜：低下而平坦的土山。　經略：經歷。

〔六〕千尋：古時以八尺爲一尋，千尋，形容極長或極高。王安石《登飛來峰》詩："飛來山上千尋塔，聞説鷄鳴見日昇。"

〔七〕琅玕：神話傳説中的仙樹。明劉基《江上曲》之四："琅玕不是人間樹，何處朝陽有鳳凰。"　芝肉：即肉芝，形似人參的靈芝草類植物。

〔八〕雲漫白：一片白茫茫的雲。

〔九〕空青：青色的天空。　砉(xū，又讀 huā)：象聲詞，常用以形容破裂聲、折斷聲、開啓聲。

〔一〇〕摐(chuāng)：撞擊。摐磬：撞擊山磬。

〔一一〕迭：更迭，輪换。

〔一二〕新羅：朝鮮古國。老衲：老僧。《安徽通志》載，新羅王子金齊覺(金地藏)至九華山，居於南臺(今神光嶺)，唐貞元十年，九十九歲示寂，顔面如生。佛徒傳爲菩薩化身，遂建塔紀念。明萬曆帝賜名"護國肉身塔"。

〔一三〕騎鯨：西漢揚雄《羽獵賦》："乘巨鱗，騎京魚。"李善注："京魚，大魚也。字或爲鯨。"後以騎鯨喻隱遁、游仙或死亡。　主簿：官名，爲經管文書及辦理事務的僚屬。　騎鯨主簿：可能指唐詩人賈島，賈字閬仙，一作浪仙，初落拓爲僧，後還俗。屢舉進士不第，曾任長江主簿。

〔一四〕興替：盛衰，成敗。《舊唐書·魏徵傳》："以古爲鏡，可以知興替。"

〔一五〕朝鐘暮鼓：佛寺早晨撞鐘，傍晚擊鼓。泛指僧侣生活。宋陳允平

《掃花游》詞:"可惜流年,付與朝鐘暮鼓。" 殷雷:殷,形容雷聲。《詩·召南·殷其雷》:"殷其雷,在南山之陽。"温庭筠《公無渡河》詩:"黄河怒浪連天來,大響谹谹如殷雷。"

〔一六〕翠微:樹木蒼翠掩映的山腰。亦泛指輕淡青葱的山色,或青翠的山巒。 金碧堆:指山上金碧輝煌的佛殿。

〔一七〕青蓮:李白號青蓮居士。 讀書屋,見上注〔一〕。

〔一八〕才人:指李白。 蕭索:蕭條,凄涼。 通神:形容才藝高妙。杜甫《寄李十二白二十韻》:"筆落驚風雨,詩成泣鬼神。"

〔一九〕點竄:修改。 擅名目:享有名聲。指李白改"九子山"爲"九華山",使此山聲名大震。

〔二〇〕原注:俗分山之半爲"天臺"。

〔二一〕仲則謂我想抹去這種分割和更名,可惜我的言論分量太輕,不爲人所重視。

〔二二〕意謂如果没有像李白那樣的名人賞識,那麽山的光彩也遜色了。

〔二三〕謂山知我意,所以接待我也頗有情意。

〔二四〕謂九華山雖號稱九峰,但仔細計算,却有近百。

〔二五〕菡萏:即蓮花。 擘:大拇指。 謂已長出大拇指一樣大的花蕾。

〔二六〕形容瀑布,見上注〔一〕。

〔二七〕碎滲:滲出的細散水流。 翁翁:形容葱白色。 碧虚:碧空,青天。南朝梁吴均《詠雲》詩:"飄飄上碧虚,藹藹隱青林。"

〔二八〕津涯:邊際。謂一片無邊無際像大海一樣的大地。

〔二九〕無何有鄉:指空無所有的地方。《莊子·逍遥游》:"今子有大樹,患其無用。何不樹之於無何有之鄉,廣莫之野。"

〔三〇〕尺五:謂去天尺五。離開天只有一尺五寸,表示極高。見《少年行》注〔四〕。

〔三一〕匏瓜:星座名。有星五顆,在河鼓東。 捫:撫摸。李白《游泰山六首》其六:"捫天摘匏瓜,恍惚不憶歸。舉手弄清淺,誤攀織女機。"

〔三二〕一綫：形容極其微小；少許。意謂如果能使海水增高一點，也環繞在九華山周圍，它就能像蓬萊山一樣。

〔三三〕意謂可惜九華山坐落在紅塵世界，而且時常露出它真實的容貌，没有用仙靈之氣掩蓋起來。

〔三四〕這到底是幸還是不幸，姑且置之不論。

〔三五〕下界：指塵世。　蠻觸：《莊子·則陽》："有國於蝸之左角者，曰觸氏；有國於蝸之右角者，曰蠻氏。時相與争地而戰，伏尸數萬；逐北，旬又五日而後反。"後常以喻爲小事而争鬥者。白居易《禽蟲》詩之七："蟭螟殺敵蚊巢上，蠻觸交争蝸角中。"句謂塵世的紛争尤其難以忍受。

〔三六〕雲中君：雲神。句意謂自己幸而能置身於塵俗之外，高高地處於白雲之上。

〔三七〕幾輩：幾個人。謂自有此山以來，有幾個人能到此一游，而我有幸能在有生之年登臨此山。

〔三八〕子晉：王子喬之字。神話人物。相傳爲周靈王太子。喜吹笙，作鳳凰鳴。被浮丘公引往嵩山修煉，後升仙。范仲淹《天平山白雲泉》詩："子晉罷雲笙，伯牙收玉琴。"

〔三九〕羊公：指晉羊祜。羊祜督荆州諸軍事，駐襄陽。死後，其部屬在峴山祜生前游息之地建碑立廟，每年祭祀。見碑者莫不流淚。

夜　起

憂本難忘忿詎蠲〔一〕，寶刀閑拍未成眠。君平與世原交棄〔二〕，叔夜於仙已絶緣〔三〕。入夢敢忘舟在壑〔四〕，浮名拌换酒如泉〔五〕。祖郎自愛中宵舞，不爲聞鷄要著鞭〔六〕。

〔一〕詎：豈。　蠲(juán)：除去，清除。

〔二〕君平：《漢書·王貢兩龔鮑傳序》載，漢高士嚴遵，字君平。隱居不仕，曾賣卜於成都。裁日閱數人，得百錢足自養，則閉肆下簾而授《老子》。李白《古風五十九首》其十三："君平既棄世，世亦棄君平。"南朝宋鮑照《詠史》詩："君平獨寂寞，身世兩相棄。"

〔三〕叔夜：晉文學家、思想家嵇康，字叔夜。崇尚老莊，講求養生服食之道。爲竹林七賢之一。官中散大夫，因不滿當時掌權的司馬氏政權，被司馬昭殺害。《晉書·嵇康傳》："康嘗采藥游山澤又遇王烈，共入山。……烈嘗得石髓如飴，即自服半，餘半與康，皆凝而爲石。又於石室中見一卷素書，遽呼康往取。輒不復見。烈乃嘆曰：'叔夜趣非常而輒不遇，命也。'"

〔四〕敢：不敢，豈敢。　忘舟在壑：《莊子·大宗師》"夫藏舟於壑，藏山於澤，謂之固矣。然而夜半有力者負之而走，昧者不知也。"比喻事物不斷變化，不可固守。

〔五〕拌：舍却，表示不惜、甘願。見《啼烏行》注〔三〕。宋吴潛《滿江紅·懷李安》詞："邂逅聊拌花底醉，遲留莫管城頭角。"　柳永《鶴沖天》詞："青春都一餉。忍把浮名，換了淺斟低唱。"

〔六〕祖郎：晉祖逖。《晉書·祖逖傳》："與司空劉琨俱爲司州主簿，情好綢繆，共被同寢。中夜聞荒鷄鳴，蹴琨覺曰：'此非惡聲也。'因起舞。"　著鞭：《晉書·劉琨傳》："與范陽祖逖爲友。聞逖被用，與親故書曰：'吾枕戈待旦，志梟逆虜，常恐祖生先吾著鞭。'其意氣相期如此。"

重至當塗懷稚存

其　一

三間瓦屋廨東頭〔一〕，與爾曾爲晏歲留〔二〕。鶴帳猿啼新别恨,塵封蛛網再來愁〔三〕。關心几榻消前劫,滿眼雲山感舊游,絶憶絲蓴滲鹽豉,東歸空羨季鷹舟〔四〕。

〔一〕廨:官府營建的房舍,官廨。

〔二〕晏歲:謂歲暮。

〔三〕新别:仲則和稚存在朱筠學使率領下於乾隆三十七年五月同游九華山後,六月,稚存先歸,仲則重至當塗。

〔四〕絲蓴:蓴菜,即莼菜。　鹽豉:即豆豉。《晉書·陸機傳》:"又嘗詣侍中王濟,濟指羊酪謂機曰:'卿吴中何以敵此?'機云:'千里蓴羹,未下鹽豉。'時人稱爲名對。"　季鷹:見《洞庭行贈别王大歸包山》注〔一三〕。

其　二

相對常爲嚄唶行〔一〕,更經離索想生平〔二〕。六棺未葬悲元振〔三〕,一刺空磨嘆禰衡〔四〕。忍使桑榆乖色養〔五〕,誤將書劍换浮名。乾坤只許閑鷗鷺,與話煙波浩蕩情〔六〕。

〔一〕嚄唶(huò zě):大聲呼叫;大聲議論。

〔二〕離索:離群索居。陸游《釵頭鳳》詞:"東風惡,歡情薄,一懷愁緒,幾年離索。"

〔三〕《新唐書·郭元振傳》:"少有大志。十六與薛稷、趙彦昭同爲太學生。嘗送資錢四十萬。會有縗服者叩門,自言五世未葬,願假以治喪。元振舉與之,無少吝,一不質名氏。稷等嘆駭。"原注:稚存歸營葬事。

〔四〕禰衡:見《山寺偶題》注〔三〕。

〔五〕忍使:怎忍使,不忍使。　桑榆:桑樹和榆樹。日落時光照桑樹和榆樹，因以指日暮時或暮年。　色養：指人子和顔悦色地奉養父母或承順父母。　乖：違反，違背。

〔六〕書劍：見《客夜憶城東舊游寄懷左二》注〔九〕。　煙波浩蕩：指遁迹江湖過隱居的閑適生活。　四句謂自己追求名利，不能盡心奉養母親，違背了色養的教導。自己也不可能像鷗鷺一樣，在浩蕩的江湖中過消閑的生活。

大　　造〔一〕

大造視群生〔二〕，各如抱中兒。非因果哀樂〔三〕，亦自爲笑啼。阿保縱解意，那得無啼時〔四〕。當飢幸一飽，心已不在飢〔五〕。誰知登崇山，足土固不離〔六〕。豪士或見此，秋氣旋乘之。觸物感斯集，不知何事悲〔七〕。悾恫百年盡，俛首歸污泥〔八〕。精氣生已洩，那有魂相隨〔九〕。矯枉而過正，亦受前賢嗤〔一〇〕。我慕魯仲連，閲世同兒嬉〔一一〕。見首不見尾，焉能贊一辭〔一二〕。

〔一〕大造：造化，大自然；自然界的創造者。

〔二〕群生：衆生。

〔三〕非：無，没有。晉左思《三都賦》序："且夫玉卮無當，雖寶非用。"句謂有的事情有因果關係，有的没有，是自然發生的。

〔四〕阿保：保姆。　縱：縱然，即使。　那得：哪能，怎麽能够。

〔五〕吃飽了，心思就不放在飢餓上面了。

〔六〕謂雖登高山，而足不能離開土地；喻人雖有高超的思想，總不能離開物質生活，擺脱俗累。

〔七〕謂豪傑之士或許能看到這一點，因此秋氣（秋天凄清肅殺之氣）就乘虚而入,觸物傷情,不知不覺地産生悲感。

〔八〕悾恫:空虚哀痛。 百年:一生。 謂在空虚哀痛中順從地度過一生。

〔九〕雖生而已無精氣,過着没有靈魂的生活;雖生猶死,醉生夢死。

〔一〇〕矯枉過正:糾正偏差而超過應有的限度。二句謂庸俗之人追名逐利雖然不對,豪傑之士擺脱世務,獨善其身,逍遥隱逸,則矯枉過正,亦不免爲前賢所笑。

〔一一〕魯仲連:戰國時齊人,常周游各國,排難解紛,而又不慕榮利,爲後世所稱道。李白《古風五十九首》其十:"齊有倜儻生,魯連特高妙。" 閲世:經歷時世。劉禹錫《宿誠祥師山房題贈》詩:"視身如傳舍,閲世甚東流。" 兒嬉:即兒戲。

〔一二〕見首不見尾:俗語"神龍見首不見尾",謂龍在雲中,僅能見其一鱗一爪,看不到它的全部。喻高超特異之人的行事,僅能知其一端,而不能理解其真諦。 焉能:豈能,不能。 贊一辭:用一句話來贊美;令人贊嘆不盡。

烈 士 行

諧樂無疾奏〔一〕,清讌無急觴〔二〕。若論壯士志,澒洞爲中腸〔三〕。剖擲當君前,中有一寸霜〔四〕。擊衣呼豫讓〔五〕,向風刎田光〔六〕。交者不利身,差勝輕薄行〔七〕。微軀不自惜,破膽與誰嘗〔八〕?

〔一〕諧樂:和諧的樂曲。疾奏:急促的節奏。

〔二〕清讌:清雅的宴會。 急觴:快速地飲酒。

〔三〕澒洞:水勢洶涌。 中腸:猶内心。秦觀《幽眠》詩:"忽忽意何就,念之動中腸。”二句謂壯士胸中之意念,猶如汹涌的江水。

〔四〕剖:剥開。 擲:投擲。 一寸霜:表示心胸高潔。二句意謂可以在你面前剖開胸膛,把心掏出來給你看,他的心是高潔的。

〔五〕豫讓:《史記·刺客列傳·豫讓》載:豫讓晉人,事智伯,甚得智伯尊寵。智伯爲趙襄子所殺,豫讓欲爲智伯報仇,漆身塗炭,隱伏於趙襄子所經的橋下。趙襄子至橋,馬驚報警,豫讓爲趙襄子衛兵所擒。豫讓曰:“今日之事,臣固伏誅,然願請君之衣而擊之,焉以致報讎之意,則雖死不恨。非所敢望也,敢布腹心。”“於是襄子大義之,乃使使持衣與豫讓。豫讓拔劍,三躍而擊之,曰:‘吾可以下報智伯矣。’遂伏劍自殺。”

〔六〕田光:戰國時燕國俠士。因鞠武推薦,田光與燕太子丹相見。燕太子丹向他請教對付秦國之策,他提出用荆軻行刺秦王。分别時,太子送至門,戒曰:“丹所報,先生所言者,國之大事也,願先生勿洩也。”田光俛而笑曰:“諾。”於是田光去見荆軻,要荆軻進宫見太子,並説:“吾聞之,長者爲行,不使人疑之。今太子告光曰:‘所言者,國之大事也,願先生勿洩。’是太子疑光也。夫爲行而使人疑之,非節俠也。”欲自殺以激荆卿,曰:“願足下急過太子,言光已死,明不言也。”因遂自刎而死。事見《史記·刺客列傳·荆軻》。

〔七〕謂與人交往,不是爲了對自己有利。如果這樣,就比輕薄之輩好不了多少。 行(háng):班輩;一類。

〔八〕意謂“士爲知己者死”,死不足惜,可惜未遇知己之人。

晚　涼

晚涼庭院好,風葉落先秋〔一〕。感爾蕭疏意,添余浩蕩愁。披襟祛俗吏〔二〕,摇扇却平頭〔三〕。美滿今宵夢,真輕萬户侯〔四〕。

〔一〕先秋:《歲時廣記》引唐人詩:"山僧不解數甲子,一葉落知天下秋。"此句謂晚涼風大,樹葉先秋而落。

〔二〕祛:驅走。

〔三〕却:使退。　平頭:指僕人。陸游《兀坐久散步野舍》詩:"赤脚舂畬粟,平頭拾澗柴。"

〔四〕杜牧《登九峰樓寄張祜》詩:"誰人得似張公子,千首詩輕萬户侯。"

答和維衍二首〔一〕(選一)

其　一

連旬憶君得君問〔二〕,書意不盡繼以詩。邇來吾子才大進,但怪胡爾憤激爲〔三〕?冬烘一言進左右〔四〕,吾輩窮薄命所司。風雲月露苦刻鏤〔五〕,元氣未必無虧遺。從來才人感秋氣〔六〕,如豆合黄素染緇〔七〕。賦才如此窮尚爾,此意未薄宜深思〔八〕。比聞亦作湖海計,此我覆轍當鑒之〔九〕。鄉閭嫘薄百無戀〔一〇〕,詎忘親鬢霜絲絲?吹簫乞子行處有〔一一〕,幸者得飽否尚飢〔一二〕。年時我實深味此〔一三〕,若復勸駕吾誰欺〔一四〕。雖然窮蹙豈了事〔一五〕,言之淚下如綆縻〔一六〕。

〔一〕維衍:見《冬夜左二招飲》注〔一〕。

〔二〕問:問候的書信。

〔三〕胡爾:爲何。

〔四〕冬烘:迂腐,淺陋。五代王定保《唐摭言·誤放》載:唐鄭薰主持考試,誤認顏標爲魯公(顏真卿)後代,將他取爲狀元。當時有無名氏作詩嘲諷云:"主司頭腦太冬烘,錯認顏標作魯公。"仲則指自己。

〔五〕風雲月露：《隋書·李諤傳》："連篇累牘，不出月露之形；積案盈箱，唯是風雲之狀。"後即以"風雲月露"指綺麗浮靡、吟風弄月的詩文。　刻鏤：雕琢。此指刻苦寫作。

〔六〕秋氣：見《大造》注〔七〕。宋玉《九辯》："悲哉，秋之爲氣也，蕭瑟兮草木摇落而變衰。"　從來才人：指宋玉、庾信、杜甫等人。

〔七〕合：適合，適應。謂豆由青變黄適應於時令。　素：白色。　緇：黑色。

〔八〕謂古之才人尚且很窮困，那末相比之下，天公對待我們就不算薄了。

〔九〕比聞：近來聽説。　湖海計：指不求仕進、打算退隱於湖海的想法。　覆轍：覆車的軌迹，喻招致失敗的教訓。

〔一〇〕澆薄：指風氣澆薄。

〔一一〕吹簫乞子：吹簫乞食者，乞丐。春秋時伍子胥曾在吴市吹簫乞食。　行處：到處。

〔一二〕有幸者，有不幸者。幸者得食，不幸者就得挨餓。

〔一三〕年時：這幾年來。　深味此：對此深有感觸。

〔一四〕勸駕：鼓勵人去作某事。　吾誰欺：我如何能欺騙人呢。

〔一五〕豈了事：指事情還没有解决。

〔一六〕綆：汲水器上的繩索。　縻：牛鼻繩。

《憶昔篇》和趙味辛〔一〕

朝吟《憶昔篇》，憶昔慘行客。天旋海水運〔二〕，六螭無停策〔三〕。但聞古來人，言言悲在昔〔四〕。所過已異時，所閲已陳迹。暮吟《憶昔篇》，達旦常嘆吁〔五〕。居者念在行，行者不得居〔六〕。夜夢入飛谷〔七〕，冰炭同一爐〔八〕。何由一丸泥〔九〕，換此五色珠。漫漫事長宴，不聞晨啼烏。烏啼東方曙，徘徊睠長路〔一〇〕。人非鹿豕群〔一一〕，那得長歡聚。秋霜畏蘭摧，歲寒愁桂蠹〔一二〕。仰視若木光〔一三〕，周天幾頹注〔一四〕。吟吟《憶昔篇》，憶昔知君心。雲間落鸞嘯〔一五〕，海上聞風琴〔一六〕。出山念小草〔一七〕，出谷憐幽禽〔一八〕。廣以及時樂〔一九〕，勉以惜寸陰。豈惟感在昔，流眷乃及今〔二〇〕。憶昔復憶昔，百年不盈瞬〔二一〕。豈有金如山，能鑄鏡中鬢。且回魯陽戈〔二二〕，且挽姬滿駿〔二三〕。閶闔轉眼開〔二四〕，排闥望君進〔二五〕。倘念蒿萊人，更枉霞間訊〔二六〕。

〔一〕趙味辛：見《衡山高和趙味辛送余之湖南即以留别》注〔一〕。《憶昔篇》：指趙味辛詩《憶昔篇寄黄秀才姑孰》。

〔二〕天旋：指日、月運轉。　海水運：指海水流動。

〔三〕六螭：螭，無角的龍，六螭即六龍。神話傳説，日神乘車，駕以六龍。羲和爲御者。　策：馬鞭。句謂羲和不停地鞭策六龍，使太陽迅速地運轉。

〔四〕言言：所説的話。

〔五〕嘆吁：嘆息。唐于鵠《悼孩子》詩，"親戚或問時，抑悲空嘆吁。"

〔六〕居者想行，行者想居，皆不能如意。

〔七〕飛谷：即飛泉谷，在崑崙西南，谷中有飛泉涌出。

〔八〕冰炭：冰塊與炭火，喻兩種性質相反的事物。成語：冰炭不同爐。

〔九〕丸泥：一粒泥丸。漢劉向《説苑・雜言》："隋侯之珠，國之寶也。然用之彈，曾不如泥丸。"這四句大意謂夢入飛谷，只見一片渾沌。冰炭，喻智者與愚者，賢者與不肖者，把二者置於同一爐中，不分彼此，同樣看待，無異於以明珠彈雀，反不如泥丸。表示才學無人賞識。

〔一〇〕睠：同“眷”，顧念，關心。南朝宋鮑照《夢歸鄉》詩：“風沙暗空起，離心眷鄉畿。”

〔一一〕鹿豖：鹿與猪，喻好群聚的人。《孔叢子・儒服》：“人生則有四方之志，豈鹿豖也哉，而長聚乎？”

〔一二〕桂蠹：寄生在桂樹上的蟲。喻妄欲移遷，會失去甘美之木，喪其處所。二句謂擔心芳蘭被秋霜所摧殘，歲寒之時，桂樹上的蟲一旦離開了樹，就没有了居處。

〔一三〕若木：即扶桑，神話中的樹名。傳説日出於扶桑之下，拂其樹杪而昇，故謂爲日出處。屈原《離騷》：“折若木以拂日兮，聊逍遥以相羊。”

〔一四〕周天：整個天空。　頽注：猶頽落，坍下。二句謂早晨看到太陽昇起，在天空運走一周，即將落下。

〔一五〕鸞嘯：《晉書・阮籍傳》：“籍嘗於蘇門山遇孫登，與商略終古及栖神導氣之術。登皆不應。籍因長嘯而退。至半嶺，聞有聲若鸞鳳之音，響乎巖谷，乃登之嘯也。”後遂以“鸞嘯”表示胸懷志趣高超玄妙。

〔一六〕風琴：《禮記・樂記》“昔者舜作五絃之琴以歌《南風》”，後以風琴指古琴。

〔一七〕小草：見《飲洪稚存齋次韻》注〔二〕。

〔一八〕出谷幽禽：指鶯。《詩・小雅・伐木》：“出自幽谷，遷於喬木。”前蜀韋莊《三用韻》詩：“未化投陂竹，空思出谷鶯。”

〔一九〕廣：推廣。

〔二〇〕流眷：流念，顧念。

〔二一〕不盈瞬：不滿一瞬，形容時間極短促。

〔二二〕魯陽戈：見《寫懷》注〔二〕。

〔二三〕姬滿：周穆王名。其西征犬戎事，見《國語・周語上》。《穆天子傳》因以演述其西行見西王母故事。　姬滿駿：相傳周穆王有八匹名馬，號稱八駿。李商隱《瑶池》詩：“八駿日行三萬里，穆王何事不重來。”句謂讓日子過得慢一點。

〔二四〕閶闔：傳説中的天門，泛指宫門。王維《和賈至舍人早朝大明宫之作》詩："九天閶闔開宫殿，萬國衣冠拜冕旒。"

〔二五〕闥：内門，泛指門。　排闥：推門。《史記·樊酈滕灌列傳》："高祖嘗病甚，惡見人。卧禁中，詔户者無得入群臣。群臣絳、灌等莫敢入。十餘日，噲乃排闥直入，大臣隨之。"

〔二六〕蒿萊：雜草，野草。蒿萊人：草野之人，草民。霞間：猶雲間。枉：謙詞，謂辱没對方。《戰國策·韓策二》："而嚴仲子乃諸侯之卿相也，不遠千里，枉車騎而交臣。"　四句謂將來你在朝廷爲官，如果還想到我這個草野之人，就請寫信給我。

復得維衍書〔一〕

其一

不因離别苦，那見舊交真〔二〕。老母傳言切，啼兒入抱馴〔三〕。書開官閣夜〔四〕，花寄草堂春〔五〕。等是端憂者〔六〕，輸君耐久貧〔七〕。

〔一〕此前已有《答和維衍二首》，這是維衍第二次寄來書信，故云"復得"。

〔二〕真：真情，真實的感情。

〔三〕維衍來信中有仲則母親託他的傳言，説明維衍親自到仲則家中訪問，還抱了仲則的兒子。原注：時君過問家下。

〔四〕官閣：官署。時仲則在安徽學政朱筠幕中。

〔五〕草堂：舊時文人隱居，多以草堂名其居所。當時維衍尚未考中進士，故稱其所居爲草堂。

〔六〕端憂：懷有深憂。南朝宋謝莊《月賦》："陳王初喪應劉，端憂多暇。"

〔七〕仲則謂自己在長期耐貧方面不及維衍。

其　二

連宵頻見夢，呼我病瞿曇〔一〕。生計關商榷〔二〕，詩歌共苦甘。去魂迷海樹〔三〕，思淚滿江潭。相望年如綺，離傷果不堪〔四〕。

〔一〕瞿曇：釋迦牟尼的姓，亦作佛的代稱。

〔二〕商量有關謀生之路。

〔三〕去魂：返鄉的夢魂。　海樹：海邊的樹木。南朝齊謝朓《高齋視事》詩："曖曖江村見，離離海樹出。"

〔四〕年如綺：綺年，華年。此句謂雖年紀尚輕，而離别的憂傷，已不堪忍受。

隴頭行贈王大之關中〔一〕

隴坻之坂坂九回〔二〕，青天九折盤崔巍〔三〕。秦川萬里一回首〔四〕，歌聲日暮肝腸摧〔五〕。何人作歌心斷絶，游子魂消古離别。隴頭水作東西流，隴上人爲死生訣。試問此情深幾許？石上車輪窪尺五〔六〕。人間何處無關山，盡道無如此行苦。折斷珊瑚七寶鞭〔七〕，未曾回首只行前。生來不解消魂别，愧爾關西俠少年〔八〕。

〔一〕隴頭：即隴山，在今甘肅省。　王大：見《洞庭行贈别王大歸包山》注〔一〕。　關中：指陝西渭河流域一帶地區。

〔二〕坻：高坡。　隴坻：即隴山。　九回：形容迂迴曲折。《樂府詩集・隴頭流水歌辭》:"西上隴坂,羊腸九回。"

〔三〕崔巍:高峻,高大雄偉。漢東方朔《七諫・初放》:"高山崔巍兮,水流湯湯。"

〔四〕秦川:泛指陝西、甘肅的秦嶺以北平原地帶。《秦川記》:"隴山東西百八十里,登山巔東望,秦川四五百里,極目泯然。山東人行役昇此而顧瞻者,莫不悲思。"

〔五〕歌聲:樂府横吹曲有《隴頭歌》,歌曰:"隴頭流水,流落四下。念我一身,飄然曠野。隴頭流水,鳴聲嗚咽。遥望秦川,肝腸斷絶。"

〔六〕窪:低坑。　窪尺五:形容窪坑之深。

〔七〕珊瑚七寶鞭:以珊瑚等多種珍寶裝飾的馬鞭。南朝梁元帝《紫騮馬》詩:"長安美少年,金絡鐵連錢。宛轉青絲韁,照耀珊瑚鞭。"李白《南奔書懷》詩:"顧乏七寶鞭,留連道旁玩。"

〔八〕關西:指函谷關或潼關以西地區。

秋　　夜

絡緯啼歇疏梧煙〔一〕,露華一白涼無邊。纖雲微蕩月沈海〔二〕,列宿亂摇風滿天〔三〕。誰人一聲歌《子夜》〔四〕?尋聲宛轉空臺榭。聲長聲短鷄續鳴,曙色冷光相激射〔五〕。

〔一〕絡緯:蟲名,即莎鷄,俗稱絡絲娘、紡織娘。李白《長相思》:"絡緯秋啼金井闌,微霜凄凄簟色寒。"

〔二〕纖雲:微雲,輕雲。秦觀《鵲橋仙》詞:"纖雲弄巧,飛星傳恨,銀漢迢迢暗渡。"

〔三〕列宿(xiù):衆星宿。曹植《公宴》詩:"明月澄清影,列宿正參差。"

〔四〕《子夜》:見《中秋夜游秦淮歸城南作》注〔五〕。

〔五〕冷光：寒光。《龍城録》："開元六年，上皇與申天師游月中，見一大宫府，榜曰'廣寒清虚之府'。翠色冷光，相射目眩。極寒，不可進。"

【輯評】

清延君壽《老生常談·評黄仲則詩》："其學太白處，如《秋夜》云：'絡緯啼歇疏梧煙，露華一白涼無邊。纖雲激蕩月沈海，列宿亂摇風滿天。'……此真能直闖太白堂奥，東坡而後實罕甚匹。"

烏棲曲

老烏守巢啼，日暮雛不歸。羽翼各自有，知他何處飛〔一〕！

〔一〕白居易《燕詩示劉叟》："一旦羽翼成，引上庭樹枝。舉翅不回顧，隨風四散飛。"

思舊篇并序

戊子、己丑間，屢客武林，偕同人宴游，吴山酒樓，蹤迹居多，酣嬉之樂，彼一時也。别來聞座中吴門蔣思謇夭，而勞濂叔亦卒於官，感而賦此〔一〕。

五年浪迹辭吴山，山中猿鶴笑我頑。追陪盡屬嵇阮侶〔二〕，别來霜雪凋朱顔。别後飄零斷書問，怪事驚傳半疑信。勞殂蔣夭須臾間〔三〕,一作陳屍一行殯〔四〕。蔣生年紀二十餘,兀兀抱經常守株〔五〕。要離冢畔一抔土〔六〕,誰信此才堪著書。勞年四十遇尤舛〔七〕,水部一官名甫顯〔八〕。殘膏一爍焰旋收〔九〕,始歎文人得天淺。蘭蕙兩兩遭風吹,身後淒涼更可悲。一生伯道傷無嗣〔一〇〕,四壁相如尚有妻〔一一〕。青山剩稿半零落,土花剝蝕無人知〔一二〕。嗟我猶慚隻鷄奠〔一三〕,脈脈淚痕空被面〔一四〕。虛星耿耿夜臺長〔一五〕,魂魄何曾夢中見。反思置酒吴山頭,淋漓醉墨揮滿樓。我時抱病將遠游,公等苦爲狂奴憂〔一六〕。誰知揮手數年事,而皆反真吾尚留〔一七〕。我留煢隻更行役〔一八〕,游地追思徒歷歷。何日同張竹下琴〔一九〕,不堪更聽鄰家笛〔二〇〕。達觀我昔思莊蒙〔二一〕,曾言死勝南面榮〔二二〕。又聞栗里感柏下〔二三〕,爲歡急急深杯傾。昔人持論若矛盾,乃今始得觀其平〔二四〕。以生哭死死可惜,無此一哭死亦得。後先相送本斯須〔二五〕,相看那得忘憂戚。顧影臨風自嘆吁,故人風葉共蕭疏。若知鬼伯催人急〔二六〕,好覓生存舊酒壚〔二七〕。

〔一〕戊子:乾隆三十三年(1768),仲則二十歲。　己丑:乾隆三十四年(1769),仲則二十一歲。　武林:浙江杭州。　吴山:又名胥山,俗稱城隍山,在杭州西湖東南。　吴門:指蘇州。　蔣思謇:《先友爵里名字考》:"蔣思謇:蘇州人。"餘不詳。　勞濂叔:勞宗茂,字濂叔,浙江錢塘人。乾隆三十六年(1771)進士。官工部主事。

〔二〕嵇阮:嵇康與阮籍。

〔三〕殂:死,去世。　夭:少壯而死。

〔四〕行殯:殯葬。

〔五〕兀兀：勤勉貌。韓愈《進學解》："焚膏油以繼晷，恒兀兀以窮年。"守株：守株待兔的省稱。謂遵守老經驗，不知變通。

〔六〕要離：春秋末吴國刺客。相傳要離奉闔閭之命刺死王僚之子慶忌，要離亦伏劍自殺。　一抔土，喻墳墓。《吴地記》，要離墓在蘇州閶門南大城内。《後漢書·逸民傳》載：梁鴻，字伯鸞，因避亂，居蘇州富人皋伯通家廡下爲人賃舂。伯通知其非常人。"及卒，伯通等爲求葬地於吴要離冢傍。咸曰：'要離烈士而伯鸞清高，可令相近。'"此句以梁鴻喻蔣思騫。

〔七〕舛：不順。王勃《滕王閣序》："時運不濟，命途多舛。"

〔八〕水部：官名。魏置水部郎，隋唐至宋均以水部爲工部四司之一，掌有關水道之政令。明、清改爲都水司，相沿仍以水部爲工部司官的一般稱呼。

〔九〕殘膏：殘餘的燈油，猶殘燈。明沈自然《曉别曲》："殘膏無焰淚花紅，不語含顰兩相向。"

〔一〇〕伯道無嗣：《晉書·良吏傳·鄧攸》載：鄧攸，字伯道，歷任河東、吴郡及會稽太守，官至尚書右僕射。永嘉末，因避石勒兵亂，攜子侄逃難。途中屢遇險，恐難兩全，乃謂其妻曰："吾弟早亡，唯有一息，理不可絶。止應自棄我兒耳。幸而得存，我後當有子。"妻泣而從之。乃棄去己子，保全侄兒。後終無子。《世説新語·賞譽》："謝太傅重鄧僕射，常言：'天地無知，使伯道無兒。'"

〔一一〕《史記·司馬相如列傳》："文君夜亡奔相如，相如乃與馳歸成都。家居徒四壁立。"

〔一二〕土花：見《武陵吴翠丞降乩題詩仿其意爲此》注〔七〕。

〔一三〕隻鷄奠：《後漢書·徐稚傳》："徐稚爲太尉黄瓊所辟，不就。及瓊卒歸葬，稚乃負糧徒步到江夏赴之，設鷄酒薄祭，哭畢而去，不告姓名。"後謂以菲薄的祭品悼念亡友。亦可參見《過全椒哭凱龍川先生》注〔一〇〕。

〔一四〕脈脈：連綿不斷貌。

〔一五〕虚星：星宿名，北方玄武七宿之一。《晉書·天文志》："虚二星，冢宰之官也。主北方邑居、廟堂、祭祀、祝禱等。” 耿耿：明亮貌。 夜臺：指墳墓。

〔一六〕我時抱病：據《年譜》，乾隆三十四年(1769)冬，仲則客杭州時，有游湘之意。友人輩以湖湘道遠，且憐其病，勸勿往。 狂奴：狂放不羈的人。仲則指自己。

〔一七〕反真：道家謂人死乃復歸本原，回返天然，故曰返真。蘇轍《再祭張宫保文》：“至於委化之日，泊然返真。”

〔一八〕煢隻：孤身一人。

〔一九〕謂像竹林七賢那樣在竹下張琴彈奏。

〔二〇〕鄰家笛：晉向秀《思舊賦》序：“余與嵇康、吕安居止接近。其人並有不羈之才，然嵇志遠而疏，吕心曠而放。其後各以事見法。……余逝將西邁，經其舊廬。於時日薄虞淵，寒冰凄然，鄰人有吹笛者，發聲寥亮。追思曩昔游宴之好，感音而嘆，故作賦云。”

〔二一〕莊蒙：指戰國時哲學家莊周，即莊子，因他曾做過蒙地的漆園吏，故稱莊蒙。

〔二二〕南面：南面王。《莊子・至樂》：“莊子之楚，見空髑髏……夜半，髑髏見夢……曰：‘死，無君於上，無臣於下，亦無四時之事，從然以天地爲春秋，雖南面王樂，不能過也。’莊子不信，曰：‘吾使司命復生子之形，爲子骨肉肌膚，反子父母、妻子、閭里、知識，子欲之乎？’髑髏深矉蹙頞，曰：‘吾安能棄南面王樂，而復爲人間之勞乎？’”

〔二三〕栗里：在今江西九江市西南，陶潛曾居於此。白居易《訪陶公舊宅》詩：“柴桑古村落，栗里舊山川。” 柏下：指柏下人，即墓中人。因墓地多種柏樹。陶潛《諸人共游周家墓柏下》詩：“感彼柏下人，安得不爲歡。”

〔二四〕謂莊子與陶潛的觀點好像有矛盾，現在覺得雙方都有道理，不相上下。

〔二五〕斯須：須臾，片刻。舊題漢李陵《與蘇武》詩之一：“風波一失所，各在天一隅。長當從此別，且復立斯須。”

〔二六〕鬼伯：猶鬼王，指閻王。《樂府相和歌辭・蒿里》："鬼伯一何相催促，人命不得少踟躕。"

〔二七〕舊酒壚：指黄公酒壚，阮籍、嵇康等竹林七賢常會飲之處。《世説新語・傷逝》："（王戎）經黄公酒壚下過，顧謂後車客：'我昔與嵇叔夜、阮嗣宗共酣飲於此壚。竹林之游，亦預其末。自嵇生夭、阮公亡以來，便爲時所羈紲。今日視此雖近，邈若山河。'"

雜感四首

其一

抑情無計總飛揚〔一〕，忽忽行迷坐若忘〔二〕。遁擬鑿坯因骨傲〔三〕，吟還帶索爲愁長〔四〕。聽猿詎止三聲淚〔五〕，繞指真成百鍊鋼〔六〕。自傲一嘔休示客〔七〕，恐將冰炭置人腸〔八〕。

〔一〕抑情：克制感情。　飛揚：放縱；意氣、舉動越出常規。杜甫《贈李白》詩："痛飲狂歌空度日，飛揚跋扈爲誰雄。"

〔二〕忽忽：迷糊，恍惚。宋玉《高唐賦》："悠悠忽忽，怊悵自失。"　行迷：走入迷途。屈原《離騷》："回朕車以復路兮，及行迷之未遠。"　坐忘：道家謂物我兩忘、與道合一的精神境界。《莊子・大宗師》："墮肢體，黜聰明，離形去知，同於大通，此謂坐忘。"

〔三〕鑿坯：鑿破房屋的後牆而逃遁，指隱者不仕。《淮南子・齊俗訓》："顔闔，魯君欲相之而不肯，使人以幣先焉。鑿培（同"坯"）而遁之。"　漢揚雄《解嘲》："或自盛以橐，或鑿坏（同"坯"）以遁。"

〔四〕帶索：以繩索爲衣帶，形容貧寒清苦。《列子・天瑞》："孔子游於太山，見榮啓期行乎郕之野，鹿裘帶索，鼓琴而歌。"

〔五〕北魏酈道元《水經注》:"每至晴初霜旦,林寒澗肅,常有高猿長嘯,屬引淒異。空谷傳響,哀轉久絶。故漁者歌曰:'巴東三峽巫峽長,猿鳴三聲淚沾裳。'"杜甫《秋興八首》其二:"聽猿實下三聲淚,奉使虚隨八月槎。"

〔六〕百鍊鋼:亦作"百鍊剛"。晉劉琨《重贈盧諶》詩:"何意百鍊剛,化爲繞指柔。"比喻堅强者經過鍛煉而變得柔和。

〔七〕嘔:通"謳",歌唱。晉郭璞《江賦》:"傲自足於一嘔,尋風波以窮年。"

〔八〕冰炭:冰與炭,性質相反,不能相容,比喻矛盾衝突。韓愈《聽穎師彈琴》詩:"穎乎爾誠能,無以冰炭置我腸。"

其二

歲歲吹簫江上城〔一〕,西園桃梗託浮生〔二〕。馬因識路真疲路〔三〕,蟬到吞聲尚有聲〔四〕。長鋏依人游未已〔五〕,短衣射虎氣難平〔六〕。劇憐對酒聽歌夜,絶似中年以後情〔七〕。

〔一〕吹簫:伍子胥逃亡至吴,於吴市吹簫乞食。比喻名士處於窮困潦倒的境地。

〔二〕桃梗:桃木刻成的木偶,舊俗置以辟邪。《戰國策·齊策三》:"今者臣來,過於淄上。有土偶人與桃梗相與語。桃梗謂土偶曰:'子,西岸之土也,挻子以爲人,至八月,降雨下,淄水至,則子殘矣。'土偶曰:'不然。吾西岸之土也,吾殘,則復土岸耳。今子,東國之桃梗也,刻削子以爲人。降雨下,淄水至,流子而去,則子漂漂者將何如耳!'"句謂自己一生漂泊無着落。

〔三〕馬因識路:見《立秋後二日》注〔三〕。

〔四〕吞聲:忍住盡量不出聲。《敦煌曲子詞·破陣子》:"迢遞可知閨閣，吞聲忍淚孤眠。”

〔五〕長鋏依人：見《明州客夜懷味辛稚存却寄》注〔七〕。

〔六〕短衣：短後衣，後幅較短，便於活動。《莊子·説劍》：“庶人之劍……短後之衣，瞋目而難語；相擊於前，上斬頸領，下決肝肺。”　射虎：見《九月白門遇伍三……》注〔五〕。

〔七〕中年以後：《晉書·王羲之傳》：“謝安嘗謂羲之曰：‘中年以來，傷於哀樂。與親友别，輒作數日惡。’羲之曰：‘年在桑榆，自然至此。頃正賴絲竹陶寫。’”

其　三

鳶肩火色負輪囷〔一〕，臣壯何曾不若人〔二〕。文倘有光真怪石〔三〕，足如可析是勞薪〔四〕。但工飲啖猶能活，尚有琴書且未貧。芳草滿江容我采〔五〕，此生端合附靈均〔六〕。

〔一〕鳶肩火色：謂兩肩上聳如鳶，面有紅光。舊時相術謂飛黄騰達的徵兆。《新唐書·馬周傳》：“馬君……鳶肩火色，騰上必速，恐不能久。”清錢謙益《題相士倪生卷子》詩：“鳶肩火色誠何有，曷鼻魋顔戲已久。”　負：倚靠，依恃。　輪囷：碩大貌。謂相貌奇特，身軀碩大。

〔二〕壯：少壯，年輕。《左傳·閔公三十年》：“燭之武曰：‘臣之壯也，猶不如人。今老矣，無能爲也已。’”此句反用其意。

〔三〕怪石：奇石，似玉的美石。指有文才，所寫的文章極佳。

〔四〕析：分開，分散。　勞薪：《晉書·荀勗傳》：“又嘗在帝座，進飯，謂在坐人曰：‘此是勞薪所炊。’咸未之信。帝遣問膳夫。乃云：‘實用故車脚。’舉世服其明識。”指奔走勞苦。

〔五〕《古詩十九首》其六：“涉江采芙蓉，蘭澤多芳草。采之欲遺誰，所思在遠道。”

〔六〕靈均：屈原字。見《衡山高和趙味辛送余之湖南即以留别》注〔一三〕。

【輯評】

洪亮吉《北江詩話》：“‘足如可析是勞薪’，苦語也。”

其　四

似綺年華指一彈〔一〕，世途惟覺醉鄉寬〔二〕。三生難化心成石〔三〕，九死空嘗膽作丸〔四〕。出郭病軀愁直視〔五〕，登高短髮愧旁觀〔六〕。升沈不用君平卜〔七〕，已辦秋江一釣竿。

〔一〕似綺年華：指青春歲月。　指一彈：謂時間短暫。《翻譯名義集·時分》：“《僧祇》云：‘二十念爲一瞬，二十瞬爲名一彈指。’”

〔二〕醉鄉：指酒醉後神志不清的境界。唐王績《醉鄉記》：“阮嗣宗、陶淵明等十數人，並游於醉鄉。”

〔三〕三生：指前生，今生，來生。　心成石：謂難以熔解，無法解脱。仲則《感舊》詩云：“别後相思空一水，重來回首已三生。雲階月地依然在，細逐空香百遍行。”

〔四〕九死：九，用以加重語氣，謂即使死亡多次。　膽作丸：唐柳仲郢幼嗜學，其母和熊膽爲丸，使夜讀時咀嚼，以苦提神。見《新唐書·柳仲郢傳》。熊丸後用作賢母教子之典。仲則幼失怙，受母教，後多次參加鄉試，均落第，故云。句謂即使拼命苦讀也没有用。

〔五〕直視：兩眼發直，表示失去目標。《古詩十九首》其十四：“出郭門直視，但見丘與墳。”

〔六〕短髮：頭髮稀少。謂年華老大。杜甫《九日藍田崔氏莊》詩：“羞將短髮還吹帽,笑倩旁人爲正冠。”

〔七〕君平:見《夜起》注〔二〕。

十四夜歌宴

歌場坐穩舞筵成,小部《霓裳》按奏清〔一〕。半黍欲飄風更約〔二〕,三絃初定月無聲。青春張緒臨風態〔三〕,白髮何戡被酒情〔四〕。識曲群公敢多讓〔五〕,不妨明日有狂名〔六〕。

〔一〕小部:唐代宫廷中的少年歌舞樂隊。元張昱《唐天寶宫詞》:“小部梨園出教坊,曲名新賜《荔枝香》。”後泛指梨園、教坊演劇、奏曲。《霓裳》:唐代著名法曲《霓裳羽衣曲》的簡稱。

〔二〕半黍:喻細碎的小雨點。　約:約束,限制。宋李冠《蝶戀花》詞:“數點雨聲風約住,朦朧淡月雲來去。”

〔三〕張緒:見《感舊雜詩其二》注〔五〕。

〔四〕何戡:唐歌唱家。劉禹錫《與歌者何戡》詩:“舊人唯有何戡在,更與殷勤唱《渭城》。”

〔五〕敢:豈敢,不敢。意謂在識曲方面我敢説不下於諸公。

〔六〕狂名:輕狂之名。謂不妨礙以後有人説我過於輕狂,口出狂言。

睡醒

不知明月生,照窗如白曉〔一〕。霜冷夜衾單,秋池夢空草〔二〕。

〔一〕白曉：指黎明時天色發白。
〔二〕空草：荒草。李賀《感諷五首》詩之三："南山何其悲，鬼雨灑空草。"

横江阻風〔一〕

洲若香消岸荻秋〔二〕，離人虚繫五更舟。曉來誰唱《横江曲》〔三〕，惡浪無情也白頭。

〔一〕横江：見《偕容甫登絳雪亭》注〔二〇〕。
〔二〕洲：水中陸地。　若：杜若，香草名。《楚辭·九歌·湘君》："采芳洲兮杜若，將以遺兮下女。"　荻：一種生長在水邊的植物，與蘆同類。
〔三〕《横江曲》：李白有《横江詞六首》，其一曰："人道横江好，儂道横江惡。一風三日吹倒山，白浪高於瓦官閣。"其二曰："横江欲渡風波惡，一水牽愁萬里長。"其三曰："白浪如山那可渡，狂風愁殺峭帆人。"

山中

忘山意已超〔一〕，有我心猶滯〔二〕。鳥語落檐花〔三〕，飄來著襟袂。

〔一〕忘山：唐釋玄覺《答朗禪師書》："若未識道，而先居山者，但見其山，必忘其道。若未居山，而先識道者，但見其道，必忘其山。忘山則道性怡神，忘道則山形眩目。是以見道忘山者，人間亦寂也。見山忘道者，山中乃喧也。"

〔二〕有我：《老子》："吾所以有大患，爲吾有身。及吾無身，吾有何患！"　心猶滯：謂思想還不能超脱。

〔三〕檐花：屋檐下的花。李白《贈崔秋浦三首》其一："山鳥下聽事，檐花落酒中。"

江　館

賓館夢闌珊〔一〕，征程次第間〔二〕。新愁傾柏葉〔三〕，舊約撫刀環〔四〕。江上千帆雨〔五〕，淮南一桁山〔六〕。誰憐衰柳色，憔悴不勝攀〔七〕。

〔一〕闌珊：殘，將盡。李後主《浪淘沙》詞："簾外雨潺潺，春意闌珊。羅衾不耐五更寒。夢裏不知身是客，一晌貪歡。"

〔二〕次第：編次，一個接一個。

〔三〕柏葉：柏葉酒。古代風俗，以柏葉浸製酒，元旦共飲，以祝壽和辟邪。杜甫《人日二首》其二："樽前柏葉休隨酒，勝裏金花巧耐寒。"

〔四〕刀環：刀頭上的環。"環"與"還"同音，因以刀環爲"還歸"的隱語。明王世貞《明月篇》："東家羈婦望刀環，西鄰棄妾守釵鈿。"

〔五〕千帆：形容舟船之多。温庭筠《望江南》詞："梳洗罷，獨倚望江樓。過盡千帆皆不是，斜暉脈脈水悠悠。腸斷白蘋洲。"

〔六〕一桁（héng）：一排。前蜀韋莊《灞陵道中作》詩："春橋南望水溶溶，一桁晴山倒碧峰。"

〔七〕攀：攀折，折取。

安慶客舍

月斜東壁影虛龕〔一〕，枕簟清秋夢正酣〔二〕。一樣夢醒聽絡緯〔三〕，今宵江北昨江南。

〔一〕虛龕（kān）：龕，供奉神佛的龕室。虛龕，即空龕。
〔二〕枕簟：枕席。
〔三〕絡緯：見《秋夜》注〔一〕。

皖　城〔一〕

古驛同安白浪邊〔二〕，東南形勢海關連〔三〕。風雲舊護龍潛地〔四〕，壁壘全增馬渡年〔五〕。斜日堠兵多被酒〔六〕，清時洲渚半成田。回頭城郭晴如畫，十里牽江是爨煙〔七〕。

〔一〕皖城：又名皖公城，今安徽省潛山縣。
〔二〕同安驛：明置，在今安徽省安慶市西南。
〔三〕海關：海邊的關口。
〔四〕龍潛：喻帝王尚未即位。　龍潛地：指尚未成爲帝王時所居的地方。
〔五〕馬渡：相傳靖康之變，徽宗第九子康王（後爲南宋高宗）原質於金,得逃脱,奔竄疲困,假寐於崔府君廟中。夢神人曰:"金人追及,速去之,已備馬於門首。"康王驚覺,馬已在側,即躍馬南馳。既渡江而馬不復動,下視之,則泥馬也。此故事宋元人有多種記載,所在地點則各不相同。

〔六〕堠兵:守望土堡的兵士。　被酒:猶帶醉。

〔七〕爨(cuàn)煙:燒火做飯的炊煙。　牽江:掛在江上。

歸燕曲

玉露零階葉飄井〔一〕,巢燕差池去無影〔二〕。别路三千紫塞長〔三〕,秋風一夜烏衣冷〔四〕。可憐欲别更徘徊,暮氣繁華眼倦開〔五〕。易主樓臺常似夢〔六〕,依人心事總如灰〔七〕。珠簾十二斜陽下,凄涼幾閲流紅卸〔八〕。昔日抛花散綺筵〔九〕,此時掠草辭歌榭〔一〇〕。海國回頭霧百重,可應魂戀舊房櫳〔一一〕。玉京臂冷紅絲斷〔一二〕,神女釵歸錦合空〔一三〕。亦有江南未歸客,年年社日曾相識〔一四〕。故家子弟半飄零,蘆花滿地頭俱白。朱雀航邊伴侣稀〔一五〕,鬱金堂上故巢非〔一六〕。抛殘一樣新團扇,辛苦三春舊舞衣。感恩幾輩同關盼〔一七〕,忍待明年更相見〔一八〕。一任泥抛落月梁,那堪門掩無人院〔一九〕。伯勞東去雁南來,百遍相呼誓不回〔二〇〕。天空自有低飛處,不是同心莫浪猜。

〔一〕玉露:秋露。杜甫《秋興八首》其一:"玉露凋傷楓樹林,巫山巫峽氣蕭森。"

〔二〕差池：參差不齊。《詩·邶風·燕燕》："燕燕于飛，差池其羽。"

〔三〕别路三千：燕子爲候鳥，秋社時飛去，春社時飛來。三千，言其去路甚遠。　紫塞：晉崔豹《古今注·都色》："秦築長城，土色皆紫，漢塞亦然，故稱紫塞焉。"泛稱北方邊塞。

〔四〕烏衣：燕子羽毛黑色，因以"烏衣"作爲代稱。句謂一夜秋風，燕子感到寒冷，故辭别舊巢，飛到南方去避寒。

〔五〕暮氣繁華：謂過去繁盛興旺的氣象，在黄昏肅殺的空氣中逐漸變得蕭條。　眼倦開：不想看，不忍看。燕子是依人而居的，築巢於人家的梁上或屋檐下。次年飛回，往往仍在舊巢居住，把人當作居停主人。因而不忍看到人間的衰色，臨别依依，徘徊不忍離去。以下綜述燕子對數千年來人世間的盛衰變化，華屋丘山，産生的感慨。

〔六〕易主樓臺：杜甫《秋興八首》其四："聞道長安似弈棋，百年世事不勝悲。王侯第宅皆新主，文武衣冠異昔時。"

〔七〕總如灰：謂不成功，不能成事。唐章孝標《歸燕詞辭工部侍郎》詩："舊壘危巢泥已落，今年故向社前飛。連雲大厦無栖處，更望誰家門户飛？"

〔八〕珠簾十二：形容珠簾之多，以表示屋舍之華麗。　流紅：珠簾在夕陽照射下一片紅光流動。　卸：卸却。經過幾次衰敗，昔日的華麗光彩不再存在。

〔九〕昔時賓客向歌女們抛花朵，花兒散落在筵席上。

〔一〇〕歌榭：歌舞的平臺。而今經過舊歌榭，須撩開門前的雜草而行。

〔一一〕海國：泛指近海地區，指過去居住的地方。　可應：豈應。二句謂回頭望過去所居的樓臺，只見煙霧迷朦，已無可留戀。

〔一二〕玉京：姚玉京。唐李公佐《燕女墳記》："姚玉京，娼家女也。嫁襄州小吏衛敬瑜，溺水而死。玉京守志養姑舅。常有雙燕巢梁間，一日爲鷙鳥所獲，其一孤飛悲鳴。徘徊至秋，翔集玉京之臂，如長絶然。玉京以紅縷繫足，曰：'新春復來，爲吾侣也。'明年果至。因贈詩曰：'昔時無偶去，今年還獨歸。故人恩義重，不忍更雙飛。'自爾秋歸春來,凡六七年。其年玉京病卒。明年燕來,周章哀鳴。家人語曰:'玉京死矣,墳在南郭。'燕遂至墳所,亦死。"

〔一三〕神女釵歸:《洞冥記》卷二:"神女以玉釵贈帝,帝以贈趙婕妤。至昭帝元鳳中,宮人猶見此釵。黄詠欲之,明日示之,既發匣,有白燕飛昇天。"

〔一四〕社日:古時祭祀土神的日子,一年兩次,春社和秋社。一般在立春、立秋後的第五個戊日。燕子在秋社時離去,在春社時飛回。唐韓偓《不見》詩:"此身願作君家燕,秋社歸時也不歸。"宋史達祖《雙雙燕・詠燕》詞:"過春社了,度簾幕中間,去年塵冷。差池欲住,試入舊巢相並。"

〔一五〕朱雀航:又稱朱雀橋,在南京南城門外,近烏衣巷。劉禹錫《烏衣巷》詩:"朱雀橋邊野草花,烏衣巷口夕陽斜。舊時王謝堂前燕,飛入尋常百姓家。"

〔一六〕鬱金堂:美稱女子芳香高雅的居室。唐沈佺期《古意》詩:"盧家少婦鬱金堂,海燕雙栖玳瑁梁。"

〔一七〕關盼:白居易《燕子樓三首并序》:"徐州故尚書有愛妓曰盼盼,善歌舞,雅多風態。……尚書既殁,歸葬東洛。而彭城有張氏舊第,第中有小樓,名燕子。盼盼念舊愛而不嫁,居是樓十餘年,幽獨塊然,於今尚在。余感彭城舊游,作三絶句。"其二曰:"自從不舞《霓裳曲》,疊在空箱十一年。"其三曰:"見説白楊堪作柱,争教紅粉不成灰。"白詩最後二句,意在諷其不能以死相報。盼盼見詩後説,我非不能死,是怕人説公有從死之妾,有損公之清譽。於是絶食而亡。仲則詩中的"新團扇"、"舊舞衣"亦是化用白詩"不舞《霓裳曲》"之意。

〔一八〕忍待:怎忍等待。

〔一九〕隋薛道衡《昔昔鹽》:"暗牖懸蛛網,空梁落燕泥。"宋史達祖《東風第一枝・春雪》詞:"料故園不卷重簾,誤了乍來雙燕。"

〔二〇〕樂府雜曲歌辭《東飛伯勞歌》:"東飛伯勞西飛燕,黄姑織女時相見。"謂燕子之留戀舊巢,與東去之伯勞及南來之雁迥然不同。伯勞及雁一去不回,呼之無用。不過天空廣闊,各走各的路,互不相妨,不要互相猜忌。按:此詩内容,與《春燕》詩四章相同,可能作於同時(乾隆甲午,1774 年),誤置於此。

長風沙行〔一〕

朝望長風沙,夕望長風沙。郎書前日到,早晚下三巴〔二〕。巴歌易腸斷,漢女嬌如花〔三〕。郎挾千金貲,何如早還家。去時明月珠〔四〕,團團入郎手。郎歸向郎索,猶在懷中否?潯陽下湓浦〔五〕,湓浦多風潮。將毋聽商婦,夜夜鳴檀槽〔六〕。江豨舞斯風〔七〕,焦明集斯雨〔八〕。郎行慣水程,不用妾傳語。低頭拜石尤〔九〕,無爲阻歸舟。歸舟望不見,日日風沙愁。郎言雖反覆〔一〇〕,凝盼常如此〔一一〕。昨夢芙蓉花〔一二〕,飄零落江水。

〔一〕長風沙:地名。在池州之雁汊下八十里。李白《長干行二首》其一:"早晚下三巴,預將書報家。相迎不道遠,直至長風沙。"

〔二〕三巴:古地名。巴郡、巴東、巴西的合稱。相當於今四川嘉陵江和綦江流域以東的大部地區。

〔三〕漢女:傳説中的漢水女神。晉張華《游仙》詩之二:"湘妃詠《涉江》,漢女奏《陽河》。"漢劉向《列仙傳·江妃二女》:"江妃二女者,不知何所人也。出遊於江漢之湄,逢鄭交甫,見而悦之。……遂手解佩與交甫。"泛指漢水流域的游女。

〔四〕明月珠:即夜光珠。因珠光晶瑩似月光,故名。 團團:圓貌。漢班婕妤《怨歌行》:"裁爲合歡扇,團團似明月。"

〔五〕潯陽:江名。長江流往江西省九江市北的一段。白居易《琵琶行》:"潯陽江頭夜送客,楓葉荻花秋瑟瑟。" 湓浦:即湓水。原出江西省瑞昌縣西清湓山,東流經九江,名湓浦港,北流入長江。宋張孝祥《浣溪沙》詞:"湓浦從君已十年,京江仍許借歸船。相逢此地有因緣。"

〔六〕檀槽:檀木製成的琵琶、琴等絃樂器上架絃的槽格。亦指琵琶等樂器。宋張先《西江月》詞:"體態看來隱約,梳妝好是家常。檀槽初抱更安詳,立向尊前一行。"

〔七〕江狶:即江豚,亦稱江猪。長江中的一種哺乳動物,體形似魚。李時珍《本草綱目·鱗四·海豚魚》引陳藏器曰:"江豚生江中,狀如海豚而小,出没水上,舟人候之占風。"唐許渾《金陵懷古》詩:"石燕拂雲晴亦雨,江豚吹浪夜還風。" 斯:猶則,乃。

〔八〕焦明:傳説中神鳥,似鳳凰。阮籍《詠懷》之四七:"鳴鳩嬉庭樹,焦明游浮雲。"

〔九〕石尤:石尤風。傳説古代有商人尤某娶石氏女,情好甚篤。尤遠行不歸,石思念成疾。臨死嘆曰:"吾恨不能阻其行,以至於死。今凡有商旅遠行,吾當作大風爲天下婦人阻之。"後因稱逆風、頂頭風爲石尤風。

〔一〇〕反覆:變化無常。《詩·小雅·小明》:"豈不懷歸,畏此反覆。"

〔一一〕凝盼:盼望。元湯式《滿庭芳·代人寄書》詞:"休凝盼,歸期早晚,先此報平安。"二句謂郎言歸期雖可能有變化,而猶盼望不已。

〔一二〕芙蓉:諧音"夫容",喻丈夫。見《莫打鴨》注〔二〕。

江上曉發

木蓮花發卸紅衣〔一〕,夾岸秋江碧四圍。帆色正迎鴻雁至〔二〕,客程常背鷓鴣飛〔三〕。袖招獵獵江風滿〔四〕,鬢惹濛濛水霧霏〔五〕。多少閑情獨凝眺,淩波羅襪想依稀〔六〕。

〔一〕木蓮：木芙蓉的别名。落葉灌木或小喬木。秋季開白花或淡色花。白居易《木芙蓉花下招客飲》詩："莫怕秋無伴愁物，水蓮花盡木蓮開。" 紅衣：指荷花的花瓣。唐趙嘏《長安晚秋》詩："紫艷半開籬菊盡，紅衣落盡渚蓮愁。" 卸：凋謝。元李唐賓《風入松》曲："看到荼蘼卸也，玉驄何處垂楊。"

〔二〕鴻雁至：秋天北雁南飛。

〔三〕鷓鴣：中國南方留鳥。船迎着鴻雁，背對鷓鴣，説明正由南向北航行。

〔四〕獵獵：象聲詞，多形容風聲。南朝宋鮑照《上潯陽還都道中》詩："鱗鱗夕雲起，獵獵晚風遒。"

〔五〕霏：雨雪盛貌。《詩・邶風・北風》："北風其喈，雨雪其霏。"

〔六〕淩波羅襪：形容仙女踏着水波而來。曹植《洛神賦》："淩波微步，羅襪生塵。"

舒城道中九日懷左二〔一〕

茱萸簪罷雁初聞〔二〕，回首江東阻斷雲〔三〕。短短白衣辭故國〔四〕，蕭蕭破帽背斜曛〔五〕。本無兄弟同佳節〔六〕，略有知交更離群。桑落滿杯傾不得〔七〕，青山紅樹渺思君〔八〕。

〔一〕舒城：縣名，在安徽省中部偏南，杭埠河流域。 九日：指九月九日重陽節。 左二：見《冬夜左二招飲》注〔一〕。

〔二〕茱萸：植物名。古俗農曆九月九日重陽節，佩茱萸能祛邪辟惡。

王維《九月九日憶山東兄弟》詩:“遥知兄弟登高處,遍插茱萸少一人。”

〔三〕江東:指蕪湖、長江以東一帶的長江南岸地區。左二與仲則都是江蘇常州人,屬江東地區。杜甫《春日憶李白》詩:“渭北春天樹,江東日暮雲。何時一樽酒,重與細論文。” 斷雲:片雲。宋趙師秀《會景軒》詩:“斷雲分樹泊,飢鶴下田行。”

〔四〕白衣:指無功名或無官職的人。仲則指自己。 故國:指故鄉。

〔五〕蕭蕭:形容簡陋。唐牟融《送啓東返京》詩:“蕭蕭行李上征鞍,滿目離情欲去難。”

〔六〕本無兄弟:仲則之兄已於乾隆二十九年(1764)仲則十六歲時去世。無弟。見上注〔二〕王維詩。

〔七〕桑落:桑落酒。古代美酒名。唐錢起《九日宴浙江西亭》詩:“木奴向熟懸金實,桑落新開瀉玉缸。”

〔八〕元張可久《沉醉東風・秋夜旅思》曲:“青山去路長,紅樹西風冷。” 渺:渺茫,悠遠。

即　　事

野店黄茅宿雨收〔一〕,夕陽帽影兩悠悠。瓦盆酒熟香初透,土壁蟲寒語漸休。小草於人有同命〔二〕,遠山對我各驚秋。奮飛常恨身無翼〔三〕,何事林烏亦白頭〔四〕?

〔一〕黄茅:乾枯的茅草。 野店黄茅:指用枯草蓋屋頂的村野小客店。明王彦泓《丁卯首春余辭家薄游》詩:“明朝獨醉黄茅店,更有何人把燭尋?”清納蘭性德《相見歡》詞:“紅蠟淚,青綾被,水沈濃。却與黄茅野店聽西風。” 宿雨:經夜的雨。 收:指雨停止。明吴本泰《西湖竹枝詞》:"宿雨半收晴不穩,惱人最是鵓鳩聲。"

〔二〕小草:見《飲洪稚存齋次韻》注〔二〕。

〔三〕奮飛:振翼高飛。《詩·邶風·柏舟》:"静言思之,不能奮飛。"身無翼:李商隱《無題》詩:"身無彩鳳雙飛翼,心有靈犀一點通。"句謂力不從心,壯志未酬。

〔四〕烏白頭:喻事情難以成功。《燕丹子》卷上:"燕太子丹質於秦,秦王遇之無禮。不得意,欲求歸。秦王不聽,謬言令烏頭白,馬生角,乃可許耳。"

空　館

寂寞誰家院,憑來客夢家〔一〕。吟聲振高閣,落得瓦松花〔二〕。

〔一〕憑:任憑。唐王建《原上新居》詩之十一:"古碣憑人搨,閑詩任客吟。"詩意謂主人不在,任憑來客到此空館作思家之夢。

〔二〕瓦松:生長在屋瓦上或深山石隙中的一種草,葉細長而尖。

夜夢故人

半是離鄉半夢鄉,西風卷葉雨鳴廊。雲將隻影穿關塞〔一〕,月與平生到屋梁〔二〕。珍重贈言多未解,斯須携手亦何妨〔三〕。覺來枕上無乾處,仿佛空簾去路長〔四〕。

〔一〕隻影：一片孤單的雲影。

〔二〕杜甫《夢李白二首》其一："落月滿屋梁，猶疑照顔色。"謂夢故人來到家中。

〔三〕斯須：見《思舊篇》注〔二五〕。

〔四〕空簾：指冷落的門窗。

春風怨

《雲翹》舞徹椒花筵〔一〕，東風昨夜來無邊。吹成大地可憐色〔二〕，都道看春宜少年〔三〕。此時多少繁華地，此時無限臨春思〔四〕。絳綃弟子平陽家〔五〕，緑幘廚人館陶第〔六〕。桂館銅鋪四望通〔七〕，濃裝冶服出當風。題來芍藥千花妒〔八〕，顧罷胭脂一部空〔九〕。沈沈萬户歌鐘動〔一〇〕，春風未醒紅顔夢〔一一〕。照鏡都誇城北徐〔一二〕，窺臣總道牆東宋〔一三〕。亦有空閨黯自傷，登樓終日尚凝妝〔一四〕。圖中粉膩千行淚〔一五〕，錦上文迴一寸腸〔一六〕。關山蕩子空回首〔一七〕，辛苦邊頭亦何有。歲歲常悲死别離，年年不見春楊柳。江南思客更傷神〔一八〕，望遠愁遮日暮塵。啼鶯枉自思公子〔一九〕，香草何曾見美人〔二〇〕。鶯飛草長誰爲主〔二一〕？渺渺春江作歌苦。一夜飄殘吴苑花〔二二〕，五更卷散巫峰雨〔二三〕。可憐東風作意吹〔二四〕，可憐春去不勝悲。人間無數閑哀樂，若問春風總得知。

〔一〕《雲翹》：樂舞名。南朝梁元帝《玄覽賦》："樂有《雲翹》之舞，牲非繭栗之牛。" 椒花筵：舊俗，農曆新年向家長獻椒酒，表示拜賀之意。後稱新年合家團聚之筵席爲椒花筵。

〔二〕可憐：可愛。白居易《長恨歌》："姊妹弟兄皆列土，可憐光彩生門户。"　可憐色：可愛、可喜的景色。

〔三〕看春：欣賞春天的景色；春游。

〔四〕臨春：臨近春天，感到春天即將到來。

〔五〕絳綃：紅色的細絹。　弟子：古時稱戲劇、歌舞藝人。白居易《長恨歌》："梨園弟子白髮新，椒房阿監青娥老。"　平陽：平陽侯。漢曹壽封爲平陽侯，娶武帝姊陽信長公主。武帝常去平陽侯家，愛上平陽侯家歌女衛子夫，後立爲皇后。王昌齡《殿前曲》："平陽歌舞新承寵，簾外春寒賜錦袍。"

〔六〕緑幘：緑色頭巾。古代供膳僕役的服式，後亦爲一般地位卑賤者所服。　館陶：指漢文帝之女、武帝之姑母館陶公主。館陶公主有宅第在長門，稱長門園，又名館陶園。《漢書·東方朔傳》載：館陶公主寡居，年五十餘，寵幸奴僕董偃。武帝臨幸館陶園，館陶公主引董偃拜見武帝。"董君緑幘傅韝，隨主前伏殿下。主乃贊：'館陶公主胞人臣偃昧死再拜謁。'因叩頭謝。"

〔七〕桂館：漢武帝造以迎神的宫館，在長安。《漢書·郊祀志下》："公孫卿曰：'仙人可見。……且仙人好樓居。'於是上令長安則作飛廉、桂館，甘泉則作益壽、延壽館，使卿持節設具而候神人。"後以桂館泛指道觀。杜甫《覆舟》詩之二："竹宫時望拜，桂館或求仙。"　銅鋪：門上作獸面形狀的銅環。　四望通：謂宫觀内大門暢開，可眺望四方。《楚辭·九歌·河伯》："登崑崙兮四望，心飛揚兮浩蕩。"

〔八〕題來芍藥：《太真外傳》："開元中禁中重木芍藥，即今牡丹也。得數本，紅紫淺紅通白者。上因移植於興慶池東沉香亭前。會花方繁開，上乘照夜白，妃以步輦從。詔選梨園弟子中尤者，得樂一十六色。李龜年以歌擅一時之名，手捧檀板押衆樂前，將欲歌之。上曰：'賞名花，對妃子，焉用舊樂詞爲。'遽命龜年持金花箋，宣賜翰林學士李白，立進《清平調》詞三章。承旨由若宿酲，因援筆試之。”

〔九〕胭脂：胭脂花，即紫茉莉。夏季開花，花有紫、紅、白、黄等色，供觀賞。句謂看過胭脂花後，餘花皆不足觀，故曰一部空。

〔一〇〕沈沈：形容聲音悠遠隱約。　歌鐘：歌樂聲。李白《魏郡别蘇明府因北游》詩：“青樓夾兩岸，萬家喧歌鐘。”

〔一一〕謂女子春夢未醒。

〔一二〕城北徐：城北徐公，古代美男子。《戰國策·齊策一》：“鄒忌修八尺有餘，而形貌昳麗。朝服衣冠，窺鏡，謂其妻曰：‘我孰與城北徐公美？’其妻曰：‘君美甚，徐公何能及君也。’……明日，徐公來。孰視之，自以爲不如；窺鏡而自視，又弗如遠甚。”

〔一三〕牆東宋：宋玉，古代美男子。宋玉《登徒子好色賦》序：“天下之佳人，莫若楚國。楚國之麗者，莫若臣里。臣里之美者，莫若臣東家之子……然此女登牆闚臣三年，至今未許也。”

〔一四〕凝妝：盛妝。王昌齡《閨怨》詩：“閨中少婦不知愁，春日凝妝上翠樓。忽見陌頭楊柳色，悔教夫婿覓封侯。”

〔一五〕粉膩：猶脂粉。代指美女。《西京雜記》卷二：“元帝後宫既多，不得常見。乃使畫工圖形，案圖召幸之。諸宫人皆賂畫工，多者十萬，少者亦不減五萬。獨王嬙（王昭君）不肯，遂不得見。”後匈奴求親，元帝遣昭君往。

〔一六〕錦上文迴：《晉書·列女傳·竇滔妻蘇氏》：“竇滔妻蘇氏，始平人也。名蕙，字若蘭。善屬文。滔，苻堅時爲秦州刺史，被徙流沙。蘇氏思之，織錦爲迴文旋圖詩以贈滔，宛轉循環以讀之，詞甚悽惋。”

〔一七〕關山：關隘山嶺。樂府《木蘭辭》：“萬里赴戎機，關山度若飛。”蕩子：指辭家遠出不歸的男子。隋薛道衡《昔昔鹽》：“關山别蕩子，風月守空帷。……前年過代北，今歲往遼西。一去無消息，那能惜馬蹄。”

〔一八〕思客：作客在外的思家的人。

〔一九〕公子：謂年輕男子。《楚辭·九歌·山鬼》：“風颯颯兮木蕭蕭，思公子兮徒離憂。" 啼鶯:見下注〔二一〕。

〔二〇〕香草美人:漢王逸《離騷》序:"《離騷》之文,依《詩》取興,引類譬諭。故善鳥香草,以配忠貞;惡禽臭物,以比讒佞;靈修美人,以比於君。"蘇軾《前赤壁賦》:"渺渺兮余懷,望美人兮天一方。"

〔二一〕鶯飛草長:南朝梁丘遲《與陳伯之書》:"暮春三月,江南草長,雜花生樹,羣鶯亂飛。"

〔二二〕吴苑:見《感舊其四》注〔三〕。

〔二三〕巫峰雨:宋玉《高唐賦》:"昔者先王嘗游高唐,怠而晝寢,夢見一婦人,曰:'妾巫山之女也,爲高唐之客。聞君游高唐,願薦枕席。'王因幸之。去而辭曰:'妾在巫山之陽,高丘之阻。旦爲朝雲,暮爲行雨。朝朝暮暮,陽臺之下。'"

〔二四〕作意:着意,加意。清王士禛《寄陳伯璣金陵》詩:"東風作意吹楊柳,緑到蕪城第幾橋。"

獨酌感懷

昔讀《游俠傳》〔一〕,不恥輕薄名〔二〕。樗蒲與六博〔三〕,世事浮雲輕。逢人獨意氣,出語好聰明。自謂六合寬〔四〕,掉臂隨游行〔五〕。頹keep乃積久〔六〕,憂疹來縱横〔七〕。萬事悔少作〔八〕,念之傷人情。淺識關洛彦〔九〕,薄假吴楚聲〔一〇〕。玄黄不與析〔一一〕,悔吝誰爲呈〔一二〕?顛狂睠儕輩,稍稍乖前盟〔一三〕。各欲自爲計,夙昔非其誠。飄然舍之去,氣結心怦怦〔一四〕。麴蘖腐腸物,吾乃託以生。暴棄豈自甘,舍此亦無成〔一五〕。崦嵫没西景,迴薄無留精〔一六〕。天地方肅殺〔一七〕,冰雪將峥嶸〔一八〕。有酒儻不飲,明日誰逢迎〔一九〕?

〔一〕《游俠傳》：指《史記·游俠列傳》，書中記述朱家、劇孟、郭解的事迹。司馬遷認爲："今游俠，其行爲雖不軌於正義，然其言必信，其行必果，已諾必誠，不愛其軀，赴士之阨困，既已存亡死生矣，而不矜其能，羞伐其德，蓋亦有足多者焉。"

〔二〕輕薄：輕佻浮薄。句謂不以人指其輕薄爲恥。

〔三〕樗蒱：古代的一種博戲，以擲骰决勝負，得采有盧、雉、犢、白等稱。後世泛稱賭博爲樗蒱。　六博：古代一種擲采下棋的博戲，共十二棋，六黑六白，兩人相博，每人六棋，故名。

〔四〕六合：天地與四方；整個宇宙的巨大空間。

〔五〕掉臂：自由自然地行游貌。元汪元亨《折桂令·歸隱》："問先生掉臂何之？去雲外青山，山上茅茨。"

〔六〕頹奡（ào）：猶孤傲。　乃：豈。　積久：長久。謂孤傲豈能長久。

〔七〕憂疹（zhěn）：憂病，憂傷成病。　來縱横：謂隨時隨地可能發生。

〔八〕悔少作：對自己以前所寫的詩文感到不滿意。漢楊修《答臨淄侯箋》："修家子雲，老不曉事，强著一書，悔其少作。"

〔九〕關洛：關中和洛陽。　彦：賢士，俊才。　關洛彦：指關中張載和洛陽程顥、程頤，皆爲北宋理學家代表人物。

〔一〇〕吴楚聲：指江南一帶輕柔綺美的詩文歌曲。　薄假：稍微憑藉、采納。仲則指自己以前對正統的理教認識不够，而喜歡寫柔美艷麗的詩詞。清王昶《湖海詩傳小序》稱其"年未弱冠，已有煙月揚州之譽"。

〔一一〕玄黄：指天與地的顔色，玄爲天色，黄爲地色。　析：分析，加以區分。句意謂不分玄與黄；猶不分黑白。

〔一二〕悔吝：悔恨。唐李咸用《猛虎行》："須知《易水歌》，至死無悔吝。"謂悔恨能向誰説。

〔一三〕睠：回視。　儕輩：朋輩。　乖：背離，違背。　四句謂以狂妄之心去回顧朋輩，覺得他們有點違背以前的盟約。認爲他們都只爲自己的前途打算，以前訂盟並不出於真心誠意。

〔一四〕飄然：輕鬆地，輕易地。　氣結：呼吸不暢；心情鬱悶。

〔一五〕麯蘖：指酒。　腐腸：腐蝕腸胃。古人每以指美酒佳肴。漢枚乘《七發》："甘脆肥膿，命曰腐腸之藥。"四句意謂雖明知飲酒有害，而仍藉以爲生，並非甘於自暴自棄，但除此之外，別無他法。

〔一六〕崦嵫：山名，在甘肅省天水縣西境，傳説爲日落的地方。唐裴迪《南垞》詩："落日下崦嵫，清波殊淼漫。"　西景：暮色。亦喻暮年。唐于志寧《崔敦禮碑》："而末流難止，西景易沉。"　迴薄：謂循環相迫，變化無常。賈誼《鵩鳥賦》："萬物迴薄，振蕩相轉；雲蒸雨降，糾錯相紛。"　留精：留存精氣。

〔一七〕肅殺：猶言嚴厲摧殘。晉葛洪《抱朴子・用刑》："蓋天地之道，不能純和。故青陽闡陶育之和，素秋厲肅殺之威。"

〔一八〕峥嶸：猶凜冽。唐羅隱《雪霽》詩："南山雪乍晴，寒氣轉峥嶸。"

〔一九〕逢迎：見《金陵別邵大仲游》注〔三〕。

寒　鴉

朔風吹城白日低，登樓四望懷慘悽。排空戰寂萬枯樹〔一〕，樹樹上著寒鴉啼。寒鴉初來半天黑，同雲作陣風附翼〔二〕。飄蕭散落林岡頭〔三〕，倪迂畫點米顛筆〔四〕。此鳥亦如雁隨陽〔五〕，哀聲前後感詞客。有枝相借群依依，無巢可投轉惻惻〔六〕。三兩稍集空檻端〔七〕，告我日暮天且寒。無衣無褐欲卒歲〔八〕，頓袖相對空長嘆〔九〕。舊巢同輩苦相傲〔一〇〕，占得五更金井闌〔一一〕。

〔一〕謂狂風已停止，淩空的枯樹不再摇動，一片静寂。

〔二〕同雲：《詩・小雅・信南山》："上天同雲，雨雪雰雰。"指下雪時的雲。　同雲作陣：謂陰雲密佈。　風附翼：烏鴉飛來時，翼下生風。

〔三〕飄蕭：稀疏，稀落。　林岡頭：山岡的樹頂上。

〔四〕倪迂：元畫家倪瓚，字元鎮，號雲林居士。性好潔而迂僻，人稱倪迂。　米顛：宋書畫家米芾，字元章。宋徽宗召爲書畫博士。因舉止顛狂，人稱米顛。

〔五〕雁隨陽：雁隨着太陽的偏向北半球和南半球而北遷南徙，爲最具代表性的候鳥，故稱爲隨陽雁。唐李冶《送閻伯均往江州》詩："唯有隨陽雁，年年來去飛。"

〔六〕惻惻：淒涼，悲痛。晉歐陽建《臨終》詩："下顧聽憐女，惻惻中心酸。"

〔七〕櫩(yán)：同"檐"，屋檐。

〔八〕卒歲：度過年終。《詩・豳風・七月》："七月流火，九月授衣……無衣無褐，何以卒歲。"

〔九〕頓袖：甩袖，拂袖。

〔一〇〕相傲：相互之間傲慢、輕視。

〔一一〕金井：有雕飾圍欄的井；井的美稱。南朝梁吴均《行路難五首》詩之四："君不見長安客舍門，倡家少女名桃根。貧窮夜紡無燈燭，何言一朝奉至尊？至尊離宫百餘處，千門萬户不知曙。唯聞啞啞城上烏，玉欄金井牽轆轤。丹梁翠柱飛流蘇，香薪桂火炊雕胡。當年翻覆無常定，薄命爲女何必粗。"

曉起樓上

甫有鴉驚樹，披衣洞竹樓〔一〕。平憐萬家夢，猶壓曉雲頭〔二〕。獨醒嗟何益〔三〕，勞生此暫休〔四〕。朝霞如可掬〔五〕，吾願訪丹丘〔六〕。

〔一〕甫有：剛有。　鴉驚樹：聽到樹上有鴉叫聲。　洞：空洞。竹樓多孔隙。

〔二〕平憐：無意地顧憐；平白無故地念及。　萬家夢：謂萬家之夢猶爲曉雲所壓，意指衆人尚在睡夢之中。

〔三〕獨醒：獨自清醒。喻不同流俗。《楚辭·漁父》："屈原曰：'舉世皆濁我獨清，衆人皆醉我獨醒，是以見放。'"杜甫《贈裴南部》詩："獨醒時所疾，群小謗能深。"

〔四〕勞生：《莊子·大宗師》："夫大塊載我以形，勞我以生，佚我以老，息我以死。"後以"勞生"指辛苦勞累的生活。唐張喬《江南別友人》詩："勞生故白頭，頭白未應休。"　此暫休：只有此時能得到片刻的休暇。

〔五〕掬：兩手相合捧物。

〔六〕丹丘：傳説中神仙所居之地。《楚辭·遠游》："仍羽人於丹丘兮，留不死之舊鄉。"

雜　詠

其　一

海客有逐臭〔一〕，夢人或忘妻〔二〕。單慮溺一往，豈伊智不齊〔三〕。蓄積偶違衆〔四〕，群起相訶詆〔五〕。誰知一世事，各各行若迷〔六〕。化人斡真宰，無力能提撕〔七〕。作法笑姬旦，多言小宣尼〔八〕。積窮有難喻，況乃形氣睽〔九〕。惟當託莊誕，俯仰同醯鷄〔一〇〕。

〔一〕逐臭：《吕氏春秋·遇合》："人有大臭者，其親戚兄弟妻妾知識無能與居者，自苦而居海上。海上人有説其臭者，晝夜隨之而弗能去。"曹植《與楊德祖書》:"人各有好尚,蘭茝蓀蕙之芳,衆人所好,而海畔有逐臭之夫。"

〔二〕忘妻:漢劉向《説苑·敬慎》:"魯哀公問孔子曰:'予聞忘之甚者,徙而忘其妻,有諸?'"

〔三〕謂單獨地沉溺於思考一件事,豈是該人的智力不廣。

〔四〕指其積儲的智力,其某一方面的專長,與衆不同。

〔五〕訶詆:詆毀,指責。

〔六〕一世事:一生的事業,一世的事業。二句意謂誰能知道自己應該走怎樣的道路,每個人都在迷惘中摸索着前進。

〔七〕化人:指佛,仙人,聖人。 斡:斡旋,運轉。 真宰:指自然界。提撕:教導,教化。二句意謂聖人的所作所爲,能合乎自然,但没有力量教化衆人。

〔八〕作法:立法,創立制度。 姬旦:即周公。周公姓姬,名旦。 多言:指孔子稱述六經。道家認爲周公立法無用,孔子的言論多餘。 宣尼:孔子。漢平帝元始元年追謚孔子爲褒成宣尼公。

〔九〕積窮:謂長期的知識貧乏。 形氣:形與氣;指身體與精神。睽:睽違,背離。

〔一〇〕莊誕:謂莊子的荒誕言論。 俯仰:俯與仰,兩個對立面。即莊子在《齊物論》中所言"天下莫大於秋毫之末,而太山爲小;莫壽於殤子,而彭祖爲夭"之意。 醯(xī)鷄:即蠛蠓,古人誤以爲是酒醋上的白霉變成的。喻微不足道的事物。此句謂只能依靠莊子的荒誕無稽的理論,把一切都看作微不足道。

其　二

陳平未豹變,乃在委巷居。貧賤不相救,安用長者車〔一〕。恬退匪所甘〔二〕,落拓計益疏〔三〕。藉非時命濟〔四〕,咫尺填溝渠〔五〕。齎志遂没地〔六〕,史筆何勝書〔七〕。誰與負物色，果在風塵初〔八〕。買臣傲妻子，斯理堪殺軀〔九〕。聖論貴素位〔一〇〕，大賢有卷舒〔一一〕。不見張仲蔚，蒿萊深閉廬〔一二〕。

〔一〕陳平：《史記·陳丞相世家》載：平，陽武人，少時家貧，好讀書。……居負郭窮巷，以弊席爲門，然門外多有長者車轍。後事高祖，屢出奇策，封曲逆侯。惠帝時爲左丞相。與周勃共誅諸吕，劉氏賴以復存。　豹變：幼豹長大後，退毛，新長的毛變得疏朗焕散，光澤而有文采。後用以比喻由貧賤而變得顯達。《易·革》："君子豹變，其文蔚也。"　委巷：僻陋曲折的小巷。謂陳平年輕時貧苦，而得不到救助，雖長者常去訪談，又有何用。

〔二〕恬退：淡於名利，安於退讓。　匪：同"非"。

〔三〕疏：疏陋。　計益疏：謂計劃、打算尤爲疏陋淺薄。

〔四〕藉：假使，如果。　時命：命運，運氣。　濟：好。

〔五〕咫尺：形容時間短。宋晁補之《芳儀怨》詞："寧知翻手明朝事，咫尺人生不可期。"　填溝渠：猶填溝壑，謂死。二句謂如果運氣不好，人生短促，不久也就死了。

〔六〕齎志：言持志未遂。　没地：人死後埋葬於地下。指懷恨而死。南朝梁江淹《恨賦》："齎志没地，長懷無已。"

〔七〕何勝書：多得書不勝書。謂歷史上這樣的事情多得寫不完。

〔八〕物色：訪求，尋找，挑選。宋周煇《清波别志》卷上："令臣搜訪詩人，臣已物色得數人。"句意謂當人淪落風塵，未得志之時，有誰去訪求他們呢。

〔九〕買臣：朱買臣。《漢書·朱買臣列傳》："朱買臣，字翁子，吴人也。家貧，好讀書，不治産業。常艾薪樵賣以給食。……妻羞之，求去。買臣笑曰：'我年五十當富貴，今已四十餘矣。女苦日久，待我富貴，報女功。'妻恚怒曰：'如公等終餓死溝中耳，何能富貴？'買臣不能留，即聽去。"二句謂如朱買臣，貧窮時連妻子都看不起他，這樣的事理，真足以置人於死地。

〔一〇〕聖論：聖人的立論。　素位：做事不超越自己所處的職位。《禮記·中庸》："君子素其位而行，不願乎其外。"

〔一一〕大賢：賢人。　卷舒：卷縮與伸展。猶進退，隱顯。漢劉向《列女傳·王章妻女》："君子謂王章妻知卷舒之節。"

〔一二〕張仲蔚：晉皇甫謐《高士傳》："張仲蔚，平陵人。所居蓬蒿没人。不治榮名，時人莫識。"

題酒家壁

一杯凍面破陽春〔一〕，更洗盈襟萬斛塵。入市馬周空骨相〔二〕，登樓孫楚尚精神〔三〕。兒童自笑行歌客〔四〕，徒御兼羞失路人〔五〕。歸覓傳家酒壚去，莫教風笛愴西鄰〔六〕。

〔一〕陽春：指春酒。此句倒裝，應是：一杯陽春破凍面。

〔二〕馬周：見《雜感四首其三》注〔一〕。　骨相：指人的骨骼形態（相士可以從中探測人的命運）。

〔三〕孫楚：晉詩人，字子荆。史稱其才藻卓絶，爽邁不群，多所淩傲，故缺鄉曲之譽。　孫楚樓：古酒樓名，在金陵（今南京）城西。李白《玩月金陵城西孫楚酒樓……》詩："昨晚西城月，青天垂玉鈎。朝沽金陵酒，歌吹孫楚樓。"仲則以馬周、李白喻自己。

〔四〕兒童笑：李白《襄陽歌》："襄陽小兒齊拍手，笑殺山公醉似泥。"　行歌：邊行走邊歌唱，藉以抒發自己的感情或表示自己的意向。《晏子春秋·雜上十二》："梁丘據左操瑟，右挈竽，行歌而出。"

〔五〕徒御：挽車、御馬的人。劉禹錫《和董中庶古散調辭贈尹古縠》："低徊顧徒御，慘色懸雙眉。"　失路人：不得志的人。漢揚雄《解嘲》："當涂者昇青雲，失路者委溝渠。"句謂失路之人見徒御亦有愧色。

〔六〕傳家酒壚：謂黄公酒壚，見《思舊篇》注〔二七〕。仲則亦姓黄，故漫指其爲先世祖傳之酒壚。風笛愴西鄰：見《思舊篇》注〔二〇〕。

冬日憶城東諸子〔一〕

紅日當窗放白鷴〔二〕，鄉心猶是阻關山。浮雲忽作江淮別〔三〕，客淚孤懸梁楚間〔四〕。狂客羊裘初在御〔五〕，縣人牛酒暫開顔〔六〕。東城舊有消寒會〔七〕，幾輩依然共往還〔八〕。

〔一〕城東：見《清明步城東有懷邵二仲游》注〔一〕。

〔二〕白鷴：又稱銀雉，背部及兩翼白色，故名。南朝宋謝惠連《雪賦》："皓鶴奪鮮，白鷴失素。"句謂紅日當窗，照映在雪地上，呈現出一片雪白的景色。

〔三〕江淮：泛指長江與淮河之間的地區。　浮雲别：韋應物《淮喜會梁川故人》詩："浮雲一别後，流水十年間。"

〔四〕梁楚：梁指河南省開封市東南一帶；楚指湖北省。仲則指自己這幾年來在江淮梁楚各地漫游。

〔五〕羊裘：羊毛皮做的衣服。羊裘狂客：典出《後漢書·逸民傳·嚴光》：東漢嚴光，字子陵，會稽餘姚人。少有高名，與光武同游學。光武即帝位，子陵變姓名隱居不仕，披羊裘釣於澤中。司徒侯霸與光爲舊識，遣使奉書請光。光不回書，口授曰："懷仁輔義天下悦，阿諛順旨要領絶。"霸奏帝，帝笑曰："狂奴故態也。"　在御：爲人之御。李益《登天壇夜見海》詩："八鸞五鳳紛在御，王母欲上朝元君。"喻自己開始在人手下當幕賓。

〔六〕牛酒：牛和酒，古代用作饋贈、犒勞的物品。《史記·司馬相如列傳》："於是卓王孫、臨卭諸公皆因門下獻牛酒以交歡。"

〔七〕消寒會：舊俗入冬後，親友相聚宴會作樂，謂"消寒會"。

〔八〕幾輩：幾人。

夜　起

詩顛酒渴動逢魔〔一〕，中夜悲心入寤歌〔二〕。尺錦才情還割截〔三〕，死灰心事尚消磨〔四〕。魚鱗雲斷天凝黛〔五〕，蠡殼窗稀月逗梭〔六〕。深夜燭奴相對語，不知流淚是誰多〔七〕。

〔一〕謂對詩和酒的愛好達到非常的程度，往往入魔。

〔二〕中夜：半夜。曹植《美女行》："盛年處空房，中夜起長嘆。"　寤歌：睡不着而唱歌。

〔三〕尺錦：一尺錦緞，喻短。謂自己的才情已短，還要割斷。暗含"江郎才盡"之意。《南史·江淹列傳》："（淹）夜夢一人，自稱張景陽，謂曰：'前以一匹錦相寄，今可見還。淹探懷中，得數尺與之。'此人大恚曰：'那得劘截都盡。'……自爾淹文章躓矣。"

〔四〕死灰：完全熄滅的灰燼。喻消沉、失望的心情。《莊子·齊物論》："形固可使如槁木，而心固可使如死灰乎？"句謂心已如死灰而仍需忍受挫折。

〔五〕魚鱗雲：狀如魚鱗的雲。　斷：盡。　天凝黛：天空成青黑色。

〔六〕蠡殼窗：舊時的一種窗，窗格中鑲嵌蠡殼製成的半透明薄片。　月逗梭：謂月光在稀疏的半透明窗格中像梭子般不停地閃動。

〔七〕燭奴：原爲雕刻成人形的燭臺，後泛指燭臺或蠟燭。杜牧《贈別》

詩:"蠟燭有心還惜别,替人垂淚到天明。"

濠　梁〔一〕

誰道《南華》是僻書〔二〕,眼前遺躅唤停車〔三〕。傳聞莊惠臨流處〔四〕,寂寞濠梁過雨餘〔五〕。夢久已忘身是蝶〔六〕,水清安識我非魚〔七〕。平生學道無堅意,此景依然一起予〔八〕。

〔一〕濠梁:在安徽省鳳陽縣濠水上。　梁:堤堰。

〔二〕《南華》:《南華經》,《莊子》的别稱。　僻書:冷僻的書。《唐詩紀事》卷五十四:"令狐綯曾以舊事訪於温庭筠,對曰:'事出《南華》,非僻書也。或冀相公燮理之暇,時宜覽古。'綯益怒,奏庭筠有才無行,卒不登第。庭筠有詩曰:'固知此恨人多積,悔讀《南華》第二篇。'"

〔三〕遺躅:猶遺迹。明袁宏道《萊陽張廷尉贊》:"汴水之上,有公遺躅。"

〔四〕莊惠:莊子與惠子。惠子名施,曾任梁惠王相。《莊子·秋水》:"莊子與惠子游於濠梁之上。莊子曰:'儵魚出游從容,是魚之樂也。'惠子曰:'子非魚,安知魚之樂?'莊子曰:'子非我,安知我不知魚之樂?'惠子曰:'我非子,固不知子矣。子固非魚也,子之不知魚之樂,全矣。'莊子曰:'……我知之濠上也。'"

〔五〕過雨:大雨。盧綸《同王員外雨後登開元寺……》詩:"過雨開樓看晚紅,白雲相逐水相通。"　過雨餘:大雨後。南朝梁簡文帝《雨後》詩:"雨餘雲稍薄,風收熱復生。"

〔六〕夢蝶:《莊子·齊物論》:"昔者,莊周夢爲胡蝶,栩栩然胡蝶也;自喻適志與,不知周也。俄然覺,則蘧蘧然周也。不知周之夢爲胡蝶與？胡蝶之夢爲周與？”

〔七〕見上注〔四〕。

〔八〕起予：啓發我。《論語·八佾》：“子夏問曰：‘巧笑倩兮，美目盼兮，素以爲絢兮，何謂也？’子曰：‘繪事後素。’曰：‘禮後乎？’子曰：‘起予者商也，始可與言詩已矣。’”

歸心

歸心日夜壓征驂〔一〕，霜雪殘年景不堪〔二〕。多少重山遮不住〔三〕，淮南行盡又江南。

〔一〕征驂：旅客騎的馬。泛指旅人的車馬。王勃《餞韋兵曹》詩：“征驂臨野次，别袂慘江垂。”

〔二〕殘年：一年將盡之時；歲暮。

〔三〕辛棄疾《菩薩蠻·書江西造口壁》詞：“青山遮不住，畢竟東流去。”句謂重山遮不住歸心。

壬辰除夕〔一〕

無多骨肉話依依〔二〕，珍重相看燈燭輝。飲爲病游千里減，瘦因吟過萬山歸。老親白髮欣簪勝〔三〕，稚子紅爐笑作圍。屏却百憂成一喜，去年孤淚此時揮〔四〕。

〔一〕壬辰：乾隆三十七年(1772)。

〔二〕無多骨肉：仲則家中僅有老母、妻子及兒女數人。
〔三〕簪：用長針把飾物固定在頭髮上。　勝：古代婦女首飾，後世多以剪綵爲之，亦稱華勝，多於節日戴之。
〔四〕揮：灑落。謂過去獨自客居時積下的淚水，此時傾瀉而出。

【輯評】

嚴迪昌《論黄仲則》："全係眼前事，心中情，以白描勾勒出之。讀來却酸辛味濃。"

乾隆三十八年(1773),仲則二十五歲,春初由家中重返安徽學使署,隨朱筠學史按部至廬州、泗州。閏三月至全椒。入夏,因與同事者議不合,徑離使院去徽州,訪鄭虎文。後又折赴杭州,暢游西湖諸勝。入秋,由杭州重至新安。入冬,仍取道新安江返杭,由杭州歸家。三十九年(1774),春,在家。其間曾重游宜興氿里,並去過揚州。七月,偕洪亮吉赴江寧鄉試。十月,去常熟謁邵叔宀先生墓。游琴川諸勝。又至江寧謁見袁枚,在袁枚家中度歲。

偶題齋壁

天留隙地位方牀〔一〕,竹作比鄰草護牆。四壁更無貧可逐〔二〕,一身久與病相忘〔三〕。生疏字愧村翁問〔四〕,富有書憐市儈藏〔五〕。漸喜跏趺添定性〔六〕,大千起滅滿空光〔七〕。

〔一〕位:使佔據某一位置;放置。

〔二〕逐貧:驅逐貧窮。漢揚雄有《逐貧賦》。陸游《自儆》詩:"細思只有窮居好,寄語玄翁莫逐貧。" 謂早已貧得很徹底,貧得不能再貧。

〔三〕相忘:熟得忘却有彼此之分。意謂病久了,已不把它當一回事了。

〔四〕問字:《漢書·揚雄傳》載,揚雄多識古文奇字,劉棻曾向他學奇字。後泛指向人請教。陸游《小園》詩:"客因問字來携酒,僧趁分題就賦詩。"

〔五〕謂可惜大量圖書都藏在市儈家中。

〔六〕跏趺:結跏趺坐的省稱。佛教修禪者的坐法,兩足交叉置於左右股上。據説這樣可以減少雜念,集中思想。 定性:没有妄想的禪定力。

〔七〕大千:大千世界的省稱。佛教指廣闊無邊的世界。 空光:佛光。 滿空光:謂佛光普照。

舟夜寄别左杏莊〔一〕

水聲到枕今何時,醉中别君心自知。扁舟夢斷五更冷〔二〕,風雪無邊助凄警〔三〕。傾耳微聞折竹聲〔四〕,推篷已失飛鴻影。别時梅花飛滿觴〔五〕,坐君花下之草堂。相看都怪語言少,一夕離居已斷腸。歸夢今宵路猶憶,明日相思在江北。牛渚風濤百丈深〔六〕,歷陽煙樹千重黑〔七〕。差喜百年交道真〔八〕,不須零落苦嫌身。更將愁水愁風意〔九〕,寄爾高歌擊筑人〔一〇〕。

〔一〕原注:時别家一日也。　左杏莊:見《冬夜左二招飲》注〔一〕。

〔二〕夢斷:猶夢醒。李白《憶秦娥》詞:"簫聲咽,秦娥夢斷秦樓月。"

〔三〕凄警:凄哀警策。

〔四〕折竹聲:竹枝被大雪壓斷的聲音。唐杜荀鶴《雪》詩:"江湖不見飛禽影,巖谷惟聞折竹聲。"

〔五〕别時:離别前仲則曾在左家飲酒,並作長詩《人日艤舟亭探梅過飲左雲在齋頭》記其事。

〔六〕牛渚:見《十八夜復宴》注〔四〕。

〔七〕歷陽:古縣名,治所在今安徽省和縣。

〔八〕差喜:略可喜悦。　交道:交友之道。駱賓王《詠懷》詩:"少年識事淺,不知交道難。"

〔九〕愁水愁風:李白《長干行二首》其二:"那作商人婦,愁水又愁風。"

〔一〇〕筑:古代的一種絃樂器,似箏,以竹尺擊之。聲音悲壯。　擊筑人:高漸離。喻慷慨悲歌之士。《史記·刺客列傳·荆軻》:"至易水之上,既祖,取道。高漸離擊筑,荆軻和而歌,爲變徵之聲。士皆垂淚涕泣。"

悲　來　行

我聞墨子泣練絲,爲其可黄可以黑。又聞楊朱泣歧路，爲其可南可以北〔一〕。嗟哉古人真用心〔二〕，此意不復傳於今。今人七情失所託〔三〕，哀且未成何論樂。窮途日暮皆倒行〔四〕，更達漏盡鐘鳴聲〔五〕。浮雲上天雨墮地，一升一沈何足計。周環六夢羅預間〔六〕，有我無非可悲事。悲來舉目皆行屍〔七〕，安得古人相抱持〔八〕。天空海闊數行淚，灑向人間總不知。

〔一〕《墨子·所染》："墨子見染絲者而嘆曰：'染於蒼則蒼，染於黄則黄。所入者變，其色亦變。'"《淮南子·説林訓》："楊子見逵路而哭之，爲其可以南，可以北。墨子見練絲而泣之，爲其可以黄，可以黑。"李白《古風五十九首》其五十九："惻惻泣路岐，哀哀悲素絲。路岐有南北，素絲易變移。萬事固如此，人生無定期。"

〔二〕用心：使用心力；思索，思考。《論語·陽貨》："飽食終日，無所用心，難矣哉。"

〔三〕七情：人的七種心情或感情，一般指喜、怒、哀、懼、愛、惡、欲。

〔四〕窮途日暮：喻已經到了無法可救的末日。《史記·伍子胥列傳》："吾日暮途遠，吾故倒行而逆施之。"侯方域《癸未去金陵日與阮光禄書》："君子少知禮義，何至甘心作賊！萬一有焉，此必日暮途窮，倒行而逆施。"

〔五〕漏盡鐘鳴：晝漏盡，晚鐘鳴，已到晚上。喻衰殘暮年。《三國志·魏志·田豫傳》："年過七十而以居位，譬猶鐘鳴漏盡而夜行不休，是罪人也。"

〔六〕六夢：古代把夢分爲六類，根據日月星辰以占其吉凶。《周禮·春官·占夢》："以日月星辰占夢之吉凶。一曰正夢，二曰噩夢，三曰思夢，四曰寤夢，五曰善夢，六曰懼夢。" 周環：周轉循環。羅預：佛教語，指時間單位。《僧祇律》云："二十彈指名一羅預，二十羅預名一須臾，一日一夜有三十須臾。"

〔七〕行屍：指徒具行骸、雖生猶死的人。歐陽修《辭宣徽使判太原札子》:"殊不知臣心志已衰,精神已耗,雖未伏枕,實一行屍。"

〔八〕抱持:抱住,表示互相支撑、支持。《古今小説·羊角哀舍命全交》:"角哀抱持(左伯桃)大哭曰:'我二人死生同處,安可分離。'"

横江春詞〔一〕

其一

門外晴洲香草香,浣紗生小愛春陽〔二〕。柳絲幾尺花千片,蕩得春江爾許長〔三〕。

〔一〕横江:見《偕容甫登絳雪亭》注〔二〇〕。

〔二〕浣紗:浣紗女。

〔三〕爾許:如許,如此。

其二

不羡成都濯錦新〔一〕,鴨頭一色皺魚鱗〔二〕。逢人都道風波惡〔三〕,如此横江思煞人。

〔一〕濯錦:成都城内的浣花溪,又名濯錦江,由於在此處漂洗的織錦特别華美而得名。王維《送王尊師歸蜀中拜掃》詩:"大羅天上神仙客,濯錦江頭花柳春。"

〔二〕鴨頭:鴨頭緑,多形容水色。蘇軾《送别》詩:"鴨頭春水濃如染,水面桃花弄春臉。"清納蘭性德《踏莎行》詞:"春水鴨頭,春山鸚嘴。" 皺魚鱗:形容水面細碎的波紋如魚鱗。

〔三〕風波惡:李白《横江詞六首》其一:"人道横江好,儂道横江惡。一風三日吹倒山,白浪高於瓦官閣。”其二:“横江欲渡風波惡,一水牽愁萬里長。”

其　三

家住横江古渡頭〔一〕,年年江上望歸舟。郎若歸時今日好,常時那見水平流。

〔一〕古渡頭:《方輿勝覽》:“牛渚山在太平州當塗縣北三十里。山下有磯,古津渡也。與和州横江渡相對。”

對月感懷

對酒欣相共〔一〕,鈎簾不放遮〔二〕。低徊問清影〔三〕,辛苦照誰家。秋士霜前草〔四〕,春人鏡裏花〔五〕。看來俱有盡,終古一長嗟〔六〕。

〔一〕相共:指與月相共。
〔二〕放:讓。謂把門窗的簾子鈎住,不讓它遮住月光。
〔三〕低徊:徘徊。　清影:清朗的光影,謂月。宋張先《相思兒令》:“猶有月嬋娟,似人人、難近如天。願教清影長相見,更乞取長圓。”
〔四〕秋士:遲暮不遇之士。《淮南子·繆稱訓》:“春女思,秋士悲,而知物化矣。”
〔五〕春人:懷春的女子。明楊慎《扶南曲》之一:“春人辭曲房,羅綺雜花香。”

〔六〕謂霜前之草與鏡裏之花都不會長久,千古以來,都是如此,令人長嘆。

山閣曉起

一榻重嵐裏〔一〕,酣眠即道心〔二〕。澗幽琴響枕〔三〕,雲厚絮添衾〔四〕。不識夜長短,那知山古今。來宵塵驛夢,何處更相尋?

〔一〕重嵐:山林中濃重的煙霧。
〔二〕道心:悟道之心,謂領悟道家清浄無爲的道理。
〔三〕句謂枕上聽到清幽的澗水聲如聞琴聲。
〔四〕句謂濃雲堆積,如被子添加了棉絮。

偕稚存望洪澤湖有感〔一〕

濤聲入耳心所向,與君同家楚江上〔二〕。比年渴走塵埃間,見此洪流亦神王〔三〕。湖寬一面青嶂開,立久萬仞高寒來〔四〕。水風吹衣日落去,石氣蕩魄雲飄回。遠天黯慘湖變色,雁飛不度鳴何哀。沈淪九鼎自太古〔五〕,蒼茫那見蠙珠吐〔六〕。浪静似響鮫人機〔七〕,風便欲遞馮夷鼓〔八〕。此時倒影動樓閣,咫尺已畏風雷作。前驅青兕淮神過〔九〕,長波砯巖大魚躍〔一〇〕。得觀如此將毋歸,回頭半湖森雨脚〔一一〕。大陸浮沈且未休,吾儕身世將安託〔一二〕!歌聲如哭何處歌,沿山半州純浸波。庚辰奚仲不在世,嗚呼奈汝歌者何〔一三〕!

〔一〕洪澤湖:在江蘇省洪澤縣西部。時仲則隨朱筠學使按部至泗州;洪亮吉客太平知府沈業富署中,以四庫開館,在江浙搜采遺書,自當塗至泗州,二人相晤。

〔二〕向:向往。　楚江:楚地的江河。此處指常州的白雲溪,仲則與稚存的家都在白雲溪上。

〔三〕比年:連年,頻年。《漢書·谷永傳》:"比年喪稼,時過無宿麥。"顔師古注:"比,頻也。"　渴走:忍受着口渴之苦奔走。神話傳説:夸父追日,渴欲得飲。赴飲河渭,河渭不足。將北走飲大澤,未至,道渴而死。　神王:謂精神旺盛。白居易《宣州試中正鵠鵠賦》:"必氣盈而神王,寧心讋而力疲。"

〔四〕青嶂:如屏障的青山。唐宋之問《游法華寺》詩:"薄雲界青嶂,皎日騫朱甍。"　萬仞:八尺爲仞,萬仞,表示極高,多指高山。王之渙《涼州詞》:"黄河遠上白雲間,一片孤城萬仞山。"

〔五〕九鼎:相傳夏禹鑄九鼎,象徵九州。夏商周三代奉爲象徵國家政權的傳國之寶。周顯王時,九鼎没於泗水彭城下。　太古:指遠古時代。

〔六〕蠙珠:即蚌珠,珍珠。《書·禹貢》:"淮夷蠙珠暨魚。"歐陽修《藏珠於淵》賦:"雖有淮蠙之産,無得而窺。"　按:"九鼎"、"蠙珠"皆與泗水有關。

〔七〕鮫人:神話傳説中的人魚。晉張華《博物志》卷九:"南海外有鮫人,水居如魚,不廢織績……從水出,寓人家,積日賣絹。"

〔八〕馮夷:傳説中的黄河之神,即河伯。曹植《洛神賦》:"於是屏翳收風,川后静波,馮夷鳴鼓,女媧清歌。"

〔九〕青兕:青兕牛。《楚辭·招魂》:"君王親發兮憚青兕。"　淮神:淮水之神,又稱淮渦神。明陶宗儀《輟耕録·淮渦神》:"《地志》云:

水神在臨淮縣龜山之下……禹獲之,鎖其頸於龜山之足,淮水乃安流注海。"

〔一〇〕砯(pīng):象聲詞,形容水激巖石之聲。《文選》郭璞《江賦》:"砯巖鼓作。"

〔一一〕雨脚:密集落地的雨點。 森:滿布,密集。

〔一二〕大陸浮沈:猶滄海桑田。 吾儕:我輩,我等。 安託:在何處寄託。

〔一三〕庚辰:古代傳説中助禹治水之神。 奚仲:夏代的車正。傳説爲車的創造者。《墨子·非儒》、《荀子·解蔽》並謂"奚仲作車"。二句謂今無庚辰、奚仲,如何能治水患。

過全椒哭凱龍川先生有序〔一〕

戊子鄉試,公同考入闈〔二〕。景仁受知於公,薦而未售〔三〕。庚寅,公再入闈,中疾作,同事諸公皆危之〔四〕。公曰:"此輩辛苦,吾以身殉不惜也。"披閱不輟,竟卒〔五〕。景仁頻年奔走,終未得一展拜,盡弟子之禮。隱隱之中,上負知己。今過所治〔六〕,不覺愴然爲此詩也。

卧龍山勢盤嶙峋〔七〕,驅車欲過車摧輪〔八〕。前途叱御且休發〔九〕,腹痛爲感生平恩〔一〇〕。甘棠到眼盡遺愛,摩挲惻愴傷心魂〔一一〕。生無一面死未哭〔一二〕,此慟不比西州門〔一三〕。三年枉自設虚位〔一四〕,那盡生存感恩誼。此日青山疊疊愁,當年紅燭條條淚〔一五〕。辜負看花住馬心,不才自分甘拋棄〔一六〕。苦爲方干抵死争〔一七〕,誰知争命原無計〔一八〕。此曹心力鎮相憐,反自拋殘辛苦地〔一九〕。兩度戰場餐血腥〔二〇〕，先生手持千佛經〔二一〕。飄然上赴玉樓去，爲道此間多不平〔二二〕。遂令感誦溢吾黨，豈獨賤子緣私情〔二三〕。暴腮點額無所憤〔二四〕，從此江東亦將隱〔二五〕。斥鷃何來負翼風〔二六〕，螬蠐只附傷心本〔二七〕。丹旐多時返故鄉〔二八〕，楚雲燕月兩茫茫〔二九〕。可知德政崇碑下，尚有門生弔夕陽〔三〇〕。

〔一〕全椒：縣名，在安徽省東部滁河上游。　凱龍川：凱音布，字龍川，編入旗籍的漢人。舉人，官全椒知縣。

〔二〕戊子：乾隆三十三年(1768)。　鄉試：科舉時代的考試。清代每三年一次在各省城舉行，中式者稱"舉人"。　入闈：指考試時考生和監考人員進入考場。這一年秋天江寧鄉試，凱龍川爲監考官，仲則爲考生。

〔三〕薦而未售：凱龍川曾向諸考官推薦仲則，結果未能入選。

〔四〕庚寅：乾隆三十五年(1770)。　中疾作：考試期間突然發病。一起監考的幾位考官見他病重，勸他休息。

〔五〕此輩：指考生。　披閱不輟：不停止閱看考生的考卷。

〔六〕過所治：路過凱龍川當過知縣的全椒。

〔七〕卧龍山勢：形容山勢起伏，連綿不斷，狀如卧龍。　嶙峋：形容溝壑山崖重疊幽深。韓愈《送惠師》詩："遂登天臺望，衆壑皆嶙峋。"

〔八〕摧輪：折毁車輪，指道路艱險。北齊劉晝《新論・薦賢》："車折輪則無以行，舟無檝則無以濟。"

〔九〕叱御：命令駕車的車夫或馬夫。

〔一〇〕腹痛：《後漢書・橋玄傳》載：曹操微時，曾得到橋玄賞識，"操常感其知己。及後經過玄墓，輒悽愴致祭。自爲其文曰：'……士死知己，懷此無忘。又承從容約誓之，言徂没之後，路有經由，不以斗酒隻鷄過相沃酹，車過三步，腹痛勿怨。雖臨時戲笑之言，非至親之篤，胡肯爲此辭哉！'"

〔一一〕甘棠：即棠梨。《詩・召南・甘棠》："蔽芾甘棠，勿剪勿敗，召伯所憩。"《史記・燕召公世家》："召公巡行鄉邑，有棠樹，決獄致治其下。自侯伯至庶人，無失職者。召公卒，而民人思召公之政，懷棠樹不敢伐，歌詠之，作《甘棠》之詩。"後遂以"甘棠"稱頌循吏之美政和遺愛。　摩挲：撫摸。　惻愴：哀傷。

〔一二〕生無一面：指活着的時候從未見過面。　死未哭：謂死的時候没有來靈前哭弔。

〔一三〕西州門：見《金陵雜感》注〔七〕。

〔一四〕虚位：位，指牌位，設於死者的棺柩前面。凱龍川去世時，仲則未親臨弔唁，而是另設一位祭弔。

〔一五〕此日句，謂今日來到凱龍川舊治之地而傷懷。當年句，形容當年考試時的艱辛。

〔一六〕看花住馬：孟郊《登科後》詩："春風得意馬蹄疾，一日看盡長安花。"　二句謂辜負了師長期望自己考取進士的心意，自認不才，甘於自暴自棄。

〔一七〕方干：唐詩人。據《全唐詩》所録之小傳：字雄飛，曾得到錢唐太守姚合的賞識。咸通中一舉不第，遂遁會稽，漁於鑑湖。殁後十餘年，宰臣張文蔚奏名儒不第者五人，請賜一官，以慰其魂。干爲其中之一。指凱曾薦舉仲則。

〔一八〕謂無法與命運相争。

〔一九〕此曹：此輩。指考生。　鎮：猶常，長。二句謂凱龍川憐惜考生，反而使自己置身於辛苦勞累的事務中。

〔二〇〕戰場：喻科場，考場。　餐血腥：食肉；殘殺生靈。喻使考生落榜。

〔二一〕千佛經：本爲佛經名，後借指登科名榜。以登科喻成佛。金元好問《送李同年德之歸洛西》詩："千佛名經有幾人，栖遲零落轉情親。"

〔二二〕玉樓：傳説指天帝或神仙所居之處。　赴玉樓：李商隱《李長吉小傳》載，長吉將死，忽晝見一緋衣人云："帝成白玉樓，立召君爲記。”後遂以文人去世爲“召赴玉樓”。四句意謂凱龍川手持考生名册上赴玉樓,向天帝説明人世間的許多不公平事。

〔二三〕吾黨:吾輩,指考生們。　賤子:稱自己。二句謂凱龍川此舉爲全體考生所感激,不像我僅僅是出於私情。

〔二四〕暴腮點額:《後漢書》劉昭注引劉欣期《交趾記》:“有隄防龍門,水深百尋。大魚登此門成龍。不得過,暴腮點額,血流此水,恒如丹池。”後常喻科舉落第的考生。明張居正《送楊孝廉下第歸》詩:“因歌蜀道愁征騎,還向龍門嘆暴腮。”

〔二五〕江東:泛指蕪湖、南京以東的江南一帶,此指作者的家鄉常州。二句謂考試落第也不惱恨,可以在家鄉隱居。

〔二六〕斥鷃:斥,小澤;鷃,鷃雀。　何來:哪裏有。　負翼風:支撑翅膀的風力。《莊子・逍遥游》:有鳥焉,其名爲鵬,摶扶摇羊角而上者九萬里。斥鷃笑之曰:“我騰躍而上,不過數仞而下,翱翔蓬蒿之間,此亦飛之至也。”後以斥鷃喻才小力弱。仲則稱自己無能。

〔二七〕蠐螬:金龜子的幼蟲,居於土中,以植物的根莖爲食。　本:草木的根莖。仲則謂自己只能過貧苦的生活。

〔二八〕丹旐(zhào):祭祀或喪禮中用的銘旌。　多時:很長時間,多年。指凱龍川的棺柩多年前已返葬於故鄉。

〔二九〕楚雲燕月:全椒屬於楚地,凱龍川的故鄉在北方,屬燕地,兩地相隔遼遠。

〔三〇〕德政:凱龍川在全椒的良好吏治。　崇碑:指全椒人民爲紀念凱龍川建立的石碑。　門生:仲則自指。　弔夕陽:在夕陽下弔祭老師。

樓 上 對 月

飄飄白袷當迴風,三五月照高樓空〔一〕。一城露瓦高下白〔二〕,幾處已滅窗燈紅。病怯臨窗倦憑几,苦被鐘聲促人起。樓頭皓魄已天中〔三〕,郭外青山如夢裏〔四〕。濛濛薄霧蒼蒼煙,山意亦如人可憐。一絲清氣共來往,星辰自動高高天。風景依稀似前度〔五〕,此間恍是高寒處〔六〕。夜深誰念朗吟人〔七〕,願化遼東鶴飛去〔八〕。

〔一〕白袷:白色夾衣,舊時爲平民的服裝,多爲無功名的士人所穿。李商隱《春雨》詩:“悵卧新春白袷衣,白門寥落意多違。” 迴風:旋風。 三五:農曆十五。《古詩十九首》其十七:“三五明月滿,四五蟾兔缺。”

〔二〕露瓦:覆蓋着露水的瓦。 高下白:房屋有高有低,都呈現出一片白色。

〔三〕皓魄:明亮的月。宋朱淑貞《中秋玩月》詩:“清輝千里共,皓魄十分圓。” 天中:天的正中,猶中天,當空。

〔四〕郭外:城外。

〔五〕前度:前一次,上一回。劉禹錫《再游玄都觀》詩:“種桃道士歸何處,前度劉郎今又來。”

〔六〕高寒處:指月。句謂恍惚處身於月中。明袁宏道《哭江進之》詩之三:“一笑凌雲去,高寒自少塵。”

〔七〕朗吟人:《晉書·袁宏傳》:“少孤貧,以運祖自業。謝尚時鎮牛渚,秋夜乘月,與左右微服泛江。會宏在舫中諷詠,聲既清會,辭又藻拔。遂駐聽久之。……即迎升舟,與之談論,申旦不寐。自此名譽日茂。”

〔八〕遼東鶴:陶潛《搜神後記》卷一:“丁令威,本遼東人,學道於靈虚山。後化鶴歸遼,集城門華表柱……曰:‘有鳥有鳥丁令威,去家千年今始歸。城郭如故人民非,何不學仙冢壘壘。’遂高上冲天。”

【輯評】

清張維屏《聽松廬文鈔》:“仲則詩諸體皆工,其筆力變化騰拏,不拘一格。……有清空之句,如‘一絲清氣共來往,星辰自動高高天。’”

清延君壽《老生常談·評黄仲則詩》:“《樓上對月》云:‘濛濛薄霧蒼蒼煙,山意亦如人可憐。一絲清氣共來往,星辰自動高高天。’此真能直闖太白堂奥,東坡而後罕有其匹。”

聞龔愛督從河南歸〔一〕

不飲忽忽傾千觴〔二〕,朝聞故人還故鄉。夢魂飛渡京口樹〔三〕,覺來海月煙茫茫。七年南北頻回首〔四〕,别後狂名滿人口。結客都從燕市多〔五〕,愛才肯落平原後〔六〕。昨夜聽鷄函谷來〔七〕,衣裳紫氣猶餘否〔八〕?洛陽縣裏花愁風,銅駝陌頭荆棘叢〔九〕。知君懷古意鬱勃〔一〇〕,乃使黄河一綫盤君胸。緱山唳夜鶴〔一一〕,少室聞清鐘〔一二〕。下視唐陵漢寢竟何物〔一三〕,嗚呼此游真足驕吴儂〔一四〕。我行瓠落無所惜〔一五〕,歲歲年年去鄉國〔一六〕。所愧平生拜母交〔一七〕,阿蒙碌碌常如昔〔一八〕。北海空勞薦禰書〔一九〕,仲宣未是依劉客〔二〇〕。太白樓頭不見君〔二一〕,謝公宅畔苦離群〔二二〕。欲邀紅燭三更話,除借青山一片雲〔二三〕。我輩相望各蒼老,萬事期君致身早〔二四〕。不然痛飲酣青春,坐擁列鼎兼重茵〔二五〕。哀絲激肉寫懷抱〔二六〕,堂前醉倒三千賓〔二七〕。出門大笑忽萬里,莫使醯鷄笑煞人〔二八〕。

〔一〕龔愛督：龔怡，字愛督，號梓樹，武進（常州）人。居宜興氿里，仲則讀書氿里時至友。官布政使經歷。爲龔克一之弟。

〔二〕忽忽：模糊不清；不知不覺地。漢王粲《傷天賦》："晝忽忽其若昏，夜炯炯而至明。" 傾：盡，竭盡。 傾觴：傾杯，謂暢飲。

〔三〕京口：古城名。今江蘇省鎮江市。

〔四〕指龔愛督離鄉已七年。

〔五〕結客：交友。 燕市：見《金陵别邵大仲游》注〔五〕。

〔六〕平原：指平原君趙勝。戰國時趙武靈王之子，因封於平原，故稱平原君，簡稱"平原"。以好客聞名。

〔七〕聽鷄：《史記·孟嘗君列傳》載：秦昭王囚孟嘗君，欲殺之。孟嘗君逃出，夜半至函谷關。"關法鷄鳴而出客，孟嘗君恐追至，客之居下坐者有能爲鷄鳴，而鷄盡鳴，遂發傳出。" 函谷：函谷關。古關爲戰國秦置，在今河南省靈寶縣境。漢元鼎三年移至今河南省新安縣境。

〔八〕紫氣：《關尹内傳》："關令尹喜常登樓望，見東極有紫氣西邁，曰：'應有聖人經過京邑。'乃齋戒。某日果見老君乘青牛車來過。"杜甫《秋興八首》其五："西望瑶池降王母，東來紫氣滿函關。"二句指愛督從河南來。

〔九〕洛陽花：唐宋時洛陽牡丹最盛，故牡丹又名洛陽花。李商隱《漫成三首》詩之一："遠把龍山千里雪，將來擬並洛陽花。" 銅駝陌：即銅駝街，在今河南省洛陽市故洛陽城中，以道旁曾有漢鑄銅駝兩枚相對而得名。劉禹錫《楊柳枝》詞："金谷園中鶯亂飛，銅駝陌上好風吹。" 銅駝荆棘：《晉書·索靖傳》："靖有先識遠量，知天下將亂，指洛陽宫門銅駝嘆曰：'會見汝在荆棘叢中耳。'"

〔一〇〕鬱勃：鬱結壅塞。

〔一一〕緱山：在今河南省偃師縣南。相傳王子晉於緱山乘鶴成仙。

〔一二〕少室：少室山，在河南省登封縣北，東距太室山約十公里。山北麓五乳峰下有少林寺，係佛教禪宗及少林派拳術的發源地。

〔一三〕唐陵漢寢：指漢唐帝王的陵墓。

〔一四〕吴儂：見《觀潮行》注〔九〕。　驕吴儂：在吴人面前驕傲誇耀。

〔一五〕瓠落：潦倒失意貌，猶落拓。明歸有光《祭方御史文》："公孫蠖屈於南宫之下，予亦瓠落於東海之濱。"

〔一六〕歲歲年年：每年。唐劉希夷《代悲白頭翁》詩："年年歲歲花相似，歲歲年年人不同。"　去鄉國：背井離鄉。

〔一七〕拜母交：古代十分厮熟的朋友，結通家之好，可以拜見對方的母親。《三國志・吴志・周瑜傳》："堅子策與瑜同年，獨相友善。瑜推道南大宅以舍策，升堂拜母，有無通共。"仲則謂自己事業無成，愧對好友。

〔一八〕阿蒙：吕蒙。《三國志・吴書・吕蒙傳》裴松之注引《江表傳》：吴名將吕蒙初學識甚差，後篤志就學，學識大進。"後魯肅上代周瑜，過蒙言議，常欲受屈。肅拊蒙背曰：'吾謂大弟但有武略耳。至於今者，學識英博，非復吴下阿蒙。'"後以"吴下阿蒙"指學識淺薄的人。

〔一九〕北海：指後漢孔融。融曾爲北海相。　薦禰：禰，禰衡。《後漢書・文苑列傳・禰衡》："禰衡，字正平，平原般(般縣)人也。少有才辯而尚氣高傲。……孔融亦深愛其才。衡始弱冠，而融年四十，遂與爲交友，上疏薦之。"

〔二〇〕仲宣：後漢文學家王粲字。《三國志・魏書・王粲傳》：王粲，字仲宣，山陽高平人。"年十七，司徒辟，詔除黄門侍郎，以西京擾亂，皆不就。乃之荆州依劉表，表不甚重也"。唐許渾《郊居春日有懷府中諸公並柬王兵曹》詩："花前更謝依劉客，雪後空懷訪戴人。"

〔二一〕太白樓：見《月下登太白樓和思復壁間見懷韻》注〔一〕。

〔二二〕謝公宅：見《當塗旅夜遣懷》注〔七〕。

〔二三〕青山：見《太白墓》注〔一八〕。

〔二四〕致身：指辭去職務。杜甫《乾元中寓居同谷縣作歌七首》其七："長安卿相多少年，富貴應須致身早。"

〔二五〕列鼎：鼎，古代炊器。又爲盛祭牲之器。貴族按爵位而配置鼎器。列鼎,表示陳列的鼎器甚多。　重茵:座椅上鋪雙層的墊褥,表示地位之高。《孔子家語・致思》:"從車百乘,積粟萬鍾,累茵而坐,列鼎而食。"

〔二六〕哀絲:指哀婉的絃樂聲。　激肉:指激越的歌聲。《晉書・孟嘉傳》:"絲不如竹,竹不如肉。"　寫:傾訴。陸游《長歌行》:"哀絲豪竹助劇飲,如鉅野受黄河傾。"

〔二七〕三千賓:形容賓客之多。戰國時期孟嘗君、平原君、春申君、信陵君四公子皆喜養士,門下號稱有食客三千。前蜀貫休《獻錢尚父》詩:"滿堂花醉三千客,一劍霜寒十四州。"

〔二八〕醯鷄:見《雜詠其一》注〔一〇〕。

失　題

我家乃在東海東〔一〕,蜃樓見慣心空空〔二〕。十年弔影深山裏,每顧山猏亦心喜〔三〕。生耶滅耶何足嗔,一嚬一笑誰爲真〔四〕。偉哉造物焉用我,不幻煙雲幻此身〔五〕。

〔一〕東海東:遥遠的東海邊。宋樓鑰《再題行看子》:"不知何時墮鷄林,萬里遠在東海東。"

〔二〕蜃樓:海市蜃樓。光綫經不同密度的空氣層折射,把遠處景物如城市樓閣等顯示到空中或地面、海面上的奇異幻景。古人誤以爲蜃吐氣而成。故稱。常用以比喻虚幻的事物。唐長孫佐輔《楚州鹽壒古牆望海》詩:"水净露蛟室,煙銷凝蜃樓。"

〔三〕弔影:對影自憐。喻孤獨寂寞。白居易《自河南經亂兄弟離散》詩:"弔影分爲千里雁,辭根散作九秋蓬。"　山猏:猿猴狒狒類的動物。《莊子・徐無鬼》:"子不聞夫越之流人乎?去國數日,見所知而喜;去國旬月,見其所嘗見於國中者喜;及期年也,見似人者而喜矣。不亦去人滋久,思人滋深乎!"

〔四〕謂生與滅(死)都一樣,不足以嗔恨。嚬:同"顰"。顰眉與歡笑,何者爲真,何者爲假,也難以辨别。

〔五〕二句謂造物主生我在世,又何必呢!

高淳先大父官廣文處也景仁生於此四歲而孤至七歲始歸今過斯地不覺愴然〔一〕

茫如積世渺疑塵〔二〕,苜蓿荒齋幾度新〔三〕。當日白頭猶哭子〔四〕,而今孤稚漸成人〔五〕。同騐竹馬應無伴〔六〕,反哺林烏尚有親〔七〕。歸去恐傷慈母意,莫將風景話酸辛〔八〕。

〔一〕高淳:縣名,在江蘇省西南部,鄰接安徽省。　先大父:已過世的祖父。仲則祖父名大樂,以歲貢生官高淳縣學訓導。　廣文:《新唐書·鄭虔傳》:"玄宗愛鄭虔才,爲置廣文館,以之爲博士。"後泛指清苦閑散的儒學教官。

〔二〕積世:累世;隔世。

〔三〕苜蓿:一種豆科植物,原産西域各國,可供飼料或作肥料。唐薛令之爲東宫侍講,《自悼》詩:"朝日上團團,照見先生盤。盤中何所有,苜蓿長闌干。"後以爲教官之故實。

〔四〕乾隆十七年(1752),仲則父之掞去世,祖父尚在。

〔五〕孤稚:孤兒。仲則指自己。

〔六〕竹馬:見《冬夜左二招飲》注〔一〇〕。

〔七〕反哺：烏雛長成，銜食反餵其母。後喻報答親恩。
〔八〕風景：謂景況，處景。

富陽〔一〕

曉天曈曈江漠漠，估帆四開估客樂〔二〕。樟亭飲來酒未消，已在富春城下泊〔三〕。潮來直浸城根平〔四〕，城門晝開聞市聲。人居此間亦何好〔五〕，水色山光餐不了。沙頭愁煞捕魚人〔六〕，捕得魚多賣錢少。

〔一〕富陽：縣名，在浙江省杭州市西南富春江沿岸。
〔二〕曈曈：日初出漸明貌。盧綸《臘日觀咸寧王部曲娑勒擒豹歌》："山頭曈曈日將出，山下獵圍照初日。" 估帆四開：指估客的船帆盡量張大，表明船順風行得很快。
〔三〕樟亭：古地名，在今杭州市，爲觀潮勝地。唐鄭谷《題杭州樟亭》詩："漠漠江天外，登臨返照間。潮來無別浦，木落見他山。" 酒未消：酒醉還未全醒。 富春：富春江。 富春城指富陽。
〔四〕城根：猶城脚。
〔五〕亦何好：也没有什麽好處。
〔六〕沙頭：沙灘邊，沙洲邊。北周庾信《春賦》："樹下流杯客，沙頭渡水人。"

過釣臺〔一〕

桐君入我夢，趣我推篷起〔二〕。一鳥啼巖間，雙臺峙雲裏。十載道旁情,惟有狂奴耳〔三〕。更酌十九泉,飽看桐江水〔四〕。

〔一〕釣臺:在浙江省桐廬縣富春江濱。有東、西兩臺。東臺相傳爲東漢嚴子陵隱居垂釣處。西臺爲南宋末文天祥遇害後謝翱哭祭處。

〔二〕桐君:傳説爲黄帝時醫師。曾采藥於浙江省桐廬縣的東山,結廬於桐樹下。人問其姓名,則指桐樹示意。遂被稱爲桐君。　趣:催促。

〔三〕道旁情:指擺脱世務的情懷;隱居。　狂奴:指嚴子陵。據《後漢書·逸民傳·嚴光》:嚴光字子陵。光武帝知司徒侯霸與子陵素舊,遣使奉書邀請子陵,子陵不答。口授拒絶。侯霸把情況奏告光武帝。"帝笑曰:'狂奴故態也。'"

〔四〕十九泉:唐張又新《煎茶水記》載,陸鴻漸(陸羽)品評茶水質量之次第:"桐廬嚴陵灘第十九。"　桐江:錢塘江自建德縣梅城至桐廬段的别稱。宋楊萬里《甲午出知漳州晚發船龍山暮宿桐廬二首》詩之一:"海潮也怯桐江浄,不遣濤頭過富春。"

豐山古梅歌并序

梅爲宋杜先生默手植,先生祠在焉。莓苔蕪没,鮮過問者。乾隆三十七年,安徽督學使者朱笥河先生按部至和州〔一〕,爲作亭,刻石於上。歌以記之。

伊誰植此春風樹〔二〕,花下作歌人姓杜。猿啼鶴唳空山空,身後誰來作花主?先生之歌一世豪,曼卿永叔真君曹〔三〕。先生花癖何所侣〔四〕,魂夢一清都似水。愛花種樹花即家,較比逋仙富孫子〔五〕。十年作尉不救貧〔六〕,四海結交誰更親？獨將光怪不磨氣〔七〕，分半壽得花精神〔八〕。青天鸞嘯去飄忽〔九〕，坐使名花慘淪没〔一〇〕。霜冷飄殘博望鐘，夜深掛住蛾眉月〔一一〕。寂寞苔蘚荒寒煙，閲世經今七百年〔一二〕。傳聞幾年花大放，物色俄驚至天上〔一三〕。風流使者乘傳過〔一四〕，下馬空祠爲惆悵。洗幽刷夜回陽光〔一五〕，戛玉錚金出高唱〔一六〕。緣以亭檻崇之碑〔一七〕，詢之守土僉云宜〔一八〕。重來置酒花墮醆〔一九〕，一片贈與公相思。文人從此出顔色〔二〇〕，幸是相逢有文伯〔二一〕。不見東風昨夜來，古香吹遍江南北〔二二〕。

〔一〕豐山：在安徽和縣城西南二十公里。　杜默(1021—1089)，字師雄，安徽和州(和縣南義鄉豐山杜村)人，詩人。宋神宗九年以特奏名獲進士出身。曾任新淦(今江西新干)縣尉。　按部：巡視部屬。

〔二〕伊誰：誰人。

〔三〕一世豪：一代之豪杰。　曼卿：宋詩人石延年(994—1041)字。永叔：宋文學家歐陽修(1007—1072)字。　曹：輩(指輩分相等的人)。宋石介《三豪詩送杜默師雄》并序："近世作者，石曼卿之詩，歐陽永叔之文辭，杜師雄之歌篇，豪於一代矣。"

〔四〕何所侶：可以與什麽作伴侶。

〔五〕逋仙：見《臘月廿五日飲翁學士寶蘇齋題錢舜舉畫林和靖小像用蘇韻》注〔一〕。　富孫子：以杜默與林逋相比，愛花種樹等各方面皆同，所不同者，林逋不娶妻無子，杜默則多子孫。

〔六〕十年作尉：見上注〔一〕。　不救貧：謂杜默爲縣尉多年，而他自己仍很貧苦。

〔七〕光怪：光彩奇特的氣象。　不磨：不可磨滅。　光怪不磨氣：即指下句中的花精神，花的精氣。

〔八〕分半：一半。句謂杜默之所以能够長壽，一半得之於花的精氣。

〔九〕鸞嘯：見《〈憶昔篇〉和趙味辛注》〔一五〕。句意暗喻杜默去世。

〔一〇〕坐使：致使。孟郊《古薄命妾》詩："不惜十指絃，爲君千萬彈。常恐新聲至，坐使故聲殘。" 淪没：湮没，謂失去名聲，不爲人所知。

〔一一〕博望：博望山，又名東梁山，在安徽當塗縣城西南，與和縣西梁山隔江對峙，合稱天門山。《太平府志》："（東梁山）與和州西梁山夾大江對峙。自江中遠望，色如横黛，修嫵静好，宛宛不巽蛾眉，故又名蛾眉山。"

〔一二〕七百年：自杜默去世至仲則作詩相隔六百八十餘年。泛稱七百年。

〔一三〕大放：盛開。 物色：事物之景象，景色。 天上：指京都。

〔一四〕風流：風流人物，形容杰出不凡、風雅瀟灑的人。 風流使者：指朱筠。 乘傳過：指朱筠按部六州經過和州。

〔一五〕洗幽刷夜：指把破舊之物洗刷一新，恢復舊時光彩。

〔一六〕戛玉錚金：謂使祠堂裏陳列的金玉器皿重新發出清脆悦耳的聲音。

〔一七〕指"爲作亭，刻石於上"。

〔一八〕守土：謂當地的地方官。 僉：皆，都。

〔一九〕醆（zhǎn）：酒杯。 花墮醆：花瓣飄落在酒杯裏。

〔二〇〕出顔色：指寫出美好的詩文。

〔二一〕文伯：文章宗伯，對著名作家的尊稱。唐封演《封氏聞記·巾幞》："開元中，燕公張説當朝文伯。"此指朱筠。

〔二二〕不見：豈不見。

贈袁陶軒〔一〕

近爲五言誰最長，袁氏之子才英蒼〔二〕。是其家居溟海上，沐浴百寶之靈光〔三〕。豈獨論詩意相可〔四〕，母老家貧亦如我。負米還兼負笈游〔五〕，五載重逢話燈火〔六〕。

朗吟時一飄檐花〔七〕,細雨時聞落山果。憐君家世本崔巍〔八〕,廉吏之子今難爲〔九〕。道中西華竟誰識〔一〇〕,座上北海真君師〔一一〕。師門恩重丘山比,青眼高歌望吾子〔一二〕。莫將歌哭向時人,自有名山報知己〔一三〕。不才似我分飄零〔一四〕,敢託微波寄賞音〔一五〕。須知親在兼師在,方識君心即吾心〔一六〕。

〔一〕袁陶軒:袁鈞(1751—1805),字秉國,另字陶軒,浙江鄞縣人。乾隆拔貢,嘉慶元年(1796)舉人。工詩及古文辭。

〔二〕袁氏之子:指袁陶軒。時陶軒才二十二歲,仲則二十五歲。 英蒼:有才氣而老練。

〔三〕溟海:大海。句謂陶軒所以才氣英發,是由於得到大海中百寶靈光的熏陶。

〔四〕相可:互相認同。

〔五〕負米:指外出謀取薪俸以奉養父母。 負笈:背着書箱到外地求學。

〔六〕五載重逢:乾隆三十四年(1769)春,仲則二十一歲時曾去嘉興拜謁鄭虎文。陶軒是鄭虎文學生,仲則當時已與陶軒見過面。這一次(乾隆三十八年夏),仲則與同事者議不合,徑出使院,去徽州從鄭虎文游,又與陶軒見面並贈詩,相隔已四年餘,泛稱五載。

〔七〕檐花:飄落在屋檐下的花。杜甫《醉時歌》:"消夜沉沉動春酌,燈前細雨檐花落。"

〔八〕家世:家族的世系。 崔巍:山勢高大雄偉。引伸爲家世顯赫。東漢袁安,汝南汝陽(故城在今河南商水縣西北)人,歷任太僕、司徒。其子孫世代爲貴官。汝南袁氏爲東漢有名的世家大族。

〔九〕意謂作爲清廉官員之子,家無積産,如今過着貧苦的生活。

〔一〇〕西華:南朝梁文學家任昉之子。《南史·任昉傳》載:昉好交結,衣冠貴游莫不與之交好。曾任新安太守,爲官清廉。昉去世後,家貧。有子東里、西華、南容、北叟,"兄弟流離,不能自振。生平舊交,莫有收恤。西華冬月著葛帔練裙,道逢平原劉孝標,泫然矜之,謂曰:'我當爲卿作計。'乃著《廣絶交論》以譏其舊交。"

〔一一〕北海:謂孔融,融曾任北海相。喻鄭虎文(誠齋)。原注:時偕從鄭誠齋先生游。

〔一二〕杜甫《短歌行贈王郎司直》詩:"青眼高歌望吾子,眼中之人吾老矣。" 吾子:稱對方,表示尊敬。指袁陶軒。

〔一三〕句謂當有名山可以隱居。 知己:知心友人。指袁陶軒。

〔一四〕不才:無才能之人,常用以謙稱自己。 分:本分,合該。

〔一五〕敢:謙詞,表示冒昧。 微波:微弱的水波。 賞音:知音。寄賞音:表示欣賞你的才華。

〔一六〕謂二人的景況相同,既有老母在家,需要奉養,又有老師鄭誠齋在座,需要奉侍,所以二人心中的思慮也是相同的。

贈别沈子孟〔一〕

其一

秋氣漸摇落〔二〕,吾徒合放歌〔三〕。但看君意得,始覺我言多。曲以無絃韻〔四〕,顔常不醉酡〔五〕。自知聞道淺〔六〕,慰我欲如何?

〔一〕沈子孟:《先友爵里名字考》中僅列姓名,無詳細介紹。

〔二〕秋氣:指秋天的凄清肅殺之氣。《吕氏春秋·義賞》:"春氣生,則草木長;秋氣至,則草木落。"宋玉《九辯》:"悲哉,秋之爲氣也,蕭瑟兮,草木摇落而變衰。"

〔三〕合:應該,應當;適宜。白居易《與元九書》:"每讀書史,多求道理。

始知文章合爲時而著,歌詩合爲事而作。" 放歌:放聲歌唱。清曹寅《游仙》詩之二十:"青溪煙水復煙夢,來往青溪得放歌。"

〔四〕無絃:南朝梁蕭統《陶靖節傳》:"淵明不解音律,而蓄無絃琴一張。每酒適,輒撫弄以寄其意。" 韻:有韻味。

〔五〕酡:飲酒臉紅。《楚辭·招魂》:"美人既醉,朱顔酡些。"

〔六〕聞道:領會某種道理。《論語·里仁》:"朝聞道,夕死可矣。"韓愈《師説》:"聞道有先後,術業有專攻。"

其　二

款款芳樽合〔一〕,迢迢蘭夜長〔二〕。無端成感激,此意在微茫。鶴送三更唳,蟾懸萬里光〔三〕。相思與江水,明日下錢塘〔四〕。

〔一〕款款:徐緩貌。杜甫《曲江二首》其二:"穿花蛺蝶深深見,點水蜻蜓款款飛。" 芳樽:精緻的酒杯。亦指美酒。

〔二〕蘭夜:指七夕。農曆七月,古稱蘭月,故又稱七月七日之夜爲蘭夜。南朝梁謝朓《七夕賦》:"嗟蘭夜之難永,泣會促而怨長。"

〔三〕蟾:蟾蜍,謂月。

〔四〕錢塘:錢塘江。

水　碓〔一〕

更笑桔槔拙,無心白轉環〔二〕。水因灘愈急,人與碓俱閑〔三〕。獨火明遥夜〔四〕,疏聲徹四山〔五〕。誰知傾聽者,愁鬢欲成斑〔六〕。

〔一〕水碓(duì):利用水力舂米的工具。

〔二〕桔槔(gāo):一種汲水工具,在支座上置一横木,一端用繩掛一水桶,另一端繫重物,使兩端上下運動以汲水。此即指水碓,在桔槔一端繫碓石,另一端置於流水中,利用水力運動使碓石一起一落,以舂穀物。 笑:不需要舂物時,桔槔還在不自覺地空轉,絲毫不起作用,笨拙得可笑。

〔三〕由於灘上與灘下有落差,所以水流更急。而人與碓都閑着,無事可做。

〔四〕在長夜裏亮着孤獨的守夜人的燈火。

〔五〕稀疏的水碓聲傳向四周的山峰。

〔六〕傾聽者:仲則指自己。因"人與碓俱閑"而感到懷才而不得其用,時光蹉跎,鬢髮也漸漸變得花白了。

吴山夜眺〔一〕

高閣倚清虚〔二〕,深宵縱目初。月浮江郭動〔三〕,星傍海門疏〔四〕。淚已乾羊祜〔五〕,情當死伯輿〔六〕。如何淩絶頂,難絜化人裾〔七〕。

〔一〕吴山:又名胥山,俗稱城隍山,在杭州西湖東南。

〔二〕清虚:指天空。句謂高閣憑空矗立。

〔三〕江郭:瀕江的城郭。句指城郭好像在月光照映的水波中浮動。

〔四〕海門:海口,河流入海處。宋吴琚《酹江月·觀潮應制》詞:"晚來波静,海門飛上明月。" 疏:稀少。

〔五〕羊祜:字叔子,晉泰山南城人。任襄陽太守,有政績。《晉書·羊祜傳》:"(祜去世後)襄陽百姓於峴山祜平生游憩之所建碑立廟,歲時饗祭焉。望其碑者,莫不流涕。"

〔六〕伯輿:晉王廞,字伯輿,琅玡人。《世説新語·任誕》:"王長史登茅山,大慟哭曰:'琅玡王伯輿,終當爲情死。'"按:此二典故連用,意謂:淚已乾,情未了。舊地重來,思念已故友人。參閱《思舊篇并序》。

〔七〕淩絶頂:到達山頂。杜甫《望岳》詩:"會當淩絶頂,一覽衆山小。"挈:執。　化人:仙人。句謂但願能遇見仙人,隨從而去。

山館夜作

其一

步虚聲寂散群真〔一〕,夜色平鋪不動塵〔二〕。雲影自來還自去,最高山閣未眠人。

〔一〕步虚聲:指道士唱經禮讚之聲。南朝宋劉敬叔《異苑》:"陳思王游山,忽聞空裏誦經聲,清遠遒亮。解音者則而寫之,爲神仙聲。道士傚之,作步虚聲。"　唐許渾《記夢》詩:"曉入瑶臺露氣清,天風吹下步虚聲。"唐張籍《送吴鍊師歸王屋》詩:"却到瑶壇上頭宿,應聞空裏步虚聲。"　群真:群仙。指一群道士。　散:謂道士們夜課念經結束各自回寢室。

〔二〕不動塵:不揚起塵土。形容幽闃平静的一片夜色。

其二

城郭人民别想勞,看來身世總秋毫〔一〕。此時萬户應同夢,上有白煙低復高〔二〕。

〔一〕城郭人民：見《樓上對月》注〔八〕。二句謂世人忙於作各種打算，然而人的一生，畢竟没有什麽價值。

〔二〕意謂"衆人皆醉我獨醒"也無意思，不如任其自然。

其　三

長夜山窗面面開，江湖前後思悠哉〔一〕。當窗試與然高燭，要看魚龍啖影來〔二〕。

〔一〕謂自己在社會上經歷了一段時間之後，對人世間的紛争擾攘已經看透，心境趨於泰然淡定。

〔二〕試與：表示非特地；隨便。　然："燃"的古字。　魚龍：指魚類等水族。　啖：吞食。指魚的嘴一張一合，像在吞食水中的影子。　高燭：蘇軾《海棠》詩："只恐夜深花睡去，故燒高燭照紅妝。"二句表示自己悠閑的心態。

游漪園暮歸湖上〔一〕

名園負郭水爲鄰〔二〕，水上垂楊繫馬頻〔三〕。尋遍舊蹤疑隔世〔四〕，畫來秋色借全身〔五〕。池臺入暝難留客，魚鳥能愁不近人〔六〕。若説西湖似西子，此時意態只宜顰〔七〕。

〔一〕漪園：在浙江杭州西湖畔雷峰夕照山麓，東南面臨西湖，南與浄慈寺爲鄰。明本爲白雲庵，歲久覆圮。清雍正間郡人汪獻珍重加葺治，易名慈雲。乾隆帝曾來游覽，御題"漪園"二字爲額。

〔二〕負郭：靠近城郭。

〔三〕垂楊繫馬：表示曾來過某地。仲則曾多次到杭州西湖游覽。辛棄疾《念奴嬌·書東流村壁》："曲岸持觴，垂楊繫馬，此地曾輕別。"

〔四〕隔世：相隔一個世代。句謂看到景物依稀，彷彿前身來過此間。

〔五〕全身：保全生命或名節。《詩·王風·君子陽陽》序："君子遭亂，相招爲禄仕。全身遠害而已。"或謂汪獻珍葺治廢園，使其景色宜人，只是全身之法。由於清初爲鎮壓尚存反清思想的遺民及士子，大興文字獄。汪氏此舉表明自己没有政治圖謀，只想營造一個清净安適的處所，供自己避世隱居而已。

〔六〕能：如許，這樣。張繼《馮翊西樓》詩："北風吹雁聲能苦，遠客辭家月再圓。"

〔七〕西湖似西子：蘇軾《飲湖上初晴後雨》詩："欲把西湖比西子，淡妝濃抹總相宜。" 此時句：暮歸之時，池臺入暝，故曰"宜顰"。

過賈秋壑集芳園故址〔一〕

風月平章賜第年〔二〕，一山樓閣半湖船。若論相業慚何地，便有仙居借自天〔三〕。遼海幾時歸别鶴〔四〕，洛陽空復愴啼鵑〔五〕。半閑後樂俱荒址〔六〕，滿路秋蟲咽暮煙。

〔一〕賈秋壑：即賈似道(1213—1275)，字師憲，台州(今浙江臨海)人。南宋理宗賈貴妃之弟。官左丞相兼樞密使。開慶元年(1259)，元兵侵犯鄂州(今湖北武昌)。賈領兵相救，私向蒙古忽必烈乞和，答應稱臣納幣。元兵退後，詐稱大勝。此後專政多年。度宗時(1265—1274)權勢更盛，封太師，平章軍國重事。貪殘荒淫，誤國殃民。後元軍攻破襄陽，沿江東下。宋軍屢敗。賈被革職，貶循州，死於途中。 集芳園：故址在今杭州西湖葛嶺上，是宋理宗賜給賈似道的别墅。

〔二〕平章：古代官名。宋朝有平章軍國重事的官職，專以位置年高或望重的大臣，位在宰相之上。賈似道曾被封此職位。　賜第：謂集芳園爲宋理宗所賜。　風月：指賈似道在園内尋歡作樂，縱情聲色。清葉申薌《本事詞》："張淑芳，西湖樵家女也。理宗選宫嬪時，以色美爲賈似道所匿，寵之專房。時有譏之者云：'山上樓臺湖上船，平章醉後懶朝天。羽書莫報襄樊急，新得蛾眉正妙年。'"

〔三〕上句謂賈似道身居相位，就功業而論，應羞愧得無地自容。下句謂他所以能有如此華美的居所乃是由於皇帝的眷寵。

〔四〕遼海：指遼東。見《樓上對月》注〔八〕。

〔五〕啼鵑：宋邵伯温《邵氏聞見録》："先君治平間與客散步天津橋上，聞杜鵑聲，慘然不樂，曰：'洛陽無杜鵑，今始至，有所主。'客曰：'何也？'先君曰：'不二年，上用南士爲相，多引南人，專務變更，天下自此多事矣。天下將亂，地氣自南而北，禽鳥得氣之先者也。'"二句指人世變化，滄海桑田，多次改朝换代，徒然令人悲慨。

〔六〕半閑後樂：半閑堂、後樂園，均爲集芳園中居室之名。

問　水　亭〔一〕

其　一

薄暮高城破鏡飛〔二〕，滿湖誰解愛清輝。多情岸上人家火，賺得酒人無數歸〔三〕。

〔一〕問水亭：在杭州涌金門外柳州亭旁。

〔二〕破鏡：喻殘月，《玉臺新詠·古絶句》："藁砧今何在？山上復有山。何當大刀頭？破鏡飛上天。"

〔三〕謂無人愛好湖上清光,只知向岸上酒家飲酒作樂。

其　二

剩有狂奴占寂寥〔一〕,煙中舟子自相招〔二〕。放舟今夜誰邊宿?只向水香多處摇〔三〕。

〔一〕狂奴:狂放不羈的人。指自己。句謂只有自己獨自一人賞月。
〔二〕舟子:船夫。
〔三〕水香:指水中花草,或喻女色。水香多處:指湖邊的歌樓舞榭。

湖樓夜起

漁舠歌舫寂無蹤〔一〕,夢醒湖雲第幾重〔二〕。卷幔水風能破醉,鉤簾斜月似窺儂〔三〕。暗中草氣兼秋氣,煙外山容似病容。若爲幽人伴遥夜,一僧樓上自鳴鐘〔四〕。

〔一〕漁舠:漁夫的小船。　歌舫:歌女的船。　寂無蹤:謂湖面上已没有這些船了。白居易《琵琶行》:"東船西舫悄無言,惟見江心秋月白。"
〔二〕謂湖上濃雲密佈。
〔三〕卷幔:卷起窗帷。　鉤簾:鉤住竹簾。　儂:我。
〔四〕幽人:幽隱的人。仲則指自己。　鳴鐘:敲鐘。二句謂一僧人在樓上敲鐘,似乎在爲我作伴度過這長夜。

湖上雜感

其　一

遠山如夢霧如痴〔一〕,湖面風來酒面吹〔二〕。不見故人聞舊曲,水西樓下立多時〔三〕。

〔一〕遠山如夢:形容山色迷濛。　霧如痴:謂濃霧未散。
〔二〕酒面:飲酒後微微發熱的面容。宋梅堯臣《牡丹》詩:"時結游朋去尋玩,香吹酒面紅生波。"
〔三〕水西樓:在杭州西湖畔。

其　二

冰寒成陣怯衣單〔一〕,落拓愁懷遣倍難。薄負才情合憔悴〔二〕,可憐閑煞好闌干〔三〕。

〔一〕成陣:一陣一陣不絶的,形容多。寒成陣:十分冷。
〔二〕薄負:略有,稍有。　合:理應。
〔三〕謂由於心中抑鬱而不想憑闌遠眺。

鳳山南宋故内〔一〕

廢苑年年長緑蕪〔二〕,小朝廷此忍須臾〔三〕。久將去路歸滄海〔四〕,尚可勾人是聖湖〔五〕。家法請成援《越絶》〔六〕,心傳行樂擬《吴趨》〔七〕。是曾閲得興亡處〔八〕,錯認江山作霸圖〔九〕。

〔一〕鳳山:鳳凰山的簡稱。在杭州市東南面,北近西湖。南宋皇城建於此。　故内:以前皇朝的皇宫。

〔二〕緑蕪:青緑色的雜草。

〔三〕小朝廷:因南宋偏安於南方,屈服於金、元,故稱之爲小朝廷。　忍須臾:忍辱片時。南宋(1127—1279)僅存在152年,與漢唐相比,時間甚短。

〔四〕南宋東南部的浙江、福建、廣東都靠海,再往南退,已無去路。最後,廣東的崖山被攻破,丞相陸秀夫負帝昺投海死。

〔五〕勾人:留住人,使人留戀不舍。　聖湖:明聖河的簡稱,即今杭州西湖。明田汝成《西湖游覽志》:"漢時,金牛見湖中,人言明聖之瑞,遂稱明聖湖……以其負郭而西也,故稱西湖云。"白居易《春題湖上》詩:"未能抛得杭州去,一半勾留是此湖。"

〔六〕家法:師法,作爲學習榜樣的法則。　請成:請和,求和。　援:援引。　《越絶》:指《越絶書》。《越絶書》中記載春秋時吴越兩國争霸的歷史。越王勾踐爲吴國所敗,表示臣服,後來卧薪嘗膽,終於消滅吴國。此句謂南宋向金邦屈辱求和,是援引《越絶書》所載的歷史作爲學習的榜樣。

〔七〕《吴趨》:《吴趨曲》的簡稱,此指吴地的歌曲。晉陸機《吴趨行》:"四座並請聽,聽我歌《吴趨》。"謂南宋君臣心中只思享受歌舞樂趣。

〔八〕是:此。句謂此處曾經歷過興亡。

〔九〕謂把這裏美麗的湖山當作發奮圖强、謀取霸業之地是錯誤的。

葛嶺暮歸〔一〕

湖岸煙塵過雨清,繁絲促管悄無聲〔二〕。水風蕭白鷗群散,山日荒黄我獨行〔三〕。破寺陰陰飄柿葉〔四〕,晚汀漠漠謝蘭英〔五〕。尋吟自愛幽涼地,反覺悲秋氣漸平。

〔一〕葛嶺:在浙江杭州西湖北岸,傳爲東晉道家、醫學家葛洪鍊丹處,故名。

〔二〕繁絲促管:各種各樣的樂器。絲指琴瑟等絃樂器,管指簫笛等管樂器。　悄無聲:傍晚,游船都回去了,湖上寂静無聲。

〔三〕水風蕭白:蕭,指風聲蕭蕭;白,指水中蒿艾類的白色植物。　山日荒黄:荒,指山上的樹木枯萎;黄,指日色昏黄。

〔四〕陰陰:陰暗。

〔五〕漠漠:廣闊而寂静。李白《菩薩蠻》詞:"平林漠漠煙如織,寒山一帶傷心碧。"　蘭英:蘭花的花朵。

新安灘〔一〕

一灘復一灘,一灘高十丈。三百六十灘〔二〕,新安在天上〔三〕。

〔一〕新安灘:泛指新安江上的灘。新安江,錢塘江支流,源出皖南休寧、祁門兩縣境,東南流到浙江省建德縣注入錢塘江。

〔二〕三百六十灘:强調灘多。

〔三〕新安：古郡名，即今安徽歙縣。

稚存從新安歸而余方自武陵來新安相失於道作此寄之

來鴻去燕江干路〔一〕，露宿風飛各朝暮。多時相失萬重雲，忽又相逢不相顧。吁嗟我輩有底忙，悵好年華此愁度〔二〕。君飲新安水，我客錢塘城〔三〕。風巖水穴每獨逞〔四〕，此間但恨無君行。君下嚴陵灘〔五〕，我上富春郭〔六〕。日日看山不見君，咫尺煙波已成錯〔七〕。卸裝孤館開君書〔八〕，知君去纔三日餘。君行盡是我行處，一路見我題詩無？吳山越水兩迎送〔九〕，今夜追君惟有夢。

〔一〕來鴻去燕：鴻雁和燕子都是候鳥，或春來秋去，或春去秋來，故用以喻行蹤漂泊不定的人。　江干：江邊。

〔二〕有底：有什麽，有甚。韓愈《曲江春游寄白舍人》詩："曲江水滿花千樹，有底忙時不肯來。"　悵：怨望，失意。感到惆悵。

〔三〕錢塘城：指杭州。

〔四〕風巖：謂山。　水穴：謂洞。　風巖水穴：指山水風景游覽名勝。　逞（wǎng）：同"往"，去。

〔五〕嚴陵灘：在浙江桐廬縣南富春江上，是東漢嚴子陵隱居處。北魏酈道元《水經注》："自桐廬至於潛，凡十有六灘。第二是嚴陵灘。"

〔六〕富春郭：指富陽縣。

〔七〕成錯：鑄成大錯。造成重大錯誤。

〔八〕孤館：孤寂的客舍。秦觀《踏莎行》詞："可堪孤館閉春寒，杜鵑聲裏斜陽暮。"

〔九〕吴山越水：指錢塘江兩岸的山水。林逋《長相思》詞："吴山青，越山青，兩岸青山相送迎，誰知離别情。"

雜題鄭素亭畫册(三首選二)〔一〕

其　一

月黯沈雲多〔二〕，山深夜泉長。忽斷疏鐘撞，誰敲石門響〔三〕？

〔一〕鄭素亭：《先友爵里名字考》中僅列姓名，無詳細介紹。

〔二〕沈雲：陰雲，濃雲。

〔三〕賈島《題李凝幽居》："鳥宿池邊樹，僧敲月下門。"

其　三

倦掩窗前卷〔一〕，閑揮膝上桐〔二〕。斜陽留幾許，雁背不成紅〔三〕。

〔一〕卷：書卷。

〔二〕桐：琴多用梧桐木製造，故以"桐"代稱"琴"，如"桐絲"謂"琴絃"，"桐音"謂"琴聲"。　揮：指彈古琴。李白《聽蜀僧濬彈琴》詩："爲我一揮手，如聽萬壑松。"

〔三〕雁背紅：周邦彦《玉樓春》詞："煙中列岫青無數，雁背夕陽紅欲暮。"

響山潭〔一〕

一舟摇醉眠,夢醒艫聲響。洞窗見長崖,峭立森如掌〔二〕。頽光影澄流〔三〕,凝碧隨滉瀁〔四〕。人言響山潭,呼之應成兩。三呼而三應,高下隨所餉〔五〕。大聲既隆隆,小語亦朗朗。昔詫石鏡奇〔六〕,鬚眉了能仿〔七〕。兹能效無形〔八〕,乃真絶言想〔九〕。喧寂人籟兼,鳴叩道心長〔一〇〕。逌然發鸞吟,韻與連山往〔一一〕。十年走塵中,高唱無人賞。得此爲同聲,苦心殊未枉〔一二〕。

〔一〕響山潭:又名響潭。響山在安徽宣城,距城二里,又名小赤壁,危磯突兀,下瞰響潭。

〔二〕森:高聳,峙立。

〔三〕頽光:剩下的光暉,餘光。李白《短歌行》:"富貴非所願,爲人駐頽光。" 影:照映。 澄流:清澄的水。

〔四〕凝碧:碧緑的水。 滉瀁:晃動。

〔五〕高下:指聲音或高或低。 餉:餵食;給予。

〔六〕石鏡:石鏡山。浙江杭州臨安、安徽懷寧、江西廬山都有石鏡山,山中有巨石如鏡,能照見人影。

〔七〕了能:完全能够。

〔八〕兹:此。指響山潭。 無形:指没有形態的聲音。

〔九〕絶言想:謂非言語和想像所能表明。

〔一〇〕喧寂:指聲音的或高或低。 人籟:泛指人發出的各種聲音。 鳴叩:引發。 道心:謂悟道之心。

〔一一〕逌(yóu)然:閑適貌,自得貌。《列子·力命》:"終身逌然,不知榮辱之在彼也,在我也。" 鸞吟:猶鸞嘯。口中發出嘯聲,以抒發胸中的逸氣。 連山往：謂自己的嘯聲與潭中回應的響聲沿着山一起傳送出去。

〔一二〕同聲：同聲相應，喻志趣相同者互相呼應。謂自己十年來奔走風塵，無人賞識，如今得到此潭的相應，也可以感到安慰了。

練 江 舟 中〔一〕

青山萬疊江一綫，一葉扁舟下如箭〔二〕。船頭高坐披裘人〔三〕，終日看山如不見。問君胡爲不見山，山過倏忽迷茫間。崖連但若障迎面〔四〕，峽轉忽如天霽顔〔五〕。嶺上行雲半晴濕，晴雲俄追濕雲及。雨來只送山氣腥，雨過頓助灘聲急。星光漸大日已曛〔六〕，摇舟泊入千鷗群。磯頭石作琳碧燦〔七〕，水底沙皆蝌蚪文〔八〕。十年塵夢怏冰釋〔九〕，中夜臨風展瑶席。大魚聽曲來昂昂〔一〇〕，獨鶴掠舟飛拍拍〔一一〕。夢醒遠柝聞五更，茫茫露下空江平。舟人醉眠時囈語，百呼不應天將明。

〔一〕練江：即練溪，安徽歙縣的揚之水。或指新安江。仲則在徽州從鄭虎文游，不久，即乘舟由新安江赴杭州，在杭州稍作逗留，返家度歲。練江，形容江水清澄，取謝朓詩“澄江静如練”之義。

〔二〕形容舟行速度極快。

〔三〕披裘人：指嚴子陵。借喻仲則自己。

〔四〕謂崖壁連在一起，像屏幛似的遮在面前。

〔五〕天霽顔：天色轉晴。

〔六〕曛：傍晚日色昏黄。

〔七〕琳碧：玉石。

〔八〕蝌蚪文：一種古文字體，筆畫多頭大尾小，形如蝌蚪，故名。
〔九〕冰釋：像冰一樣融化消失。
〔一〇〕大魚聽曲：《荀子·勸學》："昔者瓠巴鼓瑟而沈魚出聽。" 昂昂：神態自若。
〔一一〕掠舟：在船旁邊輕輕擦過。蘇軾《後赤壁賦》："適有孤鶴，横江東來，翅如車輪，玄裳縞衣，戛然長鳴，掠予舟而西也。"

冬日過西湖

其一

寂寞樓臺鏁凍雲〔一〕，閑蹤惟我最殷勤。西湖與爾堅相約〔二〕，一過錢塘一訪君。

〔一〕凍雲：嚴冬的陰雲。 鏁：同"鎖"，關閉，封閉。
〔二〕爾：你。指西湖。句謂：西湖，我與你相約。

其二

湖上群山對酒尊〔一〕，無山無我舊吟魂〔二〕。不須剪紙招魂去，留伴梅花夜月痕〔三〕。

〔一〕酒尊：尊，古盛酒器，後泛指酒杯。
〔二〕謂所有的山上都有我舊時的吟魂。
〔三〕剪紙招魂：舊俗，把紙剪成錢狀，懸旐以招魂。杜甫《彭衙行》："暖湯濯我足，剪紙招我魂。"二句意謂不須剪紙去招我舊時留在山上的吟魂，讓它仍舊留在那裏，與梅花和夜月作伴。

冬日克一過訪和贈〔一〕

其　一

每經契闊想生平〔二〕,四海論交有少卿〔三〕。似我漸成心木石〔四〕,如君猶是氣幽并〔五〕。那愁白璧投無地〔六〕,多恐黄金鑄未精〔七〕。别後酒狂渾不減〔八〕,月斜舞影共參横〔九〕。

〔一〕克一:龔協,字克一,武進人,居宜興。乾隆三十九年(1774)舉人。官司務。爲龔梓樹之兄。

〔二〕契闊:久别。宋梅堯臣《淮南遇楚材上人》詩:"契闊十五年,尚謂卧巖庵。"

〔三〕四海:指全國。《史記·高祖本紀》:"大王起微細,誅暴逆,平定四海。"　論交:結交,交朋友。　少卿:漢任安,字少卿。司馬遷《報任少卿書》:"太史公牛馬走司馬遷再拜言少卿足下。"信中向任少卿傾訴自己因李陵案而屈受宫刑的悲憤。仲則詩中以少卿喻克一。

〔四〕木石:比喻無知覺、無感情之物。南朝宋鮑照《擬行路難》詩之四:"心非木石豈無感,吞聲躑躅不敢言。"

〔五〕幽并:幽州和并州的並稱,指今河北、山西北部和内蒙古一帶,其地多尚豪俠之氣。《金史·文藝列傳下·元好問》:"五言高古沈鬱,七言樂府不用古題,特出新意,歌謡慷慨,挾幽并之氣。"

〔六〕白璧:玉璧。見《遇伍三》注〔三〕。

〔七〕黄金鑄:《吴越春秋·勾踐伐吴外傳》:"越王乃使良工鑄金,像范蠡之形,置之座側,朝夕論政。"二句意謂克一有真才實學,却無人賞識,恐難以像范蠡那樣功成名就。

〔八〕酒狂：縱酒使氣。白居易《閑出覓春戲贈諸郎官》詩："迎春日日添詩思，送老時時放酒狂。"仲則稱自己。

〔九〕參横：參星横斜。指夜深。曹植《善哉行》："月没參横，北斗闌干。"

其　二

不愧狂名十載聞，天涯作達儘輸君〔一〕。移栽洛下花千種〔二〕，醉倒揚州月二分〔三〕。翻笑古人都寂寂，任他餘子自紛紛〔四〕。樽前各有飛揚意，促節高歌半入雲〔五〕。

〔一〕作達：見《冬夜左二招飲》注〔一二〕。

〔二〕洛下：指洛陽城。蘇軾《次韻劉景文周次元寒食同游西湖》詩："山西老將詩無敵，洛下書生語更妍。"　花：專指牡丹花。歐陽修《洛陽牡丹記・花品叙》："至牡丹則不名，直曰花。其意謂天下真花獨牡丹，其名之著，不假曰牡丹而可知也。"　千種：謂品種之多。蘇轍《司馬君實端明獨樂園》詩："公今歸去事農圃，亦種洛陽千本花。"

〔三〕揚州月：唐徐凝《憶揚州》詩："天下三分明月夜，二分無賴是揚州。"

〔四〕李白《將進酒》詩："古來聖賢皆寂寞，唯有飲者留其名。"　紛紛：忙亂。王安石《尹村道中》詩："自憐許國終無用，何事紛紛客此身。"

〔五〕飛揚：放縱，不拘謹。　促節：短促的音節，急促的節奏。晉陸機《擬東城一何高》詩："長歌赴促節，哀響逐高徽。"明王世貞《藝苑卮言》卷一："(七言歌行)一入促節，則凄風急雨，窈冥變幻。"　半入雲：形容聲音之高。杜甫《贈花卿》詩："錦城絲管日紛紛，半入江風半入雲。"

其　三

知君興盡欲回舟〔一〕,日暮天寒不可留。百歲去時何鼎鼎〔二〕,半生行道苦悠悠〔三〕。青山未買玄暉宅〔四〕,江水能言洗馬愁〔五〕。前路酒徒相問訊,故人久已敝貂裘〔六〕。

〔一〕興盡回舟:《世説新語·任誕》:"王子猷居山陰,夜大雪……忽憶戴安道。時戴在剡,即便夜乘小舟就之,經宿方至,造門不前而返。人問其故。王曰:'吾本乘興而行,興盡而返,何必見戴。'"

〔二〕鼎鼎:怠緩、懶散貌,引伸爲歲月蹉跎。陶潛《飲酒》詩之三:"鼎鼎百年内,持此欲何成。"

〔三〕行道:實踐自己的主張或所學。《孝經·開宗明義》:"立身行道,揚名於後世。"　苦:甚,太。　悠悠:遥遠。

〔四〕玄暉宅:南齊謝朓,字玄暉。謝朓有宅在采石青山南麓,後舍宅爲寺。句意謂仲則仰慕李白,有意欲買玄暉之宅在青山隱居,惜不能如願。

〔五〕洗馬愁:東晉衛玠,曾官太子洗馬。《世説新語·言語》:"衛洗馬初欲渡江,形神慘悴,語左右曰:'見此茫茫,不覺百端交集。苟未免有情,亦復誰能遣此。'"

〔六〕前路酒徒:原注:謂令弟梓樹。　故人:仲則指自己。　敝貂裘:《戰國策·秦策》:"(蘇秦)説秦王,書十上而説不行。黑貂之裘敝,黄金百斤盡。"形容潦倒落魄。

癸巳除夕偶成〔一〕

其　一

千家笑語漏遲遲〔二〕,憂患潛從物外知〔三〕。悄立市橋人不識,一星如月看多時。

〔一〕癸巳:乾隆三十八年(1771)。
〔二〕漏:古代計時器,即漏壺。　漏遲遲:時間已晚。
〔三〕謂從事物的表面現象已能看出其中潛伏着憂患的因素。

【輯評】

清洪亮吉《北江詩話》:"黄二尹景仁詩'悄立市橋人不識,一星如月看多時',豪語也。"

嚴迪昌《論黄仲則》:"'千家笑語漏遲遲,憂患潛從物外知。悄立市橋人不識,一星如月看多時。'詩不僅如常見的寫愁詩那樣抒述了人皆'笑語'我獨愁苦,而尤爲警動的是從第二句中透發了這時間和空間上正無所不在、無時不在地裹脅着繞纏着心靈的'憂患'是怎樣的苦澀'潛從物外',豈能排解? 後二句以不寫寫之,不言悵惘而已悵惘莫名。"

錢璱之《淺談兩當軒詩的社會意義》:"'憂患潛從物外知'……透過所謂'乾隆盛世'看到了不僅是個人的,而且是整個社會的'憂患',反映了封建末世的一種没落感與危機感。"

其二

年年此夕費吟呻,兒女燈前竊笑頻。汝輩何知吾自悔,枉抛心力作詩人〔一〕。

〔一〕温庭筠《蔡中郎墳》詩:"今日愛才非昔日,莫抛心力作詞人。"

别稚存

莫因失路氣如灰〔一〕,醉爾飄零濁酒杯〔二〕。此去風塵宜拭目〔三〕,如今湖海合生才〔四〕。一身未遇庸非福〔五〕,半世能狂亦可哀〔六〕。我剩壯心圖五岳,早完婚嫁待君來〔七〕。

〔一〕失路:迷失道路。引伸爲在事業發展上遭到挫折。《漢書·揚雄傳》:"當塗者昇青雲,失路者委溝壑。" 氣如灰:指心情沮喪,消沉。元無名氏《舉案齊眉》第三折:"雖然是運不齊,他可也志不灰。"

〔二〕濁酒:用糯米、黄米釀製的酒,較混濁。杜甫《登高》詩:"艱難苦恨繁霜鬢,潦倒新停濁酒杯。"

〔三〕拭目:擦亮眼睛。拭目以待,表示關注事情的發展。

〔四〕合:應;適宜於。 生才:産生英才。

〔五〕庸非:豈非。

〔六〕能狂:能過狂放的生活。

〔七〕圖:圖謀,打算。《莊子·逍遥游》:"而後乃今將圖南。"《集解》:"謀向南行。" 圖五岳:打算去五岳游歷。 五岳,我國五大名山,東岳泰山,南岳衡山,西岳華山,北岳恒山,中岳嵩山。《後漢書·逸民列傳·向長》"向長字子平,隱居不仕。男女婚嫁既畢",於是遂肆意與同好北海禽慶俱游五岳名山,竟不知所終。

春　燕

其　一

畫梁仍在故巢傾〔一〕,誰遣依人又此行〔二〕。日暮庭空不飛去,閑花於我舊關情〔三〕。

〔一〕燕子築巢於人家的梁上,秋去春來,梁雖仍在而舊巢已傾覆。

〔二〕對重來感到後悔。

〔三〕謂所以日暮庭空而尚不立即飛去,因舊時庭中的閑花尚能勾起我的舊情。説明人情之薄,薄於閑花。

其二

誰與高樓伴苦辛,重來非復昔時春。只言世上多關盼〔一〕,初念何曾薄待人〔二〕。

〔一〕關盼:見《歸燕曲》注〔一七〕。

〔二〕謂初時情好,後來變得淡薄。

其三

王謝烏衣衆所誇〔一〕,託身未肯戀繁華。誰知覆雨翻雲恨〔二〕,轉在尋常百姓家〔三〕。

〔一〕王謝烏衣:見《歸燕曲》注〔四〕及注〔一五〕。東晉時,王謝等望族居於南京秦淮河南的烏衣巷。

〔二〕覆雨翻雲:喻世事變幻莫測,反覆無常。

〔三〕劉禹錫《烏衣巷》詩:"舊時王謝堂前燕,飛入尋常百姓家。"

其四

迢迢故國去來休〔一〕,莫爲無情特地愁。見慣蜃樓渾不訝〔二〕,我家原在海東頭〔三〕。

〔一〕迢迢：形容遥遠。　休：助詞，猶耳，罷。元趙孟頫《後庭花》曲：“亂雲愁。滿頭風雨，戴荷葉歸去休。”

〔二〕蜃樓：海市蜃樓。多指虚幻誇誕的事物。見《失題》注〔二〕。

〔三〕海東頭：東面近海的地方。　按《春燕》四章，或有本事，借春燕爲喻。乾隆三十八年秋，仲則與同事者議不合，徑出使院，去徽州從鄭虎文游，然後歸家度歲。次年早春，仍去朱筠學政署中。同事者因其當時負氣而去，如今不請自來，待之極爲冷淡。仲則對此行有悔意。加上朱筠學政任期已滿，即將離去調任他職，此時忙於工作，無暇顧及幕僚間之糾紛，故仲則只得黯然歸去。（此事《年譜》無記載，僅據詩意理解。）

廣陵雜詩（三首選一）

其三

不作揚州夢，時因載酒過〔一〕。但聞花嘆息〔二〕，似有鬼清歌〔三〕。城郭黄流近，樓臺暮氣多〔四〕。討春無限好〔五〕，其奈晚秋何！

〔一〕廣陵：今江蘇揚州。　揚州夢：杜牧《遣懷》詩：“落魄江湖載酒行，楚腰纖細掌中輕。十年一覺揚州夢，贏得青樓薄倖名。”指在歌臺舞榭尋歡作樂。　載酒：帶着酒（出去游歷或做其他事）。

〔二〕謂此行只是偶爾經過，不是去尋歡作樂。故曰花嘆息。

〔三〕鬼清歌：李賀《秋來》詩：“秋墳鬼唱鮑家詩，恨血千年土中碧。”句謂仿佛能聽到六朝人吟唱詩句。

〔四〕黄流：黄河之水混濁，故稱黄流。泛稱有洪水的河流。韓愈《感二鳥賦》：“過潼關而坐息，窺黄流之奔猛。”揚州靠近邗江。

〔五〕討春：春游。

和錢百泉雜感〔一〕

其一

先生執拂談經處〔二〕，坐覺涼秋六月生〔三〕。多少聚囂門外客，一聲鐘後更無聲〔四〕。

〔一〕錢百泉：錢世錫(1733—1795)，字慈伯，號百泉，秀水(今浙江嘉興)人。乾隆四十三年(1778)進士，授檢討。

〔二〕執拂：手裏拿着拂塵。

〔三〕涼秋六月生：六月生涼，六月裏像秋天一樣涼爽。與"如坐春風"相仿，比喻與品德高尚而有學識的人相處並受其熏陶。

〔四〕謂先生開講後，門外聚聽的人寂静無聲。

其二

沸天歌吹古蕪城〔一〕，淮海波濤自不平〔二〕。手指秋雲向君説，可憐薄不似人情〔三〕。

〔一〕沸天：形容聲音極度喧騰。　歌吹：歌聲和簫笛聲。　南朝宋鮑照《蕪城賦》："廛閈撲地，歌吹沸天。"杜牧《題揚州禪智寺》詩："誰知竹西路，歌吹是揚州。"　蕪城：即揚州。見《十四夜京口舟次送張大歸揚州》注〔五〕。

〔二〕淮海：指淮河。

〔三〕可憐：可惜。韓愈《贈崔立文評事》詩："可憐無益費精神，有似黄金擲虚牝。"指秋雲厚而無用。

其　三

臣本高陽舊酒徒〔一〕,未曾酣醉起烏烏〔二〕。禰生漫罵奚生傲〔三〕,此輩於今未可無。

〔一〕高陽:古鄉名,在今河南杞縣西南。　高陽酒徒:《史記·酈生陸賈列傳》:"初,沛公引兵過陳留,酈生(酈食其)踵軍門上謁……使者出謝曰:'沛公敬謝先生,方以天下爲事,未暇見儒人也。'酈生瞋目案劍叱使者曰:'走,復入言沛公,吾高陽酒徒也,非儒人也。'"後用以指嗜酒而放蕩不羈的人。

〔二〕烏烏:歌呼聲。《漢書·楊惲傳》:"酒後耳熱,仰天拊缶,而呼烏烏。"

〔三〕禰生:禰衡。見《山寺偶題》注〔三〕。禰曾擊鼓罵曹操。　奚生:嵇康。《晉書·嵇康傳》:"字叔夜,譙國銍人也。其先姓奚,會稽上虞人,以避怨徙焉。銍有嵇山,家於其側,因而命氏。"嵇康在《與山巨源絶交書》中稱自己"又縱逸來久,情意傲散"。

飢　　烏

啞啞啼烏翅倒垂〔一〕,託身偏擇最高枝〔二〕。向人不是輕開口,爲有區區反哺私〔三〕。

〔一〕啞啞:象聲詞,禽鳥鳴聲。李白《烏夜啼》詩:"黄雲城邊烏欲栖,歸飛啞啞枝上啼。"　翅倒垂:烏翅倒垂則不能高飛。

〔二〕託身：寄身。　最高枝：喻高職位，高官。喻自己不能自立，偏又在高官那裏仰事他人。

〔三〕區區：表示自己微不足道的謙詞，如區區此心，區區之意。　反哺：烏雛長成，銜食餵養其母。後比喻報答親恩。二句謂自己乞求於人，只是爲了要奉養母親，不得已耳。

重九後十日醉中次錢企盧韻贈別〔一〕

其　一

摩挲蠹簡爇心香〔二〕，痴絶吾師顧長康〔三〕。詎擬高飛凌俊鶻〔四〕，只吟苦調鬥寒螿〔五〕。長松骨節摧和嶠〔六〕，衰柳腰肢瘦沈郎〔七〕。摇落不堪重録別〔八〕，秋風初束舍人裝〔九〕。

〔一〕錢企盧：錢近，又名夢雲，字企盧，又字霞叔，武進人。貢生。

〔二〕摩挲：撫摸。　蠹簡：被蠹蟲蛀壞的竹簡，指破舊的書籍。　爇(ruò)心香：佛教語，謂心中虔誠，如供佛之焚香。

〔三〕顧長康：東晉畫家顧愷之，字長康。《晉書·文苑列傳·顧愷之》："俗傳愷之有三絶，才絶、畫絶、痴絶。"

〔四〕詎擬：豈擬，不擬。　俊鶻(hú)：矯健之鶻，比喻杰出之人。元稹《兔絲》詩："俊鶻度海食，應龍昇天行。"

〔五〕寒螿：寒蟬，深秋的鳴蟲。元薩都剌《滿江紅·金陵懷古》詞："玉樹歌殘秋露冷，胭脂井壞寒螿泣。"

〔六〕和嶠：《晉書·和嶠傳》："和嶠，字長輿……累遷潁川太守，爲政清簡，甚得百姓歡心。太傅從事中郎庾顗見而嘆曰：'嶠森森如千丈松，雖磥砢多節目，施之大厦，有棟梁之用。'"

〔七〕沈郎：南朝梁詩人沈約。《梁書·沈約傳》載：沈約與徐勉素善，遂以書陳情於勉，言己老病，“百日數旬，革帶常應移孔。以手握臂，率計月小半分。以此推算，豈能支久。”

〔八〕摇落：凋殘零落。宋玉《九辯》：“悲哉，秋之爲氣也，蕭瑟兮草木摇落而變衰。”清曹寅《和程令彰十八夜飲南樓》詩之一：“客心摇落傍孤笳，步屧隨時向酒家。” 録别：指作詩記録分别時的心情。

〔九〕束裝：收拾行裝。 舍人：對屬於文書、書記之類的官員的稱呼，此處指錢企盧。

其　二

痛飲狂歌負半生，讀書擊劍兩無成。風塵久已輕詞客〔一〕，意氣猶堪張酒兵〔二〕。霜滿街頭狂拓戟，月寒花底醉調箏〔三〕。誰能了得我儕事〔四〕，莫羡悠悠世上名。

〔一〕風塵：指世間，社會上。

〔二〕酒兵：《南史·陳暄傳》：“故江諮議有言：‘酒猶兵也，兵可千日而不用，不可一日而不備，酒可千日而不飲，不可一飲而不醉。’後因謂酒爲酒兵。”唐唐彦謙《無題》詩：“憶别悠悠歲月長，酒兵無計敵愁腸。”意謂身爲詞客，雖久爲人所輕視，然而意氣並不消沉，尚能痛飲狂歌。

〔三〕拓戟：舉起戟。杜甫《醉爲馬墜諸公携酒相看》詩：“甫也諸侯老賓客，罷酒酣歌拓金戟。” 調箏：彈箏。元張翥《周昉按樂圖》詩：“後來知是調箏手，窈窕傍聽曾誤否。”霜街拓戟、花底調箏，説明文士在世間的不同境遇和處世方式，與上句的讀書擊劍相呼應。

〔四〕我儕：我輩。 了事：明白事理。

其　三

肯容疏放即吾師〔一〕，花月文章皓首期〔二〕。那覓酒能千日醉〔三〕，不愁音少一人知〔四〕。身名已分同飄瓦〔五〕，涕淚何曾滿漏卮〔六〕。幸有故人相慰藉，瀕行抛得是相思〔七〕。

〔一〕容：容納。　疏放：疏狂放縱。　即吾師：就是我學習的榜樣。

〔二〕謂可以一起看花賞月、吟詩論文，直到年老。

〔三〕千日酒：古代傳説，中山人狄希能造千日酒，飲後醉千日。晉張華《博物志》："昔劉玄石於中山酒家酤酒，酒家與千日酒，忘言其節度。歸至家當醉，而家人不知，以爲死也，權葬之。酒家計千日滿，乃憶玄石前來酤酒，醉向醒耳。往視之，云玄石亡來三年，已葬。於是開棺，醉始醒。"宋王中《干戈》詩："安得中山千日酒，酩然直到太平時。"

〔四〕知音：《文心雕龍·知音》："音實難知，知實難逢。逢其知音，千載其一乎！"南唐李中《吉水縣依韻酬華松秀才見寄》詩："詩情冷淡知音少，獨喜江皋得見君。"《三國志·吴志·虞翻傳》裴松之注引《虞翻别傳》："生無可與語，死以青蠅爲弔客，使天下一人知己者，足以不恨。"

〔五〕分(fèn)：意料，料想。　飄瓦：墜落的瓦片。《莊子·達生》："雖有忮心者，不怨飄瓦。"比喻不可預測、飄忽不定的事物。明高瑞南《新水令·悼内》套曲："人生大夢如飄瓦，早不覺兩鬢青霜夢裏華。"

〔六〕漏卮：底部有裂縫的酒器。《淮南子·氾論訓》："今夫溜水足以溢壺榼，而江河不能實漏卮。"二句意謂自料功名無望，痛哭流涕無濟於事。

〔七〕抛得：留下。句謂臨行時還留下相思之情。

其　四

無端被酒復沾襟〔一〕，秋氣偏傷壯士心〔二〕。幾見拖腸真有鼠〔三〕，誰於焦尾更名琴〔四〕？經霜路草難承屐，冒雨籬花不滿簪〔五〕。同記尊前蕭瑟意，舊游魂夢好追尋。

〔一〕無端：無緣無故。　被酒：帶醉，酒醉。　沾襟：淚水沾濕衣襟。白居易《慈烏夜啼》詩："夜夜夜半啼，聞者爲沾襟。"

〔二〕秋氣：見《贈别沈子孟其一》注〔二〕。

〔三〕拖腸鼠：南朝宋劉敬叔《異苑》卷三："昔仙人唐昉拔宅昇天，鷄犬皆去。唯鼠墜下，不死，而腸出數寸。三年易之。俗呼爲唐鼠。城固川中有之。"後以"拖腸鼠"喻依然故我、不能有所作爲的人。清錢謙益《張藐姑太僕許餉名酒疊前韻奉簡》詩："郎當自笑拖腸鼠，角逐閑看食葉蠶。"

〔四〕焦尾琴：《後漢書·蔡邕傳》："吴人有燒桐以炊者，邕聞火烈之聲，知其良木，因請而裁爲琴。果有美音，而其尾猶焦。故時人名曰'焦尾琴'矣。"二句意謂自己並非真是自暴自棄不知進取，奈何無人賞識。

〔五〕屐：木屐。　籬花：指菊花。陶潛《飲酒》詩之五："采菊東籬下，悠然見南山。"後遂稱菊花爲籬花。清曹寅《寄姜綺季客江右》詩："九日籬花猶寂寞，六朝粉本漸模糊。"二句以路草籬花喻落第考生的悽慘景况。

展叔亣先生墓〔一〕

其　一

龍蛇往歲訝崩奔〔二〕，宿草傷心滿墓門〔三〕。弟子下車惟有慟,先生高卧竟何言。隻鷄久負平生約〔四〕,一劍空懷國士恩〔五〕。令子成名君不見〔六〕,此時悲喜總難論。

〔一〕叔宀: 見《檢邵叔宀先生遺札》注〔一〕。

〔二〕龍蛇往歲: 龍指辰年,蛇指巳年,古代迷信認爲是凶歲。謂當年正值龍蛇凶歲。　崩奔: 水流冲激堤岸而奔涌。喻噩耗。

〔三〕宿草: 隔年的草。《禮記·檀弓上》:"朋友之墓,有宿草而不哭焉。"後多用爲悼亡之辭。陶潛《悲從弟仲德》詩:"流塵集虚坐,宿草旅前庭。"亦借指人已死多時。清宋犖《吴漢槎歸自塞外作歌以贈》:"歸來兩公已宿草,惟君懷抱猶豪雄。"

〔四〕隻鷄: 見《過全椒哭凱龍川先生》注〔一〇〕,參見《思舊篇》注〔一三〕。

〔五〕一劍: 指以一人一劍之力來報答。　國士: 一國之内最特出的人物;能對國家作出重大貢獻的人。《戰國策·趙策一》:"智伯以國士遇臣,臣故國士報之。"

〔六〕令子成名: 原注: 嗣君培德今年舉於鄉。

其　二

傳經舊地黯凝塵〔一〕,七載飄零寄此身〔二〕。入世日還深一日〔三〕,愛才人總遜前人。山丘涕淚關存殁〔四〕,衣鉢文章共苦辛〔五〕。後死亦知終未免,願分抔土作比鄰〔六〕。

〔一〕傳經舊地: 指乾隆三十二年邵叔宀任主講的武進龍城書院。

〔二〕七載飄零: 指自乾隆三十二年至今日(乾隆三十九年)前來謁墓,相隔已七年之久。自己在此七年中到處漂泊。

〔三〕入世: 置身於社會,操持世務。句謂日益爲世務所拘。

〔四〕山丘：指墳墓。曹植《箜篌引》："生存華屋處，零落歸山丘。"

〔五〕衣鉢：佛教僧尼的袈裟和飯盂。佛家以此作爲師徒傳授的法器。引伸爲師傳的思想、學問和技能。

〔六〕抔土：一捧泥土，指墳墓。見《笥河先生偕宴太白樓醉中作歌》注〔九〕。此謂死後但願能分得一捧墓土，埋葬在邵師的墳墓旁邊。

【輯評】

清王詒壽《讀黄仲則先生兩當軒遺集題後》："'生前慟哭誰知己，身後文章劇可哀。落日仲雍祠裏話，斷猿啼鳥一時迴。'君自知不永年，嘗與稚存太史登虞山仲雍祠，因謂太史曰：'我先若死，爲我梓遺集。'便爇神祠。事皆見太史所撰行狀與渭川詩記。"

偕邵元直游吾谷〔一〕

此間看山復看楓〔二〕，谷口敞與平原同。長崖一障日邊雨〔三〕，高樹獨摇天半風。側身忽覺軀幹小〔四〕，挈友況在神仙中〔五〕。山靈極知我曹樂〔六〕，留住絶壁殘陽紅。

〔一〕邵元直：邵培德，字元直，邵叔宀子。乾隆四十九年（1784）進士。官麗水（在浙江省東南甌江中部）知縣。　吾谷：在江蘇常熟西門外虞山南麓之牛角灣。吾谷楓林爲虞山十八景之一。

〔二〕復：又，再。

〔三〕謂長崖的一邊像屏風似的擋住了雨。

〔四〕側身：厠身，置身。杜甫《將赴成都草堂途中有作先寄嚴鄭公》詩："側身天地更懷古，回首風塵甘息機。"　軀幹：身軀。

〔五〕挈：帶領。

〔六〕我曹：我輩。

重過氿里寄懷龔梓樹〔一〕

不款君扉歲九更〔二〕，偶因訪戴一經行〔三〕。舊諳門徑詢鄰里〔四〕，熟識兒童問姓名〔五〕。同學故人猶落魄，重過班馬亦悲鳴〔六〕。荊南山色青無恙〔七〕，如代君家作送迎。

〔一〕氿（jiǔ）里：在江蘇省宜興市。宜興有東氿湖、西氿河，氿里可能在湖之近處。　龔梓樹：見《聞龔愛督從河南歸》注〔一〕。原注：舊與梓樹讀書處。

〔二〕款扉：敲門。唐寅《題畫》詩："忽驚雙鶴唳，有客款荊扉。"　歲九更：九次换歲，即過了九年。仲則於乾隆三十年十七歲時與龔梓樹同在宜興氿里讀書，今日（乾隆三十九年）重過氿里，已相隔九年。

〔三〕訪戴：見《贈萬黍維即送歸陽羨其二》注〔六〕。戴：喻萬黍維。句謂因去訪問萬黍維而經過當年與龔梓樹一起讀書之處。原注：近萬黍維居宅。

〔四〕舊諳句：謂舊時熟識之路，今已生疏，故而向鄰里問路。周邦彦《瑞龍吟》詞："前度劉郎重到，訪鄰尋里，同時歌舞。"

〔五〕熟識兒童：謂當年熟識的兒童都已長大，需要問姓名纔認識。

〔六〕班馬：載人離去之馬。《左傳・襄公十八年》："有班馬之聲，齊師其遁。"注："夜遁，馬不相見，故鳴。班，别也。"李白《送友人》詩："揮手自兹去，蕭蕭班馬鳴。"

〔七〕荊南山：即銅官山，在宜興縣西南。因在荊溪之南，故又名荊南山。

呈袁簡齋太史〔一〕

其　一

一代才豪仰大賢，天公位置却天然〔二〕。文章草草皆千古，仕宦匆匆只十年〔三〕。暫借玉堂留姓氏，便依勾漏作神仙〔四〕。由來名士如名將，誰似汾陽福命全〔五〕？

〔一〕袁簡齋：袁枚(1716—1798)，字子才，號簡齋、隨園老人，浙江錢塘人。乾隆四年(1739)進士，選庶吉士，入翰林院。後歷任溧陽、江浦、江寧等地知縣。辭官後於南京小倉山築隨園。論詩主張抒寫性情，創性靈説。著作有《小倉山房集》、《隨園詩話》等。　太史：對翰林的稱呼。

〔二〕位置：置於某種職位。　天然：自然形成，非故意爲之。

〔三〕十年：袁枚於乾隆四年考取進士入翰林院，乾隆十三年以親老辭官，共計十年。

〔四〕玉堂：翰林院又稱玉堂。　勾漏：山名，在今廣西北流縣東北。山中溶洞勾曲穿漏，故名勾漏。爲道家所傳三十六洞天的第二十二洞天。晉葛洪曾在此鍊丹。

〔五〕汾陽：唐郭子儀因平定安史之亂立功，由朔方節度使升任中書令，後又晉封爲汾陽郡王。後人指出，歷史上許多名將皆不得善終，像郭子儀那樣福壽雙全的極少。仲則認爲文士亦然，惟袁枚既有名，又有壽，可與郭子儀比美。作此詩時，乾隆三十九年(1775)，袁枚虚歲六十，或是仲則向袁枚祝壽之作。

其　二

雄談壯翰振乾坤〔一〕，喚起文人六代魂〔二〕。浙水詞源鍾巨手〔三〕，秣陵秋色釀名園〔四〕。幾人國士曾邀盼〔五〕，此地蒼生尚感恩〔六〕。我喜童時識司馬，不須擁篲掃公門〔七〕。

〔一〕雄談壯翰：指特出、雄健的議論和文章。　乾坤：天地。

〔二〕六代：即六朝，見《舟中望金陵》注〔五〕。六朝皆以金陵（南京）爲都城，袁枚住在南京，故特别强調袁枚的詩文振起六朝的風格。

〔三〕浙水：浙江，又名錢塘江。泛指浙江地區。袁枚，錢塘人。　詞源：指詩文各種流派的創始源頭。　鍾：集中，匯聚。　巨手：大手筆；指大作家，大詩人。指袁枚寫《隨園詩話》，當時許多詩人，特别是江浙一帶的詩人，都把自己的作品寄給他，請他點評。

〔四〕秣陵：南京的舊稱。　釀：釀造；建造。　名園：指隨園。

〔五〕國士：見《展叔宀先生墓》注〔五〕。句謂很多人以國士相期望，期望袁枚成爲國家的重臣。

〔六〕此地：當地，指江寧。袁枚曾任江寧知縣，故稱當地的百姓還對他感恩戴德。

〔七〕司馬：文學家司馬相如，喻袁枚。　擁篲：手執掃帚。古代拜師前，先要在老師門前把道路打掃干净。《史記·孟子荀卿列傳》："（騶子）如燕，昭王擁篲先驅，請列弟子座而受業。"仲則謂童年時就與袁枚相識，故這次前來列弟子座而受業，不須執弟子禮。仲則在哪一年開始認識袁枚，不詳。據袁枚之子袁通《金縷曲·題悔存齋詞》："可記否、長干東巷。一榻空山曾小住，逞豪吟、題遍梅花帳。輸猿鶴，聞清響。（先生至白門，每主余家。）"可知二人相識已久，並曾多次相見。

其　三

煗室風亭翠靄間〔一〕，藥欄花徑互周環〔二〕。半篙後主迎涼水〔三〕,一桁前朝戲馬山〔四〕。似海繁華歸彩筆,極天花月養蒼顔〔五〕。誰知泉石皆經濟,此意先生詎等閑〔六〕。

〔一〕燠室:温暖的屋室。　翠靄:霧氣籠罩的蒼翠樹木。

〔二〕藥欄:芍藥欄。南朝梁庾肩吾《和竹齋》詩:“向嶺分花徑,隨階轉藥欄。”二句形容隨園景色之美。

〔三〕後主:南唐李後主李煜。　原注:園有溪,舊志爲南唐納涼所。

〔四〕桁:量詞,用於成横形的東西。前蜀韋莊《霸陵道中作》:“春橋南望水溶溶,一桁晴山倒碧峰。”　戲馬山:戲馬臺旁的山。戲馬臺有多處,一在徐州彭城縣東南,爲項羽所築;一在江蘇省江都縣,《嘉慶一統志·揚州府二》載,臺下有路,名玉鈎斜,爲隋代埋葬宫女之處。江都離南京較近,仲則詩中所述,或是此處。

〔五〕蒼顔:蒼老的面容。歐陽修《醉翁亭記》:“蒼顔白髮,頽然於其間者,太守醉也。”

〔六〕經濟:經過仔細構思,精心設建。　先生:指袁枚。謂袁枚建造此園,並不隨便。

其　四

偶逢佳日徑開三〔一〕,絲竹聲攙笑語酣〔二〕。帳後金釵分左右〔三〕,筵前竹箭盡東南〔四〕。張燈高會星千樹〔五〕,蕩槳清歌鏡一潭〔六〕。不與西園冠蓋末,可知才具本難堪〔七〕。

〔一〕三徑:晉趙岐《三輔决録·逃名》:“蔣詡歸鄉里,荆棘塞門。舍中有三徑,不出,惟求仲、羊仲從之游。”後因以三徑指歸隱者的家園。蘇軾《次韻周邠》詩:“南遷欲舉力田科,三徑初成樂事多。”

〔二〕攙:攙和,混雜。

〔三〕帳後金釵:《後漢書·馬融傳》:“(融)常坐高堂,施絳紗帳,前授生徒,後列女樂。”袁枚多女弟子及姬妾。

〔四〕竹箭:細竹。《爾雅·釋地》:“東南之美者,有會稽之竹箭焉。”王勃《滕王閣序》:“臺隍枕夷夏之交,賓主盡東南之美。”指賓客之盛。

〔五〕星千樹:形容燈火之盛。辛棄疾《青玉案·元夕》:“東風夜放花千樹,更吹落、星如雨。”

〔六〕鏡一潭:指游湖賞月。

〔七〕西園冠蓋:冠蓋,指官員的服飾和車乘。借指官員及有名望的人。曹植《公燕》詩:“清夜游西園,冠蓋相追隨。” 才具:才能。原注:去秋先生招宴,以病未往。 仲則謂去年秋天袁枚邀請我去參加達官貴客的宴會,我感到自己才能不够,自慚形穢,所以没有前去叨陪末座。

乾隆四十年(1775),仲則二十七歲,在袁枚家度歲後,由江寧經當塗赴太平。入夏,應壽州知州張蓀圃延請主正陽書院講席。初冬,辭別正陽書院赴北京。一路上經淮河東下轉入渦河,循渦河北行,至亳州舍舟陸行,經濟寧、東阿、獻縣、趙北口、保定,於十二月下旬到達北京。

十 六 日

無端新恨鎖眉頭,暗省韶光似水流。自過百花生日日〔一〕,一分春是一分愁。

〔一〕百花生日: 舊俗以農曆二月十五日爲百花生日,亦即花朝節。又有以二月二日或二月十二日爲花朝節者。

將之京師雜别

其 一

翩與歸鴻共北征〔一〕,登山臨水黯愁生〔二〕。江南草長鶯飛日〔三〕,游子離邦去里情。五夜壯心悲伏櫪〔四〕,百年左計負躬耕〔五〕。自嫌詩少幽燕氣,故作冰天躍馬行〔六〕。

〔一〕北征: 往北方去。春天鴻雁北歸。

〔二〕登山臨水: 跋山涉水。宋玉《九辯》:"憭慄兮若在遠行,登山臨水兮送將歸。"

〔三〕草長鶯飛: 南朝梁丘遲《與陳伯之書》:"暮春三月,江南草長,雜花生樹,群鶯亂飛。"

〔四〕五夜: 五更時,黎明時。 伏櫪: 卧伏在馬槽裏。曹操《步出夏門行》:"老驥伏櫪,志在千里。烈士暮年,壯心不已。"

〔五〕百年: 一生。 左計: 失策,不正確的決定。 躬耕: 親自耕種田地。諸葛亮《前出師表》:"臣本布衣,躬耕於南陽。"二句謂心懷壯志,未能得酬,後悔自己失策,没有隱居在家鄉耕種田地。

〔六〕自嫌:對自己不滿。 幽燕:古稱今河北北部及遼寧一帶地方。 幽燕氣:指北方人豪邁爽朗的氣質。洪亮吉《黄君行狀》:"故平生於功名不甚置念,獨恨其詩無幽并豪士氣。嘗蓄志欲游京師,至歲乙未乃行。"冰天躍馬:指冬天在北方游歷。

【輯評】

清王詒壽《讀黄仲則先生兩當軒遺集題後》:"冰天躍馬望燕雲,病骨西風又雁門。一曲悲歌秋萬里,凭誰擊筑奠詩魂。君嫌詩無幽并豪士氣,遂游京師。既復抱病逾太行,出雁門,卒於解州。"

其二

看人争著祖生鞭〔一〕,彩筆江湖焰黯然〔二〕。親在名心留百一〔三〕,我行客路慣三千。誰從貧女求新錦〔四〕,肯向朱門理舊絃〔五〕。吴市簫聲燕市筑,一般悽斷有誰憐〔六〕。

〔一〕祖生鞭:見《夜起》注〔六〕。

〔二〕彩筆:指詞藻富麗的文筆。宋賀鑄《青玉案》詞:"碧雲冉冉蘅皋暮,彩筆新題斷腸句。"句意謂自己的詩雖寫得頗好,但在社會上没有地位。

〔三〕《後漢書·劉平等列傳序》載:毛義家貧,有孝行。張奉慕名到其家訪問,剛坐定,府裏有檄文至,要毛義去當縣令。毛義捧檄,面露喜色,走入内室。張奉鄙之,因辭而去。後母死,毛義即辭去官職。張奉纔明白,毛義捧檄而喜,是爲了使母安心,纔屈身爲吏。仲則暗用此典,謂自己功名心已殆盡,僅留下百分之一,也是由於母親尚在世,需要奉養,纔出來謀求一官半職。

〔四〕貧女:唐秦韜玉《貧女》詩:"苦恨年年壓金綫,爲他人作嫁衣裳。"以貧女喻寒士,指自己懷才不遇,無人賞識。

〔五〕朱門:指貴族豪富之家。　理舊絃:重彈舊曲,喻重操舊業。肯:豈肯。表示不願,不甘。洪亮吉《送黄大景仁至都門》詩:"十年心迹幾朱門。"

〔六〕吴市簫、燕市筑:見《金陵别邵大仲游》注〔五〕,又《史記·刺客列傳》:"高漸離擊筑,荊軻和而歌,爲變徵之聲,士皆垂淚涕泣。"悽斷:極其凄涼,極其傷心。

其　三

窮交數子共酸辛,脈脈臨歧語未申〔一〕。割席管寧休罷讀,分財鮑叔尚知貧〔二〕。初心小負栖巖約〔三〕,後會依然戴笠人〔四〕。除是白雲知此意,幾曾情豔軟紅塵〔五〕。

〔一〕窮交數子:幾個窮朋友。　脈脈:形容含情的目光。辛棄疾《摸魚兒》詞:"千金縱買相如賦,脈脈此情誰訴?"　臨歧:在臨别之地;在臨别之時。杜甫《送李校書》詩:"臨歧意頗切,對酒不能吃。"　語未申:尚未暢談。

〔二〕割席:《世説新語·德行》:"管寧、華歆……又嘗同席讀書,有乘軒冕過門者,寧讀如故,歆廢書出看。寧割席分坐曰:'子非吾友也。'"後以割席謂朋友絶交。　分財:《史記·管晏列傳》:"管仲曰:'吾始困時,嘗與鮑叔賈。分財利,多自與。鮑叔不以我爲貪,知我貧也。'"

〔三〕初心:本意,最初的意願。　栖巖:栖息於山巖,指隱居。謂此去北京謀職,稍負當初隱居之願。

〔四〕後會:指以後見面。　戴笠:戴着竹笠,形容清貧。古代越地風俗淳樸,凡初與人交,即封土壇,祭以鷄犬,祝曰:"君乘車,我戴笠,後日相逢下車揖;我步行,君乘馬,他日相逢君當下。"以示不忘舊交。

〔五〕情艷:艷羡,眷戀。　軟紅塵:指繁華熱鬧的地方。蘇軾《次韻蔣潁叔錢穆父從駕景靈宫》詩之一:"短白不羞垂領髮,軟紅猶戀屬車塵。"自注:"前輩戲語,有'西湖風月',不如東華軟紅香土。"明徐光啓《農政全書》卷六十:"草鞋片,甘貧賤,不踏軟紅塵,常行芳草茵。"

其　四

説著因人意轉慵〔一〕,沙痕到處印泥蹤〔二〕。原嘗好客依都遍〔三〕,鄒季論交别更濃〔四〕。浪許詞場誇姓氏〔五〕,要將人海蕩心胸〔六〕。不妨面似先生黑,上帝何曾殺黑龍〔七〕。

〔一〕因人:謂因人成事,依仗他人辦成事情,自己不起作用。　意轉慵:心中反而變得很懶散。

〔二〕泥蹤:印在泥上的足迹。蘇軾《和子由澠池懷舊》詩:"人生到處知何似,應似飛鴻踏雪泥。泥上偶然留爪印,鴻飛那復計東西。"指自己到處流浪。

〔三〕原嘗:戰國時趙國的平原君和齊國的孟嘗君,都以好客聞名。

〔四〕鄒季:鄒衍與蘇秦,秦字季子。南朝梁王僧儒《與何炯書》:"所以握手戀戀,離别珍重。弟愛同鄒季,淫淫承睫,吾猶復抗手分背,羞學婦人。"

〔五〕浪:徒然,白白地。　許:稱許。句謂自己徒然被人稱許。

〔六〕人海:人群;人世社會。　蕩:洗滌。

〔七〕面黑:《宋史·王德用傳》:"狀貌雄毅,面黑,頸以下白皙。人皆異之。” 黑龍：神話中的黑色之龍。原注：事出《墨子》。按《墨子·貴義》：“且帝以甲乙殺青龍於東方，以丙丁殺赤龍於南方，以庚辛殺白龍於西方，以壬癸殺黑龍於北方。”意指古書不可盡信。

其　五

身世渾拚醉似泥〔一〕，酒醒無奈聽晨鷄〔二〕。詞人畏説中年近，壯士愁看落日低〔三〕。才可升沈何用卜〔四〕，路通南北且休迷〔五〕。只愁寒食清明候，鬼餒墳頭羨馬醫〔六〕。

〔一〕渾：全，完全。 拚：捨棄不顧。見《啼烏行》注〔三〕。 渾拚：完全不顧。 醉似泥：即醉如泥。爛醉貌。杜甫《將赴成都草堂途中有作先寄嚴鄭公》詩之三：“肯藉荒亭春草色，先判一飲醉如泥。”

〔二〕聽晨鷄：見《夜起》注〔六〕。句謂聽到晨鷄啼聲，想起古人聞鷄起舞、奮發有爲的精神，心中感到很無奈。

〔三〕中年：見《雜感四首其二》注〔七〕。二句謂看到自己年歲日增而尚無成就。

〔四〕升沈：舊時謂仕途得失進退。李白《送友人入蜀》詩：“升沈應已定，不必問君平。” 卜：占卜。

〔五〕路通南北：《淮南子·説林訓》：“楊子見逵路而哭之，爲其可以南，可以北。”

〔六〕馬醫：《黄仲則詩》朱建新注：“古有善視鬼者，清明日偶至北邙，見各家墳前均來祭掃。内有一家，視品極豐盛，而來享之鬼，皆衣服襤褸、面容枯槁之人，頗以爲異。及歸而訪之，乃馬醫之子也。”意謂馬醫之家雖貧苦，而其子終於發家致富，振興門庭，能以豐盛之祀品致祭父母。

其　六

載酒扁舟障錦車〔一〕，風情無際擅年華〔二〕。牽魂西子湖頭月〔三〕，照淚吴王苑裏花〔四〕，已是舊游如夢境，況經遠别更天涯。馬頭細草茸茸碧〔五〕，來歲相看可憶家？

〔一〕障錦車：有綢布帷幕的車子。

〔二〕擅：占有。擅年華，謂年輕。

〔三〕牽魂：掛念。

〔四〕照：相映。照淚：謂淚眼相看。　吴王苑：即吴苑，見《感舊其四》注〔三〕。四句記述年少時在各處游歷。

〔五〕茸茸：柔細濃密貌。元馬彦良《一枝花·春雨》套曲："潤夭桃灼灼紅，洗芳草茸茸翠。"

太白樓留别史虍庵〔一〕

五年三度客南州〔二〕，强半登臨在此樓〔三〕。若使人生無别恨，只除江水不東流〔四〕。歌殘《白紵》辭官閣〔五〕，吟斷青山上客舟〔六〕。却羨姑溪溪柳色〔七〕，解將青眼爲君留〔八〕。

〔一〕太白樓：見《月下登太白樓和思復壁間見懷韻》注〔一〕。　史虍(shì)菴：史凱，字虍庵，陽湖(在今常州市内)人，諸生。

〔二〕南州：《黄仲則詩》朱建新注："指皖中太平、廬州、泗州、徽州等地。按先生於乾隆三十六年辛卯游皖，至四十年乙未冬北上止，時歷五載，往返三次。"

〔三〕强半：多半，過半。清納蘭性德《浣溪沙》詞："萬里陰山萬里沙，誰將緑鬢鬥霜華。年來强半在天涯。"

〔四〕南唐李後主《烏夜啼》詞:"自是人生常恨水長東。"二句反用。

〔五〕《白紵》:樂府吴舞曲名。晉《白紵舞歌詩三首》之二:"百年之命忽若傾,早知迅速秉燭行。東造扶桑游紫庭,西至昆崙戲曾城。"

〔六〕吟斷:吟罷,吟畢。　青山:見《太白墓》注〔一八〕。

〔七〕姑溪:姑溪河,又名姑浦,爲當塗境内之重要河道,在城西金柱關注入長江。

〔八〕青眼:柳眼,指初生的柳樹嫩葉。宋李元膺《洞仙歌》詞:"雪雲散盡,於曉晴庭院。楊柳於人便青眼。"與"對人表示喜愛"之義雙關。

院齋納涼雜成(四首選一)

其　四

去歲此方旱,地有千里赤〔一〕。江甸流飢民,淮關斷沽舶〔二〕。米貴淮南時,正值我爲客。今春好雨暘,喜見收二麥〔三〕。新陳米未交,斗價尚三百〔四〕。又聞故鄉田,多蝗土將石〔五〕。我家無負郭〔六〕,更復艱朝夕。居行兩心悸〔七〕,救貧少長策。東南民易疲〔八〕,豈任荒歉積〔九〕。中宵望天雲,殷憂定何益〔一〇〕。

〔一〕千里赤:赤地千里。指遭到旱災,大面積土地上莊稼乾枯。

〔二〕江甸(diàn):長江流域;長江沿岸地區。　流:流亡。　淮關:淮河的關口;臨淮關。

〔三〕雨暘(yáng):《書·洪範》:"曰雨,曰暘。"謂雨天和晴天。陸游《乞祠禄札子》:"今春以來,雨暘尤爲調適,二麥繼續,民間亦以爲所收倍於常年。"　二麥:大麥和小麥。

〔四〕新陳米未交：新米與陳米未能交接，指陳米已吃完，而新米尚未成熟。　斗價：一斗米的售價。　三百：三百銅錢。

〔五〕將：共，與。

〔六〕負郭：負郭田，近郊良田。《史記·蘇秦列傳》："且使我有洛陽負郭田二頃，吾豈能佩六國相印乎？"

〔七〕居行：居，指留在家裏種田；行，指出外謀生。

〔八〕東南：指安徽及江浙一帶地方。句謂這些地方的人民因承擔的賦税多，更容易困乏。

〔九〕豈任：豈能勝任；受不了。　荒歉積：連年歉收。

〔一〇〕殷憂：深切的憂慮。阮籍《詠懷》詩之十四："感物懷殷憂，悄悄令心悲。"　定：究竟，到底。謂擔憂到底有何好處。

言　　懷

其　一

聽雨看雲暮復朝，誰於籠鶴采丰標〔一〕。不禁多病聰明減，詎慣長閑意氣消〔二〕。静裏風懷元度月〔三〕，愁邊心血子胥潮〔四〕。可知戰勝渾難事〔五〕，一任浮生付濁醪。

〔一〕籠鶴：喻失去自由、不能奮發之人。《尚書故實》："顧況志尚疏逸，有時宰招致，將以好官命之。"況以詩答曰："四海如今已太平，相公何用唤狂生。此身還似籠中鶴，東望滄洲叫一聲。"　丰標：風采。

〔二〕詎慣：豈慣，不慣。

〔三〕風懷：情懷。　元度：玄度，東晉許詢字。《世説新語·言語》："劉尹曰：'清風朗月，輒思元度。'"

〔四〕子胥潮：見《觀潮行》注〔一二〕。

〔五〕戰勝：指科舉考試登第。岑參《送嚴詵擢第歸蜀》詩："戰勝真才子，名高動世人。"

其　二

豈意瞢騰便到今〔一〕，一聲鐘動思愔愔〔二〕。蠹魚枉食神仙字〔三〕，海鳥空知山水音〔四〕。千載後誰傳好句，十年來總淡名心。何時世網真抛得〔五〕，只要人間有鄧林〔六〕。

〔一〕瞢騰：形容模糊、神志不清。唐韓偓《馬上見》詩："和裙穿玉鐙，隔袖把金鞭。去帶瞢騰醉，歸成困頓眠。"

〔二〕愔愔：幽深貌，悄寂貌。漢蔡琰《胡笳十八拍》："雁飛高兮邈難尋，空腸斷兮思愔愔。"

〔三〕蠹魚：即蟫，又稱衣魚，蛀食衣服、書籍的小蟲。《黄仲則詩》朱建新注："《本草集解》：'俗傳衣魚入道經中，食神仙字，則身有五色。人得吞之，可致神仙。唐張裼之子，乃書神仙字，碎剪置瓶中，取魚投之，冀其蠹食，而不能得，遂致心疾。書此以解俗説之惑。'"

〔四〕海鳥：在海邊或海島上生長、栖息的鳥。《莊子・至樂》："昔者海鳥止於魯郊，魯侯御而觴之於廟，奏《九韶》以爲樂，具太牢以爲膳。鳥乃眩視憂悲，不敢食一臠，不敢飲一杯，三日而死。此以己養養鳥也，非以鳥養養鳥也。"

〔五〕世網：喻社會上法律禮教、倫理道德對人的束縛。宋蘇舜卿《春睡》詩："嗒爾暫能離世網，陶然直欲見天機。"

〔六〕鄧林：古代神話中的樹林。《山海經・海外北經》："夸父與日逐走，入日，渴欲得飲。飲於河渭，河渭不足。北飲大澤，未至，道渴而死。棄其杖，化爲鄧林。"三國禰衡《鸚鵡賦》："想崑山之高岳，思鄧林之扶疏。"二句意謂希望能擺脱世間的煩惱，看到世界變成安逸的樂土。

秋　　夜

燭跋燒殘擁薄衾〔一〕,繞廬策策響疏林〔二〕。漏沈二十五聲點〔三〕,雁送三千餘里音。櫟社人間幾零落〔四〕,桂叢天半自陰森。蹉跎淮海誰相訊,夢向白雲迷故岑〔五〕。

〔一〕燭跋:蠟燭的底部,即將燃盡的蠟燭。陸游《十月一日浮橋成以故事宴客凌雲》詩:"衆賓共醉忘燭跋,一徑却下緣雲根。"

〔二〕策策:象聲詞。韓愈《秋懷詩十一首》之一:"窗前兩好樹,衆葉光薿薿。秋風一披拂,策策鳴不已。"

〔三〕二十五聲點:古代計時單位,一夜分爲五更,每一更次分爲五點,故一夜共二十五聲點。唐李郢《宿杭州虚白堂》詩:"江風徹骨不成睡,二十五聲秋點長。"宋朱淑真《秋夜牽情》詩:"寒更二十五聲點,相應愁情爾許長。"

〔四〕櫟社:土神社前常種櫟樹,故稱櫟社。喻鄉里。元范梈《立春日和王翰林》詩:"幾時歸櫟社,盡日接芳筵。"

〔五〕故岑:故鄉的山。借指故鄉。蘇轍《和子瞻鳳翔八觀·東湖》詩:"異鄉雖云樂,不如反故岑。"

綺　　懷

其　　一

楚楚腰肢掌上輕〔一〕,得人憐處最分明。千圍步障難藏艷〔二〕,百合葳蕤不鎖情〔三〕。朱鳥窗前眉欲語〔四〕,紫姑乩畔目將成〔五〕。玉鈎初放釵初墮，第一銷魂是此聲〔六〕。

〔一〕楚楚：嬌美可愛。　掌上輕：《趙飛燕外傳》："飛燕體輕，能爲掌上舞。"

〔二〕步障：用以遮蔽風塵或視綫的一種屏幕。《晉書·列女傳·王凝之妻謝氏》："王凝之妻謝氏，字道藴……凝之弟獻之嘗與賓客談議，詞理將屈。道藴遣婢白獻之曰：'欲爲小郎解圍。'乃施青綾步障自蔽，申獻之前議。客不能屈。"

〔三〕葳蕤：古代一種鎖的名稱。唐韓翃《江南曲》："春樓不閉葳蕤鎖，緑水回通宛轉橋。"　百合：謂其能作多種用途。

〔四〕朱鳥：即朱雀，南方七星宿之總名。朱鳥窗：指朝南的窗。南朝陳徐陵《玉臺新詠》序："青牛帳裏，餘曲既終；朱鳥窗前，新妝已竟。"

〔五〕紫姑：傳説中的厠神，又名坑三姑。相傳爲人家妾，爲大婦所嫉，每以穢事相役。正月十五日激忿而死。民俗於每年正月十五日元宵節扶乩迎紫姑神問農事豐歉。　乩：見《武陵吴翠丞降乩題詩仿其意爲此》注〔一〕。　目成：用眉目傳情。《楚辭·九歌·少司命》："滿堂兮美人，忽獨與余兮目成。"

〔六〕玉鈎初放：玉鈎，帳鈎或簾鈎，鈎放則帳、簾下垂。　釵初墮：指髮釵卸下。歐陽修《臨江仙》詞："燕子飛來窺畫棟，玉鈎垂下簾旌。涼波不動簟紋平。水精雙枕，傍有墮釵横。"　第一：形容程度最深。第一銷魂：猶最銷魂。

其　二

妙諳諧謔擅心靈〔一〕，不用千呼出畫屏。斂袖搊成絃雜拉，隔窗摻碎鼓丁寧〔二〕。湔裙鬥草春多事〔三〕，六博彈棋夜未停〔四〕。記得酒闌人散後,共搴珠箔數春星〔五〕。

〔一〕諳:熟識。　諧謔:謂言語幽默而略帶調侃。
〔二〕斂袖:收緊衣袖。　搊:用手指彈撥絃索。　雜拉:指各種混雜在一起的聲音。　摻:一種擊鼓的方法。摻碎:指擊得十分有力。丁寧:形容樂器發出的聲響。唐王建《宫詞》:"小管丁寧側調愁。"
〔三〕湔裙:即湔裳。舊俗於農曆正月元日至月晦,士女酹酒洗衣於水邊,以辟災度厄。清顧貞觀《畫堂春》詞:"湔裙獨上小漁磯,襪羅微濺春泥。"　鬥草:古代的一種游戲。競采各種花草,以多寡優劣决勝負,亦稱鬥百草。唐司空圖《燈花三首》之二:"明朝鬥草多應喜,剪得燈花自掃眉。"
〔四〕六博:見《獨酌感懷》注〔三〕。　彈棋:古代的一種博戲,兩人對局,黑白棋采各六枚,先列棋相當,吏先彈之。其局以石爲之。
〔五〕搴:通"褰",揭起,撩起。　珠箔:即珠簾。李白《陌上贈美人》詩:"美人一笑褰珠箔,遥指紅樓是妾家。"

其　三

旋旋長廊綉石苔〔一〕,顫提魚鑰記潛來〔二〕。闌前罽藉烏龍卧,井畔絲牽玉虎迴〔三〕。端正容成猶斂照〔四〕,消沈意可漸凝灰〔五〕。來從花底春寒峭,可借梨雲半枕偎〔六〕。

〔一〕旋旋:回環貌。　石苔:石頭上滋生的苔蘚。唐張祜《東山寺》詩:"寒色蒼蒼老柏風,石苔清滑露光融。"
〔二〕魚鑰:魚形的鎖鑰。南朝梁簡文帝《秋閨夜思》詩:"夕門掩魚鑰,宵牀悲畫屏。"
〔三〕罽(jì)藉:毛毯。　烏龍:犬名。陶潛《搜神後記》:"會稽句章民張然滯役在都……養一狗,甚快,名曰烏龍。”後泛指犬。李商隱《題二首後重又戲贈任秀才》詩:“遥知小閣還斜照,羨殺烏龍卧錦茵。”　玉虎:井上的轆轤。李商隱《無題四首》其二:“金蟾齧鎖燒香入,玉虎牽絲汲井迴。”

〔四〕端正容成:謂已經梳妝打扮好了。　斂照:謂照之不足;不住地照鏡子。

〔五〕謂由於久待不來,情緒低落,逐漸心如死灰。

〔六〕梨雲:梨花雲。唐王建《夢看梨花雲歌》:“薄薄落落路不分,夢中唤作梨花雲。”後藉以表示一種迷濛陰沉的狀態或境界。此處謂趁天色迷濛昏暗。　半枕偎:指兩人合用一枕,相偎而眠。　仲則另有《江神子》詞云:“顫提裙衩步蒼苔,首驚回,甚時來?昨宵花底、風露爲誰捱?念我一番寒澈骨,分半角,錦衾偎。”

其　四

中表檀奴識面初,第三橋畔記新居〔一〕。流黄看織迴腸錦〔二〕,飛白教臨弱腕書〔三〕。漫託私心緘豆蔻,慣傳隱語笑芙蕖〔四〕。錦江直在青天上〔五〕,盼斷流頭尺鯉魚〔六〕。

〔一〕中表:指與祖父、父親的姐妹的子女的親戚關係,或與祖母、母親的兄弟的子女的親戚關係。　檀奴:晉潘岳小名檀奴。仲則借喻自己。　第三橋:仲則家與舅家以及洪亮吉家,都在常州市白雲谿上,谿上有許多橋。洪亮吉《谿橋詩思圖》詩:“我家門前接早潮,却行一里數十橋。”第三橋是其中的一座橋。

〔二〕流黄:褐黄色的物品,特指絹。《樂府詩集·相逢行》:“大婦織綺羅,中婦織流黄。”　迴腸:喻愁苦、悲痛之情鬱結於内,輾轉不解。金董解元《西厢記諸宫調》卷七:“淚眼盈盈,眉頭鎮鎖,九曲迴腸千縷。” 織錦：晉竇滔被徙流沙，妻蘇若蘭思念之，織錦爲迴文旋圖詩以贈滔。詞甚悽婉。

〔三〕飛白：一種特殊的書法，筆畫中絲絲露白，像枯筆所寫。 臨：對照書畫範本摩習。唐姚合《秋夕遣懷》詩：“臨書愛真迹，避酒怕狂名。” 弱腕：女子腕力較弱。

〔四〕豆蔻：多年生草本植物，秋季結實。 緘：封寄。 隱語：指不直説本意而借别的詞語來暗示的話。李賀《惱公》詩：“密書題豆蔻，隱語笑芙蓉。”

〔五〕錦江：在四川成都平原。泛指遥遠的地方。 直：簡直。

〔六〕尺鯉魚：古樂府《飲馬長城窟行》：“客從遠方來，遺我雙鯉魚。呼兒烹鯉魚，中有尺素書。”後以“尺鯉”、“尺鯉魚”指書信。

其　五

蟲娘門户舊相望〔一〕，生小相憐各自傷。書爲開頻愁脱粉〔二〕，衣禁多浣更生香〔三〕。緑珠往日酬無價〔四〕，碧玉於今抱有郎〔五〕。絶憶水晶簾下立，手抛蟬翼助新妝〔六〕。

〔一〕蟲娘：與宋詞人柳永相好的歌女蟲蟲，又稱蟲娘。柳永《木蘭花》詞：“蟲娘舉措皆温潤，每到婆娑偏恃俊。”清陳維崧《綺羅香・於許仲修席上看諸郎演〈牡丹亭〉有作》：“獨有江南詞客，念家山路遠，倍增凄楚。回首朱門，略記蟲娘庭户。”

〔二〕書：書信。 脱粉：女子寄來的書信，上有脂粉。多次開閲，脂粉會脱落。

〔三〕禁(jīn)：能忍受，經得起。因經過她的手洗濯，所以更覺得香。蘇軾《汲江煎茶》詩：“枯腸未易禁三碗，坐聽荒城長短更。”

〔四〕緑珠：見《感舊其三》注〔五〕。

〔五〕碧玉：南朝梁元帝《采蓮曲》：“碧玉小家女，來嫁汝南王。”晉孫綽

《情人碧玉歌二首》其二:“碧玉破瓜時,郎爲情顛倒。感郎不羞郎,回身就郎抱。”

〔六〕絶憶:最憶。　蟬翼:蟬翼紗,薄綃。指絲綢手絹。

其　六

小極居然百媚生〔一〕,懶抛金葉罷調箏〔二〕。心疑棘刺針穿就〔三〕,淚似桃花醋釀成〔四〕。會面生疏稀笑靨,别筵珍重贈歌聲。沈郎莫嘆腰圍減〔五〕,忍見青娥絶塞行〔六〕。

〔一〕小極:困倦;小病。《世説新語·言語》:“顧司空未知名,詣王丞相。丞相小極,對之疲睡。”　百媚:十分嬌媚,千嬌百媚。

〔二〕金葉:金葉子,金葉子格。清趙翼《陔餘叢考·葉子戲》:“馬令《南唐書》:‘李後主妃周氏又編金葉子格,即今之紙牌也。’”清陳維崧《望江南·歲暮雜憶十首》之一:“江南憶,憶得上元時。人門南唐金葉子,街飛北宋鬧蛾兒。此夜不勝思。”

〔三〕棘刺針:《晉書·文苑列傳·顧愷之傳》:“顧愷之,字長康……嘗悦一鄰女,挑之弗從,乃圖其形於壁,以棘針釘其心。女遂患心病。愷之因致其情,女從之,遂密去針而愈。”

〔四〕桃花醋:醋名。唐馮贄《雲仙雜記·桃花醋》:“唐世風俗,貴重葫蘆醬、桃花醋、照水油。”以上四句表明該女出嫁不是出於自願。

〔五〕沈郎腰圍減:見《重九後十日醉中次錢企盧韻贈别》注〔七〕。

〔六〕忍見:不忍見。　青娥:指美麗的少女。元李材《海子上即事》詩:“少年勿動傷春感,唤取青娥對酒歌。”　絶塞行:謂遠行。

其　七

自送雲軿别玉容〔一〕,泥愁如夢未惺忪〔二〕。仙人北燭空凝盼，太歲東方已絶蹤〔三〕。檢點相思灰一寸〔四〕，拋離密約錦千重〔五〕。何須更説蓬山遠，一角屏山便不逢〔六〕。

〔一〕雲輧：神仙所乘的車；車的美稱。　玉容：美人的容貌。指美人。

〔二〕泥愁：難以排解的愁思。　惺忪：蘇醒，清醒。

〔三〕北燭仙人：仙人名。《漢武内傳》："墉宫玉女王子登，是西王母紫蘭宫玉女。常傳使命，往來扶桑。昔出配北燭仙人，近又召還，使領命禄真靈宫也。"仲則喻自己。　太歲：古代天文學中假設的星名，與歲星相應。歲星，即木星。歲星由西向東運行。二句謂空自凝望着美人的車子向東方行駛，失去了蹤迹。以上四句指所愛女子出嫁他去。

〔四〕李商隱《無題四首》之二："春心莫共花争發，一寸相思一寸灰。"

〔五〕錦：錦書。錦千重：指寫着密約的書信。指不守當初的信誓。

〔六〕蓬山：蓬萊山。李商隱《無題四首》之一："劉郎已恨蓬山遠，更隔蓬山一萬重。"　屏山：指屏風。温庭筠《南歌子》詞："鴛枕映屏山。月明三五夜，對芳顔。"謂美人已嫁，成爲他人家的内眷，即使隔一屏風，也不能輕易見面。

其　八

輕揺絡索撼垂罳，珠閣銀櫳望不疑〔一〕。梔子簾前輕擲處，丁香盒底暗携時〔二〕。偷移鸚母情先覺〔三〕，穩睡猧兒事未知〔四〕。贈到中衣雙絹後，可能重讀《定情詩》〔五〕？

〔一〕絡索：繩索。　垂罳：垂簾。　櫳：窗户。二句謂拉開簾子就能望見她所居閣樓的窗子。

〔二〕梔子、丁香：梔子花和丁香花。簾前輕擲、盒底暗携：指男女之間偷偷地互贈物件以表達情意。宋趙彦端《清平樂·席上贈人》詞:"與我同心梔子,報君百結丁香。"

〔三〕鸚母:即鸚鵡。　偷移:悄悄地移置别處。因鸚鵡能言,防被其看見後多言泄露秘密。

〔四〕猧兒:小狗。唐王涯《宫詞三十首》之十三:"白雪猧兒拂地行,慣眠紅毯不曾驚。深宫更有何人到,只曉金階吠晚螢。"

〔五〕中衣:貼身的衣服。漢繁欽《定情詩》:"何以結愁悲,白絹雙中衣。"　可能:豈能。

其　九

中人蘭氣似微醺〔一〕,薌澤還疑枕上聞〔二〕。唾點著衣剛半指〔三〕,齒痕切頸定三分〔四〕。辛勤青鳥空傳語〔五〕,佻巧鳴鳩浪策勛〔六〕。爲問舊時裙衩上,鴛鴦應是未離群〔七〕。

〔一〕中(zhòng)人:使人深受到。宋玉《九辯》:"憯悽增欷兮,薄寒之中人。"　蘭氣:蘭花的香氣,泛指芳香的氣息。漢郭憲《洞冥記》:"帝所幸宫人名麗娟,年十四,玉膚柔軟,吹氣勝蘭。"

〔二〕薌澤:薌:通"香",香氣。《史記·滑稽列傳·淳于髡》:"羅襦襟解,微聞薌澤。"

〔三〕唾點:唾液留下的斑點。漢伶玄《趙飛燕外傳》:"后與倢伃坐。后誤唾倢伃袖。倢伃曰:'姊唾染人紺袖,正似石上華。假令尚方爲之,未必能若此衣之華。'以爲石華廣袖。"

〔四〕齒痕:牙齒咬後留下的印痕。宋秦醇《趙后遺事》:"不數日,備後宫。時帝齒痕,猶在妾頸。今日思之,不覺成泣。"二句指二人相好。

〔五〕青鳥:見《感舊其四》注〔四〕。李商隱《無題》詩:"蓬山此去無多路,青鳥殷勤爲探看。”

〔六〕佻巧:輕佻巧佞。《離騷》:“雄鳩之鳴逝兮,余猶惡其佻巧。”王逸注:“言又使雄鳩銜命而往,其性輕佻巧利,多語而無要實,復不可信也。” 策勛:記功勛於簡策之上。二句謂使青鳥、鳴鳩傳消息而未能成功,故曰“空”、“浪”也。

〔七〕謂舊時裙上所綉的鴛鴦還在,而人已分離。

其十

容易生兒似阿侯,莫愁真個不知愁〔一〕。戚緣湯餅筵前見〔二〕,仿佛龍華會裏游〔三〕。解意尚呈銀約指〔四〕,含羞頻整玉搔頭〔五〕。何曾十載湖州别,緑葉成陰萬事休〔六〕。

〔一〕南朝梁武帝《河中之水歌》:“河中之水向東流,洛陽女兒名莫愁。莫愁十三能織綺,十四采桑南陌頭。十五嫁爲盧家婦,十六生兒字阿侯。”

〔二〕戚緣:謂由於親戚關係。 湯餅筵:舊俗壽辰及小孩出生第三天或滿月、周歲時舉辦的慶賀宴會,因備有象徵長壽的湯餅(即麵條),故名。

〔三〕龍華會:廟會名。南朝梁宗懔《荆楚歲時記》:“四月八日,諸寺各設香湯浴佛,共作龍華會,以爲彌勒下生之證。”句謂如同參加廟會,因爲只能混雜在衆多賓客中看到她,不能與她單獨相見。

〔四〕銀約指:銀戒指,銀指環。謂她瞭解我的心意,還讓我看到她手上戴着過去我贈送給她的銀戒指,表示她未忘舊情。

〔五〕玉搔頭:玉簪。劉禹錫《春詞》:“新妝宜面下朱樓,深鎖春光一院愁。行到中庭數花朵,蜻蜓飛上玉搔頭。”謂以整髮簪來掩飾羞態。

〔六〕緑葉成陰：宋計有功《唐詩紀事·杜牧》："牧佐宣城幕，游湖州。刺史崔君張水戲，使州人畢觀。令牧閒行，閱奇麗，得垂髫者，十餘歲。後十四年，牧刺湖州，其人已嫁生子矣。乃悵而爲詩曰：'自是尋春去校遲，不須惆悵怨芳時。狂風吹落深紅色，緑葉成陰子滿枝。'"

其十一

慵梳常是髮鬅鬙，背立雙鬟喚不譍〔一〕。買得我拌珠十斛〔二〕，賺來誰費豆三升〔三〕。怕歌《團扇》難終曲〔四〕，但脱青衣便上昇〔五〕。曾作容華宫内侍，人間狙獪恐難勝〔六〕。

〔一〕鬅鬙：頭髮散亂貌。　雙鬟：指婢女。唐寅《踏莎行》詞："急喚雙鬟，爲儂攀折，南枝欲寄憑誰達。"　譍：答应。唐韓偓《倚醉》詩："分明窗下聞裁剪，敲遍欄干喚不譍。"

〔二〕拌(pān)：舍棄，豁出去。見《啼烏行》注〔三〕。　珠十斛：見《感舊其三》注〔五〕。唐喬知之《緑珠篇》："石家金谷重新聲，明珠十斛買娉婷。"

〔三〕豆三升：《晉書·郭璞傳》："(璞)洞五行天文卜筮之術……愛主人婢，無由而得。乃取小豆三斗，遶主人宅散之。主人晨見赤衣人數十圍其家，就視即滅，甚惡之。請璞爲卦。璞曰：'君家不宜畜此婢，可於東南二十里賣之，慎勿争價，則此妖可除也。'主人從之。璞陰令人賤買此婢，復爲符投於井中。數千赤衣人皆反縛，一一自投於井，主人大悦。璞携婢去。"

〔四〕《團扇》：指《團扇郎歌》。南朝陳智匠《古今樂録》："《團扇郎歌》者，晉中書令王珉捉白團扇，與嫂婢謝芳姿有愛，情好甚篤。嫂捶撻婢過苦，王東亭(王珉之兄王珣)聞而止之。芳姿素善歌，嫂令歌一曲當赦之。應聲歌曰:‘白團扇,辛苦五留連,是郎眼所見。’珉聞,更問之:‘汝歌何遺?’芳姿即改云:‘白團扇,憔悴非昔容,羞與郎相見。’後人因而歌之。”

〔五〕青衣:青色的衣服,多爲地位低下者所穿。此處指所寫者爲一婢女。

〔六〕容華:帝王九嬪之一。晉以淑妃、淑媛、淑儀、修華、修容、修儀、婕妤、容華、充華爲九嬪。 内侍:宫中供使唤的人。 狙獪:狡猾奸詐。謂此女以前在王公貴族家作侍女,對世間的各種奸詐行爲恐難以應付。

【輯評】

清洪亮吉《北江詩話》:“‘買得我拌珠十斛,賺來誰費豆三升’,雋語也。”

其十二

小閣爐煙斷水沈〔一〕。竟床冰簟薄涼侵〔二〕。靈妃唤月將歸海〔三〕,少女吹風半入林〔四〕。炧盡蘭釭愁的的,滴殘虬水思愔愔〔五〕。文園渴甚兼貧甚,只典征裘不典琴〔六〕。

〔一〕水沈:即沈香。明李時珍《本草綱目·木一·沈香》:“(沈香)木之心節置水則沈,故名沈香,亦曰水沈。” 斷:斷絶,終盡。

〔二〕冰簟:涼席。温庭筠《瑶瑟怨》:“冰簟銀床夢不成,碧天如水夜雲輕。”

〔三〕靈妃:泛指仙女。唐張説《同趙侍御乾湖作》詩:“乍見靈妃含笑往,復聞游女怨歌來。”此處指嫦娥。温庭筠《曉仙謡》:“玉妃唤月歸海宫,月色淡白涵春空。”句謂天色將曉。

〔四〕少女風：指西風。《三國志·魏書·管輅傳》注引《管輅别傳》："樹上已有少女微風,樹間又有陰鳥和鳴。"

〔五〕灺(xiè)：燈燭餘燼。　蘭釭：燃蘭膏的燈。唐施肩吾《夜宴詞》："蘭釭如晝曉不眠,玉堂夜起沈香煙。"　的的：深切貌,濃郁貌。明高啓《春日懷諸親舊》詩："涉世悠悠夢,懷人的的思。"　虯水：漏壺裏的水。南朝陳江總《雜曲三首》之三："鯨燈落花殊未盡,虯水銀箭莫相催。"　愔愔：悄寂貌。

〔六〕文園：指漢司馬相如,曾任文園令,有消渴疾。見《漢書·司馬相如列傳》及《西京雜記》卷二。司馬相如初與卓文君還成都,居貧愁懣,以所著鷫鸘裘就市人陽昌貰酒,與卓文君爲歡。司馬相如有琴名緑綺。

其十三

生年虛負骨玲瓏〔一〕,萬恨俱歸曉鏡中〔二〕。君子由來能化鶴〔三〕,美人何日便成虹〔四〕。王孫香草年年緑〔五〕,阿母桃花度度紅〔六〕。聞道碧城闌十二〔七〕,夜深清倚有誰同〔八〕?

〔一〕骨玲瓏：指身材俊俏。

〔二〕悲年歲漸漸老去。杜牧《代吴興妓春初寄薛軍事》詩："自悲臨曉鏡,誰與惜流年?"

〔三〕君子化鶴：晉葛洪《抱朴子》："周穆王南征,一軍盡化,君子爲猿爲鶴,小人爲蟲爲沙。"

〔四〕美人虹：南朝宋劉敬叔《異苑·美人虹》："古者,有夫妻荒年菜食而死,俱化成青絳。故俗呼美人虹。"

〔五〕王孫香草：漢淮南小山《招隱士》："王孫游兮不歸,春草生兮萋萋。"後以王孫春草指離人離愁之景色。

〔六〕阿母：指神話中的西王母。李賀《浩歌》："王母桃花千遍紅，彭祖巫咸幾回死。"

〔七〕碧城：《太平御覽》卷六七四引《上清經》："元始天尊居紫霞之闕，碧霞爲城。"後因以碧城爲仙人所居之地。李商隱《碧城三首》詩之一："碧城十二曲闌干，犀辟塵埃玉辟寒。"

〔八〕仲則《感舊雜詩》之三"越王祠外花初放，更共何人緩緩行"，意義相同。

其十四

經秋誰念瘦維摩〔一〕，酒渴風寒不奈何。《水調》曲從鄰院度〔二〕，雷聲車是夢中過〔三〕。司勛綺語焚難盡〔四〕，僕射餘情懺較多〔五〕。從此飄蓬十年後，可能重對舊梨渦〔六〕？

〔一〕維摩：即維摩詰，佛經中人名，是毘耶離城中的一位大乘居士。嘗以稱病爲由，向釋迦遣來問訊的諸弟子宣揚教義。蘇軾《和錢四寄其弟和》詩："年來總作維摩病，堪笑東西二老人。"仲則瘦弱多病，故以維摩自喻。

〔二〕《水調》：古曲調名。杜牧《揚州三首》詩之一："誰家唱《水調》，明月滿揚州。"自注："煬帝鑿汴渠成，自造《水調》。"

〔三〕李商隱《無題二首》詩之一："扇裁月魄羞難掩，車走雷聲語未通。"

〔四〕司勛：指杜牧。牧曾爲司勛員外郎。李商隱《杜司勛》詩："刻意傷春復傷別，人間惟有杜司勛。" 綺語：佛教指藻飾或不實之詞。此指涉及閨門、愛欲等辭藻華艷的詩詞。仲則謂自己所作的詩詞像杜牧一樣，其間有不少綺語，雖經焚去一部分，還未全部銷燬。

〔五〕僕射：指元稹。稹嘗拜尚書左僕射。 懺：懺悔，悔恨。元稹著傳奇小説《會真記》,記述張生(他自己)與少女崔鶯鶯相好,事後又把她拋棄。但他對鶯鶯未能忘情,在後來所作的許多詩中表示對她的懷念,如《鶯鶯詩》、《雜憶五首》、《會真詩三十韻》、《離思五首》等。《離思五首》之四云:"曾經滄海難爲水,除却巫山不是雲。取次花叢懶回顧,半緣修道半緣君。"最爲人所傳詠,認爲是懺情之作。

〔六〕梨渦:宋羅大經《鶴林玉露》卷十二:"胡澹庵十年貶海外,北歸之日,飲於湘潭胡氏園,題詩云:'君恩許歸此一醉,傍有梨頰生微渦。'謂侍妓梨倩也。"後因以"梨渦"指酒渦,亦借指美女。宋朱熹《宿梅谿胡氏客館觀壁間題詩自警》詩之二:"十年湖海一身輕,歸對梨渦却有情。"

其十五

幾回花下坐吹簫,銀漢紅牆入望遥〔一〕。似此星辰非昨夜,爲誰風露立中宵〔二〕?纏綿思盡抽殘繭,宛轉心傷剥後蕉。三五年時三五月〔三〕,可憐杯酒不曾消。

〔一〕銀漢紅墻:銀漢:銀河,天河。李商隱《代應》詩:"本來銀漢是紅牆,隔得盧家白玉堂。"五代毛文錫《醉花間》詞:"深相憶,莫相憶,相憶情難極。銀漢是紅牆,一帶遥相隔。"謂紅牆如銀漢,一牆之隔,如隔銀漢,不能相見。

〔二〕昨夜星辰:李商隱《無題二首》之一:"昨夜星辰昨夜風,畫樓西畔桂堂東。身無彩鳳雙飛翼,心有靈犀一點通。"仲則又有《江神子》詞曰:"昨宵花底,風露爲誰挨。"

〔三〕三五年時:指十五歲時。　三五月:指十五之夜。《古詩十九首》其十七:"三五明月滿,四五蟾兔缺。"仲則特指十五歲時正月十五元宵節之夜。參閱本詩其一:"朱鳥窗前眉欲語,紫姑乩畔目將成。"及《醜奴兒慢・春日》詞:"徘徊花下,分明記得,三五年時。"

【輯評】

清洪亮吉《北江詩話》:"'似此星辰非昨夜,爲誰風露立中宵',隽語也。"

其十六

露檻星房各悄然〔一〕,江湖秋枕當游仙〔二〕。有情皓月憐孤影,無賴閑花照獨眠。結束鉛華歸少作〔三〕,屏除絲竹入中年〔四〕。茫茫來日愁如海,寄語羲和快著鞭〔五〕。

〔一〕露檻星房:指房舍。"露"與"星"是藻飾,無實義。　悄然:寂静。各悄然:謂兩處都無聲息。《感舊》詩之三:"從此音塵各悄然。"

〔二〕江湖秋枕:仲則寫這些詩,是在乘舟去北京的途中。　當游仙:回憶過去的戀情,仿佛是在作游仙之夢。宋沈遘《七言齋居寄楊祖二閣老》詩:"瀟灑城南尺五天,晝涼高枕夢游仙。"

〔三〕鉛華:喻浮華粉飾的文字。　少作:年輕時的作品。漢楊修《答臨淄侯書》:"修家子雲,老不曉事。强著一書,悔其少作。"仲則謂以後不再寫叙述艷情的詩,把這一類詩歸爲年輕時期不成熟的作品。

〔四〕絲竹中年:見《雜感四首其二》注〔七〕。仲則謂自己已步入中年,不再留戀於游樂。

〔五〕羲和:古代神話中駕御日車的神。謂讓日子過得快些。

【輯評】

清郭麐《靈芬館詩話》:"黄仲則詩,佳者夥矣……余最愛其'茫茫來日愁如海,寄語羲和快著鞭',真古之傷心人語也。"

丘竹師《黃景仁的戀愛詩歌》:“由此(指《綺懷》詩)可以看出,他是一個熱情的人。至於他的藝術手腕,可以説是‘寓感情於白描,寄心臆乎毫末。清麗而不纖穠,哀怨而不衰颯’矣。”

李國章《論黃仲則在清代中期詩壇的地位》:“李商隱的《無題》詩對黃仲則的影響很明顯。《感舊》、《綺懷》等吟詠愛情的詩篇,纏綿悱惻,意旨隱晦,風格極相似。”

中秋夜雨

我生萬事多屯蹶〔一〕,眄到將圓便成闕。今宵滿意觴蟾盤〔二〕,西北浮雲早蓬勃〔三〕。薄暮雨愁棼散絲〔四〕,黃昏坐守猶未歇。請從樂府歌霜娥,肯向愁人鑒華髮〔五〕。伊誰天柱追嬉遨,有客鍾陵去飄忽〔六〕。平生浪説神仙中,至此能無愧凡骨〔七〕。三年三見雨中秋,蒙被掩關愁兀兀〔八〕。反思作客無好懷〔九〕,便有良宵轉埋没。羈心却與晦冥稱〔一〇〕,夜氣不隨絲管發〔一一〕。況今萬里同陰晴,天意何曾間胡越〔一二〕。寄聲雲將謝雨師〔一三〕,我心自有明明月。

〔一〕屯蹶:謂艱難困頓。

〔二〕蟾盤:喻圓月。唐曹松《中秋對月》詩:“無雲世界秋三五,共看蟾盤上海涯。” 觴蟾盤:謂對月飲酒。

〔三〕蓬勃:興盛,盛起。漢賈誼《旱雲賦》:“遥望白雲之蓬勃兮,滃澹澹而妄止。”

〔四〕棼絲:亂絲。 棼散絲:散成亂絲。

〔五〕霜娥:即嫦娥,借指月。宋黄裳《蝶戀花·月詞》:“俄落盞中如有戀。盞未乾時,還見霜娥現。” 鑒:照。 華髮:花白的頭髮。蘇軾《念奴嬌》:“故國神游,多情應笑我,早生華髮。”

〔六〕伊誰:誰人,何人。 天柱:天柱山,又稱皖山、潛山,在安徽省潛山縣西北。 鍾陵:即鍾山,在今南京市東北。

〔七〕浪説:妄説,亂説。 凡骨:凡人,塵俗之人。

〔八〕掩關:閉門。 兀兀:憂傷昏沉貌。

〔九〕好懷:好心情。

〔一〇〕羈心:羈客的愁思;猶客思,旅愁。《水經注》:“彌日嬉娱,尤慰羈心。” 晦冥:昏暗,陰沉。《史記·高祖本紀》:“是晚雷電晦冥,太公往視,則見蛟龍於其上。” 稱:相稱,合適。

〔一一〕夜氣:黑暗陰森的氣氛。王安石《離鄞至菁江東望》詩:“村落蕭條夜氣生,側身東望一傷情。” 絲管:絲,指琴、筝等絃樂器;管,指簫、笛等管樂器。泛指各種樂器。

〔一二〕間:間隔,分開。 胡越:胡,泛指我國北方;越,泛指我國南方。比喻疏遠隔絶。

〔一三〕雲將:寓言中指司雲之神。 雨師:古代傳説中指司雨之神。

發鎮陽〔一〕

又趁西風事薄游〔二〕,冷裝依舊撥吴鈎〔三〕。淒涼道路看人面,浩蕩川原信馬頭〔四〕。終古遠山埋瘦日〔五〕,半生華髮戰高秋〔六〕。眼看如此淮南地,獨倚涼天寫《四愁》〔七〕。

〔一〕鎮陽:可能即正陽,是壽州的一個鎮。

〔二〕薄游:爲微薄的俸禄而宦游於外。

〔三〕冷裝:簡陋的行裝。 吴鈎:一種兵器,形似劍而曲,猶刀。意似謂依舊長鋏依人。

〔四〕信馬頭：任憑馬隨便往哪裏走。

〔五〕此句指殘陽在遠山背後落下。

〔六〕戰：較量。

〔七〕《四愁》：漢張衡有《四愁》詩。序云："張衡不樂久處機密，陽嘉中出爲河間相。時國王驕奢，不遵法度。又多豪右并兼之家。……時天下漸弊。鬱鬱不得志，爲《四愁》詩。"

秋夜燕張蓀圃座〔一〕

其　一

《白雪》吴兒發曼聲〔二〕，華堂九月囀雛鶯〔三〕。衆中幾點聽歌淚，不到歌闌未敢傾〔四〕。

〔一〕燕：通"宴"，宴飲，宴請。《詩·小雅·南有嘉魚》："君子有酒，嘉賓式燕以樂。"　張蓀圃：張佩芳（1732—1793），字蓀圃，平定州（在山西省東部，太行山西側）人。乾隆二十二年（1757）進士。官壽州知州。

〔二〕《白雪》：古琴曲名，傳爲春秋晉師曠所作。　吴兒：吴地之歌女，猶吴娘，吴姬。　發曼聲：謂依琴而歌。

〔三〕囀：鳥鳴。温庭筠《題柳》詩："羌管一聲何處曲，流鶯百囀最高枝。"句謂吴兒之歌聲如雛鶯之囀鳴。

〔四〕傾：傾瀉。

其　二

屏圍屈膝夜沈沈〔一〕，緩緩歌還淺淺斟〔二〕。唤到尊前非侑酒〔三〕，愛他吴語似鄉音〔四〕。

〔一〕屈膝：即屈戌，門窗、屏風上的環鈕，搭扣。北周庾信《燈賦》："舒屈膝之屏風，掩芙蓉之行障。" 夜沈沈：猶夜深。
〔二〕淺淺斟：杯子裏的酒倒得很淺，猶慢慢地喝。
〔三〕尊前：指酒筵前。辛棄疾《念奴嬌》詞："料得明朝，尊前重見，鏡裏花難折。" 侑酒：勸飲。
〔四〕吴語：蘇州語。 鄉音：指常州語。兩地相近，言語及語音亦近似。

其　三

東山絲竹感平生〔一〕，不到中年已鬧驚。猛省此身爲異客〔二〕，一宵歡燕主人情。

〔一〕東山：指晉謝安。謝安早年曾辭官隱居於會稽之東山。 絲竹中年：見《雜感四首其二》注〔七〕。
〔二〕異客：在他鄉作客的人。王維《九月九日憶山東兄弟》詩："獨在異鄉爲異客，每逢佳節倍思親。"

鄧家墳寫望

登山畏曛黑〔一〕，山半誰家墳。聊復倚枯木，悵眺延斜曛〔二〕。華表卧草間〔三〕，辟邪綉苔紋〔四〕。不知何公卿，料已無子孫。俛睨極千里〔五〕，大野連秋旻〔六〕。秋陰匝地來〔七〕，浩浩風沙昏。殘緑掃未盡，慘澹霾浮雲〔八〕。

壽陽瓦一垤，淮水圍長闉〔九〕。美哉江河間，有此形勢存〔一〇〕。孫曹始作俑，戰守何紛紛〔一一〕。天心倦離合，地力疲吐吞〔一二〕。方今萬里一，地險安足論〔一三〕。頗聞守土責，宜備淮渦神〔一四〕。浸城獻三版，徙宅空千村〔一五〕。頻年苦蝗旱，此患匪所云〔一六〕。但見途路旁，野哭多流民〔一七〕。造物本無外〔一八〕，誰與排九閽〔一九〕。長歌不能盡，恐擾泉間魂。行行復延佇，天半松濤奔〔二〇〕。

〔一〕曛黑：日暮天黑，唐韓偓《曛黑》詩："江城曛黑人行絶，惟有啼烏伴夜碪。"

〔二〕延：延續。指眺望延續斜陽暮色。

〔三〕華表：古代設在宫殿、城垣、陵墓前作爲裝飾的高大石柱。

〔四〕辟邪：古代傳説中的神獸，能辟禦妖邪。古代陵墓前常立辟邪的石像。　苔紋：指石頭上的苔蘚。

〔五〕俛：同"俯"。　眎："視"的古字。

〔六〕旻(mín)：天，天空。　秋旻：秋空。明李東陽《見南軒賦》："倚秋旻而長嘯，驚落葉之方短。"

〔七〕匝(zā)地：遍地。王勃《還冀州别洛下知己序》："風煙匝地，車馬如龍。"

〔八〕殘緑：殘存的緑葉。　霾：遮掩。謂樹木殘存的緑葉，爲浮雲遮蓋着，顯得很慘澹。

〔九〕壽陽：今安徽壽縣。　垤(dié)：小土堆。　闉：城門外的甕城；城隅。二句謂遥望壽陽，如同一堆磚瓦，其城門被淮水圍遶着。

〔一〇〕江河間：長江與黄河之間。二句謂江河之間有此險要的形勢，值得贊美。

〔一一〕孫曹：三國時期的孫吴和曹魏。　始作俑：俑爲木偶或陶偶，古代用以殉葬。《禮記·檀弓下》："孔子謂爲芻靈者爲善，謂爲俑者不仁,殆於用人乎哉!”爲其像人而用之。《孟子·梁惠王上》:“仲尼曰:‘始作俑者,其無後乎。’”後以“始作俑者”比喻某種壞事或惡劣風氣的肇始人。　戰守:進攻與守衛。指戰争。

〔一二〕天心:猶天意。《漢書·杜周傳》:“宜修教時政,示以儉約寬和,順天心,説民意,年歲宜應。”　離合:指國土的分裂與統一。　地力:指土地的生産能力。　二句謂地力之强弱,産量之多寡,與國土的離合相關,句中的“離合”偏重於離,“吐吞”偏重於吐。即天心倦離,地力疲吐。疲吐吞指由於戰争需要,土地被過度使用。

〔一三〕方今:如今。　萬里一:萬里一家,國家統一。　地險安足論:地勢是否險要已無關緊要,不必談論。

〔一四〕守土責:地方官員的職責。　備:防備。　淮渦神:淮水與渦水之神。應防備淮水與渦水之神降禍於人,意即應防備水災。

〔一五〕浸城:洪水浸入城内。　三版:亦作三板,古代築牆、墳用的木板,每塊高二尺,三板爲六尺,謂用三板阻住洪水。　徙宅:徙家。謂千萬鄉村的村民把家徙往别地。

〔一六〕蝗旱:蝗災和旱災。　匪:通“非”。匪所云:非言語所能表達。

〔一七〕野哭:在荒野痛哭。杜甫《閣夜》詩:“野哭幾家聞戰伐,夷歌數處起漁樵。”

〔一八〕造物:見《十三夜》注〔八〕。　無外:並不見外,一視同仁。謂這不是上天對受災地區的歧視,暗指由於地方官吏治理不當。

〔一九〕九閽:九天之門,指上帝所居之處,喻帝王或朝廷。李商隱《哭劉蕡》:“上帝深宫閉九閽,巫咸不下問銜冤。”　排九閽:謂誰能向皇帝或朝廷申訴百姓的苦難。

〔二〇〕延佇:停留。謂走了幾步又停下來。　天半:半空中。　松濤:松林被風吹動發出的波濤般的聲音。　奔:指聲音急迫。

秋　色

叢叢紫翠作秋英〔一〕,雨過閑階洗倍明。若比春花争得似〔二〕,不輸穠艷只輸情〔三〕。

〔一〕秋英:秋花。
〔二〕争:怎。　争得似:不似。
〔三〕謂秋花在穠艷方面不會輸於春花,只是情致不及耳。

架頭頗多故人枉書未報作此寄意〔一〕

强半書來有淚痕,不將一語到寒温。久遲作答非忘報,只恐開緘亦斷魂。寄意愧無青玉案〔二〕,封函懶置緑珠盆〔三〕。故人若問秋消息,落葉蕭蕭自掩門。

〔一〕枉書:屈尊來信。稱人來信的敬辭。　未報:尚未回信。
〔二〕青玉案:青玉製的短脚盤子,是名貴的餐具。漢張衡《四愁》詩:"美人贈我錦綉緞,何以報之青玉案。"
〔三〕緑珠盆:盛珍珠的緑色盆子。白居易《題噴玉泉》詩:"練垂青峰上,珠瀉緑盆中。"

重九日雨張守先携酒見過〔一〕

萬里秋雲慘不開〔二〕,淮南木落雁聲哀〔三〕。地無一片登臨處〔四〕,天送滿城風雨來〔五〕。幸有故人能置酒,可堪今日不銜杯〔六〕。已拌醉斷還鄉夢〔七〕,任爾鄰鷄喔喔催。

〔一〕張守：指壽州知州張蓀圃。
〔二〕慘不開：形容秋雲密佈,景色凄冷。
〔三〕木落：樹葉凋落。
〔四〕登臨：登山臨水。重九爲重陽節,舊時有登高的習俗。　原注：近正陽無山。
〔五〕見《重九夜偶成》注〔二〕。
〔六〕可堪：那堪,豈堪。秦觀《踏莎行》詞："可堪孤館閉春寒,杜鵑聲裏斜陽暮。"
〔七〕拌：豁出去。見《啼烏行》注〔三〕。

午窗偶成

其一

只餘僮僕勸加餐,那望園官進食單〔一〕。門館晝閑攤飯起〔二〕,架頭隨意檢書看。

〔一〕園官：即園吏。杜甫《園官送菜》序："園官送菜把,本數日闕。"　食單：菜單,食譜。
〔二〕門館：書院。湯顯祖《牡丹亭・延師》："門館無私白日閒,百年粗糲腐儒餐。"　攤飯：午睡。陸游《春晚村居雜賦》詩之五："澆書滿挹浮蛆甕,攤飯横眠夢蝶牀。"自注："東坡先生謂晨飲爲澆書,李黄門謂午睡爲攤飯。"

其二

遶籬紅遍雁來紅〔一〕,翹立鷄冠也自雄〔二〕。只有斷腸花一種，牆根愁雨復愁風〔三〕。

〔一〕雁來紅：一年生草本植物，秋季開花，供觀賞。
〔二〕鷄冠：鷄冠花。一年生草本植物，花狀如鷄首之肉冠，故名。
〔三〕斷腸花：秋海棠之異名。《娜嬛記》卷中引《采蘭雜志》："昔有婦人思所歡不見，輒涕泣，恒灑淚於北牆之下。後灑處生草，其花甚媚，色如婦面；其葉正緑反紅。秋開，名曰斷腸花，又名八月春，即今秋海棠也。"

其　三

烏帽攲斜已戀頭〔一〕，楚天涼思正悠悠。中秋無月重陽雨，孤負人生一度秋〔二〕。

〔一〕烏帽：黑帽，庶民或隱者之服。元陳安《中秋有感》詩："於今寂寞江城暮，烏帽西風嘆白頭。"　戀頭：蘇軾《南鄉子·重九涵輝樓呈徐君猷》詞："酒力漸消風力軟，颼颼，破帽多情却戀頭。"
〔二〕中秋賞月，重陽登高，爲自古以來的風俗習慣。今中秋無月，不能玩賞；重陽下雨，不能登高，均使人掃興。清秋佳節，豈非虛度。孤負：猶辜負。

新　僕

新買孤雛瘠不肥〔一〕，未來先爲製寒衣。桀驁野性馴猶苦〔二〕，嚅囁方音聽總非〔三〕。爾輩何求惟一飽，主人無奈亦長飢。憐渠骨肉猶人子，詎忍輕施夏楚威〔四〕。

〔一〕孤雛：失去母鳥的小鳥，喻幼小的孤兒。

〔二〕桀驁：强横乖戾。　馴猶苦：難以使其馴服。

〔三〕嚅囁：説話吞吞吐吐的樣子。　方音：方言的語音。　聽總非：老是叫人聽錯。

〔四〕渠：他。　夏楚：夏，榎木；楚，荆木。古時常用作教學時的體罰用具。後亦泛稱刑具。

【輯評】

伍合《黄景仁評傳》："此詩仁者之心，藹然如見。詩當温柔敦厚，似此方不失爲長者之言。"

嚴迪昌《論黄仲則》："這已不只是人道主義的表現，實在還滲透着自己遭際的感受在。"

悼馬秀才鴻運〔一〕

飄零之楚復之燕，檢點行蹤欲半天〔二〕。只道馬卿常善病〔三〕，誰知長史竟無年〔四〕。感君意氣堪千古〔五〕，傷友生平又一篇。尺涕臨風還自悼〔六〕，他時誰弔酒壚邊〔七〕。

〔一〕馬鴻運：字廣心，武進（江蘇常州）人，諸生。

〔二〕之：往，去。　半天：半天下。

〔三〕馬卿：司馬相如，字長卿，後人稱之爲馬卿。相如有消渴疾。杜甫《即事》詩："多病馬卿無日起，窮途阮籍幾時醒。"

〔四〕長史：官名，爲丞相、太尉的屬官。晉王濛曾官司徒左長史。《晉書·外戚列傳·王濛》："疾漸篤，於燈下轉麈尾視之，嘆曰：'如此人曾不得四十也。'年三十九卒。"

〔五〕意氣：志向與氣概。
〔六〕尺涕：形容流下的涕淚之多。　自悼：爲自己哀悼。
〔七〕酒壚：見《思舊篇》注〔二七〕。

沙洲行

門前州渚春水生，浩淼遠與淮流平〔一〕。吴艑楚舸泊門下〔二〕，睡鄉咿軋皆艣聲。經時卧病出門望，但見短草摇天青〔三〕。水落不知處，草青行復枯〔四〕。行人如豆馬如蟻，出没草際行蠕蠕〔五〕。若教此地不爲浸，豈非萬頃真膏腴。長淮樹底渺難辨，極浦征帆有時見〔六〕。帆影還争落日飛，鼓聲或遞回風便〔七〕。一行雁帶商飈來〔八〕，散作秋陰滿淮甸。搘笻獨立何蒼然〔九〕，萬里勢落蕭遼天〔一〇〕。客魂久已迷下蔡，地氣莽欲開中原〔一一〕。世情生落盡如水〔一二〕，何必桑田與滄海〔一三〕。等閑風景傷羈人〔一四〕，我客兹邦已彌載。故鄉昨日郵筒來〔一五〕，石田犖确生蒿萊〔一六〕。老親日日倚門望，試問游子何時歸。沙洲行復别伊去，明歲水生無我住〔一七〕。

〔一〕浩淼：形容水面廣闊悠遠。猶浩渺。
〔二〕艑：大船。　舸：小船或一般的船。　吴艑楚舸：泛指各地的大小舟船。
〔三〕短草摇天青：小草在倒映於水面的天空中摇動。
〔四〕行復：馬上就回復到；很快就又。
〔五〕蠕蠕：像昆蟲一樣爬行。

〔六〕極浦：遥遠的水濱。唐黄滔《和王舍人趙補闕題天王寺》詩："極浦征帆小，平蕪落日遲。"

〔七〕飛：形容極快的行動。王勃《滕王閣序》："落霞與孤鶩齊飛，秋水共長天一色。" 鼓聲：見《吴山寫望》注〔四〕。謂船鼓之聲隨回風之便而傳來。

〔八〕商飈：秋風。李白《登單父陶少府半月臺》詩："置酒望白雲，商飈起寒梧。"

〔九〕揞笻：持着手杖。 蒼然：神色悽慘。

〔一〇〕蕭遼：蕭寥，寂寞冷落。

〔一一〕下蔡：故邑名。故城在今安徽鳳臺縣。宋玉《登徒子好色賦》："嫣然一笑，惑陽城，迷下蔡。"指富麗繁華之地。 地氣：土地之氣質，自然條件。《周禮·考工記序》："橘踰淮而北爲枳，鸜鴿不踰濟，貉踰汶則死，此地氣然也。" 莽：蒼莽。 中原：指黄河流域一帶地區。上句謂自己客居於繁華城市較久，因此希望這些常患水災的地區也能開發成像中原一樣富饒。

〔一二〕世情：世界上的情勢。 生落如水：像水一樣有生有落。

〔一三〕何必：不必。 滄海桑田：葛洪《神仙傳·王遠》："麻姑自説云：'接待以來，已見東海三爲桑田。向間蓬萊水乃淺於往者會時略半也，豈將復還爲陸陵乎？'"

〔一四〕等閑：尋常，平常。句謂不必去談論什麽桑田滄海的變化了，就眼前平常的景色，已經使羈旅之人難以爲懷了。羈人，仲則自喻。

〔一五〕郵筒：古時封寄書信的竹筒。指書信。

〔一六〕石田：多石而不可耕的田地。 犖确：怪石嶙峋貌。蘇轍《墨竹賦》："山石犖确，荆棘生之。" 蒿萊：野草，雜草。

〔一七〕伊：它。指沙洲。

二十夜

破窗蕉雨夜還驚〔一〕，紙帳風來自作聲〔二〕。墨到鄉書偏黯淡〔三〕，燈於客思最分明〔四〕。薄醪似水愁無敵〔五〕，短夢生雲絮有情〔六〕。怪煞鄰娃戀長夜〔七〕，坐調絃柱到三更。

〔一〕破窗：指窗櫺上的糊紙已破碎。　蕉雨：打在芭蕉葉上的雨。宋林逋《宿洞霄宫》詩："此夜芭蕉雨，何人枕上聞。"

〔二〕紙帳：用藤皮、繭紙縫製的帳子。蘇軾《自金山放船至焦山》詩："困眠得就紙帳暖，飽食未厭山蔬甘。"

〔三〕鄉書：家信。

〔四〕客思：客居他鄉的人的愁思。

〔五〕薄醪：薄酒，濃度不高的酒。　愁無敵：酒能消愁，太薄了，以致不起作用。

〔六〕短夢生雲：夢雲，用宋玉《高唐賦》叙述楚王夢中與巫山神女相好的典故。杜牧《潤州》詩之二："城高鐵甕横强弩，柳闇朱樓多夢雲。"由於被鄰女調琴之聲吵醒，故夢不長。　絮：絮語，低聲談情説話。

〔七〕煞：助詞，用在動詞後，表示程度深。唐李咸用《喻道》詩："長生客待仙桃餌，月裏嬋娟笑煞人。"　怪煞：責怪，埋怨。非常惱恨。

【輯評】

清汪佑南《山涇草堂詩話·評黄仲則詩》："其近體亦刻意苦吟，足以耐人尋味者，不愧名家。……《二十夜》云：'墨到鄉書偏黯淡，燈於客思最分明。'"

尹六丈爲作雲峯閣圖歌以爲贈〔一〕

出君胸中隨意之丘壑〔二〕，圖我懸崖萬仞之高閣。斷腰破頂峰狀千,繚石穿松雲態各〔三〕。弄君筆頭隨意之丹青,使我鳩形鵠面生光瑩〔四〕。風塵掃盡出真相,土木塊然還舊形〔五〕。蓬萊玄圃藐姑射〔六〕,攝入横圖不盈尺。雲耶峰耶重復重,杳然不知圖所終〔七〕。故令閣勢欲飛去,位我讀書長嘯於其中〔八〕。咄哉此客太相逼,〔九〕,攬鏡依然舊相識。周旋於我成三人,畢竟置身高處得〔一〇〕。我曾夜半登祝融,鐵笛叫出金鉦紅〔一一〕。又曾黄山看鋪海〔一二〕,石壁雲蹤至今在。他如匡廬九子天台四明舊游一一歸夢境〔一三〕,君畫與我通心靈。從今卧游不復夢,但恐披圖意飛動〔一四〕。五岳尋真願總乖〔一五〕,千秋作賦才何用。碧海難騎李白鯨〔一六〕,紅塵漸老嵇康鳳〔一七〕。客里相逢意轉親,袖君高手畫麒麟。若論此日圖中客,亦是尋常行路人〔一八〕。

〔一〕尹六丈:尹慶蘭,字似村,滿洲鑲黄旗人,諸生。

〔二〕胸中丘壑:黄庭堅《題子瞻枯木》詩:"胸中原自有丘壑,故作老木蟠風霜。"

〔三〕斷腰破頂:形容峰腰峰頂被雲霧所遮蔽。　繚石:山石上雲霧繚繞。　穿松:雲霧從松枝中穿出。

〔四〕鳩形鵠面:形容人面容枯槁、形體消瘦的樣子。鳩形,謂腹部低陷,胸骨突起;鵠面,謂兩顴瘦削。

〔五〕土木塊然:木然無知的樣子。

〔六〕蓬萊:神話中的海中仙山。　玄圃:傳説昆崙山頂的神仙居處。唐李康成《玉華仙子歌》:"夕宿紫府雲母帳,朝餐玄圃昆崙芝。"藐姑射:神話中的山名。《莊子·逍遥游》:"藐姑射之山有神人居焉,肌膚若冰雪,綽約若處子。"

〔七〕杳然:形容看不見,聽不到,無形無蹤。《聊齋志異·宅妖》:"館中人聞聲畢集,堂中人物杳然。”

〔八〕長嘯:見《夜登小孤山和壁間韻》注〔二〕。

〔九〕咄哉:表示驚詫或嗟嘆。　此客:指畫中之人。　相逼:近似。指畫中之人容貌很像自己。

〔一〇〕攬鏡:持鏡,對鏡。　周旋:交往,應酬。　三人:指畫中人、鏡中人和自己。　得:猶能、可以。謂得以置身於高處。

〔一一〕祝融:祝融峰;南岳衡山的最高峰。　金鉦:喻太陽。蘇轍《黄樓賦》:“金鉦湧於青嶂,陰氣爲之辟易。”

〔一二〕鋪海:鋪展的雲霧;雲海。

〔一三〕匡廬:指江西的廬山。相傳殷、周之際有匡俗兄弟七人結廬於此,故名。　九子:九子山,即九華山。　天台:天台山,在浙江天台縣北。　四明:四明山,在浙江寧波市西南。

〔一四〕意飛動:心情意志飛動;即動心。

〔一五〕五岳:見《别稚存》注〔七〕。　尋真:尋仙。

〔一六〕謂難以像李白那樣在碧海騎鯨魚。

〔一七〕嵇康鳳:嵇康,晉朝的文學家、思想家、音樂家,爲竹林七賢之一,深受後世文人之尊敬,故仲則稱他爲人中之鳳,並慨嘆自己也只能像嵇康那樣在紅塵中漸漸老去。

〔一八〕高手:指對某種技藝造詣特别高的人。謂尹六丈畫藝高超,將來當在麒麟閣中作畫。至於今日圖中所畫的,只是一個普通的行路人而已。　麒麟:麒麟閣,漢代閣名,在未央宫内。漢宣帝時,曾圖霍光等十一功臣像於閣上,以表揚其功績。

失　題

神清骨冷何由俗〔一〕,鳳泊鸞飄信可哀〔二〕。何處好山時夢到,一聲清磬每驚回。定知前路合長往,疑是此身真再來。聞道玉皇香案下,有人憐我在塵埃〔三〕。

〔一〕神清骨冷:神態清拔脱俗,如有仙風道骨。蘇軾《書林逋詩後》:"先生可是絶俗人,神清骨冷無由俗。"

〔二〕鳳泊鸞飄:比喻漂泊無定所或情侶分離。清金祖望《鶯脰山房詩集序》:"然而鳳泊鸞飄,漫漶懷中之刺。"

〔三〕元稹《以州宅誇樂天》詩:"我是玉皇香案吏,謫居猶得住蓬萊。"按"前路"指北京,仲則打算去北京。"玉皇"指皇帝,"有人"指他的老師朱筠等在朝爲官的人。

何事不可爲二章詠史

其　一

何事不可爲,必欲爲人子。異地附瓜葛,他山託喬梓〔一〕。乃知腥羶所〔二〕,萬物任驅指。蜾蠃多微蟲〔三〕,黎丘足奇鬼〔四〕。東海一逐臭〔五〕,西江詎湔耻〔六〕。甘心爲人父,生者良已矣。所苦泉下人,他鬼奪烝祀〔七〕。依然見斯流,被金而佩紫〔八〕。更有呼父人,相步後塵起。父人復人父〔九〕,誰非竟誰是?

〔一〕爲人子:做他人的乾兒子;認他人爲義父。　瓜葛:瓜與葛,皆爲蔓生植物,比喻輾轉相連的親戚關係。　喬梓:喬與梓,都是樹木,喬木高而仰,梓木卑而俯,古人用以比喻父子之道,父位尊而子位卑。

〔二〕腥羶:腥臭的氣味,比喻醜惡污濁的事物或現象。　驅指:使唤。

〔三〕蜾蠃:一種寄生蜂,捕螟蛉(螟蛾的幼蟲)爲其幼蟲的食物。

《詩・小雅・小宛》:"螟蛉有子,蜾蠃負之。"古人誤以爲蜾蠃收養螟蛉爲自己的幼蟲,故稱收養的義子爲螟蛉或螟蛉子。

〔四〕黎丘:在今湖北宜城西北(或作在今河南虞城縣北)。《吕氏春秋・疑似》:"梁北黎丘部有奇鬼,喜效人之子侄昆弟之狀。"有一老人醉後歸家,黎丘鬼化爲其子而戲弄之。老人醒後責問其子,經其子説明,方知遇到的是奇鬼,欲下次遇而殺之。次日老人復飲於市,其子恐老人有失,前往迎之。老人以爲是奇鬼所化而殺之,結果殺死了自己的兒子。二句謂非親生的兒子(螟蛉子,黎丘鬼所變之子)終必爲患。

〔五〕逐臭:喻嗜好怪癖之人。見《雜詠其一》注〔一〕。

〔六〕湔耻:湔雪耻辱。句謂用全部西江的水也不能洗去耻辱。二句謂染上惡習,終生難改。

〔七〕烝祀:祭祀的供品。　泉下人:死去的人。謂兒子認他人作父,父親活着已經很難受,死了連祭祀的供品也被他鬼奪去,實在難堪。

〔八〕斯流:此輩之人。　被金佩紫:有紫色的綬帶和黄金的印章,表示做貴官。謂現在仍能看到那些達官貴人,背後跟隨着一群叫他父親的人。

〔九〕你稱人爲父,又有人稱你爲父,究竟誰是誰非?

其　二

何事不可爲,必欲呼人師。觀其用心處,豈在道義爲?昌黎作《師説》〔一〕,嘵嘵費繁詞。誰知矯枉甚,流弊爲今兹〔二〕。後堂列女樂〔三〕,前廡陳牛衣〔四〕。位置雖不一,市道均無疑〔五〕。桃李本春卉,向暖固所宜。竊恐白日光,難遍傾陽枝〔六〕。今朝羅雀處〔七〕,昨日横經時〔八〕。聚散在轉瞬,令我長嘆咨。蕭蕭子雲室〔九〕,寂寂康成居〔一〇〕。茅茨且休翦,抱經聊自怡〔一一〕。

〔一〕昌黎:韓愈,字退之。常據先世郡望自稱昌黎(今河北省昌黎縣),後世因此稱他爲昌黎先生。《師説》,韓愈作,内容尊師論道。

〔二〕嘵嘵(xiāo):争辯聲。繁詞:繁瑣的言詞。韓愈《重答張籍書》:"擇其可語者誨之,猶時與我悖,其聲嘵嘵。"矯枉:矯枉過正,糾正偏差超過了應有的限度。今兹:現在。句謂現在産生了流弊。

〔三〕女樂:女子奏樂。《後漢書・馬融傳》:"融才高博洽,爲世通儒。教養諸生,常有千數……常坐高堂,施絳紗帳。前授生徒,後列女樂。"

〔四〕牛衣:供牛禦寒的披蓋物。《漢書・王章傳》:王章,字仲卿。曾任諫大夫,司隸校尉。後爲人所陷,罷官。章初爲諸生時,在長安獨與妻居。"章疾病,無被,卧牛衣中,與妻訣,涕泣。其妻呵怒之,曰:'仲卿京師尊貴,在朝廷人誰踰仲卿者?今疾病,困戹不自激厲,乃反涕泣,何鄙也!'"後章任官,歷位至京兆。欲上封事,妻又止之曰:"人當知足,獨不念牛衣中涕泣時邪?"章曰:"非女子所知也。"書遂上。果下廷尉獄,被害死。

〔五〕市道:商賈逐利之道。《史記・廉頗藺相如列傳》:"夫天下以市道交。君有勢,我則就君;君無勢,則去。此固真理也。"二句謂人所處的地位雖不同,但都在追逐名利。

〔六〕傾陽:曹植《求通親親表》:"若葵藿之傾葉太陽,雖不爲之迴光,然終向之者,誠也。"二句謂樹葉傾向陽光,但恐陽光不能遍照傾陽的樹枝。

〔七〕羅雀:門可羅雀,謂門庭冷落。《史記・汲鄭列傳論》:"始翟公爲廷尉,賓客闐門。及廢,門外可設雀羅。翟公復爲廷尉,賓客欲往。翟公乃大署其門曰:'一死一生,乃知交情;一貧一富,乃知交態;一貴一賤,交情乃見。'"

〔八〕橫經：把經書橫放在書桌上請求老師講解。指受業。南朝梁何遜《七召·儒學》："橫經者比肩，擁帚者繼足。"

〔九〕蕭蕭：冷落。《聊齋志異·俠女》："女數日不至，母疑之，往探其門，蕭蕭閉寂。" 子雲：漢揚雄，字子雲。《漢書·揚雄傳》："家素貧，嗜酒，人希至其門。"劉禹錫《陋室銘》："南陽諸葛廬，西蜀子雲亭。孔子云：'何陋之有。'"

〔一〇〕康成：漢鄭玄，字康成。《後漢書·鄭玄傳》："玄自游學十餘年，乃歸鄉里。家貧，客耕東萊。學徒相隨已數百千人。及黨事起，乃與同郡孫嵩等四十餘人俱被禁錮。遂隱修經業，杜門不出。"

〔一一〕茅茨：茅草蓋的屋頂。亦指茅屋。韓非子《五蠹》："堯之王天下也，茅茨不翦，采椽不斲。"形容生活簡陋。 抱經：持着經書。

【輯評】

錢璱之："他有兩首題作《何事不可爲》的詩，深刻揭露了某些社會相，簡直可稱爲'儒林怪現狀'或'官場活現行'。"

嚴迪昌《論黄仲則》："尤以《何事不可爲二章·詠史》，典型地抉出了官場中趨炎附勢，鑽營依攀，不惜賤賣人格的醜惡靈魂。"

渦 水 舟 夜

爲憐渦水照人清〔一〕，素舸輕裝歲暮行。但見流民滿淮北，更無餘笑落陽城〔二〕。月臨霜草寒同色，風旋冰花凍作聲。如此天寒途更遠，扁舟一艤若爲情〔三〕。

〔一〕渦水：淮河支流，在安徽省西北部。源出河南省開封西，東南流到安徽，在懷遠流入淮河。

〔二〕陽城：古縣名，在宿州（今安徽宿縣）南。宋玉《登徒子好色賦》："嫣然一笑，惑陽城，迷下蔡。"二句謂看到淮北流民的苦難，再也没有在陽城游樂之興致了。

〔三〕艤：（船）靠岸。　若爲情：無以爲情，不知道怎樣對待。

渡河〔一〕

一夜朔風吼，河聲怒似雷。上流冰動岳〔二〕，亭午日飛灰〔三〕。浪挾群靈走〔四〕，沙浮浩劫來〔五〕。懷中無白璧，徑渡不須猜〔六〕。

〔一〕河：指黄河。仲則於乾隆四十年冬由河南歸德府劉家口渡過黄河經山東赴京。

〔二〕冰動岳：河中流冰衝擊，撼動山岳。

〔三〕亭午：正午。蘇軾《上巳出游隨所見作句》詩："三杯卯酒人徑醉，一枕春睡日亭午。"　飛灰：飛揚的灰燼。　日飛灰：形容日色昏暗。

〔四〕群靈：一群精靈。　形容波濤險惡，如同一群精靈在波浪中狂奔。

〔五〕謂河中的泥沙隨水流而下，帶來災難。

〔六〕古代渡河時要把璧玉沉入河中祭河神。傳説，如果懷藏璧玉或其他寶物而不獻給河神，必然會遭遇大風浪，把舟船傾覆。《左傳·襄公十八年》："晉侯伐齊，將濟河，獻子以朱絲繫玉二穀而禱……沉玉而濟。"

馬上逢雁

我方北去三千里,爾是南來第幾群?來歲北歸如有意,深閨書札恐煩君〔一〕。

〔一〕君:指雁。雁足傳書,用《漢書·蘇武傳》典。見《子夜歌其二》注〔三〕。謂希望明年雁北歸時能捎來妻子的書信。

【輯評】

伍合《黄景仁評傳》:"一腔離緒,萬種離懷。飢來驅人,真是萬分不得已啊!"

東阿項羽墓〔一〕

將軍之身分五體,將軍之頭走千里。擲將贈友歡平生,漢王得之下魯城。可憐即以魯公瘞,想見重瞳炯難閉〔二〕。至今燐火光青熒,猶是將軍不平氣〔三〕。昔奠絮酒烏江頭,知君毅魄羞江流〔四〕。懷古復過彭城陌〔五〕,知君英靈愁故國〔六〕。兩地招魂不見君,却從此處弔孤墳〔七〕。美人駿馬應同恨,多少英雄末路人〔八〕!

〔一〕東阿:在山東省西部,南臨黄河。《史記正義》:"項羽墓在濟州東阿縣東二十七里、穀城西三里。"

〔二〕《史記·項羽本紀》:"項王身亦被十餘創。顧見漢騎司馬吕馬童,曰:‘若非吾故人乎?’馬童面之,指王翳曰:‘此項王也。’項王乃曰:‘吾聞漢購我頭千金,邑萬户,吾爲若德。’乃自刎而死。王翳取其頭,餘騎相蹂踐争項王,相殺者數十人。最其後,中郎騎楊喜、騎司馬吕馬童、郎中吕勝、楊武各得其一體,五人共會其體,皆是。……項王已死,楚地皆降漢,獨魯不下。漢乃引天下兵欲屠之,爲其守禮義,爲主守節,乃持項王頭視魯,魯父兄乃降。始,楚懷王初封項籍爲魯公,及其死,魯最後下,故以魯公禮葬項王穀城。” 漢王:指漢高祖劉邦。 魯城:山東曲阜的别稱。曲阜曾爲魯國的都城,故名。 重瞳:一目中有兩個瞳人。《史記・項羽本紀》:“太史公曰:吾聞之周生曰‘舜目蓋重瞳子’,又聞項羽亦重瞳子。羽豈其苗裔耶?” 炯:明亮。

〔三〕不平氣:感到憤憤不平。《史記・項羽本紀》:“(項王)謂其騎曰:‘吾起兵至今八歲矣,身七十餘戰,所當者破,所擊者服,未嘗敗北,遂霸有天下。然今卒困於此,此天之亡我,非戰之罪也。’”謂項羽對自己的失敗感到不平,認爲上天對他不公正。

〔四〕仲則於乾隆三十八年(1773)曾到過烏江,作詩《烏江弔項羽》;又有《烏江項王廟》一詩,《兩當軒集》置於卷二十二《補遺・古近體詩五十五首》中,不注寫作年份。 絮酒:謂祭奠用酒。 羞江流:項羽在垓下戰敗,至烏江自刎。《史記・項羽本紀》:“項王乃欲東渡烏江。烏江亭長檥船待,謂項王曰:‘江東雖小,地方千里,衆數十萬人,亦足王也。願大王急渡。今獨臣有船,漢軍至,無以渡。’項王笑曰:‘天之亡我,我何渡爲!且籍與江東子弟八千人渡江而西,今無一人還。縱江東父兄憐而王我,我何面目見之?縱彼不言,籍獨不愧於心乎?’”

〔五〕彭城:古縣名。相傳堯封彭祖於此,故名。治所在今江蘇省徐州市。秦漢之際,楚懷王與項羽皆建都於此。

〔六〕愁:思念。 故國:指魯。楚懷王始封項羽爲魯公。

〔七〕兩地:指烏江與彭城。 此處:指東阿。

〔八〕美人:指項羽的侍妾虞姬。 駿馬:項羽的戰馬,名騅。《史記・

項羽本紀》:"項王軍壁垓下,兵少食盡,漢軍及諸侯兵圍之數重。夜聞漢軍四面皆楚歌,項王乃大驚曰:'漢皆已得楚乎?是何楚人之多也!'項王則夜起,飲帳中。有美人名虞,常幸從;駿馬名騅,常騎之。於是項王乃悲歌忼慨,自爲詩曰:'力拔山兮氣蓋世,時不利兮騅不逝。騅不逝兮可奈何,虞兮虞兮奈若何!'歌數闋,美人和之。項王泣數行下。"

獻縣汪丞坐中觀技〔一〕

主人憐客困行李,開觴命奏婆猴技〔二〕。一人鋭頭頗有髯,唤到筵前屹山峙〔三〕。頷頤解奏偃師歌,斂氣忽噴尸羅水〔四〕。吞刀吐火無不爲,運石轉丸惟所使〔五〕。上客都忘葉作冠,寒天倏有蓮生指〔六〕。坐令棐几湘簾旁,若有萬怪來回皇〔七〕。人心狡詭何不有,爾爲此技真堂堂〔八〕。此時四座群錯愕,主人勸醉客將作〔九〕。忽然階下趨奚奴,瞥見庭中飛緪索〔一〇〕。少焉有女貌如花,款闥循牆來綽約〔一一〕。結束腰軀瘦可憐,翻身便作緣竿樂〔一二〕。初凝微睇搴高緪〔一三〕,欲上不上如未能。失勢一落似千丈〔一四〕,翩然復向空中騰。下有一髯撾畫鼓,棖棖節應竿頭舞〔一五〕。驀若驚鳶墮水來,輕疑飛燕從風舉。腹旋跟掛態出奇〔一六〕,《踏摇》《安息》歌愈苦〔一七〕。吁嗟世路愁險艱,爾更履索何寬然〔一八〕。鼓聲一歇倏墮地,疾於投石輕於煙。依然娟好一女子,不聞蘭氣吁風前〔一九〕。我聞西京盛百戲〔二〇〕,此雖雜樂猶古意。石虎休誇馬妓書〔二一〕,杜陵雅愛公孫器〔二二〕。螭鵠魚龍亦偶成,戲耳何須蕩心氣〔二三〕。狂來徑欲作拍張〔二四〕,我無一技爭其長。十年挾瑟侯門下〔二五〕,竟日驅車官道旁。笑語主人更觴客,明朝此際孤燈驛〔二六〕。

〔一〕獻縣:在河北省中部偏南。

〔二〕困行李:指旅途勞頓。　開觴:設酒席。　婆猴技:雜技名。相傳周成王時南方有扶婁國,其人善機巧,能易形改服及神怪變幻。後世樂府皆傳其技,俗謂之婆猴技。"婆猴"即"扶婁"之音變。

〔三〕鋭頭:小腦袋。　屹:聳立。　山峙:像山一樣聳立不動。

〔四〕頷(qī)頤:猶曲頤,下巴骨微伸向前。　偃師:傳説周穆王時的巧匠,所製木偶,能歌善舞。《列子·湯問》:"偃師謁見穆王,王問:'若與偕來者何人耶?'對曰:'人之所造,能倡者。'穆王驚視之,趨步俯仰信人也。巧夫頷其頤則歌合律,捧其手則舞應節,千變萬化,惟意所適。王以爲實人也。"　尸羅水:前秦王嘉《拾遺記》:"沐胥之國,有道術人名尸羅。……善衍惑之術……尸羅噴水爲雰霧,暗數里間。俄而復吹爲疾風,雰霧皆止。"

〔五〕吞刀吐火:傳統的雜技和戲法。《舊唐書·音樂志二》:"後魏、北齊,亦有魚龍辟邪、鹿馬仙車、吞刀吐火、剥車剥驢、種瓜拔井之戲。"　運石:拋弄石鎖(練武用的鎖形大石)。　轉丸:旋轉、拋接石製彈丸。

〔六〕上客:貴客。　葉作冠:變戲法,把樹葉變成帽子。　蓮生指:手指上長出蓮花。

〔七〕坐令:致使。韓愈《贈唐衢》詩:"胡不上書自薦達,坐令四海如虞唐。"　柴几:榧木製的几桌。　湘簾:湘竹的簾了。　回皇:走來走去,來來去去。

〔八〕狡詭:狡猾奸詐。　何不有:何所不有,各種各樣都有。　堂堂:堂堂正正,光明正大。

〔九〕錯愕:倉促間感到驚愕。　勸醉:勸飲酒。　將作:將起身。

〔一〇〕奚奴:奴僕,僕人。　飛綵索:掛起一條綵繩。

〔一一〕少焉：片刻，一會兒。　款闥：敲門。

〔一二〕結束腰軀：整理好身上的服裝。　緣竿樂：指表演爬竿戲。

〔一三〕凝睇：凝眸，注目斜視。　高絙(gēng)：絙，同"縆"，粗的繩索。原注：高絙，見《鄴中記》。參見下注〔一七〕。　按：指雜技中的走索，又名"高絙百尺"。

〔一四〕失勢：指没有把牢或没有站穩。

〔一五〕撾(zhuā)：擊，敲打。　棖棖(chéng)：象聲詞。李賀《秦王飲酒》詩："龍頭瀉酒邀酒星，金槽琵琶夜棖棖。"

〔一六〕腹旋：以腹部作支點而旋轉的表演。　跟掛：用足跟鈎住支點而倒掛身體的表演。

〔一七〕《踏摇》：《踏摇娘》，《舊唐書・音樂志二》："踏摇娘生於隋末。隋末河内有人貌惡而嗜酒，常自號郎中，醉歸必毆其妻。其妻美色善歌，爲怨苦之辭。河朔演其曲而被之絃管，因寫其夫之容，妻悲訴，每摇頓其身，故號踏摇娘。近代優人頗改其制度，非舊旨也。"《安息》：樂名。晉陸翽《鄴中記》："石虎正會殿前作樂，有《高絙》、《龍魚》、《鳳凰》、《安息》、《五案》之樂，莫不畢備。"

〔一八〕履索：在繩索上行走。

〔一九〕娟好：清秀美麗。　蘭氣：吹氣如蘭；呼吸中帶着清香。

〔二〇〕西京：西漢都長安，東漢都洛陽，因稱洛陽爲東京，長安爲西京。

〔二一〕石虎(295—349)：十六國時期後趙國君。馬妓書：晉陸翽《鄴中記》："(石虎)又衣伎兒作獮猴之形走馬上，或在脇，或在馬頭，或在馬尾，馬行如故。或名猿騎。"

〔二二〕杜陵：唐杜甫祖籍長安東南杜陵，故自稱杜陵野老，人稱杜陵。公孫：公孫大娘，唐開元間教坊的著名舞伎，善舞劍器、渾脱。杜甫有《觀公孫大娘弟子舞劍器行》詩。劍器，古代武舞曲名。

〔二三〕螭(chī)：古代傳説中無角的龍。　鵠：天鵝。　螭鵠魚龍：指雜戲變化出來的各種動物。句謂此類變化僅是玩藝，不必認真，不須爲此而心情激動。

〔二四〕狂來：狂妄。　徑欲：直欲。　拍張：古代武術雜技的一種。《南史・王儉傳》："於是王敬則脱朝服袒，以絳糾髻，奮臂拍張，叫動左右。上不悦曰：'豈聞三公如此。'答曰：'臣以拍張故得三公，不可忘拍張。'時以爲名答。"

〔二五〕挾瑟侯門：手臂夾持着琴瑟，游走於王侯門下乞食。喻自己到處在官長手下當幕僚。南朝梁簡文帝《率爾爲詠》詩："挾瑟曾游趙，吹簫屢入秦。"

〔二六〕觴客：勸客人飲酒。　孤燈驛：在驛站中獨對孤燈。

趙　北　口〔一〕

居然楚尾吴頭畫〔二〕，忽向燕南趙北看〔三〕。爾許離心攀不得〔四〕，十三橋柳掛蕭寒〔五〕。

〔一〕趙北口：在河北省安新縣城東北，爲白洋淀諸水東流的咽喉。

〔二〕楚尾吴頭：見《舟中望金陵》注〔二〕。

〔三〕燕南趙北：戰國時期燕國的南部與趙國的北部，即兩國接壤的地方。泛指黄河以北地區。蘇軾《定州到任謝執政啓》："燕南趙北，昔稱謀帥之難；尺短寸長，今以乏人而投。"二句謂燕南趙北的景色，居然與吴頭楚尾一帶相仿佛。

〔四〕爾許：猶如許，這麼多。　攀：攀留。

〔五〕十三橋：趙北口有名勝十二連橋。乾隆帝在趙北口作《駐蹕趙北口即事雜詠》詩，其五曰："十三橋畔韶光嫩，假藉春燈着意烘。"遂有"十三橋"之説。道光四年，又在十二橋之南趙王河上建一橋，湊滿十三之數。

乾隆四十一年(1776),仲則二十八歲。去歲十二月下旬抵達北京後,寓日南坊西,與朱筠寓所近在咫尺。值早年同學龔梓樹病殆都中,仲則得視其彌留,並作詩哭弔。春四月,乾隆帝平定大渡河上游大小金川的反抗後,回鑾蹕途經津門,各省士子進獻賦詩。仲則獻《平定兩金川大功告成恭記》及《平金川鐃歌十章》,獲二等,並得校録四庫館之職。此時王昶在京,仲則於門下,又經朱筠介紹,結識翁方綱、紀曉嵐、戴東原、吴竹橋等都中名流,經常詩酒唱和。乾隆四十二年(1777),仲則二十九歲,正月四日,自壽,與同壽者共四人置酒祝賀。得知洪亮吉母於去年冬去世,仲則想到自己的母親亦已年老,亟欲菽水承歡。於是致書亮吉,請他營畫。亮吉代他把他家的三間老屋和半頃薄田典去,遣人護送仲則老母及妻室至京。然而京師不易居,館穀不足以資給養,時感困乏。幸得朱筠及里友陳秋士輩資助。仲則有《都門秋思》詩四首,道當時景況。乾隆四十三年(1778),仲則三十歲。王昶總纂《一統志》,仲則仍在其門下。貧困益甚,寓齋頻遷。乾隆四十四年(1779),仲則三十一歲。五月,洪亮吉來京,就職四庫館,與仲則時相訪晤。王昶以補授都察院左副都御使在京,仲則仍從之游。八月,仲則應順天鄉試,落選。翁方綱、蔣士銓等結都門詩社,邀仲則與亮吉與會;每一篇出,人争傳之。

哭龔梓樹〔一〕

其　一

相逢兩小意相親，轉眼青山哭故人〔二〕。到死未消蘭氣息，他生宜護玉精神〔三〕。抛殘小劫初三月〔四〕，看盡名花二十春。怪道年時頻夢汝〔五〕，半身霞翠禮群真〔六〕。

〔一〕龔梓樹：見《聞龔愛督從河南歸》注〔一〕，是仲則十七歲在宜興氿里讀書時的同學。

〔二〕青山：指埋葬之處，墓地。蘇軾《獄中寄子由二首》詩："是處青山可埋骨，他年夜雨獨傷神。"

〔三〕蘭氣息：幽蘭之氣；清高脱俗的氣息。　玉精神：温潤如玉，喻人態度温文爾雅。

〔四〕小劫：佛教傳説，謂世界經歷若干萬年毁滅一次再開始爲一劫。此以小劫指人的一生。　抛殘小劫：指死。　原注：正月初三日卒。

〔五〕怪道：難怪。

〔六〕翠：翠羽。　霞翠：謂神仙的翠色羽衣。　真：真人，道家指修真得道的人，泛指仙人。　禮群真：向群仙致禮。

其　二

十年舊雨阻燕雲〔一〕，把袂俄驚冥契分〔二〕。一喘夜窗猶待我，兼程朔雪似因君〔三〕。每憂謝弟年難永〔四〕，不信龔生蕙竟焚〔五〕。回首荆南讀書處〔六〕，滿山猿鶴弔斜曛。

〔一〕十年：從二人於乾隆三十年在宜興氿里讀書至四十年梓樹在北京病故，正好十年。　舊雨：杜甫《秋述》："秋，杜子卧病長安旅次。多雨生魚，青苔及榻。常時車馬之客，舊雨來，今雨不來。"後以"舊雨"作爲老友的代稱。宋張炎《長亭怨》詞："故人何許？渾忘了江南舊雨。"　阻燕雲：幾年來仲則一直往來於江蘇、浙江、安徽三省之間，而梓樹在北京，二人爲燕雲所阻隔，不能相見。

〔二〕把袂：拉住衣袖，猶執手。泛指相見。　冥契：指意氣相投的知音好友。《世説新語·傷逝》："（支道林）謂人曰：'昔匠石廢斤於郢人，牙生綴絃於鍾子，推己外求，良不虚也。冥契既逝，發言莫賞。中心蘊結，余其亡矣。'"

〔三〕原注：時予至都甫十日。

〔四〕謝弟：南朝宋詩人謝惠連爲謝靈運族弟，故人稱其爲小謝，又稱謝弟。龔梓樹爲龔協之弟（二人都是仲則的朋友），故仲則以謝弟爲喻。《南史·謝惠連傳》：惠連十歲，能屬文，爲族兄謝靈運賞識。早亡，年僅三十七歲。　永年：長壽。曹操《龜雖壽》："盈縮之期，不但在天。養怡之福，可得永年。"　年難永：不能長壽。

〔五〕龔生：《漢書·龔勝列傳》：龔勝，名君賓，楚人。好學明經，徵爲光禄大夫。王莽篡位後，拜勝爲講學祭酒。勝稱疾不應徵，不願以一身事二姓，絶食死，年七十九。"門人衰絰，治喪者百數。有老父來吊，哭甚哀。既而曰：'嗟乎，薰以香自燒，膏以明自銷，龔生竟夭天年，非吾徒也。'遂趨而出，莫知其誰。"清吴偉業《賀新郎·病中有感》詞："萬事催華髮，論龔生、天年竟夭，高名難没。"此句以龔勝喻梓樹，二人同姓。

〔六〕荆南：荆南山，即銅官山，在江蘇省宜興市西南。以其在荆溪之南，故又稱荆南山。

春　感

其　一

二月不青草，蕭然薊北春〔一〕。千金無馬骨〔二〕，十丈是車塵〔三〕。氣盡初爲客，心空漸畏人〔四〕。道旁知幾輩，家有白頭親〔五〕！

〔一〕蕭然：蕭條，冷落。　薊北：薊，古地名，在今北京城西南隅。薊北，薊州之北，泛指北京地區。杜甫《聞官軍收河南河北》詩："劍外忽傳收薊北，初聞涕淚滿衣裳。"

〔二〕馬骨：《戰國策・燕策一》："古之君人，有以千金求千里馬者，三年不能得。涓人言於君曰：'請求之。'君遣之。三月得千里馬，馬已死，買其骨五百金，反以報君。君大怒曰：'所求者生馬，安事死馬而捐五百金？'涓人對曰：'死馬且買之五百金，況生馬乎？天下必以王爲能市馬，馬今至矣。'於是能不期年，千里之馬至者三。"後人以市千里馬喻招納賢才。句謂無人肯以千金買馬骨，指無人賞識賢才。

〔三〕車塵：車馬揚起的塵土。　十丈車塵：形容城市繁華熱鬧。

〔四〕謂初到此地，人地生疏，心裏感到恐慌。

〔五〕謂爲養家活口而來此謀生的人，不知有多少。

【輯評】

清洪亮吉《北江詩話》卷一："黃二尹景仁久客都中，寥落不偶，時見之於詩。如所云：'千金無馬骨，十丈有車塵。'……感其高才不遇、孤客酸辛之況矣。"

其　二

亦有春消息,其如雨更風〔一〕。替愁雙淚燭,對語獨歸鴻〔二〕。宫闕自天上〔三〕,家山只夢中。東君最無賴,不放小桃紅〔四〕。

〔一〕其如:猶奈何。
〔二〕替愁:杜牧《贈别》詩二首之一:"蠟燭有心還惜别,替人垂淚到天明。"二句寫孤獨愁苦的景況。
〔三〕宫闕:皇宫,宫殿;喻朝廷。　天上:表示遥遠,高不可攀。
〔四〕東君:傳説中的司春之神。　小桃:初春即開花的一種桃樹。

即席分賦得賣花聲

其　一

何處來行有脚春〔一〕,一聲聲唤最圓匀〔二〕。也經古巷何妨陋,亦上荆釵不厭貧〔三〕。過早慣驚眠雨客,聽多偏是惜花人。絶憐兒女深閨事,輕放犀梳側耳頻〔四〕。

〔一〕有脚春:即有脚陽春。五代王仁裕《開元天寶遺事·有脚陽春》:"宋璟愛民恤物,朝野歸美。人咸謂璟爲有脚陽春,言所至之處,如陽春煦物也。"句謂賣花人行遍大街小巷,把春光帶給大家,有如有脚之春。　來行:走來。
〔二〕圓匀:圓潤柔和。
〔三〕荆釵:古代貧家婦女常用的以荆枝製成的髮釵。
〔四〕絶憐:最憐;十分喜愛。明劉基《宿賈性之市隱》詩:"絶憐草色緑鋪地，可愛梅花白照人。” 犀梳：牛角製的梳子。

其　二

摘向筠籃露未收，喚來深巷去還留〔一〕。一堤杏雨寒初減〔二〕，萬枕梨雲夢忽流〔三〕。臨鏡不妨來更早〔四〕，惜花無奈聽成愁。憐他齒頰生香處，不在枝頭在擔頭〔五〕。

〔一〕筠籃：竹籃。　去還留：賣花人已去而聲音還在耳邊縈迴。

〔二〕杏雨：杏花雨。元陳元靚《歲時廣記》卷一：“《提要録》，杏花開時，正值清明前後，必有雨也，謂之杏花雨。”元張可久《金字經·偕李溉之泛湖》曲：“杏雨沾羅袖，柳雲迷畫船。”

〔三〕梨雲：見《綺懷其三》注〔七〕。　夢忽流：指夢破，夢醒。

〔四〕臨鏡：對鏡。指婦女對鏡梳妝。

〔五〕齒頰生香：謂所談之事使人喜愛高興。此處指賣花聲清亮悦耳。三句意謂賣花聲雖好聽，所可惜者，花已被摘下，不在枝頭。所以愛花之人，聽此聲而生愁思，不知如何是好。

【輯評】

周瘦鵑：“黄仲則有《即席分賦得賣花聲》七律兩首……把賣花人的喚，買花人的聽，全都淋漓盡致地寫了出來。”

得稚存淵如書卻寄〔一〕

秋窗夜涼燈一粟，日南坊西數椽屋。客心羈孤不可論〔二〕，忽有故人書在門。書詞悱惻紙黯慘〔三〕，曾洗巨浪傾崑崙〔四〕。河關阻越兩年别,展翰披緘轉愁絶〔五〕。洪生倔强百不諳,只解故紙驅銀蟫〔六〕。自餐脱粟厚親養,儉歲襆被游江潭〔七〕。孫郎下筆妙心孔,百鍊枯腸瀉真汞〔八〕。寄我新成《病婦詩》,不特才豪亦情種〔九〕。鶴籠鳳笯兩不聊〔一〇〕,憐我塌翅爲解嘲。老親弱子感温問,古意分明見方寸〔一一〕。入世無妨醒是狂〔一二〕,謀生敢道貧非病〔一三〕。燕山九月飛雪花,日日典衣歸酒家〔一四〕。閒鐘偶一攬清鏡,面上薄已污塵沙。插標賣賦愁絶倒〔一五〕,臣朔苦長時不飽〔一六〕。織錦偏輸新樣工,論文每嘆清才少。春風野火句全删,今日長安住較難〔一七〕。故人遲我作長句,須在匡山讀書處〔一八〕。

〔一〕稚存:見《明州客夜懷味辛稚存却寄》注〔一〕。淵如:孫星衍,字淵如,陽湖(今常州)人。乾隆五十二年(1787)進士。官至山東督糧道。

〔二〕羈孤:羈苦孤獨。　不可論:不用説。

〔三〕悱惻:憂思抑鬱。　紙黯慘:指書信的紙張破碎,字迹墨色暗淡。

〔四〕崑崙:崑崙舶,古代南海諸國的商船。泛指舟船。　傾:指舟船爲巨浪所傾覆。　洗:書信遭到河水的浸洗。　原注:寄書人曾覆舟於河。

〔五〕河關:河流與關隘。王維《贈祖三詠》:"雖有近音信,千里阻河關。"　展翰披緘:打開書信閲讀。

〔六〕洪生:洪稚存。　不諳:不熟悉。謂不懂世務。　銀蟫:書中的白色蠹魚。　驅:追隨。謂其只知鑽研古籍。

〔七〕脱粟:僅脱去皮殼的粗米,糙米。　儉歲:歉收之年,荒年。　襆被:用包袱裹衣被;打包裹。

〔八〕孫郎:孫星衍。　心孔:猶心竅。　妙心孔:心思靈巧。　百鍊枯腸:謂胸中錘鍊詞句。　真汞:仙丹。喻精美的詩詞文章。

〔九〕才豪：才力豐富。　情種：謂感情濃厚。

〔一〇〕笯(nú)：鳥籠。　鶴籠鳳笯：把鶴和鳳關在籠子裏。顧況《酬柳相公》詩："此身還似籠中鶴，東望滄溟叫一聲。"《史記·屈原賈生列傳》："鳳皇在笯兮鷄雉翔舞。"　聊：聊賴。不聊，指生活或精神上無所憑靠。

〔一一〕塌翅：垂下翅膀。形容失意而沮喪。　解嘲：解免嘲笑，被人嘲笑而自作解釋。明王錂《尋親記·相逢》："寫怨揮毫，不是逢人作解嘲。"　古意：古人的情意，猶古道熱腸。　方寸：指心，内心。

〔一二〕入世：在現實世界。　無妨醒是狂：因看清世俗的污穢而表現爲孤傲狂放。

〔一三〕貧非病：《莊子·讓王》：原憲居魯，環堵之室，蓬户不完。子貢乘大馬，軒車不容巷，往見原憲。原憲杖藜而應門。"子貢曰：'嘻！先生何病？'原憲應之曰：'憲聞之：無財謂之貧，學而不能行謂之病。今憲貧也，非病也。'子貢逡巡而有愧色。"　敢道：（用於反詰句）不敢説，不能説。句謂在謀生存、養家活口這一點上，豈能説"貧非病"，貧窮不是什麽大不了的事。

〔一四〕燕山：宋宣和四年改燕京爲燕山府。後以指燕京，即今北京市。　典衣：典押衣服。杜甫《曲江二首》其二："朝回日日典春衣，每日江頭盡醉歸。"

〔一五〕插標：舊時在物品上或人身上插草，作爲出賣的標識。　賣賦：司馬相如《長門賦》序："孝武皇帝陳皇后時得幸，頗妒，别在長門宫，愁悶悲思。聞蜀郡成都司馬相如，天下工爲文，奉黄金百斤，爲相如、文君取酒，因於解悲愁之辭。而相如爲文以悟主上，陳皇后復得親幸。"後以"賣賦"泛指賣文取酬。元范梈《秋日集詠奉和潘李二使君浦編修諸公十韻》之五："題橋一字終何益，賣賦千金竟或無。"　愁絶倒：恐爲人所笑。

〔一六〕臣朔苦長：《漢書·東方朔傳》：東方朔戲言武帝欲盡殺侏儒，侏儒皆號泣。武帝召問東方朔。東方朔對曰："侏儒長三尺餘，俸一囊粟，錢二百四十。臣朔長九尺餘，亦奉一囊粟，錢二百四十。侏儒飽欲死,臣朔飢欲死。臣言可用,幸異其禮;不可用,罷之,無令但索長安米。"

〔一七〕春風野火句:五代王定保《唐摭言·知己》:"白樂天初舉,名未振,以歌詩謁顧況,況謔之曰:'長安百物貴,居大不易。'及讀至《賦得原上草送友人》詩曰:'野火燒不盡,春風吹又生。'況嘆之曰:'有句如此,居天下有甚難?老夫前言戲之耳!'"

〔一八〕遲:等待。 長句:指七言古詩。杜甫《蘇端薛復筵簡薛華醉歌》:"近來海内爲長句,汝與山東李白好。" 匡山讀書處:匡山,在四川省江油縣西,亦名大匡山。范傳正《李白新墓碑》云:白讀書於大匡山,有讀書堂尚存。杜甫《不見》詩:"匡山讀書處,頭白好歸來。"意謂近年爲生計所迫,忙於養家活口,直要到年老時,才能安心寫作。

十月一日獨游卧佛寺逢吴次升陳菊人因之夕照寺萬柳堂得詩六首〔一〕

其 一

風色薊門寒〔二〕,蕭條歲又闌〔三〕。六街飛蓋滿〔四〕,獨客廢書嘆。旅食謀歡少,清游覓伴難。朝來徑孤往,瘦蹇勝雕鞍〔五〕。

〔一〕卧佛寺:在北京東花寺斜街。始建於明代,清乾隆三十一年(1766)重修。 吴次升:吴階,字次升,陽湖(今江蘇常州)人。乾隆四十九年召試二等。官至曹州知府。 陳菊人:陳宗賦,字秋士,號菊人。江蘇武進人。官湖北知縣。 夕照寺:在北京崇文區廣渠門内夕照寺街。 萬柳堂:在右安門外草橋,爲元廉希憲所建别墅。堂臨池,池中多蓮,遶池植柳數百株,希憲常招趙孟頫在此游耍。清初大學士馮溥又在崇文區廣渠門内東南建一别墅,因慕其名,仍取名爲萬柳堂。

〔二〕薊門:古地名,在北京城西德勝門外西北隅,舊時爲京師八景之一,名曰"薊門煙樹"。

〔三〕歲又闌:一年又將盡。

〔四〕六街:見《中秋夜游秦淮歸南城作》注〔三〕。　飛蓋:高高的車篷,借指車。曹植《公宴》詩:"清夜游西園,飛蓋相追隨。"

〔五〕徑:徑自。　蹇:劣馬,跛驢。

其　二

崇南坊角路,側帽自行吟〔一〕。市盡天圍堞〔二〕,霜清寺出林〔三〕。宫雲荒碣石,臺日澹黄金〔四〕。幸有故人共,慨然談古今。

〔一〕崇南坊:在北京崇文門至左安門之間。　側帽:斜戴帽子。《周書·獨孤信傳》:"在秦州,嘗因獵,日暮馳馬入城,其帽微側。詰旦,而吏人有戴帽者,咸慕信而側帽焉。"後以謂灑脱不羈的裝束。宋陳師道《南鄉子》詞:"側帽獨行斜照裏,颼颼,卷地風前更掉頭。"

〔二〕市:指城中店鋪較多的街道,市區。　堞:城堞,城牆上呈齒形的矮牆,又稱女牆。句謂市區的盡頭,城牆外一片空曠。

〔三〕林中的樹木葉子爲風霜所凋落,露出了一所寺院。

〔四〕碣石:碣石宫,戰國時燕昭王爲齊人鄒衍建。《史記·孟子荀卿列傳》:"(鄒衍)如燕,昭王擁彗先驅,請列弟子之座而受業。築碣石宫,身親往師之。"　黄金:黄金臺,古臺名,故址在今河北省易縣東南北易水南。《史記·燕召公世家》載:燕昭王欲招賢士,問郭隗。"郭隗曰:'王必欲致士,先從隗始。况賢於隗者,豈遠千里哉!'於是昭王爲隗改築宫而師事之。"相傳燕昭王築臺,置千金於臺上,延請天下賢士,故名黄金臺。李白《古風五十九首》其十五:"燕昭延郭隗,遂築黄金臺。"碣石、黄金,皆喻卧佛寺中的樓臺。雲荒、日澹:描寫當時的天色。

其　三

長安棋局外,高卧羡能仁〔一〕。古磩忘年樹,虚龕積寸塵〔二〕。閉門知客少,退院識僧真〔三〕。便欲肩行李,從兹寄病身。

〔一〕長安棋局:杜甫《秋興八首》其四:"聞道長安似弈棋,百年世事不勝悲。王侯第宅皆新主,文武衣冠異昔時。"長安,喻北京。　能仁:即釋迦牟尼。《魏書·釋老志》:"所謂佛者,本號釋迦文者,譯言能仁。謂德充道備,堪濟萬物也。"　原注:寺佛作卧像。

〔二〕磩(qì):石階。　忘年樹:謂樹木生長的年代久遠。　龕:供奉佛像的小閣子。　虚龕:指空龕。

〔三〕知客:知客僧,佛寺中專管接待賓客的僧人。　退院:退院僧,佛寺中因年老而辭去一切職務的僧人。陸游《初夜》詩:"身似游邊客,心如退院僧。"

其　四

夕照何年寺,龔生殯此間〔一〕。遺文銷白蠹〔二〕,留骨待青山〔三〕。杯酒生平盡,經年涕淚潸。紙灰風動處,送我出禪關〔四〕。

〔一〕龔生：龔梓樹。 殯：死者入殮後停柩以待葬。 原注：龔梓樹厝所，命僧置酒奠之。

〔二〕白蠹：書中的銀白色蠹蟲。

〔三〕青山：見《哭龔梓樹其一》注〔二〕。

〔四〕禪關：禪門，廟門。

其五

緑野名園舊，黄扉上相開〔一〕。連天起韋杜〔二〕，拓地館鄒枚〔三〕。事往寒雲白，林空野鳥迴。老丁鋤菜急〔四〕，不問客何來。

〔一〕緑野：緑野堂，唐宰相裴度的别墅。故址在今河南洛陽市南。 黄扉：古代丞相、三公、給事中等高官辦事的地方，以黄色涂門上，故稱。 上相：宰相。

〔二〕韋杜：唐代韋氏、杜氏，世爲貴族。韋氏居韋曲，杜氏居杜曲，皆在長安城南。以其地近帝都，唐人語曰："城南韋杜，去天尺五。"

〔三〕鄒枚：漢鄒陽、枚乘。西漢梁孝王建梁苑，方三百餘里，宫室相連屬。梁孝王在其中廣納賓客，當時名士司馬相如、枚乘、鄒陽等，均爲座上客。

〔四〕老丁：年老的園丁。 此詩詠萬柳堂。

其六

欲放登高目，平岡正落暉。穿蘆時見帽〔一〕，攀樹每鈎衣〔二〕。雙闕明金爵〔三〕，羣峰走翠微〔四〕。南飛數行雁，目送思依依。

〔一〕穿蘆：穿過蘆葦。　見帽：只能看見在前面行走的人的帽子。

〔二〕攀樹：拔開樹枝行走。　鈎衣：被樹枝鈎住衣服。

〔三〕雙闕：古代宫殿、祠廟、陵墓前兩邊高臺上的樓觀。唐吴融《送僧歸破山寺》詩："别來雙闕老，歸去片雲閒。"　金爵：屋上裝飾的銅鳳。　明：指金爵在夕陽光照下閃閃發亮。

〔四〕翠微：輕淡青葱的山色。見《游九華山放歌》注〔一六〕。

贈楊荔裳即寄酬令兄蓉裳〔一〕（四首選一）

其　三

故人憐我頓塵中，温語頻番慰寓公〔二〕。百鍊妖金空自奮〔三〕，飽餐痴蠹有何功〔四〕。名心澹似幽州日，骨相寒禁易水風〔五〕。拭眼雙龍起騰躍〔六〕，未憂吾道竟終窮〔七〕。

〔一〕楊荔裳：楊揆，字荔裳，金匱（今江蘇無錫）人。乾隆四十五年召試舉人。官至四川布政使，贈太常寺卿。　楊蓉裳：楊芳燦，字蓉裳，又字才叔，楊荔裳之兄。拔貢生。官至靈州知州，改員外郎。

〔二〕頓：滯留。　寓公：流落寄居他鄉的士人。

〔三〕妖金：精美的黄金或黄金器物。唐章孝標《玄都觀栽桃十韻》詩："寶帳重遮日，妖金遍累空。"　此處喻美才。

〔四〕蠹：蠹魚，銀魚。飽餐痴蠹：喻啃了許多書本的讀書人。

〔五〕幽州：今河北北部及遼寧地區。　骨相：指人的骨骼形態（相士可以從中探測人的命運）。　易水風：《荆軻歌》："風蕭蕭兮易水寒，壯士一去兮不復還。"

〔六〕雙龍：指晉陸機、陸雲二兄弟。《晉書·陸雲傳》："矯翮南辭，翻棲火樹；飛鱗北逝，卒委湯池。遂使穴碎雙龍，巢傾兩鳳。" 謂楊氏兄弟二人的才華，可以比陸機、陸雲二兄弟。 騰躍：飛騰奮發。

〔七〕吾道：我的學説。多指儒家的學説。《史記·孔子世家》："及西狩見麟，曰：'吾道窮矣。'"

【輯評】

清洪亮吉《北江詩話》："黄二尹景仁久客都中，寥落不偶，時見之於詩。……又云：'名心澹似幽州日，骨相寒禁易水風。'亦可感其高才不遇、孤客酸辛之況矣。"

病中雜成(二首選一)

其一

凍蠅僵壁飛無力，雨鶴栖松翅倒垂。病淺病深我自驗，酒人疏到酒杯時〔一〕。

〔一〕陸游《新夏感事》："病起兼旬疏把酒，山深四月始聞鶯。"

丙申除夕〔一〕

其一

闌珊燈火鳳城隈〔二〕，自擁氈爐引凍醅〔三〕。銀筯怕翻商陸火〔四〕,消殘心字不勝灰〔五〕。

〔一〕丙申:乾隆四十一年(1776),仲則二十八歲。

〔二〕闌珊:殘,將盡。 鳳城:京城,京都的美稱。 隈:隅,角落。城隈,城内偏僻處。

〔三〕氈爐:見《初春》注〔一〕。 凍醅:凍酒,冷酒。陸游《初冬》詩:"蝟刺坼蓬新栗熟,鵝雛弄色凍醅濃。"

〔四〕銀筯:火筯,火夾子,火筷子。 夾炭火用的工具,一般都是鐵製的,銀只是美稱。 商陸:多年生草本植物,根粗大,塊狀。《説郛》一一九卷《除夜嘆老》:"裴度除夜嘆老,至曉不寐,爐中商陸火凡數添也。"

〔五〕心字:心字香,用香末繞成心字形的香。清納蘭性德《憶江南》詞:"急雪乍翻香閣絮,輕風吹到膽瓶梅。心字已成灰。" 不勝灰:謂早已成灰,不堪翻動。

其　二

一歲似風吹劍上〔一〕,百憂如影墮燈前〔二〕。車聲已有朝天客〔三〕,不及嵇康好晏眠〔四〕。

〔一〕吹劍:吹劍首;風吹過劍環頭上的小孔。《莊子·陽則》:"吹劍首者,映而已矣。"謂發出的聲音微弱。喻事情之渺小。句意謂過去一年中所做的事微不足道。

〔二〕謂各種憂患如影隨形,無法消除。

〔三〕朝天客:指一清早上朝見駕的公侯高官。

〔四〕嵇康在《與山巨源絶交書》中稱自己"性復疏懶,筋駑肉緩,頭面常一月十五日不洗","有必不堪者七,甚不可者二。卧喜晚起,而當關呼之不置,一不堪也"。

其　三

痛飲呼盧病未能〔一〕，鮮衣炫服態堪憎〔二〕。今宵未免深閨夢，一間輸他退院僧〔三〕。

〔一〕呼盧：即呼盧喝雉，謂賭博。見《獨酌感懷》注〔三〕。　病未能：因厭惡而不爲。

〔二〕鮮衣炫服：精美艷麗的衣服。

〔三〕退院僧：見《十月一日獨游卧佛寺……其三》注〔三〕。　一間(jiàn)：謂距離甚近。漢揚雄《法言・問神》："顔淵亦潛心於仲尼矣，未達一間耳。"二句意謂今夜很可能要夢見妻子，自己在情性方面尚未完全泯滅，較之退院僧還差一點。

丁酉正月四日自壽〔一〕

其　一

綵箋分擘燭分持〔二〕，四座交成自壽詩。元子敢夸庚午順〔三〕，郎中多恐甲辰雌〔四〕。青蒼路迥誰先達〔五〕，草木年深我自悲。作客喜逢賢地主，今宵杯至總難辭。

〔一〕題原注：是日同壽者有温景萊、朱大尊、楊荔裳，共余四人。温舍人汝適爲置酒借舫齋中。　丁酉：乾隆四十二年(1777)，仲則二十九歲。　温景萊：《先友爵里名字考》中僅列姓名，無簡歷。朱大尊：朱錫卣，字大尊，朱筠子，諸生。　楊荔裳：見《贈楊荔裳即寄酬令兄蓉裳其三》注〔一〕。　温汝適：字步容，號篔坡，順德(今河北邢臺)人。乾隆四十九年進士。官至兵部侍郎。　舍人：

宋元以後俗稱顯貴子弟爲舍人。

〔二〕綵箋分擘：把箋紙裁開(準備作詩)。陸游《閬中作》詩："擘箋授管相逢晚,理鬢薰衣一笑嘩。"

〔三〕元子：長子。或指朱大尊。大尊爲朱筠長子。　庚午：《詩·小雅·吉日》："吉日庚午。"　原注：余生午時。

〔四〕郎中：尚書、侍郎以下的高級官員,分掌各司事務。　甲辰雌：年逾花甲之同庚者二人,其幼者之甲子爲雌甲子。唐劉訥言《諧噱録》："裴晉公度在相位日,有人寄槐瘿一枚,欲削爲枕。時郎中庾威世稱博物,召請别之。庾捧玩良久,白曰：'此槐瘿是雌樹生者,恐不堪用。'裴曰：'郎中甲子多少!'庾曰：'某與令公同甲辰。'裴笑曰：'郎中便是雌甲辰。'"

〔五〕青蒼：指天。

其　二

不禮金仙禮玉晨〔一〕,人間差覺敝精神〔二〕。倘來事業慚青鬢,未了名心爲老親〔三〕。花笑喜逢初番信〔四〕,酒香偷釀隔年春〔五〕。相將且盡筵前醉〔六〕,位置我儕豈在人〔七〕。

〔一〕金仙：指佛。　玉晨：仙人之號。南朝梁陶弘景《真靈位業圖》："第二中位,上清高聖太上玉晨玄皇大道君,爲萬道之主。"唐趙嘏《贈五老韓尊師》詩："有客齋心事玉晨,對山鬚鬢緑無塵。"　原注：《雲笈七籤》："正月四日朝玉晨君。"

〔二〕差覺：稍覺。

〔三〕倘來：謂不應得到而得到。二句謂去追求命中不該有的事業,年輕人應感到慚愧,我所以還未能擺脱名利思想,只是爲了要奉養老母。

〔四〕花笑：喻花朵開放。唐劉知幾《史通·雜説上》："今俗文士謂鳥鳴爲啼，花發爲笑，花之與鳥，安有啼笑之情哉！" 初番信：農曆節氣，把一年分爲二十四番，有二十四番花信風之説，正月上半月屬於初番。

〔五〕偷釀：私釀。 春：唐人呼酒爲春，後沿用之。李白《哭宣城善釀紀叟》詩："紀叟黄泉裏，還應釀老春。"

〔六〕相將：相共。

〔七〕位置：置身於某種地位。句意謂我們的前途，不是人所能決定的，一切都由命運安排。

聞稚存丁母憂〔一〕

其　一

故人新廢《蓼莪》篇〔二〕，我亦臨風尺涕懸。同作浪游因母養〔三〕，今知難得是親年。絳帷昨侍文宣講〔四〕，大被曾隨宗少眠〔五〕。自視生平愧猶子〔六〕，束芻難致路三千〔七〕。

〔一〕丁憂：遭逢父母喪事。舊制，父母死後，子女要守喪，三年内不做官，不婚娶，不赴宴，不應考。

〔二〕《蓼莪》：《詩經·小雅》中篇名，寫孝子思念父母。《詩·小雅·蓼莪》："蓼蓼者莪，匪莪伊蒿。哀哀父母，生我劬勞。"《晉書·孝友列傳·王裒》："讀詩至'哀哀父母，生我劬勞'，未嘗不三復流涕。門人受業者並廢《蓼莪》之篇。"

〔三〕因母養：因爲要贍養母親。

〔四〕文宣：文宣王，指孔子。或謂喻朱筠，或謂比稚存母蔣氏。以孔子比此二人均不妥，疑"文宣"爲"宣文"之誤。《晉書·列女傳·

韋逞母宋氏》:"時博士盧壼對曰:'廢學既久,書傳零落。比年綴撰,正經粗集,唯《周官禮注》未有其師。竊見太常韋逞母宋氏,世學家女,傳其父業,得《周官音義》,今年八十,視聽無闕,自非此母無可以傳授後生。'於是就宋氏家立講堂,置生員百二十人,隔絳紗幔而受業。號宋氏爲宣文君,賜侍婢十人。《周官》學復行於世。"又據洪亮吉《黄君行狀》:"歲丙戌,亮吉就童子試,至江陰遇君於逆旅中。亮吉携母孺人所授漢魏樂府鍰本,暇輒朱墨其上,間有擬作。君見而嗜之,約共傚其體,日數篇。"説明仲則亦就學於亮吉之母蔣氏。

〔五〕大被:《三國志·吴志·孫皓傳》裴松之注引《吴録》:"(孟宗)少從南陽李肅學。其母爲厚褥大被。或問其故。母曰:'小兒無德致客,學者多貧,故爲廣被,庶可得與氣類接。'" 宗少:不詳,似指孟宗。

〔六〕猶子:如同兒子。

〔七〕束芻:稱祭品。《後漢書·徐稚傳》:"徐稚,字孺子。……及林宗有母憂,稚往弔之,置生芻一束於廬前而去。衆怪,不知其故。林宗曰:'此必南州高士徐孺子也。詩不云乎:"生芻一束,其人如玉。"吾無德以堪之。'"明李東陽《望狄梁公祠用前韻》詩:"寄遠束芻誰與致,冲寒瘦馬不勝騎。"

其　二

爲撫孤雛力已殫〔一〕,與君兩小識辛酸〔二〕。冰霜只合顔常駐〔三〕,消息驚聞膽竟寒〔四〕。一日尚存休滅性〔五〕,千秋有業抵承歡〔六〕。阿蒙吴下還依舊〔七〕,他日登堂欲拜難〔八〕。

〔一〕撫孤雛:撫養孤兒。《清史稿·列傳一百四十三洪亮吉》:"洪亮吉,字稚存,江蘇陽湖人,少孤貧,力學,孝事寡母。”

〔二〕兩小:仲則與洪亮吉,兩人皆早年喪父,家境貧寒。

〔三〕冰霜:指亮吉母蔣氏夫人守節寡居,教子有方,品格高尚。　顔長駐:容顔不老,長壽。　只合:理應,應當。

〔四〕膽寒:感到惶恐,害怕。

〔五〕一日尚存:即一息尚存,還有一口氣。　滅性:謂因喪親過哀而毁滅生命。《南史·孝義傳下·吉翂》:“翂幼有孝性,年十一遭所生母憂,水漿不入口,殆將滅性。親黨異之。”規勸亮吉要保重自己的身體,不要哀毁過度。

〔六〕千秋有業:謂作出留芳百世的事業。　抵:相抵,相當於。　承歡:指侍奉父母,使父母歡樂。

〔七〕吴下:泛指吴地,長江下游南岸地區。　阿蒙:三國名將吕蒙。見《聞龔愛督從河南歸》注〔一八〕。“吴下阿蒙”比喻缺少文才、學識的人。此處仲則指自己。

〔八〕登堂:進入内堂。古代摯友相訪,行登堂拜母禮,結通家之好。見《聞龔愛督從河南歸》注〔一七〕。

烏巖圖歌爲李秋曹威作〔一〕

烏爾何來!爾胡不向朱門大第啄粱粟〔二〕?又胡不向荒郊敗冢飽腸肉?胡爲只向蒼蒼之林,幽幽之山,亂石犖确,飛泉潺湲〔三〕,蕭涼幽闃人世不争處〔四〕,爾乃烏烏啞啞下上於其間?爾亦不畏羽林彈,爾亦不接行人丸〔五〕,爾亦不坐秦氏桂〔六〕,爾亦不萃曾參冠〔七〕。飛飛不出此山裏,朝飛向日晡飛還〔八〕。巢中老烏畢逋尾〔九〕,一年生有八九子。子出望子歸,得食聲則喜。嗟爾烏!

爾昔初作黄口雛，張口待食爲爾心力痡〔一〇〕。今乃羽翼成長，群飛叫呼。爾今反哺，爾樂何只〔一一〕！且林之深兮翳不疏，山之娟兮腴不枯。下有一人翛然臞〔一二〕，平生慕烏愛烏而敬烏。效烏反哺烏不孤，聽我歌作烏巖圖！

〔一〕李威：字畏吾，龍谿（今福建漳州）人。乾隆四十三年（1778）進士。任刑部主事。　秋曹：刑部的别稱。

〔二〕胡不：何不。　朱門：紅漆大門。指貴族豪富之家。

〔三〕犖（luò）确：怪石嶙峋貌。　韓愈《山石》詩："山石犖确行徑微，黄昏到寺蝙蝠飛。"　潺湲：水流貌。《楚辭·九歌·湘夫人》："慌惚兮遠望，觀流水兮潺湲。"

〔四〕蕭涼：蕭條凄涼。

〔五〕羽林：禁衛軍名。漢武帝時選六郡良家子宿衛建章宫，稱建章宫騎。後改名羽林騎。唐置左右羽林軍。　彈、丸：用彈弓射擊的彈丸。

〔六〕秦氏桂：《樂府古辭·烏生八九子》："烏生八九子，端坐秦氏桂樹間。唶我。秦氏家有游蕩子，立用睢陽蘇合彈。左手持强彈兩丸，出入烏東西。唶我。一丸即發中烏身，烏死魂魄飛揚上天。阿母生烏子時，乃在南山巖石間。唶我。"《樂府題解》："古辭意言烏母子本在南山巖石間，而來爲秦氏彈丸所殺。"

〔七〕萃：栖止。　曾參冠：《孔子家語》："曾子至孝，三足烏栖其冠。"

〔八〕晡：傍晚。

〔九〕畢逋：鳥尾擺動貌。南朝梁吴均《城上烏》詩："嗚嗚城上烏，翩翩尾畢逋。"

〔一〇〕黄口：雛鳥口黄；此處指雛鳥。　痡：勞累。

〔一一〕只：語氣詞，表示終結或感嘆。王安石《聞望之解舟》詩："子來我樂只，子去悲如何。"　樂何只：何等快樂。

〔一二〕翛（xiāo）然：無拘束貌，超然貌。《莊子·大宗師》："翛然而往、翛然而來而已矣。"　臞（qú）：清瘦。

移家來京師〔一〕

其　一

豈是逢時料，偏從陸海居〔二〕。田園更主後，兒女累人初〔三〕。四海謀生拙，千秋作計疏〔四〕。暫時聯骨肉，邸舍結親廬〔五〕。

〔一〕京師：國都的泛稱。仲則移家至北京：一是由於有感於洪稚存之母去世，他亟思就近奉養老母，菽水承歡，以盡孝道。二是當時他已得到校録四庫館的職務，以爲可以維持生計。正如他在給洪稚存的信中説："人言長安居不易者，誤也。"

〔二〕逢時：遇上好時運。　料：材料。亦喻指人的素質。　陸海：物産富饒之地。《漢書·地理志下》："（秦地）有鄠杜竹林，南山檀柘，號稱陸海，爲九州膏腴。"指北京。

〔三〕洪亮吉《黄君行狀》："君向有田半頃、屋三椽，因並質之，得金三鎰。俾君之戚，護君母北行。"

〔四〕作計：計劃。　疏：不周密，不周到。《年譜》："先生自移家來，家室累果大困。館穀不足以資給養。"

〔五〕結：構築。陶潛《飲酒》詩之五："結廬在人境，而無車馬喧。"句謂讓母親住在客舍裏。

其　二

全家如一葉，飄墮朔風前。事竟同孤注〔一〕，心還戀舊氈〔二〕。妻孥賃舂廡，鷄犬運租船〔三〕。差喜征帆好，相逢澤潞邊〔四〕。

〔一〕孤注：把所有的錢併作一次賭注。喻僅存的可資憑藉的事物。

〔二〕舊氈：舊時的氈毯。《晉書・王獻之傳》："夜卧齋中，而有偷人入其室，盗物都盡。獻之徐曰：'偷兒，青氈我家舊物，可特置之。'群偷驚走。"喻舊居，舊家。

〔三〕賃舂：受雇爲人舂米。　廡：廊屋，走廊。　運租船：運送租税的船。《後漢書・梁鴻傳》載，梁鴻與妻孟光因避難，至吴，"依大家皋伯通居廡下爲人賃舂"。二句意謂全家乘船至北京，妻兒做工謀生。

〔四〕差喜：還算可喜。　澤潞：指北京通縣以下的北運河一帶。

其　三

長安居不易〔一〕，莫遣北堂知〔二〕。親訝頭成雪〔三〕，兒驚頷有髭。烏金愁晚爨〔四〕，白粲困朝糜〔五〕。莫惱啼鴉切，憐伊反哺時〔六〕。

〔一〕長安居不易：見《得稚存淵如書却寄》注〔一七〕。

〔二〕北堂：母親的居室，代稱母親。李白《贈歷陽褚司馬》詩："北堂千萬壽，侍奉有光輝。"

〔三〕母親看到我頭髮雪白，感到吃驚。兒子見我下巴上長出了髭鬚，感到恐懼。

〔四〕烏金：煤炭的别稱。　爨(cuàn)：燒火煮飯。

〔五〕白粲：白米。

〔六〕切：憂傷悲悽。《紅樓夢》第三八回："半牀落月蛩聲切，萬里寒雲雁陣遲。"　伊：指鴉。

其　四

江鄉愁米貴，何必異長安〔一〕。排遣中年易，支持八口難〔二〕。毋須怨漂泊,且復話團圞〔三〕。預恐衣裘薄,難勝薊北寒〔四〕。

〔一〕何必:未必。 長安:喻北京。

〔二〕中年:見《雜感四首其二》注〔七〕。 八口:指一家人。《孟子·梁惠王上》:"百畝之田,勿奪其時,八口之家可以無飢矣。"

〔三〕且復:猶言姑且再。陸游《十月八日九日連夕雷雨》詩:"牽蘿且復補茅屋,飯豆無妨羹芋魁。"

〔四〕薊北:見《春感其一》注〔一〕。

其　五

當代朱公叔〔一〕,憐才第一人。傳經分講席,傍舍結比鄰〔二〕。桂玉資浮産,盤餐捐俸緡〔三〕。移家如可繪,差免作流民〔四〕。

〔一〕朱公叔:東漢朱穆,字公叔。《後漢書·朱穆傳》稱其"尊德重道,爲當時所服"。原注:謂笥河先生。按:笥河爲朱筠之字。

〔二〕比鄰:鄰居。仲則初到北京,寓日南坊西,與朱筠寓所近在咫尺。

〔三〕桂玉:指京師柴米昂貴。宋戴埴《鼠璞》:"馬存,字長游,謂子游京師,薪如束桂,米如裹玉,世以桂玉之地爲京師。" 資:應付。 浮産:浮動的資産,動産。指工資,薪水。 盤餐:泛指食物。 捐:用於。 俸緡:俸金,薪俸。二句謂京師的柴米昂貴,薪水都用於維持飯食。

〔四〕差免:勉强可以避免。 流民:流亡到外地的人。《宋史·鄭俠傳》載:宋神宗熙寧七年,因長時間不雨,田荒歉收,河北、陝西飢民流入京城,羸瘦愁苦,身無完衣。鄭俠繪成《流民圖》呈獻神宗,並極言新政之失。二句謂自己移家到此,勉强没有成爲流民。

其　六

貧是吾家物,其如客裏何〔一〕。單門餘我在〔二〕,萬事讓人多。心迹嗟霜梗〔三〕,生涯辦雨蓑〔四〕。五湖三畝志〔五〕,經得幾蹉跎〔六〕。

〔一〕吾家物:爲我家所固有之物。　其如:怎奈,無奈。劉長卿《硤石遇雨宴前主簿從兄子英宅》詩:"雖欲少留此,其如歸限催。"意謂貧窮是我命中所注定的,而如今作客他鄉,更加無可奈何。

〔二〕單門:單寒的家族、門第;猶言門户衰微。　餘我在:仲則有一兄,在仲則十六歲時去世。《兩當軒集·自叙》:"景仁四歲而孤,鮮伯仲,家壁立,太夫人督之讀。"

〔三〕霜梗:遭到寒霜侵襲的草木枝莖。意謂經歷過艱難困苦。

〔四〕雨蓑:蓑草或棕毛做的雨衣。陸游《重九後風雨不止遂作小寒》詩:"射虎南山無復夢,雨蓑煙艇伴漁翁。"

〔五〕五湖:指退隱之地。見《寄麗亭其一》注〔四〕。　三畝:指栖身之地。《淮南子·原道訓》:"任一人之能也,不足以治三畝之宅也。"王維《送丘爲落第歸江東》詩:"五湖三畝宅,萬里一歸人。"

〔六〕蹉跎:指失去機會。

都門秋思〔一〕

其　一

樓觀雲開倚碧空,上陽日落半城紅〔二〕。新聲北里迴車遠〔三〕,爽氣西山拄笏通〔四〕。悶倚宫牆拈短笛〔五〕,閑經坊曲避豪驄〔六〕。帝京欲賦慚才思〔七〕,自掩蕭齋著《惱公》〔八〕。

〔一〕都門:京都,指北京。

〔二〕上陽:唐宫名,高宗時建於洛陽。泛指皇宫。

〔三〕北里:唐長安平康里位於城北,亦稱北里,其地爲妓院所在之地。後泛指妓院區。

〔四〕拄:頂着。　笏:手版。《世説新語·簡傲》:"王子猷作桓車騎參軍。桓謂王曰:'卿在府久,比當相料理。'初不答,直高視,以手版拄頰云:'西山朝來,致有爽氣。'"意謂雖身居下位而仍保持着讀書人的傲氣。

〔五〕宫牆拈笛:元稹《連昌宫詞》"李謩壓笛傍宫牆,偷得新翻數般曲"注:"明皇嘗於上陽宫夜後按新翻一曲,屬明夕正月十五日潛游燈下,忽聞西樓上有笛奏前夕新曲,大駭之。明日密遣捕捉笛者,詰驗之。自云其夕竊於天津橋玩月,聞宫中度曲,遂於橋柱上插譜記之,臣即長安少年善笛者李謩也。明皇異而遣之。"

〔六〕坊曲:泛指街巷。

〔七〕帝京:帝京賦。漢班固有《兩京賦》,晉左思有《三都賦》。《舊唐書·李百藥傳》:"太祖嘗製帝京篇,命百藥並作。上嘆其工,手詔曰:'卿何身之老而才之壯,何齒之宿而意之新乎!'"

〔八〕蕭齋:唐張懷瓘《書斷》:"武帝造寺,令蕭子雲飛白大書一'蕭'字,至今一字存焉。李約竭産自江南買歸東洛,建一小亭以玩,號曰'蕭齋'。"後人稱書齋爲"蕭齋"。　《惱公》:李賀有《惱公》詩。

其　二

四年書劍滯燕京〔一〕,更值秋來百感并〔二〕。臺上何人延郭隗〔三〕,市中無處訪荆卿〔四〕。雲浮萬里傷心色,風送千秋變徵聲〔五〕。我自欲歌歌不得,好尋騶卒話生平〔六〕。

〔一〕四年:仲則於乾隆四十年(1775)歲暮抵京,滯京四年,則此詩應作於乾隆四十三年(1778)秋。或謂作於四十二年(1777),恐不妥。　書劍:見《客夜憶城東舊游寄懷左二》注〔九〕。

〔二〕《淮南子·繆稱訓》:"春女思,秋士悲,而知物化矣。"士本多感,逢秋而更加傷感,百感交集。

〔三〕臺:黄金臺。見《十月一日獨游卧佛寺逢吴次升陳菊人因之夕照寺萬柳堂得詩六首》其二注〔四〕。

〔四〕荆卿:荆軻。戰國末燕太子丹派去刺秦王的刺客。見《史記·刺客列傳》。二句皆用燕京的典故。

〔五〕變徵(zhǐ):我國古代的音調有五音:宫、商、角、徵、羽。五音之外,又有二變聲:變宫、變徵。變徵比徵低半音。元稹《小胡笳引》:"流宫變徵漸幽咽,别鶴欲飛猿欲絶。"參見《將之京師雜别》其二"燕市筑"注。

〔六〕騶卒:掌管車馬的差役。泛指一般僕役。《梁書·劉孝綽傳》:"每于朝集會同處,公卿間無所與語,反呼騶卒訪道塗間事,由此多忤於物。"

其　三

五劇車聲隱若雷〔一〕,北邙惟見冢千堆〔二〕。夕陽勸客登樓去,山色將秋繞郭來〔三〕。寒甚更無修竹倚〔四〕,愁多思買白楊栽〔五〕。全家都在風聲裏,九月衣裳未剪裁〔六〕。

〔一〕五劇：謂道路縱横交錯。唐盧照鄰《長安古意》詩："南陌北堂連北里，五劇三條控三市。" 隱：通"殷"，震動。《史記·司馬相如列傳》："車騎雷起，隱天動地。"

〔二〕北邙：見《二十三夜偕稚存廣心杏莊飲大醉作歌》注〔一九〕。

〔三〕夕陽西下，登高樓才能看見。城郭外山上樹木枯黄，帶來秋意。

〔四〕杜甫《佳人》詩："天寒翠袖薄，日暮倚修竹。"無竹可倚，則較"佳人"更爲悽苦。

〔五〕白楊：樹名，俗名大葉楊，古時多種於墓地。陶潛《挽歌》："荒草何茫茫，白楊亦蕭蕭。"《南史·蕭惠開傳》："寺内所住齋前，向種花草，惠開悉劃除，别種白楊。每謂人曰：'人生不得行胸懷，雖壽百歲猶爲夭也。'發病嘔血，吐物如肝肺者卒。"

〔六〕《詩·豳風·七月》："七月流火，九月授衣。"

【輯評】

清洪亮吉《北江詩話》："黄二尹景仁詩……'全家都在風聲裏，九月衣裳未剪裁'，苦語也。"

清李寶嘉："'全家都在風聲裏，九月衣裳未剪裁'，兩當軒語也。意極荒涼，而語極雄健，所以爲佳。"

其　四

側身人海嘆栖遲〔一〕，浪説文章擅色絲〔二〕。倦客馬卿誰買賦〔三〕，諸生何武漫稱詩〔四〕。一梳霜冷慈親髮，半甑塵凝病婦炊〔五〕。爲語繞枝烏鵲道，天寒休傍最高枝〔六〕。

〔一〕側身：厠身，置身。王安石《送石賡歸寧》："側身朝市間，樂少悲慚多。" 栖遲：漂泊失意。陸游《上鄭宣撫啓》："某流落無歸，栖遲可嘆。”

〔二〕浪説：漫説。清陳維崧《念奴嬌·小盎春詞以詠之》詞：“浪説天上瓊花，月中桂子，多少閑榮辱。只有疏枝和野卉，領彀一生閑福。” 色絲：《世説新語·捷悟》：“魏武嘗過曹娥碑下，楊修從。碑背上見題作‘黄絹幼婦，外孫虀臼’八字。魏武謂修曰：‘解不?’……修曰：‘黄絹，色絲也，於字爲絶；幼婦，少女也，於字爲妙；外孫，女子也，於字爲好；虀臼，受辛也，於字爲辭：所謂絶妙好辭也。’”

〔三〕馬卿：謂司馬相如。 賈賦：見《得稚存淵如書却寄》注〔一五〕。

〔四〕諸生：儒生，已入學的學生。 何武：《漢書·何武傳》載：何武，字君公，蜀郡郫縣人。宣帝時，王褒頌漢德，作《中和》、《樂職》、《宣布》詩三篇。武年十四五，與成都楊覆衆等共習歌之。宣帝召見武等於宣室，賜帛，並令武詣博士受業治《易》，以射策甲科爲郎，後爲御史大夫司空。及王莽當政，陰誅不附己者，武被迫自殺。

〔五〕半甑塵凝：甑，蒸食炊器。《後漢書·獨行列傳·范冉》載：范冉，字史雲。桓帝時以冉爲萊蕪長，遭憂不到官。“所止單陋，有時糧粒盡，窮居自若，言貌無改。”閭里歌之曰：“甑中生塵范史雲，釜中生魚范萊蕪。”

〔六〕曹操《短歌行》：“月明星稀，烏鵲南飛。繞樹三匝，無枝可依。”

【輯評】

清蔡卓勛《讀黄仲則〈都門秋思〉詩題後》：“自嫌未挾幽燕氣，託迹都門感轉深。有斗難量詩一石，無詩可抵價千金(自注：畢秋帆先生見此詩寄千金，促其西游)。低回秋水伊人墓，惆悵西風獨客心。誰築高臺延郭隗，買將馬骨費沉吟。”

錢小山《過兩當軒弔黄仲則》詩：“《都門秋思》動公卿，鼎足孫洪海内驚。富貴浮雲真一瞬，流傳千古是詩名。”

【記事】

黄逸之《黄仲則年譜》:"初秋帆宫保不識先生,見《都門秋思》詩,謂值千金,姑先寄五百金速其西游(陸祁生繼輅《春芹録》)。入秋,先生遂行。宫保以好著書,鉛槧不去手。時集才賢,校刊古書,幕府之士甚衆。……先生至,極詩文燕會之樂。"

偕王秋塍張鶴柴訪菊法源寺〔一〕

其　一

懊惱心情薄醉宜,討秋剛趁晚涼時〔二〕。今年何事堪相慰,不遣黄花笑後期〔三〕。

〔一〕王秋塍:王復,字秋塍,敦初,秀水(浙江嘉興)人。官偃師知縣。　張鶴柴:張彤,字鶴柴,烏程(浙江吴興)人。乾隆五十一年舉人。官教習。　法源寺:北京著名古刹之一,創建於唐貞觀十九年。在今北京宣武區法源寺街。

〔二〕討秋:謂秋游尋勝。

〔三〕黄花:指菊花。明徐渭《畫菊》詩之一:"東籬蝴蝶閑來往,看寫黄花過一秋。"

其　二

佛地逢人意較親,灌畦老叟面全皴〔一〕。於今花價如奴價〔二〕,可惜種花人苦辛。

〔一〕佛地:廟宇。指法源寺。　灌畦:往田園裏澆水。　皴(cūn):

皮膚粗糙,多皺紋。

〔二〕花價:白居易《買花》詩:“一叢深色花,十户中人賦。”表示花價昂貴。　奴價:《晉書·祖納傳》:“(納)性至孝,少孤貧,常自爨以養母。平北將軍王敦聞之,遺其二婢,拜爲從事中郎。有戲之曰:‘奴價倍婢。’納曰:‘百里奚何必輕於五羖皮耶?’”按《史記·秦本紀》:“(秦穆公)聞百里奚賢,欲重價贖之。恐楚人不與,乃使人謂楚曰:‘吾媵臣百里奚在焉,請以五羖羊皮贖之。’楚人遂與之。”表示奴價低微。　於今:如今,眼下,現在。二句謂如今花價與奴價一樣低微,表示對種花人辛苦的同情。

其　三

身離古寺暮煙中,歸怯秋齋似水空〔一〕。暝色上衣揮不得,夕陽知在那山紅〔二〕?

〔一〕似水空:形容書齋凄清空寂。

〔二〕二句謂天色已晚,不知夕陽照在何處,此處暮色籠罩揮之不去。

懷映垣内城〔一〕

冷雨疏花不共看,蕭蕭風思滿長安〔二〕。虚堂昨夜秋衾薄,隔一重城各自寒〔三〕。

〔一〕映垣:《先友爵里名字考》中僅列名字,無詳細介紹。　内城:北京城宣武門、正陽門、崇文門一綫以北爲内城,以南爲外城。

〔二〕蕭蕭風思:凄清的秋意。

〔三〕虛堂：空落落的房間。　隔一重城：映垣住在内城，仲則住在外城。　清朱彝尊《桂殿秋》詞："思往事，渡江干。青蛾低映越山看。共眠一舸聽秋雨，小簟輕衾各自寒。"

聞鄭誠齋先生主講崇文書院寄呈二首〔一〕

其　一

講院風連曲院清〔二〕，蕭閑巾履恣經行〔三〕。湖干花鳥參經座〔四〕，橋下龜魚識杖聲〔五〕。送酒恰逢賢太守〔六〕，論文偏愛老諸生〔七〕。人倫風鑒饒辛苦〔八〕，不爲龍門一代名〔九〕。

〔一〕鄭誠齋：鄭虎文，字炳也，號誠齋，秀水（浙江嘉興）人。乾隆七年（1742）進士。官至左贊善。　崇文書院：在杭州西湖跨虹橋（蘇堤第六橋）西。

〔二〕講院：指崇文書院。　曲院：曲院風荷，爲西湖十景之一。

〔三〕蕭閑：蕭灑悠閑。宋林逋《送思齊上人之宣城》詩："蕭閑水西寺，駐錫莫忘歸。"　巾履：頭巾和鞋子。士人的服裝。　恣：恣意，隨意。　恣經行：謂隨便在湖邊散步。

〔四〕湖干：湖岸。　參經座：謂聽講解經文。

〔五〕識杖聲：由於聽熟了鄭誠齋的手杖聲，所以一聽見就知道是鄭誠齋來了。《漢書·鄭崇傳》："鄭崇，字子游。本高密大族。……哀帝擢爲尚書僕射，數求見諫争。上初納用之，每見曳革履，上笑曰：'我識鄭尚書履聲。'"

〔六〕送酒：《續晉陽秋》："陶潛九日無酒，出籬邊悵望，久之，見白衣人至,乃王弘送酒使也。即便就酌,醉後而歸。”按:王弘時任刺史。原注:謂邵闇谷先生,時守杭州。

〔七〕老諸生:仲則指自己。

〔八〕人倫風鑒:品鑒和選拔人才。　饒:多。

〔九〕龍門:《世説新語·德行》:“李元禮(李膺)風格秀整,高自標持,欲以天下名教是非爲己任。後進之士,有升其堂者,皆以爲登龍門。”李白《與韓荆州書》:“一登龍門,則聲譽十倍。”二句意謂鄭誠齋辛苦選拔後輩,並不是爲了想使自己成爲一代宗師。

其　二

浪游京洛困塵緇〔一〕,慚愧生平國士知。梁苑鄒枚空綴賦〔二〕,韓門郊島例窮詩〔三〕。每多未了嗟生拙〔四〕,敢以無才説數奇〔五〕?常共衰親向南望〔六〕,手拈香瓣話恩私〔七〕。

〔一〕京洛:洛陽的别稱,因東周、東漢皆建都於此。晉陸機《爲顧彦先贈婦》詩:“京洛多風塵,素衣化爲緇。”　緇:黑色。塵緇:即緇塵。　國士:一國中最優秀的人。宋黄庭堅《書幽芳亭》:“士之才識蓋一國則曰國士。”

〔二〕梁苑鄒枚:見《十月一日獨游卧佛寺逢吴次升陳菊人因之夕照寺萬柳堂得詩六首》其五注〔三〕。

〔三〕韓門:韓愈門下。　郊島:孟郊、賈島。二人皆以能詩從韓愈游。孟郊詩清寒,賈島詩瘦硬,故後人稱其郊寒島瘦。宋張表臣《珊瑚鈎詩話》卷一:“(詩)以氣韻清高深眇者絶,以格力雅健雄豪者勝,元輕白俗,郊寒島瘦,皆其病也。”句謂自己的詩不够好。

〔四〕未了:没有了結的事。　嗟生拙:嗟嘆自己不善於生計。

〔五〕數奇:命運不好。《漢書·李廣傳》:“大將軍陰受上指,以爲李廣數奇,毋令當單于,恐不得所欲。” 敢:豈敢。

〔六〕向南望:因鄭誠齋在杭州(南方)主講西湖崇文書院,向南望表示對鄭的思念。

〔七〕香瓣:一瓣香。見《贈萬黍維即送歸陽羨其二》注〔二〕。 恩私:恩惠,恩寵。歐陽修《新春有感寄常夷甫》詩:“恩私未知報,心志已凋喪。”

【輯評】

清汪佑南《山涇草堂詩話·評黄仲則詩》:“其近體亦刻意苦吟,足以耐人尋味者,不愧名家。……《聞鄭誠齋先生主講崇文書院寄呈》云:‘每多未了嗟生拙,敢以無才説數奇?’”

夜坐示施雪帆〔一〕

其　一

不嫌蓬蓽共蕭辰〔二〕,對榻經旬意較親〔三〕。笑我在家仍在客,與君憂病勝憂貧。虚傳薊北黄金賤〔四〕,自别江南白髮新。幸有一椽堪寄傲,底須狂趁六街塵〔五〕。

〔一〕施雪帆:施晉,字錫蕃,號雪帆,江蘇無錫人。諸生。

〔二〕蓬蓽:蓬門蓽户的省稱。用草和樹枝做成的門户,形容窮苦人家所住的簡陋房屋。唐司空曙《早夏寄元校書》詩:“蓬蓽元無車馬到,更當齋夜憶玄暉。” 蕭辰:秋季。岑參《暮秋山行》詩:“千念集暮節,萬籟悲蕭辰。”

〔三〕對榻:見《送姜貽績北上》注〔三〕。 經旬:一連十天。

〔四〕薊北:見《春感其一》注〔一〕。 黄金:見《十月一日獨游卧佛寺逢吴次升陳菊人因之夕照寺萬柳堂得詩六首其二》注〔四〕。

〔五〕一椽：一間極小的房屋。　底須：何須，不須。　狂趁：追逐，奔波。　六街：見《中秋夜游秦淮歸南城作》注〔三〕。

其　二

丹黄舊業掩行縢〔一〕，欲寫長箋研簇冰〔二〕。繞座殘花猶影壁，打窗乾葉似窺燈。飢來客尚憐窮鳥〔三〕，痴絶人還笑凍蠅〔四〕。襆被依依兩無寐，昨宵寒思已難勝〔五〕。

〔一〕丹黄：舊時點校書籍用硃筆，遇誤字，塗以雌黄。故以丹黄指點校書籍。　行縢：綁腿布。喻遠行。　掩：藏匿。句指自己在四庫館從事校録工作，不須四處奔走求職。

〔二〕長箋：長的箋紙。喻長的詩文。　研簇冰：指研磨硯臺中的冰水。

〔三〕本身挨餓，還去哀憐困苦的小鳥。温庭筠《上相公啓》："窮鳥入懷，靡求他所；羈禽繞樹，更託何枝？"

〔四〕自己貧困，還要去笑凍僵的蒼蠅，也太傻了。

〔五〕襆被：打包裹，整理行裝。指雪帆即將離去。　寒思：凄涼的愁思。　難勝：難以克制。　謂兩人都惜别依依，滿懷愁緒，無法入睡。

三疊夜坐韻〔一〕

其　一

一年已過雁秋辰〔二〕，惻惻窮交久更親〔三〕。不學耕偏愁歲儉〔四〕,欲歸樵却怕山貧。寒深老屋燈逾瘦,病起閑門月倍新〔五〕。散帖半牀休檢點〔六〕,愛它鼠迹滿凝塵〔七〕。

〔一〕疊韻:指作詩重用前韻。
〔二〕雁秋辰:秋天北雁南飛之時。
〔三〕惻惻:悲痛悽涼。杜甫《夢李白二首》其一:“死别已吞聲,生别常惻惻。” 窮交:窮朋友。
〔四〕歲儉:年成歉收。
〔五〕燈逾瘦:燈光越顯得小。 月倍新:月色更顯得清澈。
〔六〕散帖半牀:牀,書架,散亂地放在大半書架上的柬帖。
〔七〕鼠迹:老鼠留下的行迹。

其二

更無新醖倒黄滕〔一〕,愁對檐牙一尺冰〔二〕。試汲井花清眼膜〔三〕,要分蘭氣養心燈〔四〕。苦吟繞屋如旋蟻,醉墨書牆忽散蠅〔五〕。杜甫荒齋茅剩幾〔六〕,再經風後恐難勝。

〔一〕黄滕:黄滕酒,即黄封酒。宋代官釀之酒,因用黄羅帕或黄紙封口,故名。陸游《釵頭鳳》詞:“紅酥手,黄滕酒,滿城春色宫墻柳。” 新醖:新釀。
〔二〕檐牙:屋檐翹出如牙的部分。
〔三〕井花:井花水,清晨初汲的井水。李時珍《本草綱目》集解:“井水新汲療病利人。平旦第一汲,爲井花水,其功極廣,又與諸水不同。”
〔四〕蘭氣:芳草清香之氣。 心燈:佛教語,猶心靈。謂神思明亮如燈，故稱。

〔五〕忽散蠅：以散蠅喻牆上所書之字。

〔六〕杜甫荒齋：杜甫《茅屋爲秋風所破歌》："八月秋高風怒號，卷我屋上三重茅。茅飛渡江灑江郊，高者掛罥長林梢，下者飄轉沉塘坳。"

題施錫蕃雪帆圖四疊前韻〔一〕

其一

歸帆一葉阻霜辰，忽忽披圖意與親〔二〕。急雪溪山同寂寞，孤舟天地入清貧〔三〕。欲隨塞雁兼程去，早趁江梅照眼新〔四〕。此景休嫌太悽絶，可知不到軟紅塵〔五〕。

〔一〕雪帆圖：清楊鍾羲《雪橋詩話》："無錫諸生施晉錫蕃，别字雪帆，在京師日主黄仲則家。余少雲作雪帆圖以遺意。朱笥河題云：'荒涼地記蹉龜蛤，冷落心空附驥蠅。'"

〔二〕忽忽：不經意，隨意。　披：翻開，翻閲。韓愈《上襄陽于相公書》："手披目視，口詠其言，心惟其義。"

〔三〕入清貧：進入清貧世界。

〔四〕早趁江梅：謂及早在江梅開放時到達。

〔五〕可知：須知。　軟紅塵：見《將之京師雜别其三》注〔五〕。

其二

素友寒宵展畫幐〔一〕，分明呵筆欲成冰〔二〕。添君風雪三更夢，老我江湖十載燈〔三〕。紙上歸心争快馬〔四〕，圖中冷意辟痴蠅〔五〕。不知此願何由遂〔六〕,擁鼻吟成恐不勝〔七〕。

〔一〕素友:情誼真純的朋友;舊友。韋應物《慈恩伽藍清會》詩:"素友俱薄世,屢招清景賞。" 展:展開。 畫縢:畫的封函。

〔二〕呵筆:謂嘘暖氣使凍得幾乎像冰一樣硬的畫筆變軟。 分明:可以明顯地看出(當時作畫時的情景)。原注:圖者余少雲。

〔三〕二句形容看畫時的感覺。

〔四〕謂思歸之念比騎馬更快。

〔五〕辟:使躲避。 謂畫中透出一股寒氣,使蒼蠅不敢飛近。

〔六〕此願:指回歸故里的願望。 遂:實現。

〔七〕擁鼻吟:《晉書·謝安傳》:"安本能爲洛下書生詠,有鼻疾,故其聲濁。名流愛其詠而弗能及,或手掩鼻以傚之。"後以"擁鼻吟"指用雅音曼聲吟詠。

余伯扶少雲昆仲施大雪帆消寒夜集分賦〔一〕

今歲不甚寒,微寒消更可〔二〕。招邀皆寄公〔三〕,謀飲先及我。呼兒下簾衣〔四〕,促坐圍地火〔五〕。薄具當侯鯖〔六〕,錯列只蔬蓏。脂腸鮮花猪,實核慚韭卵〔七〕。苦酒傾百升,不醉腹轉果〔八〕。停尊念舊雨,太半散江左〔九〕。我輩如轉蓬,復向燕雲墮〔一〇〕。商略身世事,百法欠帖妥。且復永今夕〔一一〕,切勿話瑣瑣〔一二〕。棋劣勝固欣,詩好拙亦哿〔一三〕。即此足相於,那覺在塵堁。後會宜頻頻,不爾愁則頗〔一四〕。

〔一〕余伯扶:余鵬年,字伯扶,懷寧(縣名。在安徽省西南部,長江北岸、皖河下游)人。乾隆五十一年(1786)舉人。　余少雲:余鵬翀,字少雲,伯扶弟。監生。　施雪帆:見《夜坐示施雪帆》注〔一〕。　消寒:舊俗自冬至日開始,至九九八十一天之内親友相聚宴飲,謂之"消寒會"。

〔二〕消:消失,没有。　可:相宜,合適。

〔三〕寄公:寄寓他鄉的人。

〔四〕簾衣:《南史·夏侯亶傳》:"晚年頗好音樂。有妓妾十數人,並無被服姿容。每有客,常隔簾奏之。時謂簾爲夏侯妓衣。"後因謂簾幕爲簾衣。宋周邦彦《浣谿沙》詞:"風約簾衣歸燕急,水摇扇影戲魚驚。"

〔五〕促坐:靠近坐。《史記·滑稽列傳·淳于髡》:"日暮酒闌,合尊促坐。男女同席,履舄交錯。"　地火:指爐火。

〔六〕薄具:不豐盛的飯菜。　侯鯖(zhēng):五侯鯖。漢成帝之舅王譚、王商、王立、王根、王逢時五人同日封侯,稱五侯。鯖:魚與肉合烹而成的食物,指美食。《西京雜記》卷二:"五侯不相能,賓客不得來往。婁護豐辯,傳食五侯間,各得其歡心,競致奇膳。護乃合以爲鯖,世稱五侯鯖。"明史謹《高唐驛》詩:"慷慨具殽酒,侯鯖雜梨栗。"

〔七〕錯列:錯雜排列。　蔬蓏(luǒ):蔬菜與瓜果。　脂腸:指富有脂膏的食用猪腸。　花猪:有不同毛色的猪,泛指猪。　鮮:少,難得有。　實核:實,果實;核,有核的果實。　慚:比不上。　韭卵:韭,韭菜;卵,鷄鴨的蛋(冬天價格較昂貴)。

〔八〕苦酒:劣質味酸的酒。　轉:反而。　果:果腹,吃飽肚子。

〔九〕停尊:停杯。　舊雨:舊友。　江左:江東,指長江下游以東地區。

〔一〇〕燕雲:指燕地,河北省北部和遼寧地區。

〔一一〕且復：猶言姑且再。陸游《十月八日九日連夕雷雨》詩："牽蘿且復補茅屋，飯豆何妨羹芋魁。" 永：猶度過。陸游《信步近村》詩："端閒何以永今朝，拈得筇枝度野橋。"

〔一二〕瑣瑣：細小，不重要的事情，不足道的事情。

〔一三〕詩好：愛好作詩。 哿(gě)：快意，愜心。 拙亦哿：謂即使寫得不好也很快意。

〔一四〕相於：相親近。 塵堁(kè)：塵埃。 頗：甚。

次韋進士書城見贈移居四首原韻奉酬〔一〕

其　一

旅食歡游少，蕭蕭閲歲華〔二〕。有牀眠曲尺〔三〕，無雪賦尖叉〔四〕。薄笑三辰酒〔五〕，穠羞一窖花〔六〕。如何此爲客，常似未栖鴉〔七〕。

〔一〕韋書城：韋佩金，字書城，江都(今江蘇揚州)人。乾隆四十三年(1778)進士。官淩雲(在廣西壯族自治區西北部)知縣。

〔二〕蕭蕭：形容凄清。 閲：經歷。 歲華：歲月。

〔三〕曲尺：矩形之尺，木工用以量直角。 曲尺眠：謂兩牀相接成直角，形如曲尺。白居易《雨夜贈元十八》詩："把酒循環飲，移牀曲尺眠。"

〔四〕尖叉："尖"字與"叉"字，均爲舊詩不易押的險韻。蘇軾《雪後書北臺壁二首》其一："試掃北臺看馬耳，未隨埋没有雙尖。"其二："老病自嗟詩力退，空吟《冰柱》憶劉叉。"王安石見而步原韻和之，蘇軾又作《謝人見和前篇二首》，"尖""叉"兩字都用得自然流暢，後人奉爲險韻的代表作。

〔五〕三辰酒：酒名。唐馮贄《雲仙雜記》卷五引《史諱録》："玄宗置麴清潭，砌以銀磚，泥以石粉，貯三辰酒一萬車，以賜當制學士等。"句謂笑三辰酒淡薄無味。

〔六〕一窖花：藏在地窖中的花。唐張碧《惜花三首》詩之一："一窖閑愁驅不去，殷勤對爾酌金杯。"句謂羞對一窖花的穠艷。

〔七〕未栖鴉：尚未找到栖息之所的烏鴉。

其二

詞壇見韋虎〔一〕，餘子盡摧顔〔二〕。世以科名重，天分歲月閑〔三〕。讀《騷》宜飲水〔四〕，拄笏且看山〔五〕。一接清塵末，因之破俗慳〔六〕。

〔一〕韋虎：《南史·梁臨川靖惠王宏傳》：宏受詔侵魏。宏聞魏接近，畏懦不敢進。"魏人知其不武，遺以巾幗。北軍歌曰：'不畏蕭娘與吕姥，但畏合肥有韋武。'武謂韋叡也。"按：《南史》避唐諱，"虎"字悉改爲"武"。韋叡爲南朝梁名將，屢敗北魏軍。事見《南史·韋叡傳》。詩句稱贊韋書城爲詞壇之韋虎。

〔二〕摧顔：露出愁容。指遜色。

〔三〕科名：科舉的功名。謂世人看重科舉之功名。　天分：上天注定的命運；命中注定的本分。

〔四〕讀《騷》：讀《離騷》。《世説新語·任誕》："王孝伯言，名士不必須奇人，但使常得無事，痛飲酒，熟讀《離騷》，便可稱名士。"　飲水：表示生活清簡淡泊。《論語·述而》："子曰：'飯蔬食，飲水，曲肱而枕之，樂亦在其中矣。不義而富且貴，於我如浮雲。'"

〔五〕拄笏看山：見《都門秋思其一》注〔四〕。

〔六〕清塵：喻高尚的風格、品質。《楚辭·遠游》："聞赤松之清塵兮，願承風乎遺則。"　俗慳：庸俗，粗劣。

其　三

晴光披暖襖,雲色斂灰秸〔一〕。有客開荒徑〔二〕,期君話冷齋。閑居偏近市,小飲愛臨街。幸有論文樂,長安住亦佳〔三〕。

〔一〕雲的色彩、光彩。　秸(jiē):農作物脱粒後剩下的莖,如麥秸、豆秸。　灰秸:喻陰沉的天色。　斂:收斂。　指雲彩驅除了天色的陰沉。

〔二〕開徑:開通小徑。晉趙岐《三輔決録·逃名》:"蔣詡歸鄉里,荆棘塞門。舍中有三徑,不出,唯求仲、羊仲從之游。"孟浩然《與老圃期種瓜》詩:"邵平能就我,開徑剪蓬麻。"

〔三〕見《得稚存淵如書却寄》注〔一七〕。"長安居不易"(《移家來京師》詩中語),此反用其意。

其　四

兩年經再徙〔一〕,何處是吾廬。門换新粘帖,囊攜幼讀書。留賓猶有榻〔二〕,奉母每無魚〔三〕。慚愧投詩意,相將賦《卜居》〔四〕。

〔一〕《年譜》:"時先生以長安居非易,寓齋頻遷。客邸酸辛寥落侘傺之況,自移家來京而益甚矣。"

〔二〕留賓:《後漢書·徐稚傳》:"(稚)家貧,常自耕稼,非其力不食。……時陳蕃爲太守,以禮請署功曹。稚不免之,既謁而退。蕃在郡不接賓客,唯稚來,特設一榻,去則懸之。"王勃《滕王閣序》:"人杰地靈,徐孺下陳蕃之榻。"稚字孺子,故亦稱徐孺。

〔三〕無魚:《戰國策·齊策四》:"齊人有馮諼者,貧乏不能自存,使人屬孟嘗君,願寄食門下……居有頃,倚柱彈其劍,歌曰:'長鋏歸來乎,食無魚。'"表示生活貧苦。

〔四〕相將:行將。周邦彦《花犯·梅花》詞:"相將見,脆丸薦酒,人正在、空江煙浪裏。" 卜居:擇地居住,《楚辭》有《卜居》篇。杜甫《寄題江外草堂》詩:"嗜酒愛風竹,卜居必林泉。"

張鶴柴招集賦得寒夜四聲〔一〕(四章録二)

其一

負擔爾何物,凄聲絶可憐。正逢説餅客〔二〕,坐憶賣餳天〔三〕。詔夜疑宵警〔四〕,臚名惱醉眠〔五〕。《渭城》休更唱〔六〕,不值一文錢。賣聲。

〔一〕張鶴柴:見《偕王塍秋張鶴柴訪菊法源寺》注〔一〕。

〔二〕説餅客:南朝梁吴均《餅説》:"宋公至長安,得程季。公曰:'今日之食,何者最先?'季曰:'仲秋御景,離蟬欲静。燮燮曉風,凄凄夜冷。臣當此景,唯能説餅。'"後以"説餅"爲談論吃喝的典故。

〔三〕賣餳(xíng)天:餳,麥芽糖,寒食節前後的節令食品。宋宋祁《寒食》詩:"草色引開盤馬路,簫聲吹暖賣餳天。" 坐憶:坐,猶遂。"坐憶"與上句"正逢"語氣呼應。

〔四〕詔(jiào):同"叫",高聲呼叫。《周禮·春官·鷄人》:"大祭禮,夜嘑旦以詔百官。" 宵警:夜間警戒。

〔五〕臚名:猶臚唱。科舉時代,殿試後,皇帝召見中選的新進士,按甲第唱名傳呼。

〔六〕《渭城》:指王維《送元二使安西》詩:"渭城朝雨浥輕塵,客舍青青柳色新。勸君更盡一杯酒,西出陽關無故人。"後編入樂府,名《陽關曲》,又名《陽關三叠》。《劉賓客嘉話録》:"劉伯芻言:所居巷口有鬻餅者,過户未嘗不聞謳歌。一旦召與語,貧窘可憐。因與萬錢,欣然持去。後寂然不聞謳歌聲。呼至謂曰:'爾何輟歌之遽乎?'曰:'本領既大,心計轉粗,不暇唱《渭城》矣。'"宋范成大《詠河市歌者》詩:"君看坐賈行商輩,誰復從容唱《渭城》。"

其　二

虎旅傳何早,蝲更報漸深〔一〕。敲殘三市月,迸裂五更心〔二〕。霜重聲逾脃〔三〕,風高響易沈。轉思秋館夕,斷續聞清砧〔四〕。柝聲。

〔一〕虎旅:虎賁氏與旅賁氏的並稱。二者均掌王之警衛。後以虎旅稱衛士。李商隱《馬嵬二首》詩之二:"空聞虎旅傳宵柝,無復鷄人報曉籌。"　蝲更:蝲,通"蟆",蝦蟆更的簡稱。打更的柝聲像蝦蟆叫,故名。

〔二〕三市:指大市、朝市、夕市。《周禮》:"大市,日仄而市;朝市,朝時爲市;夕市,夕時爲市。"泛指鬧市。元關漢卿《蝴蝶夢》第一折:"我這裏急忙忙過六街,穿三市。"　五更:一夜分爲五更。特指第五更。意謂聽到第五更的柝聲,天色漸明,各種煩惱襲來,使心情不能平静。

〔三〕脃:同"脆",指聲音清脆。霜日的氣候能使傳佈的聲音更加清亮,故古詩詞中多用"霜"字來形容各種與聲音有關的詞,如"霜笛"、"霜笳"、"霜鐘"。

〔四〕轉思:回想。　清砧:清冷的擣衣聲。杜牧《秋夢》詩:"寒空動高吹,月色滿清砧。"

元夜獨登天橋酒樓醉歌〔一〕

天公謂我近日作詩少,滿放今宵月輪好。天公憐我近日飲不狂,爲造酒樓官道旁。我時薄病卧仰屋,忽聞清歌起相逐〔二〕。心如止水遭微飈〔三〕,復似葭灰動寒谷〔四〕。千門萬户燈炬然,三條五劇車聲喧〔五〕。忽看有月在空際,衆人不愛我獨憐。回鞭却指城南路,一綫天街入雲去〔六〕。攬衣擲杖登天橋,酒家一燈紅見招。登樓一顧望,莽莽何迢迢。雙壇鬱鬱樹如薺〔七〕,破空三道垂虹腰〔八〕。長風一卷市聲去,更鼓不聞來麗譙〔九〕。此樓此月此客可一醉,誰共此樂獨與清影相嬉遨〔一〇〕?回頭却望望燈市,十萬金虬半天紫〔一一〕。初疑脱却大火輪,翻身躍入冰壺裏〔一二〕。謫仙騎鯨碧海頭〔一三〕,千餘年來無此游。不知當年董糟丘,天津橋南之酒樓,亦有風景如兹不〔一四〕?古人不可作〔一五〕,知交更零落。少年里閈同追歡〔一六〕,抛我今作孤飛鶴。不知此曹今夜何處樂,酒盡悲來氣蕭索〔一七〕。典衣更酌鸕鷀杯,莫遣纖芥填胸懷〔一八〕。天上星辰已堪摘,人間甲子休相催〔一九〕。然藜太乙游傍誰,吃虀宰相何人哉〔二〇〕?甕邊可睡亦徑睡〔二一〕,陶家可埋應便埋〔二二〕。只愁高處難久立,乘風我亦歸去來〔二三〕。明朝市上語奇事,昨夜神仙此游戲。

〔一〕天橋:在北京市永定門内,清晚期逐漸成爲民間藝人演出集聚地,今爲北京熱鬧的市場地區。

〔二〕薄疴：小病。　仰屋：卧而仰望屋梁。　清歌：無伴奏的歌唱。　相逐：追隨。指一首接一首地唱。

〔三〕心如止水：心境平静，像静止的水。表示不受外界影響。　微飇：微風。

〔四〕葭灰：葭莩之灰。古人燒葦膜成灰，置於律管中，放於密室内，以占氣候。某一律管中葭灰飛出，表示某一節候已到。　寒谷：山谷名，又名黍谷。在今北京市密雲縣。相傳爲鄒衍吹律生黍的地方。漢劉向《七略别録·諸子略》："鄒衍在燕，有谷地美而寒，不生五穀。鄒子居之，吹律而温至黍生，至今名黍谷。"

〔五〕燈炬：燈火。　然："燃"的古字。　三條：三條路，泛指都城通衢大道。駱賓王《帝京篇》："三條九陌麗城隈，萬户千門平旦開。"　五劇：見《都門秋思其三》注〔一〕。意謂原本静卧一室，心如止水，被元宵燈會，觸動了游覽的心意。

〔六〕回鞭：謂回頭走。　天街：稱京都的街道。韓愈《早春呈水部張十八員外》詩："天街小雨潤如酥，草色遥看近却無。"

〔七〕雙壇：指北京的天壇和地壇。　鬱鬱：煙氣上昇貌。白居易《傷大宅》詩："一堂費百萬，鬱鬱起青煙。"　薺：薺菜。李商隱《偶成轉韻七十二句贈四同舍》詩："韓公堆上跋馬時，回望秦川樹如薺。"

〔八〕破空：伸入天空。　垂虹腰：形容橋。

〔九〕市聲：街市的喧鬧聲。　更鼓：報更的鼓聲。　麗譙：華麗的高樓；指更樓。明吴嶔《山坡羊·寒夜》曲："清清細數三更到，第一關心是麗譙。"

〔一〇〕嬉遨：嬉樂遨游。韓愈《劉統軍碑》："稚耋嬉遨，連手歌謳。"

〔一一〕却望：回頭遠望。唐盧綸《長安春望》詩："東風吹雨過青山，却望千門草色閑。"　金虯：金龍。形容綵燈。

〔一二〕脱却：擺脱。　大火輪：指太陽。　冰壺：盛冰的玉壺。喻月亮。

〔一三〕謫仙：指李白。　騎鯨：見《二十三夜偕稚存廣心杏莊飲大醉作歌》注〔三〕。

〔一四〕董糟丘：李白《憶舊游寄譙郡元參軍》詩："憶昔洛陽董糟丘，爲余天津橋南造酒樓。黄金白璧買歡笑，一醉累月輕王侯。" 天津橋：古浮橋名。故址在今洛陽市舊城西南洛水上。

〔一五〕可作：再生，復生。《國語・晉語八》："趙文子與叔向游於九原，曰：'死者若可作也，吾誰與歸！'"

〔一六〕里閈(hàn)：鄉里，里巷。　追歡：尋歡。蘇軾《去歲與子野游逍遥堂》詩："往歲追歡地，寒窗夢不成。"

〔一七〕此曹：此輩，這些人。　蕭索：蕭條冷落，凄涼。宋劉過《謁金門》詞："休道旅懷蕭索，生怕香濃灰薄。"

〔一八〕鸕鷀杯：即鸕鷀杓，刻爲鸕鷀形的酒杓。此處指從鸕鷀杯裏倒出的酒。　纖芥：指細小的嫌隙。

〔一九〕天上星辰：星相家謂天上的星辰與人世的科甲是相應的。　甲子：我國曆法，以天干地支遞次相配合計算年歲，故以甲子泛指歲月。上句謂功名是可取得的；下句謂歲月勿催人老。以此勸慰昔年舊友。

〔二〇〕然藜太乙：晉王嘉《拾遺記・後漢》："劉向於成帝之末校書天禄閣，專精覃思。夜，有老人着黄衣，直青藜杖，登閣而進。見向暗中獨坐誦書，老父乃吹杖端，煙然，因以見向，説開闢已前。向因受《洪範》五行之文。" 吃虀宰相：宋魏泰《東軒筆録》："公(范仲淹)少與劉某上長白僧舍修學，惟煮粟米二升，作粥一器，經宿遂凝，以刀畫爲四塊。早晚取二塊，斷虀數十莖，桀汁半盂，入少鹽而啖之，如此者三年。"范官至樞密副使，進參知政事。

〔二一〕甕邊可睡：《晉書・畢卓傳》："太興末，(卓)爲吏部郎，常飲酒廢職。比舍郎釀熟，卓因醉夜至其甕間盜飲之，爲掌酒者所縛。明旦視之，乃畢吏部也，遽釋其縛。卓遂引主人宴於甕側，致醉而去。"又《晉書・阮籍傳》："鄰家少婦有美色，當壚沽酒。籍嘗詣飲，醉便卧其側。籍既不自嫌，其夫察之，亦不疑也。"

〔二二〕陶家可埋：《三國志・吴志》：鄭泉，字文淵。嗜酒。臨卒，謂同類曰："必埋我陶家之側，庶百歲後化而成土，取爲酒壺，實獲我心也。” 陶家：燒製陶器者。

〔二三〕乘風歸去：蘇軾《水調歌頭》詞：“我欲乘風歸去，又恐瓊樓玉宇，高處不勝寒。” 來：語助詞。陶潛《歸去來兮辭》：“歸去來兮，田園將蕪胡不歸？”

正月見桃花盛開且落焉

紛飛紅雨欲漫天〔一〕，不信東風此地偏〔二〕。纔報春來曾幾日，忽驚花落又今年。半生每恨尋芳晚〔三〕，萬事都傷得氣先〔四〕。寄語漁郎莫相過〔五〕，早逃蜂蝶去游仙〔六〕。

〔一〕紅雨：喻落花。李賀《將進酒》詩：“況是青春日將暮，桃花亂落如紅雨。”

〔二〕偏：有偏向，有偏心。與衆不同。

〔三〕半生：半輩子，半世。唐牟融《贈歐陽詹》詩：“爲客囊無季子金，半生蹤迹任浮沉。” 尋芳：游賞美景，出游賞花。暗含杜牧尋春之意。見《綺懷其十》注〔六〕。

〔四〕得氣：謂適應節氣、時令。漢班固《答賓戲》：“得氣者蕃滋，失時者零落。” 得氣先：先於時令。句謂一切事物都應適時，過遲不好，過早也未必好。

〔五〕漁郎：捕魚人。用陶潛《桃花源記》武陵漁人誤入桃花源典。莫相過：謂桃花已落，不必再來。

〔六〕蜂蝶：蜜蜂與蝴蝶，常用以借指幫襯風月的人，如蜂媒蝶使，或愛好風月的人，如游蜂浪蝶。 早逃：及早避開。謂桃花已落，蜂蝶已不再到來。 游仙：漫游世界；指學道，修仙。

送陳理堂學博歸江南〔一〕

其　一

一肩行李一吟身，旅食京華計苦辛。草長鶯飛宜徑去〔二〕，石泉槐火又重新〔三〕。從來易水難爲别〔四〕，除却江南不算春。下水船中天上坐〔五〕，布帆安穩作歸人〔六〕。

〔一〕陳理堂：陳燮，字理堂，江蘇泰州人。嘉慶三年舉人。官泰興訓導。

〔二〕草長鶯飛：見《將之京師雜别其一》注〔三〕。

〔三〕石泉：山石中的泉流。《楚辭·九歌·山鬼》："山中人兮芳杜若，飲石泉兮蔭松柏。"　槐火：用槐木取火。相傳古時隨季節換燃火，冬取槐火。元劉迎《寒食阻雨招元功會話》詩："楊柳杏花相對晚，石泉槐火一時新。"

〔四〕見《都門秋思其二》注〔五〕。　難爲别：難以分别，不忍分别。

〔五〕下水船：順水下駛的船。白居易《重寄荔枝與楊使君》詩："摘來正帶凌晨露，寄去須憑下水船。"　天上坐：杜甫《小寒食舟中作》詩："春水人如天上坐，老年花似霧中看。"

〔六〕布帆安穩：《世説新語·排調》："顧長康作殷荆州佐，請假還東。爾時例不給布帆，顧苦求之，乃得發。至破冢，遭風，大敗。作箋與殷云：'地名破冢，真破冢而出。行人安穩，布帆無恙。'"李白《秋下荆門》詩："霜落荆門江樹空，布帆無恙掛秋風。"二句祝陳旅途平安。

其　二

閑坊冷曲共嬉游〔一〕，漠漠風情似水柔〔二〕。二月濃春過病裏〔三〕，十年往事滿心頭。狂來每倚三分酒，别去誰消一丈愁〔四〕。拔脚軟紅君竟得〔五〕，不辭典盡鸘鷞裘〔六〕。

〔一〕閑坊冷曲：冷落的里巷，貧苦人家所居的地區。指二人都住在貧民區。

〔二〕謂二人都過着平淡安閑的生活。

〔三〕過病裏：在病中度過。

〔四〕倚：倚仗，憑靠。謂借酒澆愁，靠一起飲酒來消磨胸中的狂氣。誰：如何。

〔五〕拔脚：擺脱。　軟紅：軟紅塵，見《將之京師雜别其三》注〔五〕。指離開北京。

〔六〕鸘鷞裘：見《驟寒作》注〔八〕。

其　三

聞道宣房未筑宫，下流春汛頗洶洶〔一〕。天心是要江河合〔二〕，地勢愁當湖海衝〔三〕。莫漫停橈賦花月，先教徙宅避魚龍〔四〕。秋來更獻平渠策，好共賢書達九重〔五〕。

〔一〕宣房：宫名。《史記·河渠書》載：西漢元光中，黄河决口於瓠子，二十餘年不能堵塞。漢武帝親臨决口處，發卒數萬人，並命群臣負薪以填。功成之後，筑宫其上，名爲宣房宫。　春汛：又名桃花汛，春季桃花盛開時冰泮雨積，江河潮水暴漲。　下流：下游。洶洶：水盛貌，洶湧。　原注：時揚州患水。

〔二〕天心：天意。　江河合：長江與黄河合流。

〔三〕謂揚州、泰州一帶正當河水、海水之要衝。

〔四〕莫漫：猶莫如，不如。　停橈：停舟。　徙宅：遷居，搬家。　避魚龍：避開水患。

〔五〕平渠策：論述開鑿溝渠治水患的計策。　賢書：薦賢書，舉薦賢能的書表。　九重：指皇帝。

其　四

欲换頭銜愛冷官〔一〕，如君無意得來難。醉時欲碎珊瑚樹〔二〕，醒後仍餐苜蓿盤〔三〕。但去莫嫌經舍窄〔四〕，就中差覺宦途寬〔五〕。江山詩酒須行意〔六〕，好爲師儒一洗酸〔七〕。

〔一〕冷官：地位不重要、事務不繁忙的官職。多指教官。

〔二〕珊瑚樹：見《感舊其三》注〔五〕。

〔三〕苜蓿盤：見《高淳先大父官廣文處也……》注〔三〕。二句寫陳理堂醉後抒發胸中不平之氣與醒後現實生活的矛盾。

〔四〕經舍：指學官講學的房舍。

〔五〕差覺：稍覺。　宦途寬："學而優則仕"，可見宦途畢竟還算寬廣。

〔六〕行意：按着自己的心意行事。指不要舍棄游覽山水、飲酒吟詩的樂趣。蘇軾《初别子由》詩："使子得行意，青山陋公卿。"

〔七〕師儒：古代指教官或學官。　酸：寒酸，迂腐。　洗酸：洗刷掉他人認爲教官所具有的寒酸迂腐之氣。蘇軾《答范淳甫》詩："而今太守老且寒，俠氣不洗儒生酸。"

送嵇立亭歸梁溪〔一〕

只送人歸不自歸，都門柳色故依依〔二〕。春寒未免欺駝褐〔三〕,野性行當遂鹿菲〔四〕。去路江湖隨地闊,到時櫻筍入筵肥〔五〕。爲君更誦《還山樂》,第二泉邊一浣衣〔六〕。

〔一〕嵇立亭:嵇承端,字立亭,江蘇無錫人。　梁溪:無錫的别稱。因城西梁溪得名。

〔二〕故:仍,尚。　依依:依依不舍的樣子。《古詩爲焦仲卿妻作》:"舉手長勞勞,兩情同依依。"

〔三〕駝褐:駱駝毛製成的短襖。謂穿駝褐還覺得冷。宋汪元量《燕山送黄千户之盱江》詩:"來時雨雪侵駝褐,歸日風雲藹駟車。"

〔四〕野性:喜愛自然、樂居田野的性情。　行當:即將,將要。宋梅堯臣《九日陪京東馬殿院會叠嶂樓》詩:"行當登泰山,雲掃日月開。"　鹿菲:仲則號鹿菲子。句謂我這個性喜田野的人,自己的心願也即將實現。按:鹿菲,粗陋的鞋子。漢桓寬《鹽鐵論・散不足》:"古者庶人鹿菲草芰,縮絲尚韋而已。"

〔五〕到時:謂到家之時。　櫻筍:櫻桃和竹筍。古人於櫻桃和春筍上市之時,以此二物作饌宴會,稱櫻筍會或櫻筍厨。

〔六〕第二泉:無錫西郊惠山的泉水,經唐代"茶聖"陸羽評爲天下第二泉。蘇軾《惠山謁錢道人烹小龍團登絶頂望太湖》詩:"獨携天上小團月,來試人間第二泉。"　浣衣:洗衣服。謂洗去旅途的風塵。

苦　　雨

雨脚如絲苦未收〔一〕,涼深五月盡披裘〔二〕。一方坐對堂坳水〔三〕,萬里心懸瓠子流〔四〕。底事孤螢明入夜,最憐百草爛先秋〔五〕。三間老屋渾防塌〔六〕,可笑先生不自謀〔七〕。

〔一〕雨脚：密集落地的雨點。杜甫《茅屋爲秋風所破歌》："牀頭屋漏無乾處，雨脚如麻未斷絶。"

〔二〕五月披裘：漢王充《論衡·書虚》："傳言延陵季子出游，見路有遺金。當夏五月，有披裘而薪者。季子呼薪者曰：'取彼地金來！'薪者投鐮於地，瞋目拂手而言曰：'何子居之高，視之下，儀貌之壯，語言之野也。吾當夏五月，披裘而薪者，豈取金者哉？'"李白《送裴大澤時赴廬州長史》詩："五月披裘者，應知不取金。"按：此句與上述典故無關，僅用其字面，謂已到仲夏五月，而氣候尚寒冷。

〔三〕一方：一方之土，指自己所居之地。　堂坳：堂屋的低處，泛指低窪之處。

〔四〕瓠子：瓠子河，古水名。自今河南濮陽南分黄河水東注入山東濟水。歷史上黄河曾多次决入瓠子河引起水災。句謂擔心久雨會引起洪水泛濫成災。

〔五〕底事：何意。　憐：憐惜。　草爛：草腐爛。《禮記·月令》："季夏之月，腐草爲螢。"句謂憐惜百草因爲淫雨而在秋天到來之前就腐爛了。

〔六〕三間老屋：指仲則現在所居之處。　渾防塌：指房屋十分破舊，須要防備它坍塌。

〔七〕先生：仲則指自己。句謂去懸想洪水泛濫成災，擔心草爛，而不考慮自己的住房可能坍塌，實屬可笑。

與稚存話舊

其　一

如猿嗷夜雁嘷晨〔一〕，剪燭聽君話苦辛〔二〕。縱使身榮誰共樂，已無親養不言貧。少年場總删吾輩〔三〕，獨行名終付此人〔四〕。待覓它時養砂地〔五〕,不辭暫踏軟紅塵〔六〕。

〔一〕噭嗥:野獸號叫。明李東陽《松塢黄公哀辭》:"虎豹伏匿兮,狼狐噭嗥。"

〔二〕剪燭:李商隱《夜雨寄北》詩:"何當共剪西窗燭,却話巴山夜雨時。"

〔三〕少年場:年輕人聚會行樂的場所。北周庾信《結客少年場行》:"結客少年場,春風滿路香。" 删吾輩:不歡迎我們這一類的人參加。

〔四〕獨行:謂節操高尚,不隨俗浮沉。《後漢書》中有《獨行列傳》,記述當代節操特出的文人。 此人:指吾輩。

〔五〕養砂地:出産朱砂的地方。道家用朱砂鍊丹,丹成,可服之成仙。《晉書·葛洪傳》:"以年老,欲鍊丹,以祈遐壽。聞交趾出丹砂,求爲勾漏令。"

〔六〕軟紅塵:見《將之京師雜别其三》注〔五〕。

其　二

身世無煩計屢更〔一〕,鷗波浩蕩省前盟〔二〕。君更多故傷懷抱〔三〕,我近中年惜友生〔四〕。向底處求千日酒〔五〕,讓他人飽五侯鯖〔六〕。顛狂落拓休相笑,各任天機遣世情〔七〕。

〔一〕謂人的一生都是命定的,屢次改變計劃也無用。

〔二〕鷗波浩蕩:鷗鳥生活在廣闊的水面上,喻悠閑自在的生活。杜甫《奉贈韋左丞丈二十二韻》詩:"白鷗没浩蕩,萬里誰能馴。" 前盟:盟,與鷗鳥爲盟,喻退隱。見《送容甫歸里其三》注〔四〕。指以前相約一同隱居的盟誓。　省(xǐng)：記得。

〔三〕更(gēng)：經歷。陸游《春夜讀書感懷》詩："悲哉白髮翁，世事已飽更。"

〔四〕中年：見《雜感四首其二》注〔七〕。　友生：朋友。唐李華《雲母泉》詩："共恨川路永，無由會友生。"

〔五〕千日酒：見《重九後十日醉中次錢企盧韻贈別其三》注〔三〕。

〔六〕五侯鯖：見《余伯扶少雲昆仲施大雪帆消寒夜集分賦》注〔六〕。

〔七〕天機：謂上天賦予的靈性、天性。　任：聽憑，任憑。　遣世情：對付世間的事情。

送韋書城南歸〔一〕

其一

夜燈分作江南夢〔二〕，看爾風塵竟拂衣〔三〕。湖上酒徒齊拍手〔四〕，一天秋與故人歸〔五〕。

〔一〕韋書城，見《次韋進士書城見贈移居四首原韻奉酬》注〔一〕。

〔二〕謂一燈之下二人分別在做回歸江南之夢。

〔三〕拂衣：振衣而去，謂歸里。王維《送張五歸山》詩："幾日同携手，一朝先拂衣。"

〔四〕齊拍手：表示歡迎。李白《襄陽歌》："襄陽小兒齊拍手，攔街争唱白銅鞮。"

〔五〕一天：滿天。　秋：秋色，秋光。

其二

來歲鑾輿幸吴會〔一〕，期君獻賦排蒼旻〔二〕。可知車騎重歸客〔三〕,即是家徒四壁人〔四〕。

〔一〕來歲:明年。鑾輿:鑾駕,指皇帝。　吴會:吴郡與會稽郡的合稱。王勃《滕王閣序》:"望長安於日下,指吴會於雲間。"

〔二〕期:期待。　獻賦:作賦獻給皇帝,多表示頌揚。《西京雜記》卷三:"相如將獻賦,未知所爲。夢一黄花翁謂之曰:'可爲《大人賦》。'"　蒼旻:蒼天。排蒼旻:猶排閶闔,打開天門。

〔三〕車騎重歸客:指司馬相如。《水經注》:"升仙橋有送客觀,司馬相如將入長安,題其門曰:'不乘高車駟馬,不過汝下也。'後入邛蜀,果如志焉。"車騎重歸指富貴重回故鄉。

〔四〕家徒四壁人:指司馬相如。《史記·司馬相如列傳》:"文君夜亡奔相如,相如乃與馳歸成都,家居徒四壁立。"

歲暮懷人(二十首選四)

其一

打窗凍雨剪燈風〔一〕,擁鼻吟殘地火紅〔二〕。寥落故人誰得似,曉天星影暮天鴻。

〔一〕剪燈風:形容風勢猛烈。

〔二〕擁鼻吟:見《題施錫蕃〈雪帆圖〉四疊前韻》注〔七〕。　地火:指爐火。

其四

興來詞賦諧兼則〔一〕,老去風情宦即家〔二〕。建業臨安通一水〔三〕，年年來往爲梅花。袁簡齋太史〔四〕。

〔一〕諧兼則：既詼諧又合乎法度。
〔二〕風情：風度。　宦即家：袁枚曾任江寧（今南京）知縣，辭官後就在江寧建隨園，作爲隱居之處。
〔三〕建業：今南京。　臨安：今杭州。袁枚，錢塘（今杭州）人，謂現在的居處與祖居一水相通，來去很方便。
〔四〕見《呈袁簡齋太史》注〔一〕。

其十九

故家庭院水般清，手撚花枝一笑成〔一〕。乍見還驚却回顧，不恒風調太憨生〔二〕。

〔一〕撚（niǎn）：執。
〔二〕不恒：不尋常。　風調：風度，情調。　太憨生：猶言太嬌痴。生，語助詞。唐顔師古《隨遺録》："時洛陽進合蔕迎輦花……帝命（袁）寶兒持之，號曰司花女。時詔虞世南草《征遼指揮德音敕》於帝側。寶兒注視久之。帝謂世南曰：'昔傳飛燕可掌上舞，余常謂儒生飾於文字，人豈能若是乎？及今得寶兒，方昭前事。然多憨態。今注目於卿，卿才人，可便嘲之。'世南應詔爲絶句曰：'學畫鴉黄半未成，垂肩嚲袖太憨生。緣憨却得君王惜，長把花枝傍輦行。'"

其二十

烏絲闌格鼠鬚描，愛我新詩手自抄〔一〕。莫怪年來抛韻語〔二〕，此生無分比文簫〔三〕。

〔一〕烏絲闌：唐李肇《唐國史補》卷下："宋亳間，有織成界道絹素，謂絲織成欄。"亦指有墨綫格子的箋紙。陸游《雪中懷成都》詩："烏絲闌展新詩就，油壁車近小獵歸。" 鼠鬚：鼠鬚筆的省稱。王羲之《筆經》："鼠鬚用未必能佳，甚難得。"蘇軾《答王定民》詩："欲寄鼠鬚并蠒紙，請君章草賦黄樓。" 按仲則《感舊雜詩》其四："非關惜别爲憐才，幾度紅箋手自裁。"

〔二〕拋：拋開，丢棄。 韻語：指詩。

〔三〕文簫：傳奇中人名。唐裴鉶《傳奇・文簫》："鍾陵西山有游帷觀。每至中秋，車馬喧闐。太和末，有書生文簫往觀，覩一姝甚麗。吟曰：'若能相伴涉仙壇，應得文簫駕彩鸞。'生意其神仙，植足不去。姝亦相盼相引，至絶頂。俄有仙童持仙判曰：'吴彩鸞以私慾泄天機，判爲民妻一紀。'姝乃與書生下山歸鍾陵。"

臘月廿五日飲翁學士寶蘇齋題錢舜舉畫林和靖小像用蘇韻〔一〕

一枝梅折孤山麓，冷浸鋼瓶汲湖渌〔二〕。即此便是逋仙魂〔三〕，變現花前貌如玉。此花只合先生詩〔四〕，便著言詮都絶俗〔五〕。玉潭妙手爲寫真，五百年來閲風燭〔六〕。石几生雲氣尚温〔七〕，吟眸點漆神逾足〔八〕。一童一鶴猶依依〔九〕，詎是無情拋骨肉〔一〇〕。妻梅謾語如可憑，清供家山問誰録？後人但賞疏影詩，誰知别有《相思曲》〔一一〕。老去高情寄託深，幾株留伴墳前竹〔一二〕。何當唤起圖中人，茗話寒宵瀹甘菊〔一三〕。

〔一〕翁學士：翁方綱(1733—1818)，字正三，號覃溪，直隸大興(今北京市)人。乾隆十七年(1752)進士。官内閣學士。書法家,金石家,能詩文。　寶蘇齋:翁方綱的書齋名。　錢舜舉:錢選,元畫家,字舜舉,號玉潭,吴興(今浙江湖州)人。南宋亡後不仕,以賣畫爲生。　林和靖:林逋(967—1028),北宋詩人,字君復,錢塘(今浙江杭州)人。隱居西湖孤山,賞梅養鶴,終身不仕,也不娶妻,舊時稱其"鶴子梅妻"。卒謚和靖先生。　用蘇韻:用蘇軾《書林逋詩後》詩之韻。

〔二〕湖渌:清澈的湖水。蘇軾《書方干詩卷》詩:"竹間逢詩鳴,眼色奪湖渌。"

〔三〕逋仙:後世常稱林逋爲逋仙,因其品格高逸而譬之。元薛昂夫《殿前歡・冬》曲:"自逋仙去後無高士,冷落幽姿。"

〔四〕合:合拍,相一致。　此花:指梅花。　先生詩:指林逋《山園小梅二首》詩。

〔五〕言詮:用言語來詮釋義理。原作"言筌",語出《莊子・外物》。

〔六〕玉潭:錢選號。　妙手:高手。　寫真:作肖像畫。　風燭:風中之燭,多喻殘年。謂此畫五百年來經歷了不知多少危難險惡的風霜。

〔七〕石几:畫上的石製小桌。

〔八〕吟眸:畫中詩人的眼睛。　點漆:烏黑而光亮。《晉書・杜乂傳》:"(杜乂)美姿容,有盛名於江左。王羲之見而目之,曰:'膚若凝脂,眼如點漆,此神仙人也。'"

〔九〕一童一鶴:謂畫上還有一個小童和一隻鶴相伴。　依依:依依不舍的樣子。

〔一〇〕詎是:豈是。謂林逋豈是毫無感情、不要家庭的人。

〔一一〕意指"鶴子梅妻"這種胡言亂語,不足爲憑;另有《家山清供》一書可以作證。後人只賞識他的"暗香疏影"一詩,却不知道他還寫有《相思曲》。(指林逋《長相思》詞:"吴山青,越山青,兩岸青山相送迎。誰知離别情。　君淚盈,妾淚盈,羅帶同心結未成。江頭潮已平。")原注:《堯山堂外記》載林《惜别》、《長相思》詞,注云,林洪著《家山清供》,云“先人和靖”云云。即其子也,乃喪偶未娶爾。

〔一二〕幾株:指梅樹。

〔一三〕何當:如何。　茗話:一邊飲茶,一邊談話。　瀹(yuè):瀹茶,煮茶水。　甘菊:菊科植物,可泡茶飲。

乾隆四十五年(1780),仲則三十二歲,仍在北京,與洪亮吉及都門詩社諸友來往。復以家累大困,亟欲移家南歸。亮吉又爲營歸資。八月,仲則母及妻、兒先歸。仲則鄉試落第,應山東學政程世淳之邀,抵濟南學政署,客其幕中。入冬,得吴竹橋書,促其北行,歲暮由濟南返京。四十六年(1781),仲則三十三歲,初春,養病於法源寺。秋,應畢沅宫保之邀,赴西安,出都經保定、定州、真定等地。冬返回北京。四十七年(1782),仲則三十四歲,以乾隆四十年時召試獲得二等,充武英殿書簽官,例得主簿,入資爲縣丞。也就是説獲得了候補縣丞(知縣的副職)的資格,必需出資方能被選中爲正式的縣丞。爲此,他只能奔走告貸。乾隆四十八年(1783),仲則三十五歲。爲謀求選資,再度入秦。此時他已有病,但仍力疾出都,想復至西安求助。勉力到達運城,卒於河東鹽運使沈業富署中。

元夜獨坐偶成〔一〕

年年今夕興飛騰〔二〕,似此淒清得未曾。强作歡顔親漸覺〔三〕,偏多醉語僕堪憎。雲知放夜開千疊〔四〕,月爲愁心暈一層〔五〕。竊笑微聞小兒女,阿爺何事不看燈〔六〕?

〔一〕元夜:即元宵節,農曆正月十五夜。

〔二〕飛騰:急遽上昇。

〔三〕親:指母親。

〔四〕放夜:舊時都市有夜禁,街道斷絶通行;定期或暫時弛禁,稱放夜。自唐以來,元宵節前後,京師例行放夜。句指密佈的雲散開,夜色清朗。

〔五〕月暈:月亮周圍有光圈。

〔六〕燈:指元夜的放燈,燈會。

【輯評】

清汪佑南《山涇草堂詩話》:"其近體亦刻意苦吟,足以耐人尋味者,不愧名家。如《元夜獨座偶成》云:'雲知放夜開千疊,月爲愁心暈一層。'"

嚴迪昌《論黄仲則》:"黄仲則有不少詩還以淡語、自譬自解語寫情而顯出哀樂難辨、悲歡難言。如《元夜獨坐偶成》(詩略)全係眼前事、心中語,以白描勾勒出之,讀來却酸辛味濃。"

圈虎行

都門歲首陳百技,魚龍怪獸罕不備〔一〕。何物市上游手兒，役使山君作兒戲〔二〕。初舁虎圈來廣場，傾城觀者如堵牆〔三〕。四圍立栅牽虎出，毛拳耳戢氣不揚〔四〕。先撩虎鬚虎猶帖，以棓卓地虎人立〔五〕。人呼虎吼聲如雷，牙爪叢中奮身入。虎口呀開大如斗〔六〕，人轉從容探以手。更脱頭顱抵虎口〔七〕，以頭飼虎虎不受，虎舌舐人如舐轂〔八〕。忽按虎脊叱使行，虎便逡巡繞闌走〔九〕。翻身踞地蹴凍塵，渾身抖開花錦茵〔一〇〕。盤回舞勢學《胡旋》〔一一〕，去。似張虎威實媚人。少焉仰卧若佯死，投之以肉霍然起。觀者一笑争醵錢〔一二〕，人既得錢虎摇尾。仍驅入圈負以趨〔一三〕，此間樂亦忘山居〔一四〕。依人虎任人頤使，伴虎人皆虎唾餘〔一五〕。我觀此狀氣消沮，嗟爾斑奴亦何苦〔一六〕。不能决蹯爾不智，不能破檻爾不武〔一七〕。此曹一生衣食汝，彼豈有力如中黄，復以梁鴦能喜怒〔一八〕。汝得殘餐究奚補，伥鬼羞顔亦更主〔一九〕。舊山同伴倘相逢，笑爾行藏不如鼠〔二〇〕。

〔一〕歲首：歲初。　百技：各種技藝。　魚龍：見《衡山高和趙味辛送余之湖南即以留别》注〔八〕。　罕不備：謂樣樣都有；不備的很少。

〔二〕何物：什麼人，哪一個。《晉書・王衍傳》："衍字夷甫，神情明秀，風姿詳雅。總角嘗造山濤，濤嗟嘆良久。既去，目而送之，曰：'何物老嫗，生寧馨兒！'"　游手兒：指不務正業、怠惰好閑的人。　山君：虎。舊以虎爲山獸之長，故稱。《説文・虎部》："虎，山獸之君。"

〔三〕舁(yú)：抬，扛。　圈：養獸之所，籠子。　傾城：全城。　堵牆：牆垣。形容人多，排立如牆。杜甫《莫相疑行》："憶獻三賦蓬萊宫，自怪一日聲烜赫。集賢學士如堵牆，觀我落筆中書堂。"

〔 四 〕戢(jí)：收斂,約束。

〔 五 〕帖：帖伏。　棓(bàng)：通“棒”,棍棒。　卓地：用物體竪向叩擊地面。

〔 六 〕呀開：張開。

〔 七 〕脱：脱出。脱頭顱：伸出頭顱。謂自己的頭顱不要了,給虎吃。

〔 八 〕彀(gòu)：幼兒。指虎仔。

〔 九 〕逡巡：遲疑不前;拖拖拉拉地向前行。

〔一〇〕蹴：踩,踏。　凍塵：冰凍的土地。　花錦茵：形容老虎的五色斑斕的毛皮。

〔一一〕盤回：盤旋回繞。　胡旋(xuàn)：胡旋舞,古代西北民族的舞蹈,以各種旋轉動作爲主。

〔一二〕少焉：過一會兒。　霍然：突然,一下子。　醵(jù)錢：湊錢。

〔一三〕負以趨：(把虎趕入籠子後)由賣藝人抬着籠子離去。

〔一四〕此間樂：《三國志・蜀志・後主傳》：蜀亡,後主劉禪舉家遷至洛陽。“他日,司馬文王問禪曰：‘頗思蜀否?’禪曰：‘此間樂,不思蜀。’”　山居：指山中的生活。

〔一五〕頤使：頤指氣使,以下巴的動向和臉色來指揮人,形容以傲慢的態度指揮别人。　唾餘：唾液之餘,此指吃剩下的東西。

〔一六〕消沮：沮喪。元辛文房《唐才子傳・戎昱》：“雖貧士,而軒昂,氣不消沮。”　斑奴：指虎。

〔一七〕决蹯：挣斷足掌。《戰國策・趙策三》：“人有置係蹄者而得虎。虎怒,决蹯而去。虎之情,非不愛其蹯也。然不以環寸之蹯而害七尺之軀者,權也。”　破檻：冲破欄檻或大籠子。

〔一八〕中黄：中黄伯,古勇士名。《尸子》：“中黄伯曰：‘余左執太行之獶而右搏雕虎。’”　梁鴦：周宣王時馴養鳥獸之能手。《列子・黄帝》：“周宣王之牧正,有役人梁鴦者,能養野禽獸。委食於園庭之内,雖虎狼雕鶚之類,無不柔馴者。”

〔一九〕奚補：何補,何濟於事。　倀鬼：古時迷信傳説,謂人死於虎,其鬼魂受虎役使者爲“倀鬼”,虎出行時爲虎作前導。

〔二〇〕行藏：謂出處或行止。《論語·述而》："用之則行，舍之則藏。"

【輯評】

清孫星衍："仲則《圈虎行》爲七古絶技，'似張虎威實媚人'，奇句精思，似奇實正。"

嚴迪昌《論黄仲則》："這首描繪虎威掃地、媚主爲奴的淋漓盡致的詩，顯然有其深刻的寓意在。……更主要的是'依人虎任人頤使，伴虎人皆虎唾餘'以下幾節鮮明地表達了詩人對隆盛之世的君臣、主奴、尊卑、貴賤關係的態度。"

治芳《薄命詩人黄仲則》："我們先看《圈虎行》……層層疊進，直至高潮。'似張虎威實媚人'，'虎威'和'媚人'，這是多麼悖逆、多麼對立的一對矛盾，可是竟在'這一個'虎的身上得到了統一。詩人的千番感慨、萬般憂憤都從這裏開始。'不能决蹯爾不智，不能破檻爾不武'，豈止'不智'、'不武'而已，養活人者反而受人頤使，强者反而轉向弱者乞求'殘餐'，這難道不是天地間最大的不公？又難道不是人世上最大的悲劇？"

錢瑟之《淺談兩當軒詩的社會意義》："至於著名的《圈虎行》，我也認爲寓有深意。表面上寫都門雜技，實際上諷刺與嘲弄了朝中文武——他們得到了'骨頭'，丢了'骨氣'。貌爲'老虎'，實係'斑奴'。甚至連'老鼠'都不如！這些難道不是對社會矛盾的深刻揭露嗎？"

言懷和黍維

不與黄金不與閑，我曹無計破天慳〔一〕。半生骨相慚分芋〔二〕，五載鄉心只放鵬〔三〕。好景漸消頭上月，片雲常護夢中山。可知來日愁無益，且讀《離騷》書掩關〔四〕。

〔一〕我曹：我輩，我們這類人。　天慳：上天的慳嗇。謂命運不好。

〔二〕骨相：見《題酒家壁》注〔二〕。《鄴侯外傳·李泌》："泌嘗讀書衡山寺……聽中宵梵唱，響徹山林。泌頗知音，能辨休戚，謂懶殘經音，先凄愴而後喜悦，必謫墮之人，時至將去矣。候中夜，潛往謁之。懶殘命坐，撥火出芋以啖之。謂泌曰：'慎勿多言，領取十年宰相。'泌拜而退。"謂自己與李泌相比，感到慚愧。

〔三〕五載：仲則於乾隆四十年冬到北京，至今已五年。　鷴：白鷴，鳥名。分佈於我國南部。唐雍陶《和孫明府懷舊山》詩："秋來見月多歸思，自起開籠放白鷴。"句謂想回鄉過隱居生活。

〔四〕掩關：閉門。

移家南旋是日報罷〔一〕

朝來送母上河梁，榜底驚傳一字康〔二〕。咫尺身家分去住，霎時心迹判行藏〔三〕。豈宜便絶風雲路，但悔不爲田舍郎〔四〕。最是難酬親苦節，欲箋幽恨叩蒼蒼〔五〕。

〔一〕得到鄉試落選的消息。

〔二〕河梁：見《别老母》注〔一〕。榜：指考試録取的名單。　康：康了，科舉落第的隱語。

〔三〕心迹：心中的想法。　行藏：見《圈虎行》注〔二〇〕。

〔四〕豈宜：不宜，不應當。　風雲路：前進發展的道路。明浚川《新水令·送康對山太史歸田》套曲："只争那正人不得正人扶，却做了多才反被多才誤。成間阻，平白地剗斷了風雲路。"　田舍郎：田家子，農夫。

〔五〕苦節：堅守節操。多指婦女守寡。　箋：表明。宋唐琬《釵頭鳳》詞:"欲箋心事,獨語斜闌。" 叩:探問,詢問。 蒼蒼:指天。漢蔡琰《胡笳十八拍》:"泣血仰頭兮訴蒼蒼,胡爲生兮獨罹此殃。"

直沽舟次寄懷都下諸友人〔一〕

其　一

幾年橐筆走神京〔二〕,剩有扁舟載月明〔三〕。掉首已拌游萬里〔四〕,懷人猶是坐三更。座中許郭勞聲價〔五〕,市上荆高識姓名〔六〕。消得向來塵土夢,被他柔櫓一聲聲〔七〕。

〔一〕直沽:在今天津市南獅子林橋西端三汊口一帶,爲南北漕運和海運的咽喉。

〔二〕橐(tuó)筆:橐,盛物的袋子。古代書史小吏,手持囊橐,簪筆於頭頸,侍立帝王大臣左右,以備隨時記事。走神京:在京都奔走。句謂幾年來在京都作書吏的工作。

〔三〕謂現在只剩下一隻小船,指幾年橐筆一無所得。

〔四〕掉首:轉過頭,不顧而去。 拌(pān):拚,豁出去,表示甘願。見《啼烏行》注〔三〕。

〔五〕許郭:許邵,郭太。《後漢書・郭太許邵列傳》:郭太,字林宗,太原界休人。性明知人,好獎訓士類。許邵,字子將,汝南平輿人。少峻名節,好人倫,多所賞識。故天下言拔士者,咸稱許郭。 聲價:名譽身價,聲望。句謂多蒙都中友人像許邵、郭太那樣給予我很高的評價。

〔六〕荆高:荆軻,高漸離。指市上荆高之類的俠義之人,都知道我的名字。

〔七〕謂過去的一切塵俗之念，都在柔和的櫓聲中煙消雲散。

其　二

讀書擊劍兩無成〔一〕，辭賦中年誤馬卿〔二〕。欲入山愁無石髓〔三〕，便歸舟已後蒓羹〔四〕。諳成野性文焉用〔五〕，淡到名心氣始平〔六〕。長謝一沽丁字水〔七〕，送人猶有故人情。

〔一〕《史記·項羽本紀》："項籍少時學書不成，去學劍，又不成。"

〔二〕馬卿：漢司馬相如，字長卿，後人稱之爲馬卿。唐劉知幾《史通·載言》："若韋孟諷諫之詩，楊雄出師之頌，馬卿之書《封禪》，賈誼之論《過秦》，讀如此文，皆施記傳。"

〔三〕石髓：石鍾乳，古人用於服食，也可入藥。《晉書·嵇康傳》："康又遇王烈，共入山。烈嘗得石髓如飴，即自服半，餘半與康。皆凝爲石。"句謂不可能成仙。

〔四〕蒓羹：用蒓菜烹製的羹。《晉書·文苑傳·張翰》："翰因見秋風起，乃思吴中菰菜、蒓羹、鱸魚膾，曰：'人生貴得適志，何能羈宦數千里以要名爵乎！'遂命駕而歸。"

〔五〕諳成野性：養成不馴服的性格。陸游《野性》詩："野性從來與世疏，俗塵自不到吾廬。"　文焉用：何必加以文飾。《左傳·閔公二十四年》：介子推曰："言，身之文也。身將隱，焉用文之。"

〔六〕氣：心中的不平之氣，氣憤。

〔七〕長謝：長辭。南朝梁江淹《與交友論隱書》："請從此隱，長謝故人。"　丁字水：丁字沽的水。丁字沽在天津市。

舟過楊柳青感舊〔一〕

此地尚餘楊柳青，昔年獻賦記曾經〔二〕。龍舟鳳艒雲中見〔三〕，廣樂鈞天水上聽〔四〕。篋裏宫袍猶自艷〔五〕，夢中綵筆竟無靈〔六〕。阻風中酒情何限〔七〕，目斷孤鴻下晚汀。

〔一〕楊柳青：地名，在天津市西部，以出版木版年畫著名。

〔二〕昔年獻賦：乾隆四十一年(1776)春，乾隆帝平定兩金川，回鑾駐蹕津門，各省士子進獻詩賦，仲則獲二等獎。現重經舊地，見柳色尚青。

〔三〕龍舟鳳艒：艒，小船。指皇帝及侍從所乘的大大小小的舟船。《隋書・煬帝紀上》："造龍舟、鳳艒、黄龍、赤艦、樓船等數萬艘。"

〔四〕廣樂鈞天：《史記・趙世家》："趙簡子疾，五日不知人……居二日半，簡子寤。語大夫曰：'我之帝所甚樂，與百神游於鈞天，廣樂九奏萬舞，不類三代之樂，其聲動人心。'"後因以"鈞天廣樂"指天上的音樂。

〔五〕宫袍：指古代官員的禮服。

〔六〕夢中綵筆：《南史・江淹傳》："又嘗宿於冶亭，夢一丈夫自稱郭璞，謂淹曰：'吾有筆在卿處多年，可以見還。'淹乃探懷中得五色筆一以授之。而後爲詩絶無美句，時人謂之才盡。"後稱"五色筆"爲"綵筆"。杜甫《秋興八首》詩其八："綵筆昔曾干氣象，白頭吟望苦低垂。"元湯式《賞花時・賀友人新娶》套曲："翠袖分香隨處有，綵筆生花夢境熟。"

〔七〕阻風中酒：阻風：因風浪太大而停舟。中酒：醉酒。杜牧《鄭瓘協律》詩："自説江湖不歸事，阻風中酒過年年。"

德州懷汪劍潭〔一〕

三兩初明野戍螢〔二〕,鼓聲催棹向津亭〔三〕。漸驚齊語煙中出,尚怯燕歌夢裏聽〔四〕。岸柳漸消愁鬢緑〔五〕,市燈猶照故衫青〔六〕。前游記有汪倫在〔七〕,歲暮相依作客星〔八〕。

〔一〕德州:在山東省西北部,鄰接河北省。 汪劍潭:汪端光,字劍潭,江蘇省江都人。乾隆三十六年(1771)舉人。官至鎮安(今廣西德保)知府。

〔二〕三兩:形容稀少。三三兩兩的螢火蟲。野戍:野外的駐防之處。北周庾信《至老子廟應詔》詩:"野戍孤煙起,春山百鳥啼。"

〔三〕鼓聲:船鼓聲。見《吴山寫望》注〔四〕。津亭:古代建於渡口的亭子。宋劉克莊《長相思·餞别》詞:"風蕭蕭,雨蕭蕭。相送津亭折柳條。春愁不自聊。"

〔四〕齊語:山東話。山東人的説話聲。 燕歌:燕地的歌。 尚怯:謂怕聽燕歌。由於在京都住久,生怕聽到燕歌而引起離愁。

〔五〕楊柳的緑色漸減,正如人的緑鬢因愁而減。

〔六〕故衫青:指自己仍穿着青色的衣衫。青衣爲平民的服裝,表明自己仍是儒生,尚未中舉。

〔七〕汪倫:李白詩中提到的村民。李白《贈汪倫》詩:"桃花潭水深千尺,不及汪倫送我情。"喻汪劍潭。因同樣姓汪,故借喻。 前游:指乾隆四十年仲則於赴京途中在東阿道上與舊友汪劍潭邂逅,二人並轡北上,經德州、河間等地至北京。

〔八〕客星:明《觀象玩占》:"客星,非常之星。其出也无恒時,其居也无定所,忽見忽没,或行或止,不可推算,寓於星辰之間,如客,故謂之客星。"《後漢書·嚴光傳》:"(光武帝)復引光入,論道舊故……因共偃卧。光以足加帝腹上。明日太史奏,客星犯御座甚急。帝笑曰:'朕故人嚴子陵共卧耳。'" 指在北京寄寓,作寓公。

望匡山〔一〕

白也書堂在〔二〕,雲林似昔時。星辰如可接〔三〕,猿鶴尚餘悲〔四〕。去作青山冢〔五〕,歸虛白首期〔六〕。憐才意千古,高詠少陵詩〔七〕。

〔一〕匡山:杜甫《不見》詩:"匡山讀書處,頭白好歸來。"爲懷念李白而作。匡山,後人以爲指江西省廬山,又經人認證爲四川省江油縣西的大匡山,李白曾讀書於大匡山,有讀書堂尚存。

〔二〕白也:指李白。見《月下登太白樓和思復壁間見懷韻》注〔二〕。

〔三〕星辰:謂歲月。孟郊《感懷》詩之三:"中夜登高樓,憶我舊星辰。"句意謂李白之生平事業,仍可接續。

〔四〕猿鶴:猿與鶴。名士及隱士喜與猿鶴爲伴。《宋史·石揚休傳》:"揚休善閑放,平居養猿鶴、玩圖書,吟詠自適。"

〔五〕青山冢:李白墓在安徽省當塗縣青山。

〔六〕白首期:即"頭白好歸來"之意。 虛:空。謂未能如願。

〔七〕少陵:杜甫自稱"少陵野老"。

濟南病中雜詩(七首選四)

其一

於世一無用,向人何所求。匿名屠販下〔一〕,伏枕海山秋〔二〕。遠水通鷗思〔三〕，長雲落雁愁〔四〕。微軀等蓬纍〔五〕，隨處足勾留。

〔一〕匿名：隱瞞真實姓名，隱姓埋名。《宋書·後廢帝紀》："或匿名屠釣，隱身耕牧。" 屠販：屠夫小販。指地位低微的人。北齊劉晝《新論·妄瑕》："樊噲，屠販之豎；蕭曹，斗筲之吏。"

〔二〕伏枕：伏卧枕上，指卧病。杜甫《病後過王倚飲贈歌》："王生怪我顏色惡，答云伏枕艱難遍。"

〔三〕鷗思：退隱之思。謂望遠水而生退隱之思。

〔四〕對長雲而覺鄉路尚遥。

〔五〕蓬纍：蓬草隨風飄行，喻人的行蹤無定。《史記·老子韓非列傳》："且君子得其時則駕，不得其時則蓬纍而行。"

其　二

肺病秋翻劇〔一〕，心忡夜未寧〔二〕。聰明消患苦〔三〕，書劍易參苓〔四〕。此子久傷氣〔五〕，何方解鑄形〔六〕。輔車猶可識〔七〕，決目向繁星〔八〕。

〔一〕翻：反而。清納蘭性德《如夢令》詞："纖月黄昏庭院，語密翻教醉淺。"句謂秋天氣候適宜而病反而加重。

〔二〕心忡：心憂。《詩·邶風·擊鼓》："不我以歸，憂心有忡。"

〔三〕患苦：憂患與愁苦。謂自己的智慧因愁苦而消減。

〔四〕參苓：人參與茯苓。指藥物。　書劍：見《客夜憶城東舊游寄懷左二》注〔九〕。　謂因卧病服藥而拋却文書筆墨等讀書人的事業。

〔五〕此子：仲則指自己。　傷氣：損傷元氣。

〔六〕鑄：鑄造。喻培育造就人才。漢揚雄《法言·學行》："或曰：'人可鑄與?'曰:'孔子鑄顔淵矣。'" 鑄形:鑄造出原形,指使病體復元。

〔七〕輔車:輔,頰輔;車,牙牀。通常用輔車相依來表示朋友之間互相幫助。此句意謂尚能得到友人的幫助。

〔八〕决目:張大眼睛。

其　六

李杜清游在,風流杳莫希〔一〕。斯人如未死,吾道詎應非〔二〕?北渚沈寒潦〔三〕,南山冷翠微〔四〕。空餘昔時月,永夜滿征衣〔五〕。

〔一〕李杜:李白、杜甫。　清游:瀟灑地游賞。　清游在:謂曾在此地游賞。　杳莫:杳漠,悠遠渺茫。　希:稀少。指其風流事迹。

〔二〕斯人:指李白、杜甫。　吾道:見《贈楊荔裳即寄酬令兄蓉裳》注〔七〕。　詎應非:謂不會衰落。

〔三〕北渚:北面的水涯。《楚辭·九歌·湘夫人》:"帝子降兮北渚,目眇眇兮愁予。"陸游《北渚》詩:"北渚露濃蘋葉老,南塘雨過藕花稀。"　寒潦:寒冷的水。

〔四〕南山:泛指南面的山。陶潛《飲酒》詩之五:"采菊東籬下,悠然見南山。"　翠微:見《游九華山放歌》注〔一六〕。二句暗喻南北兩地友人音信沉寂。

〔五〕征衣:旅人的衣服。謂由於斯人已逝而感到孤單冷落。

其　七

小住猶爲客〔一〕,吾生亦已勞。補窗驅野馬〔二〕,洗壁畫《離騷》〔三〕。澹日寒逾瘦,孤雲懶不高。何因挾枚叟〔四〕,同話廣陵濤。

〔一〕小住:暫住。陸游《留題雲門草堂》詩:“小住初爲旬月期,二年留滯未應非。”

〔二〕野馬:指野外蒸騰浮游的水氣。《莊子·逍遥游》:“野馬也,塵埃也,生物之以息相吹也。”

〔三〕畫《離騷》:以《離騷》之詞意作圖,畫於壁上。

〔四〕何因:何由。 挾:依持,挾同。 枚叟:西漢辭賦家枚乘,著有《七發》。 廣陵濤:見《觀潮行》注〔一〕。

偕石緣游歷下亭〔一〕

城外青山城裏湖,七橋風月一亭孤〔二〕。秋雲拂鏡荒蒲芡〔三〕,水氣銷煙冷畫圖。邕甫名游誰可繼〔四〕,潁杭勝迹未全輸〔五〕。酒船只傍鷗邊艤〔六〕,携被重來興有無?

〔一〕石緣:程石緣,仲則在濟南新交的朋友。 歷下亭:在山東濟南市大明湖畔,面山環湖,風景殊勝,約建於北魏年間。

〔二〕城:指濟南城。 湖:指大明湖。 七橋:指大明湖中的七座橋:鵲華、芙蓉、水西、湖西、北池、百花、秋柳。總稱七橋風月。 一亭:指歷下亭。

〔三〕秋雲拂鏡:指雲影在湖面上飄過。

〔四〕邕甫:李邕和杜甫。李邕,字太和,廣陵人。天寶初爲北海太守,有《登歷下古城員外孫新亭》詩。杜甫有《陪李北海宴歷下亭》詩。

〔五〕潁杭勝迹:指潁州西湖和杭州西湖。歐陽修和蘇軾都在潁州和杭州當過太守,並留下不少詠贊二處西湖美景的詩詞。句謂大明湖的名勝未必比以上二處的西湖差。

〔六〕艤：使船靠岸。

得吴竹橋書趣北行留别程端立〔一〕

其　一

乞食江湖客，傭書館閣身〔二〕。行藏聊自點〔三〕，歌哭向誰真〔四〕。未捧毛生檄〔五〕，難辭庾亮塵〔六〕。此行吾豈意，可奈尺書頻〔七〕。

〔一〕吴竹橋：吴蔚光，字悊甫，號竹橋，昭文(今屬江蘇常熟)人。乾隆四十五年(1780)進士。官禮部主事。　趣北行：吴來信催促仲則返北京。　程端立：程世淳，字澂江，一字端立，歙(安徽歙縣)人。乾隆三十六年(1771)進士。當時爲山東學政。

〔二〕傭書：爲人作書札工作。《後漢書·班超傳》："家貧，常爲官傭書以供養。"　館閣：指四庫館。仲則曾在四庫館任校録。

〔三〕行藏：見《圈虎行》注〔二〇〕。　自點：點污自己。《漢書·司馬遷傳》："若僕大質已虧缺，雖材懷隋和，行若由夷，終不可以爲榮，適足以發笑而自點耳。"指自己不能作清高的隱士而甘爲庸俗的書吏。

〔四〕真：誠心實意。宋王讜《唐語林·補遺一》："禄山豐肥大腹。上嘗問：'此腹中何物而大？'禄山尋聲而對：'腹中但無他物，唯赤心而已。'上以其真而益親之。"　向誰真：向誰坦露真心。

〔五〕毛生檄：毛生，毛義。見《將之京師雜别其二》注〔三〕。

〔六〕庾亮塵：《世説新語·輕詆》："庾公(庾亮，字元規)權重，足傾王公(王導)。庾在石頭，王在冶城，坐，大風揚塵，王以扇拂塵，曰：

‘元規塵汙人。’”王導惡庾亮權勢逼人,故發此語。後以“庾公塵”或“元規塵”喻權貴的氣焰。

〔七〕指此行返京非出於自己本意,無奈友人來信頻頻催促。

其　二

暫作平原客,頻傾北海樽〔一〕。半氈分謝脁〔二〕,一榻下陳蕃〔三〕。遯迹才齊右,衝寒又薊門〔四〕。將心託鴻爪,到處一留痕〔五〕。

〔一〕平原客:戰國時趙國的平原君趙勝,以好客聞名。喻山東學政程端立。　北海樽:東漢孔融曾任北海相。《後漢書·孔融傳》:“性寬容,少忌好士,喜誘益後進。及退閑職,賓客日盈其門。常嘆曰:‘坐上客常滿,尊中酒不空,吾無憂矣。’”唐蕭穎士《山莊月夜作》詩:“未奏東山妓,先傾北海尊。”

〔二〕半氈:《南史·江革傳》載:江革少孤貧,以孝聞。讀書精力不倦。齊禮部郎謝脁敬重之,曾去拜訪。“時大寒雪,見革蔽絮單席而耽學不倦,嗟嘆久之。乃脱其所著襦,並手割半氈與革充卧具而去。”後用爲顧惜寒士之典。

〔三〕陳蕃榻:見《次韋進士書城見贈移居四首原韻奉酬其四》注〔二〕。

〔四〕遯迹:猶隱迹,隱居。南朝宋鮑照《秋夜》詩之二:“遁迹避紛喧,貨農栖寂寞。”　齊右:山東省西部。指濟南。薊門:指北京。

〔五〕鴻爪留痕:蘇軾《和子由澠池懷舊》詩:“人生到處知何似,應似飛鴻踏雪泥。泥上偶然留指爪,鴻飛那復計東西。”

渡　運　河

喚渡高城下,斜陽澹一川〔一〕。舊游仍北上,親舍已南遷〔二〕。雁笑銜寒客〔三〕,雲迷望遠天。離波逐思淚,流得到門前〔四〕?

〔一〕川:河流。此處指運河。

〔二〕親舍:親人所居之處。《舊唐書·狄仁杰傳》:"其親在河陽别業。仁杰赴并州,登太行山,南望見白雲孤飛,謂左右曰:'吾親所居,在此之下。'"後因以"白雲親舍"爲思念親人之典故。句指母親及妻兒舉家南遷。

〔三〕雁笑:秋天鴻雁因畏寒而南飛,自己反銜寒北上,當爲鴻雁所笑。

〔四〕上句倒裝,應爲"思淚逐離波",下句疑問:不知思親之淚逐離波南下,能流到老家之門前否?

車中雜詩(二首選一)

其一

天寒行旅稀,語聞浣花老〔一〕。我見殊不然,勞人多草草〔二〕。前車接後車,魚貫争古道。行色或輝煌,形容半枯槁。是各有室家,亦豈無翁媪。置酒亦足娱,塞墐詎不早〔三〕。而必銜寒行,風霰犯昏曉〔四〕。我亦厠其間,軀比一粟渺。何意號寒蟲,轉作流離鳥〔五〕。一貧能驅人,環顧憂心悄。

〔一〕杜甫《寫懷二首》其二:"天寒行旅稀,歲暮日月疾。" 浣花老:即浣花翁。杜甫晚年居於成都浣花溪畔,故稱。

〔二〕勞人:憂傷之人。 草草:憂慮勞神的樣子。《詩·小雅·巷伯》:"驕人好好,勞人草草。蒼天蒼天!視彼驕人,矜此勞人。"

〔三〕塞墐(jìn):用泥土塗塞門窗孔隙。《詩·豳風·七月》:"穹窒熏鼠,塞向墐户。"

〔四〕風霰:猶風雪。

〔五〕號寒蟲:應作寒號蟲。明陶宗儀《輟耕録·寒號蟲》:"五臺山有鳥,名寒號蟲,四足,有肉翅,不能飛。當盛暑時,文采絢爛,乃自鳴曰:'鳳凰不如我。'比至深冬嚴寒之際,毛羽脱落,索然如鷇雛,遂自鳴曰:'得過且過。'" 流離鳥:梟的别名。《詩·邶風·旄丘》:"瑣兮尾兮,流離之子。"陸璣疏:"流離,梟也。自關而西謂梟爲流離。"按:號寒蟲、流離鳥,皆用其詞面意義,喻飢寒交迫的貧民與無家可歸的流民。

題明人畫蕉陰宮女即次徐文長題詩韻〔一〕

記調絃索侍深宮〔二〕,手種芭蕉緑幾叢。行過蕉陰却回顧,美人心事怕秋風〔三〕。

〔一〕徐文長:徐渭(1521—1593),初字文清,改字文長,號天池山人、青藤道士。明文學家、書畫家。山陰(今浙江紹興)人。著有《徐文長全集》、《南詞叙録》、《四聲猿》。

〔二〕調:演奏。 弦索:樂器上的弦。泛指樂器。元稹《連昌宫詞》:"夜半月高弦索鳴,賀老琵琶定場屋。"

〔三〕怕秋風:漢班婕妤《怨歌行》:"新裂齊紈素,皎潔如霜雪。裁爲合歡扇,團團似明月。出入君懷袖,動摇微風發。常恐秋節至,涼風奪炎熱。棄捐篋笥中,恩情中道絶。"秋日涼風一起,團扇即被棄置,後人常用以比喻婦女因年老色衰而被拋棄。芭蕉葉舊時亦用以製扇,故宮女回顧蕉陰而起秋扇見捐的悲感。

題洪稚存機聲燈影圖

君家雲溪南〔一〕,我家雲溪北。喚渡時過從〔二〕,兩小便相識。白楊頭望何妥居〔三〕,辛夷樹訪迂辛宅〔四〕。君言弱歲遭孤露,却伴孀親外家住〔五〕。塵封蛛網三間樓,阿母凄涼課兒處。讀勤母顔喜,讀倦母心悲。不惜寒機杼千帀〔六〕,易得夜燈膏一甀〔七〕。燈滅尚可挑,機斷不可續〔八〕。樓風刮燈燈一粟,書聲機聲互相逐。屋角時聞鄰嫗愁,煙中每撼林烏宿。老漁隔溪住十年,君家舊事渠能言。打魚夜夜五更起,蔣家樓上燈猶然〔九〕。即今此景空追溯,《蓼莪》已廢《白華》補〔一〇〕。寫聲寫影工則能,難貌孤兒此心苦〔一一〕。如君獨行世無匹〔一二〕,謂我知君一言乞。君名已達薦賢書,母傳應歸赤心筆〔一三〕。我慚腕弱何能任,忽復思淚沾盈衿。畫中咫尺逼親舍〔一四〕,南望白雲千里深〔一五〕。未能一笑酬苦節,空此春暉寸草心〔一六〕。剪燭題詩意無已〔一七〕,急付横圖卷秋水〔一八〕。

〔一〕雲溪:白雲溪,在江蘇常州市,爲荆溪上游。今爲常州市區馬山埠。

〔二〕喚渡:白雲溪上有渡口。洪亮吉《十五夜獨至雲溪步月》詩"王家艇在誰邊"注:"舊雲溪有渡舟,篙師名王太平。"

〔三〕白楊頭:常州的一處地名。《隋書·儒林傳·何妥》:"何妥,字栖鳳,西城人……十七歲,以技巧事湘東王。後知其聰明,召爲誦書左右。時蘭陵蕭眘亦有儁才,住青楊巷。妥住白楊頭。時人爲之語曰:'世有兩儁:白楊何妥,青楊蕭眘。'其見美如此。"

〔四〕辛夷：落葉喬木，高數丈，有香氣。　迂辛：唐辛立度，性迂，時人稱他爲迂辛。白居易《代書詩一百韻寄微之》："笑勸迂辛酒，閑吟短李詩。"自注："辛大立度性迂嗜酒，李十二紳形短能詩，故當時有迂辛短李之號。"又："北村尋古柏，南宅訪辛夷。"

〔五〕弱歲：指幼年。　孤露：孤單無所蔭庇。指喪父，喪母，或父母雙亡。此處指喪父。　孀親：守寡的母親。　外家：指母親的娘家。

〔六〕杼：織機的梭子。王安石《促織》詩："只向貧家促機杼，幾家能得一絢絲。"　帀：旋轉一周。

〔七〕膏：燈油。　瓻（chī）：陶製盛酒器。

〔八〕斷機：相傳孟軻少時，母見其廢學歸家。時方織，因引刀斷其機織，曰："子之廢學，若吾斷斯織也。"見劉向《列女傳·鄒孟軻母》。句意謂洪母教子有方。

〔九〕蔣家：洪亮吉的外祖家。　然：燃的古字。

〔一〇〕《蓼莪》：《詩經》篇名。表達子女追慕父母之情。《南齊書·高逸列傳·顧歡》："歡少孤，每讀詩至'哀哀父母'，輒執書慟泣。學者由是廢《蓼莪》篇，不復講。"《白華》：《詩經》篇名，美孝子之潔白。

〔一一〕工：精工，擅長。　貌：模寫。句謂一個擅長的畫家能够寫聲寫影，却難以模寫孤兒心中的苦楚。

〔一二〕獨行：見《與稚存話舊其一》注〔四〕。

〔一三〕薦賢書：地方官向上級舉薦當地賢人的書表。　赤心筆：用赤誠之心記事。

〔一四〕咫尺：句謂畫中的景物與自己母親所居之處近在咫尺。

〔一五〕南望白雲：見《渡運河》注〔二〕。

〔一六〕寸草心：孟郊《游子吟》："誰言寸草心，報得三春暉。"句謂自己空有此心。

〔一七〕意無已：意不盡。

〔一八〕卷：收，收拾。　秋水：指目光。句謂自己不忍再看，急忙把畫圖送還給洪稚存。

【輯評】

近人陳衍《石遺室詩話》:"自洪北江有《機聲燈影圖》,寫其節母課讀,索人題詠。於是讀書稍有成而欲張其節母者,皆有一圖,若寒燈課子之類,遍求題詠。不知依樣葫蘆,率見不鮮,難得佳章也。即北江圖,亦僅黄仲則有數語取徑獨别,云:'老漁隔溪住十年,君家舊事渠能言。打魚夜夜五更起,蔣家樓上燈猶然。'余欲作一文字洗此臼窠久矣。"

放鶴圖黎二樵爲周肅齋明府作屬題〔一〕

二樵筆如鐵裹綿〔二〕,愛畫獨柳秋灘邊。枝枝葉葉帶風色,坐令山水生清妍。一琴一鶴一童子,使君宦況清如此〔三〕。呼童放鶴挐舟行,淡淡斜陽天拍水。其人與畫皆千秋〔四〕,令我悄然思舊游。梅花夜舫孤山寺〔五〕,芳草春江鄂渚樓〔六〕。

〔一〕黎二樵:黎簡,字簡民,號二樵,順德(在廣東省珠江三角洲中部)人。拔貢生。　周肅齋:周士孝,字肅齋,南川(在四川省東南部)人。乾隆二十五年(1760)舉人。官直隸知縣。　明府:對縣令的尊稱。

〔二〕鐵裹綿:亦作綿裹鐵。喻書法柔中有剛。趙孟頫《題東坡書〈醉翁亭記〉》:"公又云:'余書如綿裹鐵。'余觀此帖瀟灑縱横,雖肥而無墨猪之狀。外柔内剛,真所謂綿裹鐵也。"

〔三〕宦況:宦情,爲官的情況。

〔四〕千秋:謂流傳千古,千古不朽。

〔五〕孤山寺:在杭州西湖。白居易《錢塘湖春行》詩:"孤山寺北賈亭西,水面初平雲脚低。"孤山有林和靖放鶴亭,亭畔植梅樹。

〔六〕鄂渚：相傳在今湖北武昌黄鶴山上游三百步長江中。《楚辭·九章·涉江》："乘鄂渚而反顧兮，欸秋冬之緒風。" 鄂渚樓：指黄鶴樓。

題李明府天英借笠看山圖〔一〕

一江萬山間，雨勢挾舟入。中有看山人，坐借長年笠〔二〕。錦石丹崖望不分，沙迴樹靡迫何及。十年夢與桐君期〔三〕，羊裘釣客空所思〔四〕。七里濤分灘上下，雙臺雲隔路東西〔五〕。此間我亦推篷慣〔六〕，恨不相逢借笠時。是物等閑難得戴〔七〕，著屐何如放船快〔八〕。君與東坡兩蜀人，披圖似有英靈會〔九〕。只今插脚軟紅塵〔一〇〕，清景都從畫裏親。年年穩坐滄江雨，畢竟輸他笠主人〔一一〕。

〔一〕明府：見《放鶴圖黎二樵爲周肅齋明府作屬題》注〔一〕。 李天英：字蓉塘，四川人，官知縣。

〔二〕長年：船夫。

〔三〕桐君：傳説爲黄帝時醫師。曾采藥於浙江桐廬縣的東山，結廬桐樹下。人問其姓名，則指桐樹以示意，遂被稱爲桐君。 夢與桐君期：指有隱居的思想。

〔四〕羊裘釣客：指嚴光。《後漢書·逸民傳·嚴光》："少有高名，與光武同游學。及光武即位，乃變名隱身不見。帝思其賢，乃令以物色訪之。後齊國上言，有一男子披羊裘釣澤中。帝疑其光，乃備安車玄纁遣使聘之。"

〔五〕七里：七里灘，在浙江桐廬縣南。兩山夾持，東陽江奔瀉其間，水流湍急，連亘七里，故名。北岸富春山，傳説即嚴光垂釣處。 雙臺：富春山上有二高臺。東臺爲嚴光垂釣處。西臺爲南宋謝翱弔祭文天祥之處。南宋亡後，丞相文天祥仍組織民衆抗元，失敗被俘，不屈而被處死。其部下詩人謝翱聞訊，在西臺弔祭文天祥，寫有《西臺慟哭記》。

〔六〕仲則在安徽學使朱筠署中作幕友時，曾多次經過釣臺。

〔七〕是物：此物，指笠。

〔八〕謂陸地行走不如乘船舒適暢快。

〔九〕君：指李天英。　謂看到畫圖上的你，仿佛看到了蘇東坡的英靈。

〔一〇〕插脚：處身。　軟紅塵：見《將之京師雜别其三》注〔五〕。謂處身於繁華的都市，只能在畫中接觸到山水雨雪的清景。

〔一一〕笠主人：指船夫。　穩坐滄江雨：形容船夫清閑安定的生活。哀嘆自己的生活不及船夫。

【輯評】

清延君壽《老生長談·評黄仲則詩》："仲則學東坡，亦有神肖處。如《題李明府天英借笠看山圖》云：'是物等閑難得戴，著屐何如放船快。君與東坡兩蜀人，披圖似有英靈會。'"

惱花篇時寓法源寺〔一〕

寺南不合花幾樹，鬧春冠蓋屯如蜂〔二〕。遽令禪窟變塵衖〔三〕，曉鐘未打車隆隆。我時養疴僦僧舍〔四〕，避地便擬東牆東〔五〕。花開十日不曾看，鍵關不與花氣通〔六〕。漸驚剥啄多過客〔七〕，始覺門外春光濃。數弓地窄苦揖讓〔八〕，一面交淺勞過從〔九〕。翻書奪席苦拉遝〔一〇〕，應門煮茗煩奴童〔一一〕。因花致客真被惱,求寂得喧毋乃窮〔一二〕。斫花徑擬借蕭斧〔一三〕,深根鏟斷繁英空。不然飛章乞猛雨〔一四〕,使李褪白桃銷紅。不憂人譏煞風景,焚琴煮鶴寧從同〔一五〕。花如顧我啞然笑,雜以諧謔通微風〔一六〕。爾今窮瘁實天予,豈有生氣回春容〔一七〕。無人之境詎可得,徒使冰炭交心胸〔一八〕。非人誰與聖所訓〔一九〕,有怒不遷德則崇〔二〇〕。去留蹤迹孰相强〔二一〕,曷不掉臂空山中。同生覆載各有志〔二二〕,我自開落隨春工。客來客往豈有意,而以罪我徒褊衷〔二三〕。對花嗒然坐自失,何見不廣儕愚惷〔二四〕。明當邀客坐花下〔二五〕,爲花作主傾深鍾。焚香九頓法王座〔二六〕,祝客常滿花常穠。

〔一〕法源寺:在北京宣武區法源寺後街。唐貞觀十九年(645)詔會立寺,武后萬歲通天元年(696)建成,賜名憫忠寺。後多次改名,清雍正十二年(1734)始用今名。

〔二〕不合:不應。 鬧春:游春時喧嘩吵鬧。 冠蓋:冠,官員的禮帽;蓋,車蓋。借指官員。杜甫《夢李白二首》其二:"冠蓋滿京華,斯人獨憔悴。" 屯:聚集。曹植《七啓》:"鳥集獸屯,然後合圍。"

〔三〕遽令:立即使。 禪窟:僧人的居處,指寺廟。 廛衖(xiàng):市街,街巷。

〔四〕僦(jiù):僦居,借住。

〔五〕避地:避世隱居。 擬:打算。 牆東:《後漢書·逸民傳·逢萌》:"(王君公)遭亂,獨不去。儈牛自隱。時人謂之論曰:'避世牆東王君公。'" 後因以牆東指隱居之地。王維《登樓歌》:"執戟疲於下位,老夫好隱兮牆東。"此時仲則因病借住於法源寺休養。

〔六〕鍵關:猶閉門。

〔 七 〕剥啄：敲門聲。蘇軾《次韻趙令鑠惠酒》："門前聽剥啄，烹魚得尺素。"

〔 八 〕弓：丈量地畝的計算單位。一弓合 1.6 米。三百六十弓爲一里，二百四十弓爲一畝。 揖讓：賓主相見的禮儀。

〔 九 〕一面交：僅見過一面的交情。謂交情甚淺。 過從：往來。勞過從：有勞前來問候，愧不敢當。

〔一〇〕翻書奪席：亂翻書卷，强占席位。 苦拉遢：拉雜吵鬧，令人難以忍受。

〔一一〕應門：照應門户；接待賓客。

〔一二〕謂由於賓客前來看花而平添許多煩惱，求安静而反遭喧鬧，真使人困窘。

〔一三〕徑擬：直欲，就想。 蕭斧：本爲古代的兵器，喻指一般的斧子。清吴偉業《退谷歌》："武陵洞口聞野哭，蕭斧斫盡桃花林。"

〔一四〕飛章：迅急上奏章。

〔一五〕煞風景：破壞美好景色。喻在興高采烈的場合使人掃興。李商隱《雜纂》有煞風景一目，列舉花間喝道，看花淚下，苔上鋪席，斫却垂楊，花下曬裩，游春重載，石笋繫馬，月下把火，妓筵説俗事，果園種菜，背山起樓，花架下養鷄鴨等。宋胡仔《苕溪漁隱叢話前集·西崑體》："《西清詩話》：'義山《雜纂》品目數十，蓋以文滑稽者。其一曰殺風景，謂清泉濯足，花下曬褌，背山起樓，燒琴煮鶴，對花啜茶，松下喝道。'" 寧從同：竟然同意(焚琴煮鶴)。

〔一六〕花如顧我：花好像看着我。 啞(yǎ)然：形容笑聲。 諧謔：言語滑稽而略帶戲弄。通微風：風，同"諷"。輕微地進行譏諷。

〔一七〕窮瘁：窮苦困頓。 生氣：使萬物生長發育之氣。《禮記·月令》"(季春之月)是月也，生氣方盛，陽氣發泄。"

〔一八〕冰炭：喻性質相反，不能相容，或喻矛盾衝突。意謂徒然使心中充滿矛盾。

〔一九〕非人誰與：《論語·微子》："鳥獸不可與同群，吾非斯人之徒與而誰與？"

〔二〇〕遷怒：把對某一人的怒氣發泄到另一人的身上。《論語・雍也》："有顔回者好學：不遷怒，不貳過。"句謂不應該遷怒於花。

〔二一〕孰：誰。　相强：强迫。

〔二二〕覆載：天之所覆，地之所載。指天地。　同生覆載：共同生長在天地之間。

〔二三〕褊衷：心胸褊狹。宋梅堯臣《思歸賦》："切切余懷，欲辭印綬。固非傚淵明之褊衷，耻折腰於五斗。"

〔二四〕嗒然：形容茫然自失的神情。　儕：等同。　愚惷：猶愚蠢。

〔二五〕明當：明天。王維《宿鄭州》詩："明當渡京水，昨晚猶金谷。"

〔二六〕九頓：九頓首的省稱，即九叩首。清代最莊重的大禮，連續三次一跪三叩首，用於朝拜君王。　法王：即佛。佛教對釋迦牟尼的尊稱。

荆 軻 故 里〔一〕

一擲全燕失〔二〕，悲哉壯士行〔三〕！盜名原不諱〔四〕，劍術本難精〔五〕。市筑憐同伴〔六〕，沙椎付後生〔七〕。魂兮歸故里，易水尚風聲。

〔一〕荆軻故里：在今河北省易縣，戰國時爲燕國下都。

〔二〕燕太子丹派荆軻去刺秦王，不中，反爲秦王所殺。秦王怒，發兵攻燕，燕被秦吞滅。

〔三〕荆軻赴秦，燕太子丹及賓客送行，至易水上。高漸離擊筑，荆軻和而歌，爲變徵之聲，士皆垂淚涕泣。又前而爲歌曰："風蕭蕭兮易水寒，壯士一去兮不復還！"

〔四〕盜名：《黄仲則詩》朱建新注："朱子《通鑒綱目》書軻爲盜。"　不諱：直言不忌諱。

〔五〕劍術難精：《史記·刺客列傳·荆軻》："魯句踐已聞荆軻之刺秦王，私曰：'嗟乎，惜哉其不講於刺劍之術也！'"

〔六〕筑：古代的一種弦樂器。《史記·刺客列傳·荆軻》："荆軻嗜酒，日與狗屠及高漸離飲於燕市，酒酣以往，高漸離擊筑，荆軻和而歌於市中，相樂也。"又："秦皇帝惜其（高漸離）善擊筑，重赦之，乃矐其目。使擊筑，未嘗不稱善。稍益近之，高漸離乃以鉛置筑中，復進得近，舉筑朴秦皇帝，不中。于是遂誅高漸離。"

〔七〕後生：後輩的年輕人，指張良。秦始皇滅韓，張良爲韓報仇，趁秦始皇東游，於博浪沙以鐵椎狙擊秦始皇，誤中副車。見《史記·留侯世家》。

真定道中〔一〕

風色大旗上，雲開見堞樓〔二〕。亂山來北岳〔三〕，遠樹出并州〔四〕。客意欣槐午〔五〕，農情慰麥秋〔六〕。滹沱仍喚渡〔七〕，驅馬思悠悠。

〔一〕真定：舊縣名，治所在今河北省正定縣。

〔二〕堞樓：城樓。

〔三〕北岳：指恒山。在今河北省曲陽西北與山西省接壤處。

〔四〕并州：今山西省太原市。

〔五〕槐午：唐李公佐《南柯太守傳》載：淳于芬飲酒於古槐樹下，醉後夢入槐安國，被招爲駙馬，任南柯太守三十年，享盡富貴榮華。夢醒時，斜日猶未隱於西垣。見槐樹下有一大蟻穴，悟此即夢中之槐安國。故事喻人生如夢，富貴無常。清陳維崧《南鄉子·夏日午睡》詞:"蝶夢翅冥冥,行向槐安國内經。正拜南柯真太守。還醒。一片松濤沸枕楞。"

〔六〕麥秋:麥熟的季節,指農曆四五月。

〔七〕滹沱:滹沱河。爲子牙河北源,在河北省西部。

核桃園夜起

夢回小驛一燈紅,四面腥吹草木風〔一〕。身似亂山窮塞長〔二〕,月明揮淚角聲中〔三〕。

〔一〕腥吹:帶有草木腥味的風吹來。

〔二〕窮塞長:即窮塞主,荒涼貧苦邊塞的塞主。《東軒筆記》:"范文正守邊日,作《漁家傲》數首,皆以'塞上秋來風景異'爲起句。歐陽公常呼爲窮塞主之詞。"

〔三〕范仲淹《漁家傲》詞:"四面邊聲連角起,千嶂裏,長煙落日孤城閉。……人不寐,將軍白髮征夫淚。"

夜宿朝陽閣感懷龔梓樹〔一〕

叔虞祠下垂楊滿〔二〕,空翠堆中咽絲管〔三〕。夕陽人散廟門關,惟有鳥聲啼宛轉。回首閑雲步山谷,一燈自上西岩宿〔四〕。推窗百里望川原〔五〕,晻靄冥濛辨汾曲。嶺頭月落星光昏,風景可憐思故人〔六〕。空山唳鶴掠檐過,仿佛似挾平生魂。當日思君此游冶〔七〕,白袷春衫制都雅〔八〕。一剪眸横山翠開，數聲歌遏泉流瀉〔九〕。題句空留碧玉欄，舊游不見青驄馬。我後君來已十年，我來君已歸重泉〔一〇〕。水聲似咽鄰家笛〔一一〕，雲影疑分夢裏箋〔一二〕。人去人來空嘆息，待人惟有青山色。留語青山問來客，不知我去誰相憶。

〔一〕朝陽閣：在山西壽陽縣城南，日出即照，故名。初建於明正德十二年(1517)。龔梓樹：見《聞龔愛督從河南歸》注〔一〕。

〔二〕叔虞：周武王子，成王弟，名虞。《史記·晉世家》："成王與叔虞戲，削桐葉爲珪以與叔虞，曰：'以此封若。'史佚因請擇日立叔虞。成王曰：'吾與之戲耳。'史佚曰：'天子無戲言。言則史書之，禮成之，樂歌之。'於是遂封叔虞於唐。"今山西冀城縣西有古唐城。

〔三〕空翠：指緑色草木。清陳維崧《齊天樂·暮春風雨》詞："小樓昨夜東風到，吹落滿園空翠。"

〔四〕西岩：西邊的山。柳宗元《漁翁》詩："漁翁夜傍西岩宿，曉汲清湘燃楚竹。"

〔五〕川原：河流與原野。唐陳子昂《晚次樂鄉縣》詩："川原迷舊國，道路入邊城。"

〔六〕晻靄：昏暗的雲氣。宋范成大《立春日陪魏丞相望三江亭》詩："佳節登臨始此回，聊從晻靄望蓬萊。" 冥濛：幽暗不明。元湯式《一枝花·題崇明顧彦昇上居》曲："近睹着扶桑野陽烏閃爍，遥認着蓬萊山煙靄冥濛。" 汾：汾河，黄河第二大支流，在山西省中部。 汾曲：汾河的彎曲處。 故人：舊交、老友，指龔梓樹。

〔七〕當日：昔日。李商隱《華清宫》詩："當日不來高處舞，可能天下有胡塵。" 游冶：出游尋樂，或至游樂場所。

〔八〕白袷：白色夾衣。舊時平民服裝。 制：樣式。 都雅：美好雅致。

〔九〕一剪：形容目光一閃。 眸横：猶横波。言目斜視，如水之横流。

遏：遏止。

〔一〇〕重泉：猶九泉。指死者所歸之處。南朝梁江淹《雜體詩·潘黄門述哀》："美人歸重泉，凄愴無終畢。"

〔一一〕鄰家笛：見《思舊篇》注〔二〇〕。

〔一二〕分箋：謂分給箋紙作詩唱和。

徐溝蔡明府予嘉齋頭聞燕歌有感〔一〕

并州作客意如何〔二〕，石調重聞掩淚多〔三〕。回首燕山五年住〔四〕，一聲如聽故鄉歌。

〔一〕徐溝：舊縣名，在山西省中部。1952年與清源縣合併爲清徐縣。明府：見《放鶴圖黎二樵爲肅齋明府作屬題》注〔一〕。　蔡予嘉：《先友爵里名字考》僅列姓名，無詳細介紹。　燕歌：指聲調悲壯的燕地歌謡。北周庾信《哀江南賦》序："燕歌遠别，悲不自勝。"

〔二〕并州：今山西省太原市。

〔三〕石調：即石音。中國古代對樂器統稱八音，指金、石、土、革、絲、木、匏、竹八類，石指磬類。故石調謂擊磬發出的聲音。　掩淚：掩面流淚。唐李嘉祐《游徐城河忽見清淮因寄趙八》詩："長恨相逢即分首，含情掩淚獨回頭。"

〔四〕燕山：指燕京，即北京。

補遺

詠　　懷（十首選二）

其　一

桂樹生空山，柯幹何連蜷〔一〕。自我辭家時，霜雪漸飄殘。斂辛亦可悦，抱素聊自閑〔二〕。託根非金鐵，何以得久堅。匪曰不得堅〔三〕，榮落理固然〔四〕。願言保其拙〔五〕，大化相推遷〔六〕。

〔一〕連蜷：長曲貌。《文選》揚雄《甘泉賦》："蛟龍連蜷於東厓兮，白虎敦圉於昆崙。"

〔二〕斂辛：忍受辛苦。　抱素：保持本色、本真。宋沈作喆《寓簡》卷九："唐李嗣真論右軍書……《逍遥篇》、《孤雁賦》，迹遠趣高，有拔俗抱素之象。"

〔三〕匪：通"非"。

〔四〕榮落：盛衰。　固然：當然，理應如此。秦觀《李固論》："此亦理之必至，事之固然，無足怪也。"

〔五〕願言：思念殷切貌。《詩・衛風・伯兮》："願言思伯，甘心首疾。"宋華岳《早春即事》詩："願言相約花前醉，莫放春容過海棠。"

〔六〕大化：指宇宙，大自然。曹植《九愁賦》："嗟大化之移易，悲性命之攸遭。"　推遷：推移變遷。陸游《自嘲》詩："歲月推遷萬事非，放翁可笑白頭痴。"

其　五

舉世尚蛾眉，混沌詎可飾〔一〕。豈無文冕姿，難以加越客〔二〕。嚴光非沽名〔三〕，出處自性適。抱志鮮猶豫，何事能刺迫〔四〕。觀化栖林泉〔五〕，飲和向川澤〔六〕。不必陸接輿〔七〕，行歌嘆鳳德。

〔一〕尚：愛好。　混沌：古代傳説中央之帝混沌，生無七竅。日鑿一竅，七日鑿成而死。見《莊子》。比喻自然淳樸的狀態。　詎可：豈可，豈能。

〔二〕文冕：指士大夫的禮冠。　越客：作客他鄉的越人。多指異鄉客居者。劉長卿《七里灘重送嚴維》詩："秋江渺渺水空波，越客孤舟欲榜歌。"

〔三〕嚴光：嚴子陵。見《題李明府天英借笠看山圖》注〔四〕。　出處：出仕與隱退。三國魏阮籍《詠懷》詩之八："出處殊塗，俯仰異容。瞻嘆古烈，思邁高蹤。"

〔四〕抱志：守志。　鮮：少。　刺迫：逼迫。

〔五〕觀化：觀察變化，觀察造化。李白《送岑徵君歸鳴皋山》詩："探元入窅默，觀化游無垠。"

〔六〕飲和：使人感覺到自在、享受和樂。《莊子・則陽》："故或不言而飲人以和。"劉禹錫《令狐相公俯贈篇章斐然仰謝》詩："飲和心自醉，何必管弦催。"

〔七〕陸接輿：春秋楚人，姓陸名通，字接輿。昭王時政令無常，乃被髮佯狂不仕，時人謂之"楚狂"。　鳳德：《論語・微子》："楚狂接輿歌而過孔子曰：'鳳兮！鳳兮！何德之衰。'"後以鳳德指德行名望。清曹寅《移竹東軒和高竹窗學士來韻》："身無鳳德難諧俗，日對雲心與逝波。"

贈　徐　二(二首選一)

其　二

相憶不成寐,三更聞亂砧〔一〕。故人千里夢,長夜九秋心〔二〕。月暗啼烏急,階空落葉深。何時一樽酒,重與共披襟〔三〕。

〔一〕亂砧:零亂的擣衣聲。

〔二〕九秋:指秋天或深秋九月。南朝宋謝靈運《善哉行》:“三春燠敷,九秋蕭索。” 秋心:秋日的心境,多指因秋來而引起的愁思、傷感。宋張耒《夏日五言》詩之十一:“庭除延夜色,砧杵發秋心。”

〔三〕杜甫《春日憶李白》詩:“何時一樽酒,重與細論文。” 披襟:謂推誠交談。

【輯評】

淦克超《黄仲則的詩》:“(《贈徐二》)輕圓秀潤,頗有晚唐風味。”

春　興

夜來風雨夢難成,是處溪頭聽賣餳〔一〕。怪底桃花半零落〔二〕,江村明日是清明〔三〕。

〔一〕是處:到處,處處。柳永《八聲甘州》詞:“是處紅衰翠減,冉冉物華休。” 賣餳:見《張鶴柴招集賦得寒夜四聲》其一注〔三〕。

〔二〕怪底：難怪。宋楊炎正《秦樓月》詞："斷腸芳草年年碧，新來怪底相思極。"

〔三〕清明：清明節。

秦　　淮〔一〕

凄涼苔蘚掩金釵，無復笙歌動六街〔二〕。回首南朝無限恨〔三〕，杜鵑聲裏過秦淮〔四〕。

〔一〕秦淮：見《中秋夜游秦淮歸城南作》注〔一〕。

〔二〕苔蘚掩金釵：清納蘭性德《念奴嬌・廢園有感》詞："碧甃瓶沈，紫錢釵掩，雀踏金鈴索。"　笙歌：舊時秦淮河畔多聲色歌舞場所。六街：見《中秋夜游秦淮歸城南作》注〔三〕。

〔三〕南朝：南北朝時宋、齊、梁、陳四朝合稱南朝，均建都於建康，即今南京市。唐周賀《送紹康歸建業》詩："南朝秋色滿，君去意如何？帝業空城在，民田壞冢多。"孔尚任《桃花扇・小引》："《桃花扇》一劇，皆南朝新事。"

〔四〕杜鵑：鳥名。又名杜宇，子規。相傳古蜀王杜宇死後，魂化爲杜鵑。春末夏初常晝夜啼鳴，其聲哀切。古人以其鳴聲似人言"不如歸去"，因用以爲催人歸家之詞。明梁辰魚《浣紗記・放歸》："遥看官道直如弦，聞鷓鴣，聽杜鵑，家山應在白雲邊。"

江　　行

江花江草故鄉情，兩岸青山夾鏡明〔一〕。一夜雨絲風片裏〔二〕，輕舟已渡秣陵城〔三〕。

〔一〕夾鏡明：指兩山之間的江面水明如鏡。

〔二〕雨絲風片：細雨微風。明湯顯祖《牡丹亭·皂羅袍·游園》曲："朝飛暮卷，雲霞翠軒，雨絲風片，煙波畫船。錦屏人忒看得這韶光賤。"清王士禛《秦淮雜詩》之一："十日雨絲風片裏，濃春煙景似殘秋。"

〔三〕秣陵：古邑名，即今南京市。

【輯評】

淦克超《黄仲則的詩》："(《江行》)這樣的七絶，我們讀後，總覺得有悠悠不盡之意，有餘音嘹亮之感。"

典　衣　行

夷陵道中游客歸〔一〕，廣陵驛前暮雨飛〔二〕。蕭蕭瑟瑟聽不得，推篷一望魂魄迷。征裘濕盡不復暖〔三〕，雨脚如絲那能斷〔四〕。囊空羞澀對客燈〔五〕，老僕助我發長嘆。誰家箜篌傷客心〔六〕，鄰舟少女彈哀音。天涯孤棹正寥落〔七〕，聞此清淚沾衣衿。東望故鄉不可即，白雲煙樹深更深〔八〕。朔風吹雨作寒雪，千山萬山樹瓊闕〔九〕。隔灘敗葦聲颼颼，中有嫠婦泣幽咽〔一○〕。連日擁衾不能起，行人斷絶炊煙滅。老僕爲我言："風雨無歸期。前村有新釀，何如典征衣？"我聞此言神色豫〔一一〕，舟子持衣出林去〔一二〕。千村雪擁犬不鳴〔一三〕，典衣典衣竟何處？

〔一〕夷陵：古邑名，治所在今湖北省宜昌市東南。

〔二〕廣陵：郡名，治所在今揚州。　驛：驛站，古時供傳遞文書、官員來往中途暫息、住宿的地方。

〔三〕征裘：遠行人所穿的毛皮服。

〔四〕雨脚：見《苦雨》注〔一〕。

〔五〕囊空羞澀：謂袋中無錢。杜甫《空囊》詩："囊空恐羞澀，留得一錢看。"

〔六〕箜篌：古代撥弦樂器。

〔七〕孤棹：孤舟。

〔八〕白雲：見《渡運河》注〔二〕。

〔九〕樹：直竪。　瓊闕：白玉的宫門。猶白玉樓閣，瓊樓玉宇。謂無數山峰如白玉樓臺竪立在面前。

〔一〇〕嫠婦：寡婦。蘇軾《前赤壁賦》："舞幽壑之潛蛟，泣孤舟之嫠婦。"

〔一一〕豫：喜悦。

〔一二〕舟子：船夫。

〔一三〕擁：擁塞，阻塞。韓愈《左遷至藍關示侄孫湘》詩："雲横秦嶺家何在，雪擁藍關馬不前。"

潤州道中〔一〕

一棹江城路，無窮羈客心〔二〕。火明漁市遠，人語浦煙深。漠漠新豐鎮〔三〕，蒼蒼烏柏林〔四〕。扣舷一長嘯〔五〕，千古幾知音？

〔一〕潤州：今鎮江市。

〔二〕羈客：旅客，旅人。王安石《次韻再游城西李園》詩："殘紅已落香猶在,羈客多傷涕自揮。”

〔三〕漠漠:密布貌,布列貌。晉陸機《君子有所行》:“廛里一何盛,街巷紛漠漠。” 新豐鎮:在今江蘇省丹徒縣。産名酒。李白《叙舊贈江陽縣宰陸調》詩:“多酤新豐醁,滿載剡溪船。”

〔四〕蒼蒼:形容茂盛。 烏桕:落葉樹,實如胡麻子,多脂肪,可製肥皂及蠟燭等。辛棄疾《臨江仙·戲爲期思詹老壽》詞:“手種門前烏桕樹,而今千尺蒼蒼。”

〔五〕扣舷:敲擊船舷。蘇軾《前赤壁賦》:“於是飲酒樂甚,叩舷而歌之。” 長嘯:見《夜登小孤山和壁間韻》注〔二〕。

栖霞道中〔一〕

樹色含蒼翠,行行過野溪〔二〕。人家遥隔水,深竹静聞鷄。蔓草荒城迴,斜陽古道迷。雲林結遐思〔三〕,那復問東西。

〔一〕栖霞:縣名,在山東省東部,五龍河上游。

〔二〕行行:不停地前行。《古詩十九首》其一:“行行重行行,與君生别離。”宋張孝祥《鷓鴣天》詞:“行行又入笙歌裏,人在珠簾第幾重。”

〔三〕雲林:指隱居之地。王維《桃源行》:“當時只記入山深,青溪幾度到雲林。” 遐思:深長的思念。明張居正《祭米公文》:“懷陟岵之遐思兮,冀瓜期既及。”

初夏命僕刈階草

梅雨穿老屋,柱礎苔氣濕〔一〕。繞砌生茅茨,叢雜礙屐靸〔二〕。吾性復散懶,歷亂畏整葺〔三〕。嗒焉一室中,擁書百不及〔四〕。紙窗無完櫺〔五〕,風雨乘竇入。飛蚊聚茶鐺,盲蛾汙銀蠟〔六〕。蓄怒已多時,欲禦無一法〔七〕。因念幽館中,胡來此叢集〔八〕? 逐醜窮根株,探穴在眉睫〔九〕。深草没人髁,乃爲衆汙納〔一〇〕。晨伏宵則行,紛紛伺我急〔一一〕。斯時我亦震,狂呼事鋤鍤〔一二〕。理直聲自揚,巢得掩宜捷〔一三〕。用殺匪我殘,藏垢實汝執〔一四〕。遑顧池魚悲〔一五〕,不計城狐泣〔一六〕。憑依既無存,烏散豈能合〔一七〕。糞除在欄檻,軒爽到几榻〔一八〕。我昔念汝輩,皆戴雨露立〔一九〕。生意或不殊,安用積威懾〔二〇〕。蔓滋漸難圖〔二一〕,族匪欲我狎〔二二〕。隱忍汝不知,斧斤我豈乏〔二三〕。所以下流恥,君子慎交接〔二四〕。三嘆悟物情〔二五〕,沈吟自相答〔二六〕。

〔一〕柱礎:承柱的礎石;柱下的基礎。岑參《敬酬李判官使院即事見呈》詩:"草根侵柱礎,苔色上門闌。" 苔氣:青苔的陰濕氣味。

〔二〕茅茨:茅草。 屐靸(sǎ):泛指鞋子。

〔三〕整葺:整理修治。南朝梁沈約《善館碑》:"止欲漸去喧囂,稍離塵雜;於是既加整葺,營建堂宇。"

〔四〕嗒焉:猶嗒然,形容茫然若失的樣子。 百不及:百事不管。

〔五〕櫺:窗格子。 竇:孔穴。

〔六〕茶鐺(chēng):煎茶用的鍋。陸游《西齋雨後》詩:"香椀灰深微炷火,茶鐺聲細緩煎湯。" 盲蛾:亂飛的蛾。 銀蠟:猶銀燭。蠟燭的美稱。

〔七〕蓄怒:含怒。 禦:抵禦,抵制。

〔八〕胡:(用於問句)爲什麼? 怎麼? 歐陽修《秋聲賦》:"此秋聲也,胡爲而來哉?" 叢集:形容多。

〔 九 〕逐：驅逐，驅趕。　窮：盡，窮盡。王之涣《登鸛雀樓》詩："欲窮千里目，更上一層樓。"　根株：猶根，根本。　窮根株：猶言徹底。　眉睫：比喻近。王安石《游土山示蔡天啓》詩："定林瞰土山，近乃在眉睫。"　探穴：探尋巢穴。

〔一〇〕髁：髁骨，膝骨。　衆汙：衆多汙穢之物。　納：藏，藏匿。

〔一一〕紛紛：形容蚊蛾之多。　急：急迫。　伺我：窺伺着我尋找機會。

〔一二〕震：震動。　事：從事，使用。歐陽修《鎮陽讀書》詩："平生事筆硯，自可娱文章。"　鋤鍤：鋤頭和鐵鍬。

〔一三〕巢得句：既得其巢，自應趕緊將其掩滅。

〔一四〕用殺：開殺戒。　匪我殘：並非是我殘忍。　執：固執。　汝：指雜草。

〔一五〕遑顧：不遑顧及。　池魚悲：指無辜而受累。《太平廣記》引《風俗通》："城門失火，禍及池魚。舊説：池仲魚，人姓字也，居宋城門。城門失火，延及其家，仲魚燒死。又云：宋城門失火，人汲取池中水以沃灌之。池水空竭，魚悉露死。"

〔一六〕城狐：城牆洞中的狐狸。宋洪邁《容齋四筆・城狐社鼠》："城狐不灌，社鼠不熏。謂其所栖穴者得所憑依，此古語也。"謂如在城牆中灌水消滅狐狸，必然也會使城牆因此而坍毀，故狐狸也有恃無恐。此句意謂不顧一切，把雜草和蚊蛾一起驅除。

〔一七〕鳥散：像飛鳥一樣分散。《史記・平津侯主父列傳》："夫匈奴之性，獸聚而鳥散。"

〔一八〕軒爽：軒敞高爽。

〔一九〕戴雨露立：受雨露灌溉而生。

〔二〇〕生意：生機。　不殊：没有差别。杜甫《小至》詩："雲物不殊鄉國異，教兒且覆掌中杯。"　安：豈。韓愈《送惠師》詩："離合自古然，辭别安足珍。"　安用：何用，不必用。

〔二一〕蔓滋：蔓，蔓草，指生有長莖能纏繞攀緣的雜草。滋，生長繁育。　圖：設法對付。《左傳・隱公元年》："無使滋蔓，蔓，難圖也。"

〔二二〕族匪：匪，通“非”。族匪，猶言非我族類。　狎：戲狎。　欲我狎：想戲狎我。

〔二三〕隱忍：忍受着不立即發作。　斧斤：指各種斧子。

〔二四〕下流恥：謂君子恥居下流。　慎交接：交友須謹慎。

〔二五〕物情：物理人情，世情。三國魏嵇康《釋私論》：“情不繫於所欲，故能審貴賤而通物情。”

〔二六〕沈吟：低聲自語。元張可久《滿庭芳·春晚梅發元帥席上》曲：“誰感慨蘭亭故紙，自沈吟羅扇新詞。”

醉中登樓

落葉天邊一雁秋，無端嚄唶此登樓〔一〕。蛾眉文冕成黥劓〔二〕，擊筑吹篪任馬牛〔三〕。試問座中誰識禰？豈知今日尚依劉〔四〕。酒酣長袖臨風卷，讀罷《離騷》詠《四愁》〔五〕。

〔一〕嚄唶（huò zè）：大聲呼叫，以抒發胸中不平之氣。　登樓：古人常有感念時世而登樓吟詩作賦之舉動。漢末王粲因避亂客荆州依劉表，思歸，作《登樓賦》。杜甫《春日江村》其五：“群盗哀王粲，中年召賈生。登樓初有作，前席竟爲榮。”

〔二〕蛾眉：指美人。　文冕：指貴官。　黥劓（yǐ）：古代的兩種刑罰。黥，在臉上刺字或塗墨；劓，割去鼻子。指無端被問罪或受凌辱。

〔三〕擊筑：見《荆軻故里》注〔六〕。　吹篪：見《金陵别邵大仲游》注〔五〕。

〔四〕識禰：禰，指禰衡，見《山寺偶題》注〔三〕。　依劉：見上注〔一〕。明夏完淳《生平口號》詩：“生平無計更依劉，短髮蒙茸愧楚囚。”

〔五〕《四愁》：漢張衡《四愁詩》："張衡不樂久處機密，陽嘉中出爲河間相。……時天下漸弊，鬱鬱不得志，爲《四愁》詩。"

思　家

客序怱怱换物華〔一〕，臨歧絮語暗咨嗟〔二〕。門前税急應捐産〔三〕，江上書歸定落花〔四〕。有限親朋誰眼底？無多骨肉況天涯〔五〕。遥料兒女高樓夜，未解長安正憶家〔六〕。

〔一〕謂作客他鄉，時序怱怱而去，景物亦隨之而變换。

〔二〕臨歧：臨别時。　絮語：低聲細語。　咨嗟：嘆息。

〔三〕句謂出賣一些家産來交納賦税。

〔四〕落花：指落花時節，暮春。謂書信當在暮春纔能到達江南家中。

〔五〕眼底：眼下，目前。　有限：不多，少。謂親戚朋友本不多，不知誰在眼前？家中人口本不多，何況我遠在天邊，無法照顧他們。

〔六〕遥料：在遠方料想。　長安：古代帝都，喻北京。杜甫《月夜》詩："遥憐小兒女，未解憶長安。"二句謂在家鄉的兒女，還不知道父親在北京，更不知道身在北京的父親，此時正在思念家人。此詩可能作於乾隆四十年歲暮仲則初到北京時。

夜　雨

三間老屋瘦木架，狂風刮瓦天漏罅〔一〕。今年梅雨太不仁〔二〕，偏不卜晝卜其夜〔三〕。睡夢驚起如盆傾〔四〕，東鄰西鄰移榻聲。摒擋器具雜甑甕〔五〕，嚌嘈人語兼兒嬰〔六〕。我亦黑影大捫摸，衾裯半濕如凝冰〔七〕。倉皇呼燭照環堵，遷地庶得喘息寧〔八〕。誰知所遇若有鬼，四鄰聲息我復爾〔九〕。造物窮我何太愚〔一〇〕，坐以待旦斯已矣〔一一〕。吁嗟一寢亦豈關前因，必使長夜勞心神。曉來整榻始浩嘆〔一二〕，乃有巨蝎當幃蹲〔一三〕。

〔一〕天漏：謂雨量過多；指大雨。清錢謙益《苦雨嘆》詩："東南天漏何時好？一月愁霖失晴昊。" 天漏罅：謂大雨從罅縫中流下。

〔二〕梅雨：指初夏産生在江淮地區持續時間較長的雨。此時正值梅子黄熟，故稱梅雨或黄梅雨、黄梅天。宋晏幾道《鷓鴣天》詞："梅雨細，晚風微，倚樓人聽欲沾衣。" 不仁：無仁厚之德。《老子》："天地不仁，以萬物爲芻狗。"

〔三〕卜：占卜。《左傳·莊公二十二年》載：春秋時齊陳敬仲爲工正，請桓公飲酒。桓公高興，吩咐夜間舉火繼飲。敬仲辭謝曰："臣卜其晝，未卜其夜，不敢。"句謂白天不下雨，偏在夜裏下雨。

〔四〕如盆傾：形容雨勢猛；傾盆大雨。蘇軾《介亭餞楊杰次公》詩："前朝欲上已蠟屐，黑雲白雨如傾盆。"

〔五〕摒擋：收拾料理。 甑甕：泛指各種陶製器皿。

〔六〕嚌嘈：形容聲音嘈雜。

〔七〕捫摸：摸索，觸摸。 衾裯：指被褥帷帳等卧具。《詩·召南·小星》："肅肅宵征，抱衾與裯。"

〔八〕倉皇：匆忙慌張。 環堵：四周的土牆。 庶得：或許能够。

〔九〕復爾：指以前發生過的事情又重新開始。

〔一〇〕造物：指造物主。 窮：使人困窘。

〔一一〕斯：如此，這樣。 已矣：罷了，完了。

〔一二〕整榻：整理牀鋪。

〔一三〕當幃蹲：蹲伏在帷帳之中。

過張氏廢園有感

其　一

曲曲青林遠遠山，荒園寂寞枕溪灣〔一〕。蘼蕪徑没飢鼯竄〔二〕，煙雨樓空舊燕還〔三〕。珠鈿幾經樵叟得〔四〕，荆扉猶有野人關〔五〕。我來惆悵斜陽裏，落得棠梨半樹殷〔六〕。

〔一〕枕：靠近。劉禹錫《西塞山懷古》詩："人世幾回傷往事，山形依舊枕寒流。"

〔二〕蘼蕪：草名，葉有香氣。　蘼蕪徑没：小路爲蘼蕪所長没。　鼯：鼯鼠，俗稱大飛鼠。泛指鼠。

〔三〕舊燕：返回舊處的燕子。宋周邦彦《瑞龍吟》詞："愔愔坊陌人家。定巢燕子，歸來舊處。"

〔四〕珠鈿：嵌珍珠的花鈿，多爲婦女首飾。宋秦觀《滿庭芳》詞："多情。行樂處，珠鈿翠蓋，玉轡紅纓。"

〔五〕野人：草野之人，多指村人，農民。蘇軾《浣溪沙》詞："酒困路長惟欲睡，日高人渴漫思茶。敲門試問野人家。"

〔六〕棠梨：落葉喬木。　半樹殷：殷，紅色。棠梨樹葉已大半脱落，在斜陽照射下，半樹呈殷紅色。

其　二

夾鏡紅橋碧似油〔一〕，主人曾艤木蘭舟〔二〕。春光如此溪山改，明月無情簫管愁〔三〕。雪掾重來悵《鸜鵒》〔四〕，冬兒何處按《梁州》〔五〕？故家楊柳依依緑〔六〕，飛絮飛花幾度秋〔七〕？

〔一〕鏡：喻平静如鏡的水面。　紅橋：赤欄橋。泛指橋。　碧似油：形容碧緑的湖水。南朝梁江淹《别賦》："春草碧色，春水渌波。"

〔二〕木蘭舟：舟船的美稱。

〔三〕簫管愁：春光明月乃無情之物，不因園已廢而有所改變，然而園中的假山、樹木、居室，因無人收拾打掃，顯得荒涼。主人在時，常在園中宴飲玩賞，簫管之聲不絶於耳，而如今令人感到冷落寂静。

〔四〕《晉書·謝尚傳》：謝尚爲掾，"始到府通謁，導（王導）以其有勝會，謂曰：'聞君能作《鸜鵒舞》，一坐傾想，寧有此理否？'尚曰：'佳。'便著衣幘而舞。導令坐撫掌擊節。尚俯仰有中，傍若無人。"掾（yuàn）：官府中佐助官員的通稱。　雪：形容白髮。仲則以謝尚自喻，猶言白髮老掾。《鸜鵒舞》爲當時的一種樂舞。

〔五〕冬兒：清尤侗《宫閨小名録》："冬兒，劉東平歌妓。"按：劉東平，明末東平侯劉澤清，後降清。清吴偉業《臨淮老妓行》："妾是劉家舊主謳，冬兒小字唱《梁州》。"《梁州》：唐教坊曲名，後改編爲小令。唐顧況《李湖州孺人彈筝歌》："獨把《梁州》凡幾拍，風沙對面胡秦隔。"

〔六〕依依：形容留戀的情態。《詩·小雅·采薇》："昔我往矣，楊柳依依。"

〔七〕飛絮飛花：清納蘭性德《臨江仙·寒柳》詞："飛絮飛花何處是，層冰積雪摧殘。"

短歌别華峰〔一〕

前年送我吴陵道，三山潮落吴楓老〔二〕。今年送我黄山游，春江花月征人愁〔三〕。啼鵑聲聲唤春去〔四〕，離心催掛天邊樹〔五〕。垂楊密密拂行裝，芳草萋萋礙行路。嗟予作客無已時，波聲拍枕長相思。鷄鳴喔喔風雨晦〔六〕，此恨别久君自知。

〔一〕華峰：洪亮吉。仲則另有《醉歌寄洪華峰》詩："我家君家不半里，中間只隔白雲渡。相思即訪無常期，飲酒輒醉無好步。"

〔二〕吴陵：指蘇州至南京一帶地區。　三山：在南京市西南長江東岸，以有三峰得名，爲江防要地。李白《登金陵鳳凰臺》詩："三山半落青天外，二水中分白鷺洲。"　吴楓：唐崔信明的詩句"楓落吴江冷"很有名，故以吴楓指吴江的楓樹。

〔三〕征人：遠行的人，旅人。宋樓鑰《荆坑道中》詩："古澗隨山轉，征人趁水行。"

〔四〕啼鵑聲聲唤春去：杜鵑常在春末夏初啼鳴，故云。

〔五〕回望家鄉之樹已遠在天邊，而離人之心，猶如掛在樹上，不忍離去。

〔六〕鷄鳴：《詩・鄭風・風雨》："風雨如晦，鷄鳴不已。既見君子，云胡不喜。"《風雨》，思君子也。

送　遠　曲

煙霏霏，水瀰瀰，郎帆一開數千里〔一〕。錢塘江頭風雨寒，郎行且止郎衣單〔二〕。馮夷鼓急怒潮吼〔三〕，爲郎一歌《行路難》〔四〕。《行路難》，歌中斷，未别郎行帶圍緩〔五〕。目力有盡征途遥，憶郎時長夢時短。風兮蕭蕭，雨兮冥冥，但能使妾顔色老，不能使郎罷長征。

〔一〕霏霏：形容煙霧飄拂。《詩・小雅・采薇》："今我來思，雨雪霏霏。"瀰瀰(mí)：形容水滿，彌漫。《詩・邶風・新臺》："新臺有泚，河水瀰瀰。"　帆：代稱舟。

〔二〕行(háng)：行，多用於稱謂後面，猶這裏，那裏。郎行：即郎。宋姜夔《踏莎行》："別後書辭，別時針綫，離魂暗逐郎行遠。"

〔三〕馮夷：傳説中黄河之神，即河伯。泛指水神。曹植《洛神賦》："於是屏翳收風，川后静波，馮夷鳴鼓，女媧清歌。"

〔四〕《行路難》：樂府雜曲歌辭名。

〔五〕帶圍緩：腰肢清瘦而衣帶寬鬆。《古詩十九首》：其一："相去日已遠，衣帶日已緩。"

山塘雜詩〔一〕

其一

中酒春宵怯薄羅〔二〕，酒闌春盡繫愁多。年年到此沈沈醉，如此蘇州奈若何〔三〕？

〔一〕山塘：水名，在江蘇省蘇州市西北。清吴偉業《西巘顧侍御招同沈山人又聖虎丘集作圖紀勝因賦長句》詩："七里山塘五月天，玉絲金管自年年。"

〔二〕中酒：見《中秋夜游秦淮歸城南作》注〔六〕。　薄羅：絲綢的薄被。

〔三〕奈若何：如何是好，怎麽辦。

其二

寒山迢遞鏡鋪藍〔一〕，小泊游仙一枕酣〔二〕。夜半鐘聲敲不醒〔三〕，别來怎不夢江南！

〔一〕寒山：寒山寺，在蘇州市西楓橋鎮。傳説唐詩僧寒山子曾居此，故名。　迢遞：遥遠。　鏡鋪藍：形容碧緑清澄的水面。

〔二〕小泊：暫時停舟。　游仙一枕：作游仙夢。五代王仁裕《開元天寶遺事・游仙枕》："龜兹國進奉枕一枚，其色如瑪瑙，温温如玉，製作甚樸素。枕之寢，則十洲、三島、四海、五湖盡在夢中所見。帝因立名爲游仙枕。"

〔三〕夜半鐘聲：唐張繼《楓橋夜泊》詩："姑蘇城外寒山寺，夜半鐘聲到客船。"

山房夜雨

山鬼帶雨啼〔一〕，飢鼯背燈立。推窗見孤竹，如人向我揖〔二〕。静聽千岩松，風聲苦於泣。

〔一〕山鬼：泛指山中鬼魅。《楚辭・九歌・山鬼》："若有人兮山之阿，被薜荔兮帶女羅。"《雲笈七籤》卷七九："山鬼哭於蓁林，孤魂號於絶域。"

〔二〕謂孤竹被風吹折，如向我彎腰打躬作揖。

夜讀邵先生詩〔一〕

其一

濃寒擁被絮蒙頭，歲暮驚心送客游。腸斷白雲溪上路〔二〕，滿城風雨有歸舟。

〔一〕邵先生：邵叔宀，見《檢邵叔宀先生遺札》注〔一〕。

〔二〕白雲溪：見《題洪稚存機聲燈影圖》注〔一〕。

其　二

夜涼無夢起搴帷〔一〕，檐鐸聲輕漏下遲〔二〕。忽得南沙故人紙〔三〕，一庭春月立多時。

〔一〕搴帷：撩起窗簾。

〔二〕檐鐸：即檐馬，鐵馬，掛在屋檐下用以占風的金屬小片。宋朱熹《秀野劉丈寄示南昌諸詩和此》："山楹雨罷珠簾卷，檐鐸風驚玉珮鳴。"　漏：漏壺。古代計時器。漏下遲，指漏壺中的水滴下很慢。

〔三〕南沙：地名，在江蘇常州。《晉書·五行志》："武帝太康七年十二月毘陵（今常州）雷電，南沙司鹽都尉戴亮以聞。"　紙：指詩稿。

不　寐

不寐披衣坐，千林曙色封。山銜將落月〔一〕，風約欲疏鐘〔二〕。虛白水明閣〔三〕，高寒鶴唳松。回頭看城堞〔四〕，鴉散曉雲重。

〔一〕銜：銜接，鑲嵌。蘇軾《出禱磻溪》詩："深谷留風終夜響，亂山銜月半牀明。"

〔二〕約：約束，壓制。宋李冠《蝶戀花》詞："數點雨聲風約住，朦朧淡月雲來去。”

〔三〕虛白：澄澈明朗。唐錢起《禁闈玩雪寄薛左丞》詩：“虛白生臺榭，寒光入冕旒。”

〔四〕堞：城上呈齒形的矮墻，也稱女墻。

捕　虎　行

樞星夜落號空山〔一〕，青楓颯颯陰雲寒〔二〕。千岩出没不可測，白晝足迹留荒灘。商人結隊不敢過，山中捕者夜還坐。祖父留與搏虎方，搏得壯虎作奇貨〔三〕。山人捕虎若捕狗，虎踏機弓怒還走〔四〕。咆哮百步仆草間，笑出縛之只空手。捕虎先祭當頭倀〔五〕，倀得酒食忘虎傷。虎皮售人肉可食，當年亦是山中王〔六〕。入穽紛紛不可數〔七〕，只呼山猫不呼虎。嗟哉憑藉那可無，使君使君爾何苦〔八〕！

〔一〕樞(shū)星：北斗七星中的第一星。《太平御覽》卷八九一《獸部三》：“《春秋運斗樞》曰：‘樞星散而爲虎。’”

〔二〕颯颯(sà)：像聲詞，形容風聲。《楚辭・九歌・山鬼》：“風颯颯兮木蕭蕭，思公子兮徒離憂。”

〔三〕搏虎方：捕虎的方法。　奇貨：珍奇少見的貨物，能以高價出售的貨物。

〔四〕山人：住在山區的人，指獵人。　機弓：捕獸的機械裝置，捕獸器。

〔五〕倀：倀鬼，見《圈虎行》注〔一九〕。

〔六〕山中王：舊時以虎爲山中之王，又稱山君。

〔七〕穽(jǐng):捕野獸的陷坑。

〔八〕使君:漢時稱刺史爲使君。後作爲對人的尊稱。《太平御覽》卷八九二《獸部四》:"漢宣城郡守封邵一日忽化爲虎,食郡民,民呼曰封使君,因去,不復來。故時人語曰:'無作封使君,生不治民死食民。'"

樓　夜

涼露滴滴風澌澌〔一〕,一湖白煙高下飛。市人行盡野人去〔二〕,月落遠山空所思〔三〕。

〔一〕澌澌:像聲詞。明高啓《題大黄痴天池石辟圖》詩:"飲猿忽下藤裊裊,浴鶴獨立風澌澌。"

〔二〕市人:指市鎮居民。　野人:見《過張氏廢園有感其一》注〔五〕。

〔三〕空所思:謂心中寧静,無所思想。

僧舍客感

借得蒲團坐上方〔一〕,偏因結習感蒼茫〔二〕。蟲聲先候滿山館〔三〕,雨氣四時寒石牀〔四〕。自是客情多黯淡,更兼風景足淒涼。試聽十二芙蓉漏〔五〕,一入空宵分外長。

〔一〕上方:住持僧居住的内室,借指佛寺。

〔二〕結習:見《慈光寺前明鄭貴妃賜袈裟歌》注〔一六〕。

〔三〕先候：先於節候。

〔四〕四時：指春、夏、秋、冬四季。

〔五〕芙蓉漏：即蓮花漏，古代計時器。唐李肇《唐國史補》卷中："初，惠遠以山中不知更漏，乃取銅葉製器，狀如蓮花。置盆水之上，底孔漏水，半之則沈。每晝夜十二沈，爲行道之節。"

短　歌　行〔一〕

西山紅日東山雷，西家歌舞東家哀。峨峨壯士慘白晝〔二〕，修修蛾眉戀長漏〔三〕。青楓日黑燐夜明，疑狐折脅猛虎吼〔四〕。陵原兮荒荒〔五〕，今古兮慨慷。羲和輪碎銀蟾死〔六〕，此間愁殺赤松子〔七〕。

〔一〕短歌行：樂府相和歌平調曲的樂曲名，因其聲調短促，故名。曹操有《短歌行》："對酒當歌，人生幾何，譬如朝露，去日苦多。"

〔二〕峨峨：高昂盛壯貌。　慘：憂愁。杜甫《後出塞五首》其二："悲笳數聲動，壯士慘不驕。"

〔三〕長漏：指長夜。明陳汝元《金蓮記・同夢》："連牀共宿，話西窗同銷長漏。"

〔四〕折脅：折斷肋骨。

〔五〕陵原：丘陵和平原。

〔六〕羲和：見《綺懷其十六》注〔五〕。　輪：日輪。　銀蟾：月中的蟾蜍。

〔七〕赤松子：相傳爲上古時神仙。《史記・留侯世家》："願棄人間事，欲從赤松子游耳。"

舟夜

來往各如夢，孤帆又月明。還家翻似客〔一〕，數日復長征。渺渺吴淞道〔二〕，悠悠楚客情〔三〕。今宵酒醒處，拍枕暗潮聲〔四〕。

〔一〕翻：反而。宋吴曾《能改齋漫録·事始二》："今日是朕生日，世俗皆爲歡樂，在朕翻成感傷。"

〔二〕渺渺：悠遠貌。王安石《憶金陵》詩之一："想見舊時游歷處，煙雲渺渺水茫茫。" 吴淞：吴淞江，又名蘇州河，黄浦江支流。在上海西部及江蘇省南部。

〔三〕楚客：泛指客居他鄉的人。岑參《送人歸江寧》詩："楚客憶鄉信，向家湖水長。"

〔四〕宋柳永《雨霖鈴》詞："今宵酒醒何處，楊柳岸曉風殘月。"

陌上行〔一〕

青青陌上桑，軋軋機中素〔二〕。織成理清鏡，緘芳自翔顧〔三〕。少小生貧家，不識門前路。門前楊柳吹暮煙〔四〕，門前細草春可憐。一朝物色自天上〔五〕，香車寶轂如流泉〔六〕。徘徊自訣爺娘側〔七〕，顰蹙依然好顔色。盡道侯門七葉豪〔八〕，朝朝暮暮皆寒食〔九〕。十里明燈簇錦毬〔一〇〕，珠圍翠繞不勝柔〔一一〕。兩行玉甲時黏指〔一二〕，十二金釵自上頭〔一三〕。郎君挾彈城南曲，鳴鏑飛標共馳逐〔一四〕。歸來笑脱紫貂裘，更擁紅妝出絲肉〔一五〕。豪華騶從日喧闐〔一六〕，醉蹴民居不論錢。此時漸愁紅日暮，城中看花花如煙。建章門外栖烏起〔一七〕，落花流出銅溝裏〔一八〕。六宫金粉有時休〔一九〕，鈿合珠襦道旁委〔二〇〕。倉皇易服走東西〔二一〕，蹩損腰肢不敢啼。早知此日高門累，不及相從田舍兒〔二二〕。

〔一〕陌上行：又稱《陌上歌》、《陌上桑》。樂府相和曲名。

〔二〕軋軋：像聲詞。　機：織機。　素：白色生絹。

〔三〕理清鏡：對鏡梳理。　緘：閉藏。　芳：美好；謂芳姿。　自翔顧：翔，通“詳”。有顧影自憐、孤芳自賞之意。

〔四〕吹暮煙：謂晚風吹拂楊柳，如浮動的雲煙。温庭筠《相和歌辭·堂堂》：“風飄客意如吹煙，纖指殷勤傷雁弦。”

〔五〕物色：挑選，訪求。　天上：指朝廷，王侯，權貴。

〔六〕香車、寶轂：對車子的美稱。句猶謂“車如流水馬如龍”。

〔七〕訣：訣别，告别。

〔八〕七葉：七世，七代。漢金日磾一家自武帝至平帝七朝，世代皆侍中，爲内庭寵臣。《漢書·金日磾傳》：“傳國後嗣，世名忠考。七世内侍，何其盛也！”晉左思《詠史》詩之二：“金張籍舊業，七葉珥漢貂。”

〔九〕寒食：節日名，在清明節前一日或二日。韓翃《寒食》詩：“春城何處不飛花，寒食東風御柳斜。日暮漢宫傳蠟燭，輕煙散入五侯家。”句謂其家得朝廷之眷寵。

〔一〇〕簇：簇聚。　毬：指古時的一種球類游戲，即蹴鞠。

〔一一〕珠圍翠繞：形容女子服飾華麗，亦比喻隨從侍女衆多。元王實甫《西厢記》第二本第二折：“受用足珠圍翠繞，結果了黄卷青燈。”元睢玄明《要孩兒·詠西湖》曲：“恣艷冶王孫士女，逞風流翠繞珠圍。”

〔一二〕玉甲：玉製彈筝器具。黄庭堅《更漏子》詞："體妖嬈，鬟婀娜，玉甲銀筝照座。"

〔一三〕十二金釵：南朝梁武帝《河中之水歌》："頭上金釵十二行，足下絲履五文章。"本指美人頭上金釵之多，後亦指衆多姬妾。

〔一四〕挾彈：見《感舊雜詩其二》注〔三〕。　曲：偏僻的地方。城曲：猶城角。　鳴鏑：即響箭。曹植《名都篇》："攬弓捷鳴鏑，長驅上南山。"　標：標槍，標子，古時一種用於投擲的兵器。

〔一五〕絲肉：絲，謂弦樂器；肉：指歌喉。泛指奏樂唱歌。清余懷《板橋雜記・雅游》："坐久則水陸備至，絲肉競陳。"

〔一六〕騶從：古時貴族的騎馬的侍從。　喧闐：喧嘩，熱鬧。清張岱《陶庵夢憶・金山夜戲》："鑼鼓喧闐，一寺人皆起看。"

〔一七〕建章：建章宫，漢代長安宫殿名。泛指宫闕。　栖烏起：暗喻發生戰亂。

〔一八〕銅溝：銅製的溝渠，泛指宫苑。明屠隆《綵毫記・長安豪飲》："朝班初散，並馬出銅溝，過紫陌，醉紅樓。"此句喻宫女輩逃出宫外。

〔一九〕六宫：泛指后妃。白居易《長恨歌》："回眸一笑百媚生，六宫粉黛無顔色。"　金粉：花鈿與鉛粉。婦女的化妝品。元白樸《東牆記》第一折："憔悴了玉肌金粉，瘦損了窈窕精神。"

〔二〇〕鈿合：亦作鈿盒，鑲嵌金、銀、玉、貝的首飾盒。白居易《長恨歌》："唯將舊物表深情，鈿合金釵寄將去。"　珠襦：有珠飾的短衣。泛指華麗的服裝。

〔二一〕倉皇：匆忙急迫。李後主《破陣子》詞："最是倉皇辭廟日，教坊猶奏别離歌。揮淚對宫娥。"

〔二二〕田舍兒：農家子。

冬青樹引和謝皋羽别唐珏韻〔一〕

冬青樹，山南陲〔二〕，杜宇啼碧千年枝〔三〕。西來妖彗曳長尾〔四〕,髑髏夜走瀝龍髓〔五〕。金粟堆邊鬼燐見〔六〕,壯士崿崿齒牙戰〔七〕。三更石裂五鼓移〔八〕,鼎湖髯脱有返時。深根血碧盤陸離〔九〕。君不見,年時捧香作寒食,長林一騎風中飛〔一〇〕。

〔一〕冬青樹引:元世祖時,西藏僧人楊璉真伽任江南釋教總統,發掘錢塘、紹興的南宋諸帝后陵寢,攫取金銀珠寶,棄骨草叢間。至元間,遺民唐珏、林景熙等招里中少年僞裝采藥,潛收遺骸,葬於紹興蘭亭山,又移宋故宫冬青樹植於墓上。謝翱作《冬青樹引别玉潛》頌其事。　謝皋羽:謝翱(1249—1295),字皋羽,南宋詩人,福安(今屬福建)人。元兵南下時,曾參加文天祥抗戰部隊,任諮議參軍。入元不仕。作有《晞髮集》。另有弔祭文天祥的《西臺慟哭記》,甚有名。　唐珏:字玉潛(1247—?),號菊山,會稽(浙江紹興)人。

〔二〕山:指蘭亭山,又名蘭渚山,在紹興西南。　陲:邊陲,旁邊。二句借用謝翱原詩句。

〔三〕杜宇:杜鵑鳥。　碧:碧血。傳説杜鵑晝夜悲鳴,啼至血出乃止。千年枝:形容樹木年齡之長,如千年松、千年柏、千年檜等,這裏指冬青樹。林景熙《夢中作四首》其二:"獨有春風知此意,年年杜宇泣冬青。"

〔四〕妖彗:彗,彗星,俗稱掃帚星,星後曳有長尾。古人認爲彗星出現是重大災難的預兆。指楊璉真伽。

〔五〕髑髏:多指死人的頭骨。　龍髓:帝王的骨髓。楊璉真伽把宋理宗的頭骨割下,拿去作飲器(便器)。

〔六〕金粟堆:指陝西省蒲城縣東北金粟山唐玄宗泰陵。此借指南宋帝王的陵墓。

〔七〕崿崿(è):震驚貌。

〔八〕五鼓:鼓,更鼓,報更的鼓聲。五鼓,即五更。

〔九〕鼎湖髯脱:《史記·封禪書》:"黄帝采首山銅,鑄鼎於荆山下。鼎既成,有龍垂胡髯下迎黄帝。黄帝上騎,群臣後宫從上者七十餘人，龍乃上去。餘小臣不得上，乃悉持龍髯。龍髯拔墮，墮黄帝之弓。百姓仰望，黄帝既上天，乃抱其弓與胡髯號。故後世因名其處曰鼎湖，其弓曰烏號。” 盤：盤繞，盤曲。 陸離：參差錯綜。二句猶如謝翱詩“此樹終有開花時，山南金粟見離離”之意。

〔一〇〕林景熙《夢中作四首》其四：“猶憶年時寒食祭，天家一騎捧香來。”

【附】

冬青樹引别玉潛　　謝　翱

冬青樹，山南陲，九日靈禽居上枝。知君種年星在尾，根到九泉護龍髓。恒星晝霣夜不見，七度山南與鬼戰。願君此心無所移，此樹終有開花時。山南金粟見離離。白衣人拜樹下起，靈禽啄粟枝上飛。

山店獨飲苦無美酒薄醉題壁而去

百錢掛杖入荒肆〔一〕，肆兒奉我如奉神。苦乏佳釀易者屢〔二〕，陋不可掩如家貧。幸我飲量亦易滿，十以當一面亦醺〔三〕。醺然獨立日將暮，萬壑殘雪寒嶙峋〔四〕。蹇驢齕草繫枯樹〔五〕，幾欲就道行逡巡〔六〕。忽嘆百年似駒隙〔七〕，荒僻再到知何辰？回看敗壁起潑墨〔八〕，聊以蹤迹留風塵。欹斜僅有數行字，實抱幽恨盤輪囷〔九〕。他年倘有步兵轍〔一〇〕，此地曾漉陶潛巾〔一一〕。

〔一〕百錢掛杖：《晉書·阮脩傳》：“常步行，以百錢掛杖頭，至酒店，便獨醉酣暢。雖當世貴戚，不可詣也。”

〔二〕易者屢：多次更换（另一種酒）。

〔三〕十以當一：以十杯當一杯飲。

〔四〕寒嶙峋：形容寒氣逼人。

〔五〕蹇驢：跛脚駑弱的驢子。

〔六〕逡巡：拖拖拉拉，徘徊不前。

〔七〕駒隙：白駒過隙。形容時間過得極快。《史記・留侯世家》："人生一世間，如白駒過隙，何當自苦如此乎！"

〔八〕潑墨：指用毛筆寫字或作畫。

〔九〕輪菌：盤曲貌。

〔一〇〕步兵轍：步兵，指阮籍。阮籍曾爲步兵校尉，世稱阮步兵。嗜酒，性狂放。轍，車轍，車輪碾過的痕迹。《晉書・阮籍傳》："時率意獨駕，不由徑路。車轍所窮，輒慟哭而返。"

〔一一〕陶潛巾：《南史・隱逸傳上・陶潛》："陶潛好酒。郡將候潛，逢其酒熟，取頭上葛巾漉酒。畢，還復著之。"

獨鶴行簡趙味辛兼示洪對巖〔一〕

獨鶴獨鶴，神清骨臞，翮短力薄，不能聲聞天，反爲病投幕〔二〕。昔傍野賓子，來值商山君〔三〕。蒙君賜拂拭，謂是煙霞群。一朝秋風起林末，顧影徘徊忽相失。朝飛暮飛不得停，獨向關山唳明月〔四〕。獨鶴汝不見支公愛汝鎩汝翮，三年軒翥飛不得〔五〕。胡爲忽有凌霄心，警風露兮向寂滅〔六〕。汝亦莫羨丁令威，千秋歸去城郭非〔七〕。青田雙老更堪念，留巢拔氅良可悲。人事類如此，得主亦已矣。終當復飛還，伴君白雲裏。白雲杳杳波粼粼，哀音激羽君當聞〔八〕。昔時伴侣可無恙，更爲一問袁參軍〔九〕。

〔一〕趙味辛：見《衡山高和趙味辛送余之湖南即以留别》注〔一〕。

洪對巖：洪亮吉，見《明州客夜懷味辛稚存却寄》注〔一〕。

〔二〕臞：清瘦。　神清骨臞：清瘦而有精神。　翮：指鳥的翅膀。　晉左思《詠史》詩之八："習習籠中鳥，舉翮觸四隅。"　聲聞天：《詩・小雅・鶴鳴》："鶴鳴于九皋，聲聞于天。"　投幕：投靠在人的幕下。

〔三〕野賓子：謂猿。宋王仁裕嘗畜一猿，名曰"野賓"，一日放於冢山。後仁裕復過此，見一猿迎道左。從者曰："野賓也。"隨行數十里，哀吟而去。古人常以"猿鶴"並稱，故曰"傍"。《宋史・石揚休傳》："揚休喜閑放，平居養猿鶴，玩圖書，吟詠自適。"　值：值勤，侍奉。　商山君：指商陵牧子。晉崔豹《古今注》卷中："《別鶴操》，商陵牧子所作也。娶妻五年而無子，父兄將爲之改娶。妻聞之，中夜起，倚户而悲嘯。牧子聞之，愴然而悲，乃歌曰：'將乖比翼隔天端，山川悠遠路漫漫，攬衣不寢食亡餐。'後人因爲樂章焉。"

〔四〕以上六句描寫獨鶴飄泊天涯的傷感，喻自己仕途艱辛、無歸宿之所的悲哀。

〔五〕支公：指晉高僧支遁，字道林。　鎩翮：猶鎩羽，剪去羽毛。《世説新語・言語》："支公（支道林）好鶴，住剡東岇山，有人遺其雙鶴。少時，翅長欲飛。支意惜之，乃鎩其翮。鶴軒翥不復能飛，乃反顧翅，垂頭視之，如有懊喪意。林曰：'既有陵霄之姿，何肯爲人作耳目近玩。'養令翮成，置使飛去。"　軒翥：高舉。《楚辭・遠游》："雌蜺便娟以增撓兮，鸞鳥軒翥而翔飛。"

〔六〕凌霄心：凌雲之志。　警風露：《太平御覽》卷九一六《羽族部三・鶴》："《風土記》曰：'鳴鶴戒露。此鳥性警，至八月，白露降，流於草上，滴滴有聲，因即高鳴相警，移徙所宿處。'"　寂滅：佛教語，"涅盤"的意譯，指超脱生死的理想境界。

〔七〕丁令威：見《樓上對月》注〔八〕。

〔八〕青田雙老：青田，地名，在浙江省東南部。《初學記》卷三十引南朝宋鄭緝之《永嘉郡記》："有洙沐溪，去青田九里。此中有一雙白鶴，年年生子，長大便去，只惟餘父母一雙在耳。精白可愛，多云神仙所養。"　拔氅：拔鶴的羽毛，製成鶴裘。哀音激羽：古代五音,宫、商、角、徵、羽,羽音最高。激羽,猶流羽。蘇軾《水龍吟》詞:"綺窗學弄,《梁州》初編,《霓裳》未了。嚼徵含宫,泛商流羽,一聲雲杪。"此句謂鶴的高昂的悲鳴聲你應當聽到。

〔九〕袁參軍:指袁宏。《晉書·袁宏傳》:宏少孤貧,以運租自業。安西將軍謝尚於秋夜趁月至牛渚,聞宏吟誦自作詠史詩,大加賞識,引宏參其軍事。後又爲桓温記室參軍。借喻洪亮吉。洪亮吉亦有《獨鶴行寄黄景仁》。

題上方寺〔一〕

精藍敞幽麓〔二〕,我至喜新晴。欲借伊蒲供〔三〕,飽聽鐘磬聲〔四〕。松風有餘籟,嵐氣不勝清〔五〕。試問安禪者〔六〕,能忘入世情〔七〕?

〔一〕上方寺:即佛寺。明何景明《自山家歸寺》詩:"暝色延歸路,雲中見上方。"

〔二〕精藍:佛寺,僧舍。宋高翥《常熟破山寺》詩:"古縣滄浪外,精藍縹緲間。" 幽麓:幽静的山麓。

〔三〕伊蒲供(gòng):素食供品。明屠隆《曇花記·法眷聚會》:"大人雲游遠去,久缺甘旨之歡,證道歸來,止享伊蒲之供。"

〔四〕鐘磬:鐘和磬。指佛寺的法器。唐常建《破山寺後禪院》詩:"萬籟此皆寂,惟聞鐘磬音。"

〔五〕嵐氣:山中霧氣。岑參《寄青城龍溪奐道人》詩:"絶頂小藍若,四時嵐氣凝。"

〔六〕安禪:佛教指静坐入定。俗稱打坐。王維《過香積寺》詩:"薄暮空潭曲,安禪制毒龍。"

〔七〕入世：投身於社會。　入世情：指人世間的一切情感糾葛。

正月晦夜大風雨〔一〕

懶逐湔裙極浦春〔二〕，阻窮偏作雨連晨〔三〕。今年大底無花事〔四〕，第一番風便惱人〔五〕。

〔一〕晦：農曆每月的最後一天。正月晦夜爲正月三十的夜裏。
〔二〕湔裙：猶湔裳。舊俗，於農曆正月元日至晦日，士女酹酒洗衣於水邊，以辟災度厄。　極浦：見《沙洲行》注〔六〕。
〔三〕阻窮：受阻礙加上走投無路。
〔四〕花事：指游春看花等事。元周權《晚春》詩："花事匆匆彈指頃，人家寒食雨晴天。"
〔五〕第一番風：見《丁酉正月四日自壽其二》注〔四〕。

烏江項王廟〔一〕

美人駿馬甫沾襟〔二〕，遽使江東阻壯心。子弟重來無一騎〔三〕，頭顱將去值千金〔四〕。誰言劉季真君敵〔五〕，畢竟諸侯負汝深〔六〕。莫向寒潮作悲怒，歌風臺址久消沈〔七〕。

〔一〕烏江：烏江鎮，在安徽和縣東北蘇皖接界處，因附近有烏江得名。楚漢之際，項羽在垓下戰敗，至此自刎。

〔二〕美人駿馬甫沾襟：見《東阿項羽墓》注〔八〕。

〔三〕子弟重來無一騎：見《東阿項羽墓》注〔四〕。指項王不願回江東重新組織軍隊，卷土重來。

〔四〕頭顱將去值千金：見《東阿項羽墓》注〔二〕。

〔五〕劉季：劉邦字。《史記·高祖本紀》："高祖，沛豐邑中陽里人，姓劉氏，字季。" 真君敵：真能勝過你。

〔六〕劉邦用張良之計，聯合韓信、彭越等各路諸侯兵把項羽圍困於垓下。項王兵少食盡，夜聞漢軍四面皆楚歌，大驚曰："漢皆已得楚乎？是何楚人之多也！"因突圍南走，至烏江自刎死。 諸侯負汝：指項羽破釜沉舟，救趙破秦，而今無人報恩來援救。

〔七〕歌風臺：漢高祖歌《大風歌》之處，後人因築臺，並立碑刻歌辭。臺址在今江蘇省沛縣東泗水西岸。元薩都剌《登歌風臺》詩："歌風臺下河水黄，歌風臺上春草碧。"

江　行

一望煙波闊，狂歌亦扣舷〔一〕。亂帆隨落日，白浪卷長天。山向金焦起〔二〕，秋從鴻雁還。六朝無限恨〔三〕，江水自年年。

〔一〕扣舷：見《潤州道中》注〔五〕。

〔二〕金焦：金山與焦山。在江蘇省鎮江市西北的長江中。金山在清末由於江沙淤積，與南岸相連。

〔三〕六朝：見《舟中望金陵》注〔五〕。

金陵望江

衆山忽斷長江來,山勢仍抱江流迴〔一〕。其間鍾山最突兀,蒼煙一抹生蒿萊〔二〕。當時六代盛宮闕〔三〕,紛紛割據皆雄才。孝陵創業三百載〔四〕,王氣至今安在哉〔五〕!且典春衣沽濁酒〔六〕,與爾携手望江口。下瞰長江白如練〔七〕,仰視峭壁高插斗〔八〕。大哉奇觀羅心胸〔九〕,不飲百斛非英雄〔一〇〕。古今憑弔不可極,萬事皆與江流東,懸崖石上生天風〔一一〕。

〔一〕二句謂衆山被長江所隔斷,而江流曲折,仍圍繞着山而行。

〔二〕鍾山:即紫金山,在今江蘇省南京市東北。《太平御覽》卷一五六引吴勃《吴録》:"劉備曾使諸葛亮至京,因覩秣陵山阜,嘆曰:'鍾山龍盤,石城虎踞,此帝王之宅。'"説明鍾山地勢雄壯險要。　蒿萊:雜草,野草。謂山上雜草叢生,鬱鬱蒼蒼。

〔三〕六代:即六朝。見《舟中望金陵》注〔五〕。

〔四〕孝陵:明孝陵,明太祖朱元璋的陵墓,在鍾山。指朱元璋。　三百載:明太祖洪武元年(1368)至思宗崇禎十七年(1644),實足爲二百七十六年。三百是約數。

〔五〕王氣:見《雨花臺》注〔三〕。

〔六〕典春衣:杜甫《曲江二首》其二:"朝回日日典春衣,每日江頭盡醉歸。"

〔七〕白如練:練,白色絲絹。南朝齊謝朓《晚登三山還望京邑》詩:"餘霞散成綺,澄江静如練。"

〔八〕斗:星斗。

〔九〕羅:包羅。　羅心胸:包羅於心胸之中。

〔一〇〕斛：量詞。多用於量糧食。古代一斛爲十斗，南宋末年改爲五斗。
〔一一〕極：窮盡。　不可極：無窮盡。三句謂古今史迹，憑弔不盡，正如東流的江水與山上的天風。

述懷示友人（二首選一）

其　二

自過中年厭此身〔一〕，勞勞生計爲衰親〔二〕。早無能事諧流輩〔三〕，只有傷心勝古人。籬下寒花非笑伴〔四〕，檐前飢雀是□賓〔五〕。街東日日期相訪，愁盼風前一綹塵〔六〕。

〔一〕中年：見《雜感四首其二》注〔七〕。
〔二〕勞勞：辛勞，忙碌。宋梅堯臣《曉》詩："人世紛紛事，勞勞只自爲。"
〔三〕諧：和諧，協調。元孫璉《述懷》詩之一："少也不諧俗，老去益美閑。"　流輩：流俗之人。
〔四〕籬下寒花：指菊花。陶潛《飲酒》詩之五："采菊東籬下，悠然見南山。"
〔五〕"賓"字前原缺一字。
〔六〕期：期待，等待。　綹：量詞。多用於表示絲縷毛髮等輕飄之物。塵：指車後揚起的塵埃。　一綹塵：謂一綹清塵。用作對尊貴者的敬辭。三國魏繁欽《定情》詩："我出東門游，邂逅承清塵。"

題　畫

其　一〔一〕

土净煙空點欲無〔二〕，一花一葉惹秋蕪〔三〕。水精宫裹王孫畫,憔悴何曾似左徒〔四〕。

〔一〕原注:子昂蘭。按:此畫爲元趙子昂所畫蘭花。子昂,趙孟頫(1254—1322)字子昂,號松雪道人。宋宗室。入元,官至翰林學士承旨。書畫都很著名。

〔二〕紙上畫的蘭花,當然不需要泥土。表面上贊美畫作清爽明凈,暗指宋室滅亡,已無國土。

〔三〕秋蕪:秋草。　惹:沾染。指畫上的一花一葉都沾染着秋草凄涼的色彩。

〔四〕水精宫:浙江湖州號稱水晶宫。趙子昂湖州人。　王孫:帝王的子孫。　左徒:戰國時楚國官名。屈原爲楚懷王左徒,故後人常以左徒稱屈原。楚亡後,屈原憂傷憔悴,終於自沉於汨羅江。而子昂爲宋皇朝之子孫,國亡後屈節事元,貪享榮華富貴,何曾似屈原之憂傷憔悴。含譏刺意。

其　二〔一〕

蒼涼翠袖感蕭辰〔二〕,林下風標本絶倫〔三〕。掃出數枝斑竹影,湘夫人對管夫人〔四〕。

〔一〕原注:仲姬竹。按:仲姬,管仲姬,爲趙子昂夫人。此畫爲管仲姬所畫的竹。

〔二〕翠袖:青緑色衣袖,泛指女子衣服。杜甫《佳人》詩:"天寒翠袖薄,日暮倚修竹。"　蕭辰:秋天。

〔三〕林下風標:閑雅飄逸的風采。《世説新語·賢媛》:"王夫人(王凝之妻謝道藴)神情散朗,故有林下風氣。"

〔四〕掃:寫,畫。　斑竹:一種莖上有紫色斑點的竹子。傳説堯女娥皇、女英爲舜妃。舜南巡死,二妃淚下,染竹上成斑,故稱斑竹,又稱湘妃竹。二妃死後爲湘水之神,稱湘夫人。《楚辭・九歌・湘夫人》:"帝子降兮北渚,目眇眇兮愁予。" 管夫人:見上注〔一〕。

横江春詞〔一〕

其　三

東梁山色對西梁〔二〕,淡掃修眉俯鏡光〔三〕。儂似望夫山上石〔四〕,一般煙景各心腸。

〔一〕作者另有《横江春詞》三首,見前。

〔二〕東梁山、西梁山:見《偕容甫登絳雪亭》注〔二一〕。

〔三〕掃:畫。　修眉:長眉。唐張祜《集靈臺》詩:"却嫌脂粉污顔色,淡掃蛾眉朝至尊。" 鏡光:喻水面。謂東西二梁山相對,俯對長江江水。

〔四〕望夫山:古代民間傳説,丈夫在外從征或經商,妻子站在山上望夫歸來,久而化爲石。因此成爲古迹。我國各地多有望夫山或望夫石,安徽當塗縣西北亦有望夫山。

西　陵〔一〕

幾生修得住錢塘,蘇小墳頭土亦香。祇爲同心人去久,盡教松柏换垂楊。

〔一〕西陵：指南朝齊錢塘名妓蘇小小的墓，在錢塘（今屬杭州市）孤山西北盡頭處。樂府雜歌謡辭《蘇小小歌》："妾乘油壁車，郎騎青驄馬。何處結同心，西陵松柏下。"

春　燕〔一〕

其　二

相逢歸雁話悲酸〔二〕，此日他鄉欲住難。到此羨君歸計早，稻粱猶得慰天寒〔三〕。

〔一〕作者另有《春燕》四首，見前。

〔二〕歸雁：春天即將北歸的雁。

〔三〕稻粱：稻穀和高粱。指糧食。杜甫《同諸公登慈恩寺塔》詩："君看隨陽雁，各有稻粱謀。"

和錢百泉〔一〕

其　四

泠泠二十五條弦〔二〕，韻入江峰何處邊？一片渡江明月夜，更誰能識孝廉船〔三〕！

〔一〕作者另有《和錢百泉雜感》三首，見前。

〔二〕泠泠：形容聲音清越悠揚。劉長卿《彈琴》詩："泠泠七弦上，静聽松風寒。"　二十五弦：謂瑟。《漢書·郊祀志上》："泰帝使素女鼓五十弦瑟，悲，帝禁不止，故破其瑟爲二十五弦。”唐錢起《歸雁》詩：“二十五弦彈夜月，不勝清怨却飛來。”

〔三〕孝廉船：《世説新語・文學》載：晉吴郡人張憑舉孝廉，自負其才，造訪丹陽尹劉琰，與諸賢清談，言約旨遠，一坐皆驚。劉延之上坐，留宿至曉。張還船。須臾，劉遣使覓張孝廉船，同侣惋愕。劉與張憑即同載詣撫軍，曰：“下官今日爲公得一太常博士。”撫軍稱善，即用張爲太常博士。時人榮之。後遂以“孝廉船”爲褒美才士之典。温庭筠《感舊陳情五十韻獻淮南李僕射》詩：“抑揚中散曲，飄泊孝廉船。”

朝　來

朝來不合聞鄉語，頓觸羈心變酸楚〔一〕。怪底多時赤火雲，團團只照東南土〔二〕。客言來從故鄉時，故鄉農病嗟難支。螟螽遍野苗立盡〔三〕，白晝耕父行郊逵〔四〕。去年苗槁十存一，旱更兼蜚那堪説〔五〕。聞道蝗飛不渡江，于今遍地同蟣蝨〔六〕。連翅接尾不計千〔七〕，衝過巨浪浮成團。中逢蘆洲忽飛散〔八〕，頃刻千畝無蘆田。區區之苗詎禁啖〔九〕，此物于人定何憾〔一〇〕。怪事驚呼百歲翁，東南何事遭天厭〔一一〕。客請收淚無沾巾，聽我一語爲分陳。我曹生世良幸耳〔一二〕，太平之日爲餓民。

〔一〕來：用於詞尾，表示某一段時間，相當於“……的時候”。常用的如晚來，春來，秋來，老來。　不合：不該，不應。　鄉語：家鄉話。　羈心：羈旅的心情；客居外地的人的心情。唐皮日休《旅舍除夜》：“永夜誰能守，羈心不放眠。”

〔 二 〕怪底：見《太白墓》注〔二十〕。 赤火雲：指炎熱天的雲。 團團：密聚不散貌。前蜀韋莊《登漢高廟閑眺》詩："天畔晚峰青簇簇，檻前春樹碧團團。" 東南土：東南地區。

〔 三 〕螟蟊：螟和蟊，兩種都是吃稻穀的害蟲。

〔 四 〕耕父：古代傳説中的神名。或以爲旱鬼。 郊逵：郊野的道路。

〔 五 〕旱更兼蜚：既有旱災，又有蟲災。

〔 六 〕蝗飛不渡江：《後漢書・宋均傳》載：宋均，南陽安衆人，年輕時好經書，通《詩》《禮》。爲官清正，反對濫刑苛責，能以禮義教化民衆。"遷九江太守。郡多虎暴，數爲民患，常募設檻穽而猶多傷害。均到，下記屬縣曰：'夫虎豹在山，黿鼉在水，各有所託。且江淮之有猛獸，猶北土之有鷄豚也。今爲民害，咎在殘吏。而勞勤張捕，非憂恤之本也。其務退姦貪，思進忠善，可一去檻穽，除削課制。'其後傳言，虎相與東游度江。中元元年，山陽、楚、沛多蝗，其飛至九江界者，輒東西散去。於是名稱遠近。" 蟣蝨：喻微小，卑賤。又喻多。

〔 七 〕連翅接尾：翅相連，尾相接，形容蝗蟲之多。

〔 八 〕蘆洲：生長蘆葦的沙洲。

〔 九 〕詎禁：經不起，受不了。 啖：咬，吃。

〔一〇〕此物：指蝗蟲。 定：到底，究竟。句謂蝗蟲爲何要這樣害人？到底對人有什麽怨恨呢？

〔一一〕遭天厭：爲上天所厭棄。王安石《游土山示蔡天啓秘校》詩："桓温適自斃，苻堅方天厭。"

〔一二〕分陳：分析陳説。 我曹：我輩。

總評

清王昶《黄子景仁墓誌銘》："至其爲詩，上自漢、魏，下逮唐、宋，無弗傚者。疏瀹靈腑，出精入能，刻琢沈摯，不以蹈襲剽竊爲能。"

又《湖海詩傳小序》："激昂排奡，不主故常。信其所至，正如淚流鮫客，悉化明珠；米擲麻姑，俱成丹粒。……循環吟諷，不啻哀猿之叫月，獨雁之啼霜也。"

清翁方綱《悔存詩草序》："仲則天性高曠，而其讀書心眼，穿穴古人，一歸於正定不佻。故其爲詩，能詣前人所未造之地，凌厲奇矯，不主故常。……其詩尚沈鬱清壯，鏗鏘出金石，試摘其一二語，可通風雲而泣鬼神。"

清洪亮吉《國子監生武英殿書簽官候選縣丞黄君行狀》："自湖南歸，詩益奇肆，見者以爲謫仙人復出也。復始稍稍變其體，爲王、李、高、岑，爲宋元祐諸君子，又爲楊誠齋，卒其所詣，與青蓮最近。"

又《北江詩話》："黄二尹景仁詩，如咽露秋蟲，舞風病鶴。"

清萬應馨《味餘樓剩稿序論仲則詩》："仲則天才，軼群絶倫。意氣恒不可一世，獨論詩則與余合。余嘗謂今之爲詩者，濟之以考據之學，艷之以藻繪之華，才人學人之詩，屈指難悉，而詩人之詩，則千百中不得什一焉。仲則深韙余言，亦知余此論蓋爲仲則、數峰發也。"

清張維屏《聽松廬文鈔·黄景仁徵略》："古今詩人，有爲大造清淑靈秀之氣所特鍾，而不可學而至者，其天才乎！飄飄乎其思也，浩浩乎其氣也，落落乎其襟期也。……時而金鐘大鏞，時而哀絲豪竹，時而龍吟虎嘯，時而雁唳猿啼。有味外之味，故咀之而不厭也。有音外之音,故聆之而愈長也。如芳蘭獨秀於湘水之上,如飛仙獨立於閬風之巔。夫是之謂天才,夫是之謂仙才。自古一代無幾人。近求之百餘年以來,其惟黄仲則乎!”

清吴蔚光《兩當軒詩鈔序》:“仲則秋聲也。如霽曉孤吹,如霜夜聞鐘。其所獨到,直逼古人。”

清潘瑛《詩萃·論黄仲則詩》:“仲則天分絶倫。……其詩自漢、魏、六朝,下逮唐、宋,咸能采擷精英,自成杼軸。而七古神奇變化,獨近青蓮。”

清吴嵩梁《石溪舫詩話·評黄仲則詩》:“仲則詩無奇不有,無妙不臻。如仙人張樂,音外有音;名將用兵,法外有法。”

清包世臣《齊民四術·論黄仲則詩》:“仲則先生性豪宕,不拘小節。既博通載籍,慨然有用世之志。而見時流齷齪猥瑣,輒使酒恣聲色,譏笑訕侮,一發於詩。而詩顧深穩,讀者雖嘆賞而不詳其意之所屬。聲稱噪一時,乾隆六十年間,論詩者推爲第一。”

清郭麐《靈芬館詩話·評黄仲則詩》:“論詩各有胸懷,其所愛憎,雖己亦不能自喻。黄仲則詩,佳者夥矣,隨園最稱其前後觀潮之作,楊荔裳愛誦其‘似此星辰非昨夜,爲誰風露立中宵’之句,金仲蓮愛誦其‘全家都在風聲裏,九月衣裳未剪裁’之句。余最愛其‘茫茫來日愁如海,寄語羲和快著鞭’,真古之傷心人語也。”

清譚獻《復堂日記》:“閲黄仲則《兩當軒詩》,天才既超,風格矜重。生氣遠出而澤於千古,當時果無第二手也。心餘沈雄,仲則俊逸,鼎足頗難其人。”

清文廷式《聞塵偶記·論清人詩》:“國朝詩學凡數變,然發聲新越,寄興深微,且未逮元、明,不論唐、宋也。固由考據家變秀才爲學究,亦由沈歸愚以‘正宗’二字行其陋説,袁子才又以‘性靈’二字使其曲諛。風雅道衰,百有餘年。其間黄仲則、黎二樵尚近於詩。”

清汪佑南《山涇草堂詩話·評黄仲則詩》:“黄仲則《兩當軒集》

詩希蹤太白。予讀之,頗有杜、韓氣息,而似太白者轉少。……仲則生不逢時,每多清迴之思,凄苦之語,激楚之音。自出游後,得山水之助,詩境爲之大變。扶輿清淑之氣,鍾於一人,蓋天才也。《玉麈集》云,黄仲則詩宗法少陵、昌黎,亦時時染指《昌谷集》。……其近體亦刻意苦吟,足以耐人尋味者,不愧名家。"

清朱庭珍《筱園詩話·評黄仲則詩》:"仲則七古佳篇……其才氣横絶一時……故當時推其似太白也。……五古殊欠古厚,律詩則不免靡靡之音。蓋天賦奇才,中年早死。故養未純粹,詣未精深耳。"

徐世昌《晚晴簃詩匯·評黄仲則》:"兩當軒天才曠逸。五言古詩初擬漢、魏,微嫌著迹。後乃泛濫唐、宋大家,所造益進。以七言歌行爲最著。少年名作,雅近謫仙。其善者豪宕感激,韻概俱勝。如憑虛御風,不可捉摸。而頹放淺滑,時亦不免。入都後作,頗致力昌黎、東坡之間,蹊徑一變,實較專摹太白爲優。其縱横自如,無意不達。真若淚流鮫客,悉化明珠;米擲麻姑,俱成丹粒。而哀笳激管,乏厚重安徐之致。雖爲境迫,亦露促徵。"

清吴文溥《南野堂筆記·評輯黄仲則詩》:"武進黄少尹仲則詩,超超玄箸,俊句欲仙。"

清吴錫麒《與劉松嵐書論黄仲則詩》:"所刊黄仲則詩已得寓目。玩其旨趣,原本風騷。清窈之思,激哀於林樾;雄宕之氣,鼓怒於海濤。傳之千秋,斯人不死矣。"

容肇祖《中國文學史大綱》:"黄景仁詩希蹤太白,清峭高妙。論者認爲清詩至此,頗有難繼之嘆。"

劉大杰《中國文學發展史》:"清代著名詩人,有江蘇武進的黄景仁。……他懷抱不平,但缺乏力量,表現了哀怨婉麗的獨特風格。……它的根本缺點,仍在於缺乏廣闊的現實社會内容,不能深入揭露社會矛盾。"

錢仲聯《三百年來江蘇的古典詩歌》:"黄景仁是早熟的天

才。……所爲詩多哀怨之音,善於表達個人身世的感受。袁枚比之於李白,其實黄氏於韓愈、李商隱不同風格的詩,都能吸取它們的長處,自成俊逸的風格。"

繆鉞《黄仲則逝世百五十年紀念》:"偉大作家,率皆深入世間,閲歷宏富,傷時憂世,悲天憫人……此杜子美所以卓爲詩聖也。然又有一種作者,富於才情而疏於世故。所歌詠者,不外家人故舊之間、身世寥落之苦。而靈心善感,一往情深;花下酒邊,别有懷抱。其凄愴悱惻低徊掩抑之致,使百世讀者爲之蕩氣迴腸不能自已。此雖弗克與杜子美比亞,要亦自有其不可銷歇之芳馨。秋菊春蘭,無絶終古。若求之於近三百年中,如黄仲則之詩,納蘭容若、項蓮生之詞,斯其選矣。"又:"黄仲則有真性情,有真才氣,復能遠法太白,不囿時趨。雖限於天年,未臻蒼老,然在當時已如嘉禾秀出,穎豎群倫。"

李國章《論黄仲則在清代中期詩壇的地位》:"黄仲則和曹雪芹、吴敬梓所處的時代相近,生平遭際也有相似之處。生活的困頓,命運的坎坷,加上多才而又短命,使黄仲則的詩篇多愁苦之音。他還以憤世嫉俗的詩篇,抒發自己的不平之鳴。反映一個窮苦潦倒的知識分子在封建社會的悲慘遭遇。同《紅樓夢》、《儒林外史》所表現的主題思想相比,在揭露封建制度的本質方面雖還顯得不够深刻,但在某種程度上則有異曲同工之妙。"

嚴迪昌《論黄仲則》:"其長篇五七言古風,既有李青蓮之豪宕騰挪,又存韓昌黎的盤轉古硬。而豪宕跳蕩中流轉以低徊哀苦之情,古樸瘦硬間又不時有疏快俊逸之味。這又是離立於李白、韓愈者。……至若七言律,則清麗綿邈處富具李商隱韻致,瘦勁峭拔處又得黄庭堅意味。……即使風神摇曳的七言絶句,也獨多酸辛之調,這又恰恰是兩當軒所自言自有之聲情。"

治芳《薄命詩人黄仲則》:"黄仲則直接取材於實際生活場景和社會現象的詩篇,其價值不僅在於題材新穎,開拓了前人未曾涉足的新的領域，提供了新的審美對象；更重要的是構思脱俗，立意不凡。詩人不以精確地描摹這些現象和場景爲滿足，而是‘興發於此而意歸於彼’，有所寄託和概括。通過這詩，我們認識了那個時代，也更深入地認識了詩人自己。”

錢璱之《讀黄仲則詩詞》：“黄仲則的詩詞在鳴不平、吟苦調、抒發感情、表現個性、追求新警而又歸於自然等方面，形成了他獨特的藝術風格。……在清代詞林中，《兩當軒集》不愧是破夜的哀音，凌宵的勁羽。”

朱舒甲《黄仲則和兩當軒集》：“他的詩没有廊廟經世之氣，也無林下出世之風，而是掙扎在兩者之間，抒發個人的窮愁潦倒、侘傺不遇的憤慨和對方正倒植、讒諛得志的不平之情，曲折地反映了封建末世的黑暗和腐朽。”

《中國古典文學名家選集》已出書目